《人文》编辑部 编

# 人文

第六卷

中国社会科学出版社

**图书在版编目(CIP)数据**

人文. 第六卷/《人文》编辑部编. —北京:中国社会科学出版社,
2021.12

ISBN 978-7-5203-9437-6

Ⅰ.①人… Ⅱ.①人… Ⅲ.①中国文学—文学研究 Ⅳ.①I206

中国版本图书馆CIP数据核字(2021)第264856号

---

出 版 人 赵剑英
责任编辑 陈肖静
责任校对 刘 娟
责任印制 戴 宽

---

出　　版 中国社会科学出版社
社　　址 北京鼓楼西大街甲158号
邮　　编 100720
网　　址 http://www.csspw.cn
发 行 部 010-84083685
门 市 部 010-84029450
经　　销 新华书店及其他书店

---

印　　刷 北京君升印刷有限公司
装　　订 廊坊市广阳区广增装订厂
版　　次 2021年12月第1版
印　　次 2021年12月第1次印刷

---

开　　本 880×1230 1/32
印　　张 10.25
插　　页 2
字　　数 269千字
定　　价 76.00元

---

# 人文　第六卷

## 目　　录

## 短长篇



## 笔谈:建筑与材料中的新人文视角



## 学科史



## 学林

## 域外



## 史料



## 书评

谭　佳

# 夏之虚实：以艾兰和陈梦家的夏商神话研究为考察中心

天晴，又阴，
轻的像浮云，
隐逸在山林：
丁宁，丁宁，

不祈祷风，
不祈祷山灵。
风吹时我动，
风停，我停。

没有忧愁，
也没有欢欣；
我总是古旧，
总是清新。

——陈梦家《铁马的歌》

一九六六年九月三日，十日前吞药自杀未遂的陈梦家，选择悬梁自尽，享年五十五岁。一代才子的苦与难，如他十九岁的诗歌所写："静悄悄睡进荒野的泥土"（《葬歌》），随夏末残阳陨落，却为世人留下如梦如幻的新月派诗作，以及夯实可观的学术硕果，其中，包括出版于一九三六年的《商代的神话与巫术》。相比甲骨文、汉简、青铜器、文物收藏，对神话的关注并不是陈梦家研究的大端，历来也容易被研究陈梦家的学人忽略。然而，对商周神话的研究颇能体现他的历史观、文化理念及学术方法。远隔重洋，在半个世纪之后的美国，一九九一年，艾兰教授（Sarah Allan）写出 *The shape of turtle*：*Myth Art and Cosmos in Early China*《龟之谜：商代神话、祭祀和宇宙观研究》（中文版于一九九二年出版，后文简称《龟之谜》）。这部今日仍矗立在中外神话学界前沿的名作，在行文中屡屡提及和引用陈梦家的观点。不妨说，就夏商神话——这一相同研究领域，艾兰与陈梦家形成跨时空、跨文化的学术对话。

今日提炼二人研究异同的意义在于：一方面，《商代的神话与巫术》与《龟之谜》中对中国神话的基本观念、具体结论几乎南辕北辙，使得对比二者异同具有可行性与必要性。另一方面，"神话"并非古已有之的实存之物或既定概念，它只是现代学术建构出的观念物。当一个社会需要"神创"或天命观来建构其时空观和意识形态话语时，"神话"是一种被浸润在神圣或世俗表述中的不可或缺成分，它无法成为独立学科。当整个世界朝向科学理性的"现代"发展，从地缘政治和时间政治需要重新勘测过去和他者时，作为研究门类的"神话"由此而生。所以，研究陈梦家与艾兰的夏商神话观异同，不仅指向学术层面的辨析，而且他们的研究与神话观、史学观本身，成为我们反省现代以降，中外学界有关早期中国研究的宝贵视角。

## 一　二者研究的异与同

根本而言，陈梦家与艾兰的商神话研究都指向夏商关系，在结论上却截然相反。陈梦家认为，夏是真实存在的，且虞夏商自成一系。艾兰则认为，目前无法证明夏的真实，从文献分析，夏是商神话衍化的结果。在不同结论背后，是二人的神话观差异，由此指向如何反思中西神话体系的差异性，以及理论研究的有效性，“证据”使用的情境性等问题。

（一）陈梦家的商神话研究。

第一，神话观。陈梦家认为神话的发生原因有二：1. 自然的原因，体现为（1）历史传说被神化历史与神话杂糅，所以需要去伪存真，重建古史。（2）人类的求知欲和想象力产生了许多离奇的神话。2. 人为产生。他用《淮南子·汜论训》中的大段原文来说明“神道设教”之理。

第二，陈梦家的神话研究诉求在于：1. 建立可信的夏世系。2. 探讨商民族的来源。3. 研究野兽神话，挖掘隐藏的上古信史。4. 研究治水神话之所以然。

第三，陈梦家的核心论点是虞夏商出于一系。为了论证此观念，他首先进行了理论阐释，其一：古史具有神话性，具体表现在（1）口传分殊；（2）人兽界限模糊；（3）神道设教，人史以神话传播为基础。其二，古史具有重复性，研究者可以从文献记载中识别有效信息进行复原。

在具体的“识别”方式（即方法论）上，陈梦家最经常使用的方法是：（1）用语音考证其同源（或音近），所以两字义通。（2）从文献记载相互比较，并从甲骨卜辞的字形结构来分析其原始意义。例如为了论述“舜是帝喾”，他从《史记》《春秋繁露》《山海经》《国语》等文献中用了十个例子（“证据”），从音、义各方面来说明。（3）用较为笼统的人类学理论来阐释具体问题。比如从游牧时代的居无定所特点，推断出“商”不可能是某地地名。根据以上几点，再对照着来看艾兰的相关研究。

（二）艾兰的商神话研究。

第一，神话观。艾兰认为“神话是一种运思方法，无须与任何历史事实有关”。与陈梦家要“去伪存真”找信史的理念迥异，艾兰并不关注文献所记真伪，而是关注这些文献的书写者如何运用“历史”来表达自己的观点。她认为，神话的性质就是神圣化，神话系统包括神话、艺术、祭祀、占卜，宇宙观，它们共同组成神话性社会，是一个完整的信仰体系之各个部分。

第二，研究诉求和研究方法。艾兰通过研究商神话，要讨论神话、艺术、宇宙观、占卜、礼仪之间有整体性联系。其次，她认为天有十日的神话源于商。针对郭若沫和顾立雅提出的：上帝是商的最高神，天是周的最高神的假说，艾兰认为，只有十日与商有特别的联系，上帝作为北极星，是商与周共有的最高神，而天是泛指天空的一般术语。除此，她还重新考察了商和西周早期，上帝与天的角色，以及天命观念的起源。

在方法论上，艾兰借助列维－斯特劳斯的结构主义方法，挖掘商神话的二元对立叙事模式。正如她曾讲：“我认为历史是延续性的，虽然思想观念变化不一，但它们又都是来自某些过去的思想观念。此外，我也认为所有的思想观念都是整个知识结构的部分，如果我们要去理解任何具体的措辞是什么意思，我们就必须去理解这个结构，因为这些思想结构就是在这个结构中运作的。”在具体论述中，她也会引用陈梦家的论述及观点进行阐释，例如在分析甲骨文的中“东”/“西”二字时，要论证“东”“西”两字的字形结构暗含了“扶桑”神话信仰，她引用了《殷墟卜辞综述》中的观点作依据。艾兰的核心论证，即商人有关“夏”的神话叙事方面，也引用了不少《商代的神话与巫术》内容。

第三，在核心论点上，艾兰的研究与陈梦家恰相反，她认为：首先，甲骨文并不能提供直接证据，我们只能从名字得到某种神话传统的“暗示”，探讨其中所蕴含的商神话早期形式。其次，商人有一个关于“夏”的神话，那是商人自己倒装的形式，具备二元对立模式，也是阴阳论的基础。禹创立夏朝，尧舜禅让的传说，都是从商神话发展演变而来。周人延用此模式，并用“天运轮转”来论证自己的正统性。进而，截然相反于陈梦家的“虞夏商出于一系”论，艾兰认为：从黄帝到夏的历史，是商神话的系统化结果和衍变形式。夏与商，是神话性的对应关系。

艾兰虽然力证了关于“夏”的历史是商神话的衍变，但是，她并认为“夏”只是一个神话，而是要强调，目前我们所能看到的古史重建实则以这个神话体系为基础。她提醒我们：“历史事实的重建，并不能以一个神话体系的部分材料来作为主要基础”。无论如何，我们看到了在神话观、研究方法、核心观点方面，艾兰与陈梦家的南辕北辙（尽管在具体论述中，前者对后者有借鉴）。

## 二　深层呼应与推进

在古史研究领域，时隔半个世纪的中西学人，在证据呈现、研究理念、方法论等各方面有所推进和代际更新，这并非个别情况。就此而言，艾兰与陈梦家的研究异同，并未超出百年来中西学界在早期中国研究方面的基本演变轨迹。然而，在表层相异的背后，我们更需注意到，若将其置入二人所处的时代背景和学术主流话语，他们的研究又有着趋同性——对早期中国文化独特性、连续性的认可与执着探索。

### （一）不“疑”反“信”的陈梦家

在中国现代学界，正式使用“神话”概念并用于分析中国文化始于章太炎。章太炎效仿日本的中国神话学研究，将上古无法实证的部分处理为神话。在“六经皆巫”的“祛圣”实践中，将传统儒家的“天—人”话语系统置入人类学的远古原始思维来阐释上古文化现象。继章太炎之后，梁启超、蒋关云、胡适、傅斯年等不断强化了信史与神话的二元对立体系，这个体系最常见的讨论方式是——在历史进步发展的主导观念下，将上古文化描述为从神圣到世俗、从非理性到理性的过程；进而，把三代信仰和圣人崇拜视为原始宗教的非理性表征。自此，消解古史神圣性，建构现代民族性和民族精神，强化“民族—国家”的一体化、同质化，一直是中国神话学发展的主轴。陈梦家的商神话研究，即在这条主轴中，又在情怀上游离于外。

首先，如前所述，陈梦家的研究诉求高度契合了强化现代“民族—国家”的一体化、同质化。但是，他在方法论并不出新，甚至有对这条“主轴”的生搬硬套之嫌。早在二十世纪二十年代，人类学和民俗学已经深入进不少知识分子的研究中。另外，郭沫若受唯物史论和人类学方法的启发，一九三〇年出版了《中国古代社会研究》，开辟了马克思唯物史论和古史研究相结合的可能性。李玄伯、卫聚贤从图腾理论入手重述古帝王系谱；凌纯声从民族学旁证出发破解古代礼制风俗。在神话研究方面，早在一九〇七年，周作人就以周逴的笔名翻译了安德鲁·兰根据荷马史诗编著的小说《红星佚史》（原名《世界欲》），并在该书前言中对安德鲁·兰作了简要介绍。鲁迅在《中国小说史略》（一九二三年）和《中国小说的历史变迁》（一九二四年）中开创了中国神话研究的文艺学传统。茅盾一九二八年出版了《中国神话研究 ABC》《希腊神话》，一九二九年出版《神话杂论》，一九三〇年出版了《北欧神话 ABC》等专著。自此，当时中国学界完全受到英国人类学派的神话理论影响。据吕微的研究：在黄石、谢六逸、林惠祥“取材”的参考书籍或书目中，安德鲁·兰的《神话学》位居榜首或前列。这说明在三十年代以后，以茅盾为代表的“欧派”神话学者对“神话”的定义（“神们的行事”）主要“取材”于现代西方人类学的进化论学派的神话观。对照于此，写于二十世纪三十年代中期的《商代的神话与巫术》，确实没有太多可出彩处。

其次，陈梦家的研究又游离于“主轴”。若结合“古史辨”的疑古潮流来看，他的理念甚至显得“不合时宜。“古史辨”初期重点在古史的破坏方面，以顾颉刚提出“层累说”为焦点；后期则是“神话分化演变说”，以杨宽、童书业为代表，他们先“毁”后“置”，为那些从古史中被驱逐出来的上古帝王做了神话还原工作。顾颉刚曾说自己治史的关键是要去六经的宗教性。他在《我是怎样编写〈古史辨〉的?》中宣告：

> 我要使古书仅为古书而不为现代的知识，要使古史仅为古史而不为现代的政治与伦理，要使古人仅为古人而不为现代思想的权威者。换句话说，我要把宗教性的封建经典——“经”整理好了，送进封建博物院，剥除它的尊严，然后旧思想不能再在新时代延续下去。

正如许倬云所讲，现代史学研究“几乎无法避免以这种或那种方式受到《古史辨》这部学术巨著的影响”。在现代学术范式构建之前，“上古”是儒家文化的信仰源头，是华夏文化共同体的认同源泉，具有哲学意义上的先验合法性，是真实的信仰叙事。从章太炎至古史辨派，把“上古”理解为一段起源意义上的普通历史，并且为了穷究、说清、辨识上古那些无法证实的部分而努力。顾颉刚以“古史层累说”去探其所以然，解构正统谱系。陈梦家却反其道而行之，用“神话”去力证“正统谱系”。陈梦家与当时的诸多文化实践一样，也用古典进化论，从“遗留说”去探寻历史的起源，然而，他并不想全部消解神圣性，更不想在“传统—现代”转型中对“传统”进行否定和批判。他虽然套用了当时流行的古典人类学理论，但要力证的确是万古一系，希望恢复民族精神的源头。

作为一种哲学和史学观，进化论和“遗留说”只阐明了人类社会的总体趋势，并非对各种文化发展程序的具体描述。不同文化的内在复杂性，使得当人类学中的进化论传入中国时，在西方却已面临着诸如传播派、功能派、历史批评学派的激烈挑战，这些学派几乎无不批评进化论否认了人类文化的多样性。布朗早在一九二三年说：“老的进化论一直被绝大多数人认为是有问题的，并遭到完全拒绝。”① 施米特在一九三零年说：“在整个民族学领域中，旧的进化论派已经破产。进化论派率尔建立的几条文化发展线已为新文化史学派的批评所击碎。特别在器物学、社会学及经济学中，文化史学家不但已将进化论的残余扫除尽净，而且还造成了许多新颖而可靠的成绩。”② 甚至可以说，当时整个中国学界所拥抱的古典进化论，正在二十世纪三十年代开始被欧美人类学界抛弃。

在这种学术语境的错位发展下，反观半个世纪之后的艾兰，为何运用结构主义分析先秦文献，便很容易理解其必然性。不过，艾兰的卓越研究不仅在于她超越了上述古典进化论范式，更在于她对西方汉学界所作的整体性反思与推进。

### （二）基于整体反思和开拓的艾兰

第一，对汉学和中国文化的反思。

艾兰教授师承卜弼德（语文学）、艾博华（民俗学）、陈世骧

---

① ［英］拉德克利夫－布朗（Alfred Radcliffe-Brown，原名 Alfred Brown）：《社会人类学方法》，夏建中译，山东人民出版社 1987 年版，第 150 页。

② ［德］施密特（Wilhelm Schmidt，1868—1954）：《原始宗教与神话》，萧师毅译，上海文艺出版社 1987 年版，第 354 页。

（文学）、高居翰（美术史）、吉德炜（甲骨文）等名家。甚至尚未毕业的她，就已经受聘为伦敦大学亚非学院教授，任教十年，与葛瑞汉是同事，与刘殿爵、谭朴森等一起担任中国古代文献学教授。由于他们这四位教授的声望，二十世纪七八十年代的亚非学院成为西方汉学中国古代思想史的重要中心。艾兰对弗里德曼、马伯乐、葛兰言、高本汉等汉学研究的均有涉猎与反思。

基于反思的她，特别强调中西神话差异：（一）神话是古希腊与古罗马传统的核心，这些神话是关于神的故事，诸神是超自然的且生活与他们自己的世界。当西方学者（中国学者也一样）审视先秦文献中的“神话”的时候，他们几乎没有发现符合这种定义的神话。由此产生了“古代中国为何如此缺少神话”的问题。然而，中国早期宗教的结构系基于不同于古希腊的“预设”之上的。中国人的祖先起着与希腊神灵同样的角色作用，一旦认识到这一点，我们就会明白，我们不应该奢望古代中国有希腊意义上的神话。（二）研究中国神话的意义在于，中国人没有为神创造另外一个世界。关于神话与历史有的部分很难做出区别。比如讨论尧与舜的真伪，不如讨论他们的神话在历史叙事中的功能（《世袭与禅让》）许多学者（中国学者和西方学者都一样），却用以欧洲和近东为根据发展出来的一般性理论，来解读中国文化。艾兰认为，恰当的方法应该是：中国文明应该与欧洲和中东一道作为普世学说得以建构的文化资源。

第二，对传世时代的开拓性研究。

在范式开拓方面，艾兰的《二里头与中华文明的形成：一种新的范式》一文成为标杆。她曾引李学勤的话：“近七十多年来，已经积累了大量的考古发掘和证据，包括物质文化遗存和与写在甲骨、青铜器和简帛本上的古代文本。传统文献应该根据这些新的证据重新评判与考量”。“所谓新的范式要有足够的解释力以解读各种各样的证据，对我们有用的考古的与传统的、物质的与文字的证据。而这并不意味着我们可以无视中西学术界的疑古运动对既有的历史传统提出的挑战。”——“历史的”记载从来不应作为事实而简单接受。我们必须在其自身的历史与变化的意义这个背景中得到解释。艾兰对范式的具体实践表现为：悬置王朝叙事，以青铜器为线索，讨论从二里头到二里岗，中原文化的影响力、礼乐文化的形成，以及如何组成“中华文明”。

无论是陈梦家力挺虞夏，还是艾兰悬置王朝叙事，他们的研究都与汉学主流以及现代学术主流有异。前文已提及，从“古史辨”派诉诸剥离神话找信史开始，史学、哲学、考古和思想史界都基本秉承“古史辨”派理念，把上古圣王体系还原（或悬置）为神话传说，对无文字记载的历史不做过多思想分析，集中渲染从殷商或诸子时期肇始的中国思想特征。国际学界历来只承认商代甲骨文记录以来的中国历史，即有文字以来的三千多年中国史，否定至少五千年以上的中华文化共同体。反之，张光直先生从二十世纪六十年代开始，一直与国际汉学界的主流态度相对抗，不断论证文化上统一连续的三代何以可能。在国内，史学大家饶宗颐先生，人类学费孝通先生，以及当下的史学、考古学、文学人类学等都不乏学者致力于从甲骨文之前的文化来研究中国思想起源。在这条线索中，我们不难看出艾兰研究的开拓与超越，也能看出陈梦家的历史情怀。事实上，在学理层面，艾兰与陈梦家的研究，共同指向对中华文明的基本认识，即中国文明表现为最浓厚的“信仰—仪式”统一体和稳定共同体特色，具有连续性和整体性。[①] 用考古学者的话讲：史前到文明的过渡中，中国社会的主要成分有多方面的、重要的连续

① 杜维明：《试论中国哲学中的三个基调》，《中国哲学史研究》1981 年第 1 期。

性。而西方文明的发生是突破性的。因此人文社会科学里面西方经验而来的一般法则不能有普遍的应用性。[①] 从今日中国文学人类学的研究来看，通过聚焦“物”来挖掘甲骨文之前的中华神圣信仰、权力垄断、祭祀仪式等因素，进而讨论以“物”为核心，如何构成中国礼乐文化渊源。从拜物到格物，从圣物到圣人，中国思想史有独特的物论思想，这套观念非西方社会学或哲学话语能囊括和表述，我们亟需在这条路径积极探索。

回到夏的问题：夏之实，在神圣叙事的信仰体系中。虞夏商的统一性是构成传统社会神圣叙事的根基，它无需用实证来表达，它关乎一个民族的信仰本身。夏之虚，在于我们无法物质求证其有。一个文化共同体在推进学术发展的同时，如果继续割裂和屏蔽其神圣信仰之源的发生发展，无疑是可悲的。从古至今，如何走近与理解上古，在根本上形塑和制约了我们对传统、历史、文化、价值认同等诸方面的理解。陈梦家和艾兰的神话研究旨趣都不是支离破碎的学科性价值，而意在整体，旨在对中华文明连续性的把握。陈梦家用并不“科学”的方法，从信仰上强调虞夏商一系；艾兰不讨论夏的有无，而是研究甲骨文之前，一个文化上连续的中华文明何以发生与发展，二者构成内在的呼应与推进。

一九四七年夏，陈梦家游历英、法、瑞典、丹麦、荷兰等国，以极大爱国热情与惊人毅力，备尝艰辛，收集流散于欧美的中国铜器资料。二十世纪九十年代，艾兰与李学勤先生一起发表了欧洲所藏最重要的青铜器，即《欧洲所藏中国青铜器遗珠》（文物出版社1995年版）。东海西海，志向攸同，南学北学，道术未裂，两位重要的中国文化耕耘者跨越时空进行着共鸣，值得所有人的尊敬。

---

① 徐苹芳、张光直：《中国文明的形成》，新世界出版社2004年版，第344页。

世事沧桑，向历史致敬的人，终将被历史铭记。二〇一二年，浙江上虞，新修的陈梦家墓碑上，镌刻着他的诗作《一朵野花》：

在荒原里开了又落了，
不想这小生命，向着太阳发笑，
上帝给他的聪明他自己知道，
他的欢喜，他的诗，在风前轻摇。

一朵野花在荒原里开了又落了，
他看见青天，看不见自己的渺小，
听惯风的温柔，听惯风的怒号，
就连他自己的梦也容易忘掉。

二〇一九年十二月稿

（谭佳，中国社会科学院文学研究所研究员）

梅建军

# 从冶金史看中国文明的演进

## 一 导言

金属的出现和早期使用，表明东西文明的差别早已出现。通过考察青铜、钢铁和镍白铜技术的发展与中国文明演进的关系，有助于认识“技术发明之社会体系化”的价值和作用。纵观历史，中国文明演进离不开与世界其他文明体系的交流和互动。最关键的是，中国文明不仅能不断地学习和吸收周边其他文明的成果，而且能改进和创造新的成果，并反馈给世界其他文明，从而为世界文明的整体性成长作出贡献。

关于金属的出现和早期使用，如果把东西方文明放在一起做一个粗略的比较，就会注意到几个显著的差别：即时代早晚有别、金玉材料有别、器物用途有别、制作工艺有别、艺术风格也显著有别。我们需要思考的是，为什么从这么早的时期就会呈现如此显著的差别？这些差别对东西方文明后来的演进和发展究竟会有怎样的影响？而这种影响是否持续到今天的世界？

首先看铜冶金技术的起源与传播。这张示意图发表在二〇〇九年英国《古代》（*Antiquity*）杂志的一篇论文中，形象地展示了冶铜技术从西亚起源，而后向周边地区逐步扩散或传播的情景。这是基于当时的考古发现和断代做出的一个粗略的示意图。实际上，具体到某些地区，还存在很多争议。不过，我在这里选用这张图，只是为了说明铜器的出现和早期使用，东方要晚于西方。西亚和东欧在公元前5000—4000年已经出现了铜制品和冶铜技术，而在东方，铜器最早出现在中国的时间大约是在公元前第三千纪。在中国，早期铜器的出土主要分布在北方和西北地区。从出土铜器的时代和数量上看，西北地区应该是最重要的，个别出自甘肃和青海地区的早期铜器，最早可以追溯到公元前第三千纪。所以有很多学者认为，冶金技术是公元前第三千纪从欧亚草原地区，尤其是俄罗斯的南西伯利亚，逐步传到中国西北地区的，而后再从西北传至北方和中原地区。以上是讲东西方冶金技术起源在时间上的不同。

其次是看材料选择上的不同。东西方对不同材料价值的认知颇为不同，最显著的莫过于对金和玉的使用。从已有的考古发现可以看出，在早期阶段，东方也就是中国是崇玉的，西方则是贵金，就是对金这样一种材料更为重视。这种有关材料价值观念的差异背后，应有更深刻的社会因素在起作用。在保加利亚著名的瓦尔纳（Varna）大墓中，出土了大量的金器和铜器，年代为公元前4600—4200年。在这么早的年代，东欧地区就能制作数量如此多、造型如此丰富的金属随葬品，真是令人惊异！金器的重要性在这一考古发现中展现无遗。值得注意的是，金器和银器在中国商代及其以前的考古发现中似乎没有那么显著的重要性，尽管也有少量的发现，但远不及玉器在早期文化遗址中所占据的地位。以致美国学者邦克（Emma Bunker）注意到这一现象后颇感吃惊，因为它跟世界其他地区太不一样了，所以她将其称作“文化之谜（a cultural puzzle）”。

第三是早期金属器在用途上的差别。中国青铜时代制作了大量的青铜容器，都是用作宴饮、仪式和祭祀的礼器，而非实用器。在西方，金属器很贵重，一般都用来做实用器物，也有做装饰品的。

第四是制作工艺上的差别。在西方，最常使用的成型工艺是锻造，尤其是制作容器，通常都是打制成型。采用锻造工艺，一名工匠就可以单独制作一件完整器物，这样就把器物与工匠个体联系在一起了。相比铸造而言，锻造或打制比较节省金属原料，因为可以把器物打得很薄。希腊出土的彩绘陶瓶上就绘制有工匠锻造制作铜立像的场景。与西方大量使用锻造作为金属的成型工艺相比，中国青铜时代最广泛使用的成型工艺是铸造，而且是中国特有的一种组合陶范铸造工艺，这种工艺特别适合制作容器，一旦被发明出来，就被不断地改进，发展到很高的水平，对中国早期文明的后续发展影响很大。

最后是金属器在艺术风格上的差别。在西方，金属雕像，无论是表现人或动物，都为数众多，艺术风格以写实为主，多呈三维立体造型；而在东方，中国青铜器从艺术风格上讲，最特别的还是礼仪容器上的装饰图案，以抽象的饕餮纹、兽面纹为最，造型也主要是平面的或浅浮雕状。后来还有一个重要的特点，那就是铭文的出现，或铸或刻，成为研究中国早期文明史最重要的文献来源。

以上我从金属制作和使用的角度，对东西方文明做了一番粗略的比较，列举出五个方面的显著差异，意在说明：东西方文明从很早的时候起，在观念、技术、方法、风格和语言等很多方面，其实就已经形成了自己的传统；而这样的传统在后来的漫长历史进程中，不断得到传承、改造、创新，一直延续到现在。今天的世界尽管已经受到了全球化的深度浸染，文化和文明的交流与融合无时不在发生，但东西方文化和文明传统的基因仍在发挥着作用。下面我将以青铜、钢铁和镍白铜技术的发展为例，进一步阐述中国文明的演进及其重要特征的形成。

## 二　范铸技术体系与中国青铜时代的文明

首先讲中国青铜技术的发展。铜和青铜冶炼技术在中国是怎样出现的？中国的古人掌握了铜和青铜的冶炼技术以后，又是如何发展和使用这一技术的？这涉及青铜范铸技术体系的形成及其深远的影响。可以说，青铜范铸技术的使用贯穿了中国的青铜时代，因为它与特定的宗教或礼仪观念结合了，在长达千年的历史中，青铜礼制容器都是主角。但青铜器的辉煌又是如何消失的呢？这就不得不说到东周时期的“礼崩乐坏”。从秦汉时代开始，再也看不到商周时期所常见的那种厚重的青铜礼制容器了，这并不等于说其影响就此消失殆尽。事实上，在青铜时代所形成的种种文化传统或文化基因，仍以其他的方式在继续传承。

关于铜和青铜冶金技术在中国的发生或起源问题，学术界一直存在争议。这种争议最早可以追溯到二十世纪四十年代，有学者主张冶金术是从外部传入中国的，也有学者主张是本土起源的。这种争议并不完全是学术性的，有时也带有政治性的意味。限于时间，这里不打算详细回溯这些争论的细节。但有必要指出，近三十年来，考古学界和冶金史界对这一问题的看法逐步回归学术本位，而较少受到非学术因素的影响。我将着重介绍近三十年来的一些考古发现以及学术界的一些新认识，这主要涉及青铜冶金在中国的发生及其与欧亚草原文化的联系，也就是主张冶金术不是中国本土起源的，而是从草原地带传入中国的。我要强调的是，这一见解并非定论，亦非学术界的普遍共识。事实上，持本土起源或多元起源观点的学者始终存在，比如说最近中山大学的郭静云老师就提出了“长江中游冶炼技术本土起源”的新观点。

从五十年代到八十年代，在甘肃、青海等地发现了越来越多的早于商代的铜器，有的年代甚至可以早到公元前二〇〇〇年。因此在海内外，主张冶金术在中国独立起源的学者越来越多，这其中也包括我的老师柯俊院士。八十年代的时候，这种观点仍是主流，可是到了九十年代，变化就开始出现了！最具标志性的事件就是中国社会科学院考古研究所的副所长安志敏先生，在一九九三年《考古》杂志上发表了一篇题为《试论中国的早期铜器》的论文，首次提出“铜器的起源，很可能是通过史前时期的‘丝绸之路’进入中国的”。这是中国著名的考古学家首次公开讨论冶金术从外部传入中国的可能性。这件事的影响之大，大家现在很难体会出来。我清楚地记得，我是一九九四年从美国宾州大学的梅维恒（Victor Mair）教授那里获知有这样一篇论文的，事实上我最早读到的是梅维恒先生翻译成英文的、关于安先生的这篇论文观点的一个摘录，当时我在剑桥李约瑟研究所做访问研究，正在考虑申请剑桥大学的博士论文选题，这篇论文可以说给了我很大的激励，使我下定决心去做新疆地区早期铜和青铜冶金的研究。

如果说安志敏先生的论文只是提出了学术见解，但没有给出具体的考古证据的话，那么以考古证据来具体论证中国早期铜器与欧亚草原青铜文化存在联系的论文很快就出现了，这就是美国学者胡博（Louisa G. Fitzgerald-Huber）一九九五年发表在《早期中国》（*Early China*）上的这篇经典性的论文《齐家与二里头：与远方文化接触的问题》（Qijia and Erlitou：the Question of Contacts with Distant Cultures）。很快，对甘肃和新疆地区出土早期铜器科学分析的研究论文也发表了，首次证实了砷铜合金的存在，进一步地揭示了与欧亚草原青铜文化的某种联系。

自二〇〇〇年以来，关注中国冶金起源问题的研究论文就非常多了。有两篇论文值得特别关注：一篇是北京科技大学孙淑云老师有关四坝文化遗址出土铜器的科学分析，进一步阐明了甘肃地区出土早期铜器的科学特征；另一篇是北京大学李水城老师发表在《考古学报》上的长文《西北及中原早期冶铜业的区域特征及交互作用》，可以说很好地总结了学界对冶金起源问题的新认识。那么，究竟是哪些新认识呢？我这里把它们归纳成以下四点：第一是西北地区与欧亚草原青铜文化存在联系；第二是冶金技术传入中原的路线，先从欧亚草原到新疆北部，再依次传到新疆中部和东部，然后经河西走廊推进到中国北方或关中地区，最后抵达中原；第三是在甘肃张掖等地发现了早期的冶铜遗址；第四是甘青地区和中原地区的早期铜器在用途上存在显著的差异。甘青地区出土的铜器以个人的装饰品为主，而中原地区的铜器却并非如此。

下面来考察一下西北地区出土的早期铜器和冶铜遗物。齐家文化各个不同遗址出土铜器的年代，大致相当于公元前两千年至一千五百年，其材质主要是铜和青铜，铜器的种类极其丰富，包括刀、斧、矛和耳环，还有铜镜，而且是在背后带有纹饰的铜镜，也有个别的金器，如金耳环。四坝文化的铜器跟齐家文化比稍微晚一点，但类型基本相似，以小件装饰品和工具为主，如刀和斧，也见到了不少的箭镞，还有两端打扁的做工精美的金耳环。但最值得注意的是周边装饰有四个羊头的权杖头，无论是器型还是装饰，均与伊朗出土的一件非常类似，这或许暗示了在这个阶段，中国出土的早期铜器跟西边的文化存在着某种联系。

近年来，在甘肃河西走廊与早期冶金相关的最重要的考古发现是在张掖发现的西城驿遗址。这是一处聚落遗址，位于黑河流域中游地区，年代是公元前两千一百年至一千六百年，相当于马厂晚期至四坝文化时期。西城驿遗址之所以重要，是因为其出土的遗物不仅有彩陶、铜器、小麦和土坯建筑，而且还有矿石、炉渣、炉壁、鼓风管和石范等与冶铸活动相关的遗物，可以说是迄今所知中国最早的冶铸遗址。西城驿遗址出土的铜器全是小件的工具，主要是小锥。北京科技大学李延祥教授和甘肃考古研究所陈国科博士合作，对该遗址出土的四十二件铜器做了科学分析，结果表明绝大多数为纯铜器，九件为砷铜器，锡青铜仅有二件。大量纯铜和砷铜器物的存在，反映了甘肃地区早期铜器的材质特征。最有意思的是西城驿遗址出土的石范，尤其是铸造铜镜的石范，为首次发现，十分罕见，与齐家文化和天山北路等文化遗址中出土的铜镜实物形成呼应，表明早期铜镜的使用或许是西北地区的一个重要特征。

近年来在山西榆林石峁遗址也有了与早期冶金相关的重大考古发现。该遗址规模宏大，出土的精美玉器特别引人注目，还有规模巨大的石墙和最近公布的石雕资料，极为珍贵；石雕的造型图案让人联想到商代青铜器上的饕餮母题。不过我们最关心的，是石峁遗址出土的铜器和铸造铜器用的石范，是铸铜活动出现的物证。石峁遗址的年代与西城驿遗址相当，大致都在公元前第二千纪的前半叶，两者都出土了石范，让人不得不推想到彼此之间可能存在某种联系。尽管石峁遗址目前出土的铜器不多，但有人曾经采集到据说是出自石峁遗址的铜器，主要是手镯类的装饰性器物。这些器物与西北地区齐家文化遗址出土的铜镯和铜钏相比，形制上有相近之处，似乎也显示出与西北地区的可能联系。不过，就现有的考古证据而言，要建立冶金术从中国西北地区向东传播到中国北方，尤其是位于陕西北部的石峁遗址，这中间还有很多的缺环，但不妨作为一个工作假说，以展开进一步的研究。

下一个值得注意的发现是石峁遗址南边的陶寺遗址，位于山西省南部的襄汾县，是连接西北和中原的另一个重要环节。这是龙山时代的一处大型城址，有大型墓葬群，年代是公元前2300—1900年，比石峁要早一些。该遗址出土的铜器不多，中国社会科学院考古研究所的刘煜研究员对一件带齿铜环和一把铜刀进行了分析检测，表明铜环的材质为砷铜，而铜刀则为红铜所制。如果我们把甘肃临潭磨沟遗址、内蒙古赤峰二道井子遗址和河北蔚县一些遗址出土的铜器放在一起进行比较，就会发现，在公元前第二千纪中叶或稍早，在中国西北和北方地区出土的铜器在类型上具有很多共性，都是小件的个人装饰品和工具，比如带喇叭口的耳环和小刀。这一形制和用途上的特征与后来中原地区的铜器形成了鲜明的对比。

接下来就是我们所要关注的重点，即河南偃师的二里头遗址。二里头遗址与陶寺遗址相对而言要近很多，约为280公里，而距离石峁遗址则要远很多。与西北和北方地区相比，二里头遗址出土的铜器发生了很大的变化，耳环一类的个人装饰品基本不见了，更多的是工具、兵器（斧、钺、箭簇），而最大的不同是容器的出现，还有用绿松石和铜板组合制作的铜牌饰，则是首次出现。特别值得注意的是铜铃，从类型上揭示出与陶寺遗址所出铜铃的某种关联，而从铸造工艺看，铜铃的铸造显然要用到组合陶范，比铸造普通的小刀、小锥要复杂很多，很可能是容器铸造的先声。因此，二里头与陶寺之间的联系值得给予特别的关注。

二里头遗址出土的青铜容器从铸造工艺上看已经达到了很高的水平。把二里头的铜器和中国西北地区出土的铜器放在一起做一个比较，两者间的差异立即凸显出来：在西北地区，个人装饰品如耳环、手镯和项饰很常见，这些到了二里头就基本消失了，代之而起的是各种形制的容器，如爵、角、盉和鼎等。这说明在二里头遗址所代表的文化阶段，也就是很多学者所主张的夏文化时期，或者夏王朝，铜器技术的使用发生了一个显著的变化，或许可以认为是一个革命性的变化。这个变化的集中体现就是用于祭祀或礼仪活动的容器出现了！问题是，为什么会发生这样的变化？这一变化背后的推动力是什么？

要回答这些问题，我们必须回到更早的新石器时代，也就是中原地区以龙山文化为代表的时期，考察当时业已形成的祭祀礼仪传统。在这一传统中，随葬贵重物品如玉器和陶器是丧葬礼仪的集中体现，也就是说，陶制礼容器及其各种组合在新石器时代实际已经出现，并且得到了广泛认同和应用。那么接下来的问题是，为何要用铜器来替代陶器、进而建立一种新的祭祀礼仪规范？

二里头遗址中出土了大量的陶器，其中有很多用作礼器，也就是用于祭祀、宴饮等礼仪活动。这些陶制礼容器中，最突出的是饮酒用的觚、爵和角。另外，陶玲的存在也值得注意，因为它或许有助于理解前面提到的铜铃及其考古意义。由陶礼器发展到青铜礼器，是什么力量在背后推动呢？可以想见应该是当时社会的精英或贵族阶层。铜在当时无疑是一种比较稀有而贵重的材料，跟陶容器比，铜容器不易打碎而更耐用，其价值显然更高，作为礼器使用更能彰显拥有者的身份和地位。因此，用铜这种新出现的稀有材料来制作容器，以取代陶制容器，应该是当时社会的统治阶层给工匠们提出的要求，或许也可视作一种社会的需求，而工匠们发明了组合陶范铸造技术，居然制作出了青铜容器！二里头遗址第三期出土的青铜爵，是目前所知年代最早的青铜容器，可以看到其表面无任何装饰，单薄，铸造略显粗糙，正表明其尚处于尝试铸造容器的最初阶段。把二里头遗址第三期出土的陶盉与出土的青铜盉进行对比，可以看出两者在形制上非常接近，铜器模仿陶器的迹象很明显。青铜盉上还残留有范线，表明了组合陶范铸造工艺的使用，可以看出铸造这样一件盉的工艺相当复杂，有赖于陶范的制作和组合，可见陶、铸这两种工艺在制作青铜容器时是密切相关的，可谓陶铸不分！

那么，什么是组合陶范铸造技术呢？其发明的意义又该如何理解呢？这张幻灯片取自李延祥老师的课件，可以说很形象地说明了组合陶范铸造青铜容器的原理。这当然不是这一技术初始阶段的形态，而是其发达阶段的形态。而且，这一图示只是为了大致说明铸造这一方鼎可能的分范方法或步骤，比如起码需要六块范，其中有两块既是外范，也作内芯。这是简化的图示，事实上，很多青铜器还有凸起的扉棱，铜器表面还有各种复杂的纹饰，分范及其组合会变得非常复杂。

陶范技术的复杂性可以从考古发掘出土的陶范遗物看出来。在一些古代的铸造作坊遗址中，经常会出土一些破碎的陶范，有的可能是使用过的，有的可能还没有使用过，从商代到西周和东周，各个时代的遗物均有，是组合陶范技术被广泛而长期使用的直接证明。有的陶范残片甚至可以与出土的青铜器对应上，有的陶范表面有浮雕，雕刻得非常细腻、繁复，充分展现了这一工艺技术曾经达到的高度发达的水平。

商代应该讲是青铜礼器发展的一个高峰，其集中体现就是商代晚期的王都遗址即殷墟所出土的青铜器。最引人注目的是 1975 年在殷墟发掘的商王武丁的嫔妃之一妇好之墓，其中出土了大量精美的青铜器，堪称商代晚期青铜器铸造水平的代表。

青铜器发展到西周时期，与礼制的结合更为密切。根据《周礼》的记载，祭祀、丧葬、宴饮等活动中，青铜礼器的摆放和使用都要按照社会的身份等级来进行，相关规定颇为详尽，比如天子祭祀时要用九鼎八簋，诸侯用七鼎六簋，大夫用五鼎四簋，士用三鼎二簋、或二鼎一簋，等等。礼制以物化的形式存在，并且延续下来。礼制的重要性在文献中有很多记载，比如荀子说：“人之命在天，国之命在礼。”孔子也说：“不学礼，无以立。”《左传》中还有这样的话：“礼，所以经国家，定社稷，序民人，利后嗣者也”。这表明，到了东周时期，学者们对礼制在社会生活中的重要性已有了充分的认识，并且记载了下来。

西周虢国墓地的考古发现就证实了文献中的记载。虢国墓地发现于河南三门峡，其国君墓中随葬有七个青铜鼎，符合诸侯丧葬用鼎之制即“七鼎六簋”。到了春秋时期（公元前 7—前 6 世纪），郑国国君墓里面居然出土了九个鼎，逾越了《周礼》所规定的诸侯用鼎之礼数，属于僭越之举。这种现象在湖北京山的曾侯墓中也曾出现。僭越现象的出现，表明周王室对礼制的控制已经衰落，预示着“礼崩乐坏”时代的到来。

从二里头到东周时期，青铜礼器的制作和使用持续达千年之久，这背后是什么力量在支撑呢？我觉得根源在于技术与礼制的交互作用，礼制的需求刺激了技术的持续发展，而技术的社会体系化，包括王室或宫廷对技术的垄断和对相关金属资源的控制，又继续强化了技术的革新和创造，使得青铜礼器成为商周时期礼制运行最显著的物化特征。其他值得重视的因素还包括：（1）区域性技术中心的形成和发展，造成不同中心之间的相互竞争，从而推动了技术革新；（2）区域间的文化与技术互动进一步强化了各区域中心的技术体系化；（3）商周王朝与周边文化尤其是欧亚草原地带青铜文化之间的密切互动与交流，也保证了外来新技术、新文化元素的持续注入。

还有一个值得思考的问题，就是战国以来青铜范铸技术的衰落。为什么范铸技术到了东周时期会慢慢地退出这个历史的舞台呢？如果要给一个简短的回答，那就是礼制首先衰落了，也就是大家常说的“礼崩乐坏”！至于为什么会出现“礼崩乐坏”，那就必须首先从周王室自己找原因，周王室自己的所作所为，使其不能够成为天下共主，也没有能力统辖诸侯，自然就会出现群雄争霸的局面，这就是历史上的东周时期，也就是所谓“春秋五霸”（齐桓公、宋襄公、晋文公、秦穆公、楚庄王）、“战国七雄”（秦、楚、齐、燕、赵、魏、韩）的时代。在这样的时代，如果从冶金技术上看，周王室对青铜范铸技术的垄断被打破了，各诸侯国都有了自己的铸造作坊，而金属工艺体系本身明显呈现多样化加速发展的趋势，中原地区与北方草原文化的交流得到加强，对新型奢侈品和新材料的追求也变得相当普遍，自然就会冲击到传统的由青铜礼器所主导的礼制，僭越出现了，新的物质追求也出现了，导致礼制不再为大家所重视。最终，礼制不存，范铸技术体系也就自然瓦解了。

## 三　钢铁技术体系与中国秦汉帝国的兴起

关于钢铁技术体系与秦汉帝国的兴起，我想从以下三个方面来展开讨论：一是早期铁器和冶铁技术的起源；二是生铁技术的兴起及其影响；三是中国钢铁技术体系的形成。

关于铁器在中国的出现和早期使用，有两点需要特别注意：第一点是最早出现的铁器基本上都是陨铁器，时代是在商代，并且不是完整器，而是铜铁的复合器。陨铁通常用来作兵器和工具的刃，比如铁刃铜钺，钺是铜做的，只是刃部用铁来做，并且是陨铁，说明当时的工匠对陨铁的性能有清楚的认识；第二点是在河南三门峡的虢国墓地出土的六件铁器中，同时出现了陨铁器和人工冶铁器，各有三件，陨铁器有铜柄铁锛、铜柄铁戈和铜柄铁刻刀，而人工冶铁器则有玉柄铁剑、铜内铁援戈和铜骹铁叶矛，其时代是西周末期，即公元前九至八世纪，应该是非常接近冶铁技术在中国发生的时间。陨铁器和人工冶铁器共存一处考古遗址，这是非常难得也是非常值得重视的现象。虢国墓地出土的两件人工冶铁制品，经科学分析鉴定，玉柄铁剑的材质是块炼渗碳钢，而铜内铁援戈的材质是块炼铁。用玉做剑柄，用绿松石镶嵌来装饰铜戈，都表明了这两件器物是非常贵重的高等级器物，与墓主人“诸侯”的身份相吻合。反过来，也彰显了铁作为一种稀有材料在当时的珍贵！

中原地区早期铁器的使用主要有以下两点特征：一是多用来制作兵器和工具，二是多为复合材料制器，尤其是与金和玉这类的贵重材料复合。这说明在早期阶段，铁仍稀有，而其坚硬的性能却早为人识，把铁拿来跟其他贵重的材料放一起匹配使用，既能用好它的性能，又能表现器物本身高贵的身份。这种现象应该只在特定的、铁的早期应用阶段才会出现。

无独有偶，金和铁复合制器的现象，不仅见于中国，更常见于欧亚草原地带。俄罗斯图瓦共和国阿尔赞（Arzhan）古墓出土有数件金铁复合器，如金柄铁剑，剑身表面也装饰有很多精细的嵌金花纹，工艺十分精湛，其年代也是公元前九至八世纪，反映了游牧民族对新兴的钢铁兵器的重视和珍爱，因此用贵重的金来装饰柄部和剑身表面！中国甘肃马家源战国墓也出土了不少金铁复合器（兵器和装饰品），表明这种对金铁复合器物的偏好和珍视在草原地带的游牧民族中应该一直在流行，持续了很长时间。从另一个角度来看，这或许也暗示了中国冶铁技术的来源应该是在欧亚草原地带。

关于冶铁技术的起源，学术界有不同认识，许多学者也写过这方面的论文。比如唐际根先生认为人工冶铁术始于新疆，时间在公元前一千年前前后，而后经河西走廊传入中原。郭物先生认为新疆出土铁器的年代最早为公元前九世纪，可能来自伊朗西北部。赵化成先生也持类似的看法，认为西亚、中亚的冶铁技术经古丝绸之路传入新疆和甘肃，而后再向东扩散，进入中原。他还认为，块炼铁技术与中原铜冶铸技术结合产生了铸铁技术。

所谓铸铁就是生铁。与块炼铁不同的是，生铁是在熔化的状态下冶炼出来的，而块炼铁是在块状即固态下还原、冶炼出来的。因为冶炼过程不同，生铁和块炼铁的化学成分和机械性能也有很大的差异。块炼铁含碳量低，性软，适于锻造；而生铁含碳量高，又硬又脆，熔点低，适于铸造成型。块炼铁技术在西方一直延续使用到公元十四世纪。在此之前，西方没有使用生铁，也不知道生铁怎么使用。与之形成鲜明对照的是，中国很早就炼出了生铁，并且大规模地使用这种材料制作农具等。迄今所知世界最早的生铁制品，出自山西曲沃天马曲村的西周遗址，年代为公元前八世纪，金相检测表明，其为白口铸铁制成。铸铁性脆，不便直接使用。为了使之更适于制器使用，还必须采用一些方法来改进生铁的性能，使之变得柔软一些。春秋战国时期，生铁柔化技术得到发明，并不断改进，从而使生铁制品的应用变得越来越广泛。

冶铁技术经过春秋战国时期的普及和发展，到汉代达到了技术的高峰。河南省郑州市古荥镇汉代冶铁遗址所出的积铁块，重逾20

吨，反映了汉代冶铁高炉的规模之大。这块积铁应该是事故所致，因为铁没能正常熔化，所以不能出铁，结果就积在炉中，也搬运不走，以致遗留至今，使我们有机会了解到汉代冶铁高炉的形状、大小和鼓风能力等。

铸铁发明所产生的最显著的社会影响是在农业方面，因为铸铁可以用来制作农具，从而对农业生产产生极大的推动作用。西汉时期不仅有了犁耕，而且有了标准化设计的犁，犁头磨损后还可替换，反映了汉代金属农具制作技术的水平有了显著提高，特别是标准化的设计与生产。考古出土的汉代画像石上描绘有很多牛耕的情景，比如江苏省睢宁县双沟出土的东汉时期的（公元二世纪）犁耕画像石，从侧面反映了农业在当时得到了很大的发展。生铁的出现，为秦汉时期的农业发展带来了巨大的推动力量。

在汉代，冶铁得到了国家的高度重视，官营的冶铁作坊大量存在。这就是所谓的社会体系化（institution），与青铜时代王室、宫廷对青铜技术和金属资源的控制一样，汉代也出现了官营的冶铁作坊。考古出土的汉代铁器上通常铸有铭文，比如“河三”、“阳二”等，代表了汉代各个不同的官营冶铁作坊，作为标签使用，这说明当时铁农具的生产和使用是非常普及的，并且是由官营作坊向社会供给的，社会体系化的程度非常高。为了提高制作的规模和速度，甚至用铁本身制作铸范，用不易破损的铁范来制作农具，更加快了生产的速度。河北兴隆的一处遗址就出土有战国时期（公元前五世纪）的铁范，表明铁器的生产和应用在当时已经变得相当普及了。

在整个中国历史阶段，钢铁技术有很多重要的发明创造。例如，对生铁进行热处理，就能得到灰口铁，更具韧性，可以制成农具使用。还可以对生铁进行脱碳处理，把它转变成钢，从而具备更好的物理性能和机械性能。这两种工艺技术春秋战国时期就已经出现了。到了西汉和东汉时期，又出现了炒钢、百炼钢制品，而鼓风技术也得到了发展。南北朝时期出现了灌钢，到了宋、明时期，以煤炼铁的技术也出现了，包括用煤制焦的工艺，等等。总之，整个历史时期，钢铁技术作为支撑中国封建社会农业发展的一个基础性的技术体系，对中国社会和文明的进程产生了深刻的影响。人口的增长、城市的兴起，都与钢铁技术和农业的发展有关。可以说，以生铁为基础的钢铁技术体系，是秦汉帝国兴起的一个重要的物质基础，也奠定了中国文明“以农为本”的文化传统与社会特征。

## 四　镍白铜及其西传的历史启示

镍白铜是我上世纪八十年代中期做硕士论文时的一项研究课题。但是近年来，我意识到这一研究远未结束，还有新的研究视角值得尝试。在八、九十年代，研究镍白铜的历史有一种很强的爱国主义情结，认为镍白铜是中国古代科技史上的一项重要的、独创的发明，因为别的国家没有，而且镍白铜这种材料也是世界上最早使用的含镍的合金材料。更有意思的是，在十七世纪末和十八世纪初，由于东西方海上贸易路线已经开通，镍白铜作为一种新奇的金属材料传到了欧洲，它看上去跟银子一样，但不生锈，比银子还好用，所以引起欧洲人的注意，被视为一种奇异的材料，在很长一段时间里，欧洲有不少人都在试图用本地的材料来仿制中国的白铜。

欧洲人十八世纪初已经认识到中国白铜的存在。很多研究者最常引用法国人杜赫德（Du Halde）一七三五年在《中华帝国全志》一书中的记载：“最特出的铜是白铜。……这种铜，只中国产有，亦只见于云南一省。”一七六九年，英国的工艺、制造和商业促进会设立了一百英镑的大奖（在当时一百英镑是非常丰厚的奖金），以奖励英国工业界用本土的材料来制造白铜。一七七三年，英国人希更斯（Higgins）博士用英国本土材料成功仿制出了白铜，并因此获得工艺促进会授予的一枚金质奖章。一七七六年，瑞典化学家恩杰斯特朗（G. V. Engestrom）首次发表有关中国白铜的分析结果，表明是铜镍锌组成的三元合金。一八二二年，英国人费福（A. Fyfe）也发表了关于中国白铜分析的结果，表明其含铜40.4%、镍31.6%和锌25.4%，另外他还注意到少量铁（2.6%）的存在。对中国白铜化学组成的揭示在一定程度上推动了对白铜的仿制活动。

到了十九世纪初，也就是一八二三年，德国普鲁士工业促进会也设立奖金，用于奖励在德国设立工厂生产中国白铜，当时中国白铜的化学组成已广为人知。很快，一八二四年，德国柏林的Henninger兄弟仿制出中国白铜，称之为“argentan”或“Neusilber”，意为“新银”。一八三〇年，德国人Geitner在英国的谢菲尔德开始了白铜的商业化生产，并称之为“German Silver”，即“德国银”，随即得到广泛应用。德国银或德银这样的名称，到今天还在使用，比如工业产品目录仍将铜镍锌合金称作“德银”或“镍银”，而白铜早已为历史所遗忘。

我在上世纪八十年代最初研究白铜的时候，重点是强调这项发明是中国对人类文明发展的一个重要贡献。也就到此为止了。问题是这种研究好像缺失了什么。换一个角度，如果能从生产和消费的角度来比较“中国白铜”和“德国银”，应该有助于揭示技术发明得以发生的社会经济条件或动力所在。如果从消费的角度看，白铜是很普通的日常用品，包括水烟袋、面盆、挂钩、墨盒、项圈和手镯等，其社会经济重要性比较有限。但白铜传入欧洲后，用来制作贵重物品，包括烛台、烛剪、火炉珊等，都是社会上层人士所使用的器物，往往具有身份的标识意义。因此这些东西价值倍增，从而在各个国家都激发了研究和仿制的兴趣，这样商业利益和研究兴趣结合，最终促成了德国银的诞生。可见，这是工业社会兴起所带来的变化，是由消费和社会身份认同所驱动的变化。所以说中国白铜传到欧洲，是物品输入而非技术传播，但它实际上是进入了欧洲的社会体系化，进入到它的工业生产体系，然后得到了广泛的使用，并进一步强化了需求，反过来推动了技术创新，这就是“德国银”产生的社会背景。“德国银”是作为一种新技术和新材料出现的，其广泛的应用激发更大的需求，从而带动了世界对镍矿的开发和利用，新型的镍工业也应运而生。

白铜本身在中国并没有起这样大的作用，就是一种普通的材料，跟一般的红铜、黄铜没有太大的区别，也许只是价值上稍微贵一点，但是没有产生这么大的社会作用。这才是我们应该思考的问题，为什么一些很有意思的发明创造，在中国没有产生那么大的作用，而到了欧洲会产生完全不一样的结果呢？我觉得，技术的社会体系化过程是一个关键的因素。

由镍白铜看近代中国科技发展的停滞现象，或许可以得到一些启发。中国人很早就开始生产白铜，明代四川和云南等地的白铜生产有明确的文献记载。作为一种经验性的技术发明，白铜的生产始终停留于“土法”阶段，知其然但不知其所以然，故生产技术的传承也限于特定的人群或区域。换言之，镍白铜在中国并没有作为一种技术进入社会体系化，为社会精英阶层所珍视，民众对其认识也仅限于白铜制成的产品，但并无很大的消费需求。没有需求，其发展也就比较有限。但是镍白铜进入欧洲后，摇身一变，成为社会上层所追求的奇异材料，需求旺盛，从而推动了各种研究和仿制活动，持续数十年，最终导致“德国银”的诞生。镍白铜在中西两种社会语境下所展现的不同的命运，真是引人深思！

由此看来，白铜在中国的生产和使用只是一种经验性的、地方性的知识，并不具备特别的身份标识意义。白铜西传欧洲，是以商品的形式，是贸易推动的，并非相关技术的直接传播。但即便是作为一种商品或物化形态的知识，也激发了欧洲人的研究和仿制兴趣。值得注意的是，德国银虽然是欧洲仿制中国白铜的结果，但不是对中国冶炼技术的再发现，而是借助科学的兴起，在新的知识框架下，做出的技术创新。德国银并不等于中国白铜，它有全新的技术内涵！欧洲对镍白铜的仿制活动及其所取得的成功，是工业革命以来技术发明社会体系化的很好体现。可见，中国要想与世界同行，只能依循世界工业化的大潮，走技术发明社会体系化的道路，使科学技术的发展与社会的需求高度融合在一起，形成“大科学”的发展格局。

## 五　结论：交流与互动乃文明演进之动力

中国文明的演进，从早期到现在都不是在与世隔绝中展开的。尽管在某些历史阶段会出现闭关锁国的情况，但最后仍然必须保持与世界其他地区文明的交流与互动，才能获得发展的新动力。如果不打开国门，不与世界交流，就不会意识到自己的弱点和不足，就不会向外面的世界学习，以求改变和进步。因此，一定要保持中国的大门对外部世界敞开，这是中国文明发展的动力之所在。同时也要认识到，任何技术和思想的传入，一定要和中国本土文化传统进行融合。只有进入中国本土社会、成为体系化（institution）的一部分，技术和思想才能真正地发挥作用，并产生巨大的社会影响。

（梅建军，英国剑桥李约瑟研究所所长，剑桥大学麦克唐纳考古研究所研究员）

肖惊鸿 陈定家 汤 俏 杪 椤 周兴杰 王文静 郑 薇

# 二〇二〇年度中国网络文学发展报告

在过往二十余年的发展基础上，在文娱产业大环境的变化中，网络文学进入发展的迭代期。在二〇二〇年疫情“黑天鹅”的催化下，这种迭代变化从隐性走向显性，从量变引出质变，并体现在网络文学作家读者、内容生态、商业模式等方方面面。“迭代”成为二〇二〇年网络文学关键词，孕育着网络文学的新生。

## 一 网络文学作家逆势增长，队伍构成、平台关系走向迭代

二〇二〇年，突如其来的“新冠”疫情催生了“宅经济”，推动“互联网 +”文娱业态的快速发展。在常态化疫情防控中，以网络文学为代表的数字产业迎来发展新机遇、产业新动能、行业新增量。根据中国互联网信息中心（CNNIC）第四十七次《中国互联网络发展状况统计报告》，截至二〇二〇年十二月，我国网络文学用户规模较二〇二〇年三月增长四百七十五万，占网民整体的46.5%。据艾媒咨询测算，二零二一年中国数字阅读市场将达四百一十六亿元，网络文学市场规模稳步增长。

在稳步增长的数字阅读市场规模中，网络文学作者作为行业核心生产力，其IP价值和影响力也同步增长，成为网络文学平台发展重要的商业参考。二〇二〇年，伴随着数字文化产业蓬勃发展的

内在需求，以及平台加大投入、引导扶持，加之疫情“黑天鹅”的催化，越来越多的人投入网络写作，新生血液势头迅猛，行业吸引力持续上升。

（一）网络文学内容创作逆势增长

疫情期间，网络文学内容创作逆势增长，创作队伍规模持续扩大。据阅文集团数据，相比二零一九年八百一十万入驻作家，二〇二〇年中财报显示，阅文集团已有八百九十万作者：二〇二〇年第一季度，平台新增作者三十三万，环比增长129%，新增作品数量超五十二万部，同比增长约一点五倍，广东、江苏、山东、河南、四川作者最爱网络文学创作，而湖北新增作者近万人，首次跻身作者排行榜前六名。在常态化疫情防控中，我国经济社会运行逐步趋于正常，“宅”生活方式促使文学创作欲高涨，并在“后疫情”期间持续保持——二〇二〇年第二季度，阅文集团平台新增作者近五十万，环比增长约50%。

而根据中国音像与数字出版协会披露数据，受疫情“宅经济”影响，兼职写作也在二零一九年的基础上成为越来越多作者的选择，在签约作者中占比超过六成。以第四届全国现实题材网络文学征文大赛为例，参赛者中超过89%的作家是兼职写作，他们的本职工作身份有大学教授、国企骨干、扶贫干部、警察、现役军人、科研人员等等。同时，网络文学创作队伍规模持续扩大带动了数字经济就业，疫情期间，网文行业成为“斜杠青年”的重要创收渠道。

作家作品数量的规模增长为网络文学更好地肩负描摹现实画卷、书写伟大时代的使命提供源源不断的新生血液，如星星之火散落在广阔的网络文艺园地每一个角落，不断生产更多更丰富的高质量、高品位的文学作品，以生生不息的朝气和灵动敏锐的反应，全面绘制当代中国的精神图谱，传播中华文化，不断壮大繁荣社会主义文艺的“生力军”和“轻骑兵”。正是在这个意义上，网络作家的规模增长使得网络文学作为产业链的上游产品库存充足、有备无患，为辐射带动全媒体运营的各行各业实现跨界融合、丰富读者全方位的精神需求提供了现实基础。

（二）网络文学作家队伍构成新趋势

1. 我辈登临正少年——Z世代成为网络文学作家新增主体

网络文学作家年轻化趋势势不可挡。根据阅文集团相关数据，二〇二〇年阅文集团新增网文作家Z世代[①]占比近八成，已成作家队伍新增主体。同时，结合艾媒咨询《二〇二〇年中国网络文学作家影响力榜单》及阅文集团推选出的二〇二〇年度网络文学榜样作家“十二天王”样本分析可以发现，不仅新增作家Z世代化，新生代作家的接连崛起也使得“成神作家”愈发年轻，元气满满的网络文学作家生态正在形成。

二〇二〇年起点中文网成绩最佳的作者——老鹰吃小鸡就是一位九零后，他的作品《万族之劫》堪称二〇二〇年起点中文网现象级作品，以单月超四十一万的月票打破网文男频小说月票纪录史，并以全年二百二十三万总月票的成绩，问鼎阅文原创文学风云榜二〇二〇年度男生总榜。同时，《万族之劫》还是二〇二〇年阅文自有平台更新字数最多（全年累计更新七百五十七万字）、总收入和总订阅第一、总评论量第一（全平台评论量超三百万）、读者打赏数额最高的作品。

同样是九零后，新生代作者言归正传的《我师兄实在太稳健了》是起点二〇二〇年另一现象级作品，打破阅文平台二〇二〇仙侠品类均订纪录，开创“稳健流”先河，并成功将“稳健”一词

① Z世代：九五年以后出生的群体，包含九五后及零零后。

送上起点年度热词 TOP1。

阅文集团推选出的二〇二〇网络文学年度榜样作家“十二天王”（年度网络作家中的新晋佼佼者盘点）中，九零后占据半壁江山，最年轻的是九六年末出生的云中殿，他凭借一本《我真的不是气运之子》“一书封王”，获“轻小说气运之王”称号，仅在起点一个平台，便拥有超百万的粉丝量，连续五个月稳居品类月票榜 TOP 5。

零零后作家亦崭露头角，笔书千秋凭借《召唤至绝世帝王》打破零零后作者当前连载作品均订纪录。

网络作家队伍以“Z 世代”为增长主体的“少年化”和“逆龄化”发展倾向，和“网生代”成为网络文学的接受主体和消费主力相匹配。作者和读者这两个群体的年龄层和价值观更为相近，有相似的成长经历及写作风格和兴趣爱好，可以更大程度契合阅读需求。网生代作者有着更敏锐的网络嗅觉和更细致的网络语言表达，能更好地理解网络文化与网络思维，更加懂得以“圈粉”和“埋梗”等技术手段维持粉丝黏性和个人热度。同为网络原住民的年轻作者通过作品所传达出来的对个性和自我实现的意愿也更容易获得读者共鸣，很多九零后、九五后甚至零零后作者的成名期较之以前更短，有的甚至“一书成名”。

由此，在年轻创作者的带动下，“网文梗”成为网络文学反映文化趋势和引领传播潮流最显性的内容表达。年轻的作者不仅可以灵活化用甚至发扬网络上已有的“梗文化”，更能够成为网络流行语的源头，使得网络文学成为一种独特的话语场，深刻影响读者的语言习惯和用词表达。相较于视频等其他内容形式，创作周期更短，信息密度更大，描述上更不受限制，因此可以更快地反映前沿文化趋势和流行内容元素，引领网络文化的传播潮流。

以起点读书二〇二〇年度 TOP 热词为例，“稳健”“思想迪化”

“大兴西北”“不当人子”便是二〇二〇年最热门的“网文梗”，它们或从网文内部生长而成，或是在网文的嫁接下“破圈”发展。

“稳健”一词源于言归正传《我师兄实在太稳健了》。“稳健”的主要来源，是B站的鬼畜，动漫《我家大师兄脑子有坑》和电竞直播梗“他太稳健了”。经过网络文学的“博采众长”，“稳健”一词在网文发展壮大，并带动了网文“稳健流”的诞生。

“思想迪化”源于动漫《OVERLORD》中的角色迪米乌哥斯。他十分崇拜动漫中的另一角色安兹，总认为安兹什么都知道，无所不能。因此当安兹做什么事情或说什么话的时候，迪米乌哥斯总会脑补安兹有宏大的计划或者考虑了深远的意义。但其实安兹并没有想这么多。因此，后来迪米乌哥斯每次脑补的时候就会有弹幕说思想逐渐迪化。这个网络用词被九五后作家黑夜弥天引入《平平无奇大师兄》，掀起了“迪化流”狂潮。

“大兴西北”是九零后作家会说话的肘子《第一序列》作品中生长出来的“内部梗”。书中一个配角大忽悠骗他人到西北的行为称为“大兴西北”。“不当人子”出自《西游记》，原意指不敢当，被网友发掘后，常用作“不是人”的双关玩梗，被九零后作家卖报小郎君在《大奉打更人》中反复引用。

可见，新锐作家接连崛起，年轻血液不断涌入，网络文学行业年轻化趋势显著，网络文学创作生机勃勃，呈现出“满眼生机转化钧，天工人巧日争新”的盛景。

2. 网文呈现多元化、专业化、呼应主流价值趋势

二〇二〇年，网络文学高质量发展成为行业共识，内容建设作为最根本的发展举措和核心目标得以巩固。在社会引导、平台鼓励和行业监管的合力作用下，由题材、类型和主题建构起的内容要素市场得到充分发育，网络文学呈现出兼具现实性与专业性、多元化与高质量发展的趋势。

二〇二〇年，网络文学已形成都市、历史、游戏等二十余个大类型，二百余种小分类，新生力量的输入大大改善了网络文学同质化、陈旧化的痼疾，为网络文学发展带来全新活力。轻小说、二次元等题材类型在Z世代创作者和消费者的主导下崛起，宏大叙事和轻松幽默吐槽风各表一枝，“平民逆袭”“打怪升级”的“传统套路”不再所向披靡，现实流与幻想流、都市风与历史风、次元系与生活系、网络工程师和动漫人设师等非传统职业和曲艺收藏等非热门元素接连登场，种种题材和领域不断“破圈”，作者和读者之间的深度互动与平视交流愈来愈频繁、顺畅，更强的个性和话语权、更高的专业纵深性和垂直性、更多元的话题和更广阔的地域覆盖面……网络文学在创作者和消费者年轻化的带动下，呈现旺盛的生命力和百花齐放式的创新力。“一花独放不是春，百花齐放春满园”，多元化的类型和多样化的题材结构，为网络文学高质量发展奠定了基础。

网络文学虽然题材丰富，天马行空，但从未脱离当下，每个阶段受读者喜爱的网文品类，都是时代背景和社会心态的映射。近来，在国家政策倡导和平台支持引导下，网络文学对现实的关切已经融入到网文创作的类型化发展当中——都市文大热，其中的细分流派职业流成为起点最火的流派之一。二零一五年至今，阅文平台医疗题材数量年均增长率达到40%，以志鸟村《大医凌然》、真熊初墨《手术直播间》和手握寸关尺《当医生开了外挂》为代表的医学类题材连续成为起点职业文的热点。其中，大多医疗病例和手术内容都源于现实生活，甚至不少内容是根据论文和指南撰写。可见，都市文、职业流的火热，使得网络文学呈现专业化趋势。被称为“二〇二〇都市职业文最强王者”的《当医生开了外挂》作者手握寸关尺，就是一位三甲医院的职业医生；第三十一届中国科幻银河奖最佳网络文学奖获奖作品《我真没想当救世主啊》的作者火中物毕业于四川大学环境科学专业，曾长期从事一线环保科研工作；《大国重工》、《何日请长缨》的作者、阅文集团大神作家齐橙是中国社会科学院工业经济研究所的博士、北京师范大学的统计学副教授。高学历网文作者比例日趋增长。

二〇二〇年，受疫情影响，网络文学关照现实、呼应主流价值的趋向尤甚。二〇二〇年，阅文集团举办了“我们的力量”抗疫主题征文大赛，参赛作者覆盖全国一百多个省地级市，短短一个多月就吸引了27800余名作者，有驻村干部、大学生村官、抗疫武警等一线人员参与创作，涌现了《一诺必达》《你好普通人》等大批记录各行各业普通人抗疫的优秀作品。抗疫、医疗、脱贫等时代话题也迅速反映在网络文学创作中。网络文学不仅蕴含着时代精神，也承载着中国故事，并成为具有全球影响力的中国文化符号。阅文旗下起点国际海外原创作品已超十六万部，世界观和故事架构深受中国文化影响，蕴含着奋斗、热血、尊师重道等中国元素。

纵观二〇二〇年网络文学发展，创作队伍呈现出明显的年轻化、专业化趋势，整体特点是年轻化势不可挡，新生代锐进崛起，中生代稳中求变，资深作家持续影响。如今，资深作家与新锐作者同堂，共同促进网络文学内容生态繁荣。

### （三）网络文学平台与作者新关系

二零零三年，起点中文网创立付费阅读系统——VIP付费制度，开启网络文学的产业化构建。自此，网络文学平台与作者的商业合作模式，伴随网络文学的商业模式、运行体系与版权拓展机制的建立相应而生，至今运转近二十年。在这段发展历史中，在网络文学产业内部，网络作者社会地位逐步提升，网络文学IP市场趋于成熟，网络文学产业走向规范化并蓬勃发展；在文娱产业环境外部，随着传播媒介和传播方式的改变，用户获取资讯、体验内容、娱乐生活的方式也有了“翻天覆地”的变化，文娱消费产品空前繁荣，表现形式亦愈发生动。

而网络文学平台和作者的关系在近二十年的发展历程中鲜于“推陈出新”、逐步改良。过往平台和作者的关系流于陈旧，难以适应网络文学创作的“新环境”及新发展，也埋下作者与平台矛盾的隐患。这种不适应带来的内在张力和矛盾，在阅文新管理层上任和疫情“黑天鹅”的变动和挑战下触发。可以说，网络文学平台与作者的关系在二〇二〇年进入迭代期，平台加速转变为“服务型”平台，以积极的姿态建立和作者的新型关系。

二〇二〇年六月阅文推出全新版本合同，成为网络文学平台与作家关系迭代更新的标志性事件。新合同三类四种授权分级、免费或付费可自选，赋予作家更多自主权，扩大作者权益，鼓励内容创作。若以二〇二〇年为节点，这或许是平台自发的偶然性事件，如若将其放在网络文学发展史的坐标中，作者和平台关系的迭代则是偶然中的必然。除“单本可选新合同”外，阅文自新管理层上任以来，先后改革升级编辑分组制度，全面升级作家福利政策，启动阅文起点大学，发布亿元“青年作家扶持计划”……等等新举措，阅文新管理层称之为“作家生态建设进入 2.0 时代”。无论我们用什么修辞来表达这一系列举措，其本质都是平台与作者关系转变的外在表现，意味着网络文学平台必须直面双方关系和创作环境的内在矛盾，转向“服务型”平台，化“张力”为“合力”，才能满足网络文学作家的根本要求，共同应对市场竞争和发展的挑战。

## 二　网络文学消费群体迭代——Z 世代主导的网络文学用户新貌

网络文学自诞生以来，消费主力人群便以年轻的都市群体为主。随着网络文学二十余年的发展，其受众也从八零后、九零后逐步更迭为九五后、零零后。据阅文集团数据，其读者 Z 世代占比近六成（零零后占比42.36%，九五后占比15.01%）。作为互联网原住民，Z世代读者进一步放大了网络文学的“网络性”特征，呈现出付费意愿强、互动高频、热衷于衍生创作的网络文学用户新面貌。

（一）Z世代主导的网络文学用户付费意愿更强

作为网生代，Z世代对虚拟产品付费接受度较高，付费比例显著高于整体平均水平。从整体数据来看，二〇二〇年上半年，阅文集团在线业务收入同比增长50.1%至24.95亿元，自有平台产品及自营渠道的平均月活跃用户数（MAU）同比增加7.5%至2.33亿，每名付费用户月均收入（ARPU）同比增加51.6%至34.1元。

非常显著的是，Z世代十分乐于为优质作品付费，用真金白银为“真爱”打CALL。二〇二〇年，阅文全站仅单日打赏超十万元的作品就有十六本，并有十九位作家在一年内收获超一百位“盟主”①。五月完结的《诡秘之主》，获得亿万订阅、千万推荐、百万打赏，打破网文二十年纪录。老鹰吃小鸡《万族之劫》除凭借超四十一万的单月月票成绩创造了网络文学新纪录外，还是二〇二〇年读者打赏数额最高的作品，也是起点读书二〇二〇年“盟主”数量最多的作品，拥有827位“盟主”。言归正传《我师兄实在太稳健了》最高单日获得月票超十万张，在二〇二〇年内增加了165个“盟主”②。今年十月三十一日，书友“壶中日月，袖里乾坤”通过打赏贡献月票99666张。亿盟之力，恐怖如斯。

总体看来，Z世代主导的网络文学用户，年轻而有活力。他们拥有良好付费习惯，乐于为优质作品买单。同时，Z世代的用户也是更精明的用户，他们对作品质量有属于自己的独特要求和标准，

① “盟主”：打赏作品超过一千元人民币的读者。

② 此书从二零一九年开始连载，二〇二〇年完结。

《万族之劫》《我师兄实在太稳健了》等作品大受追捧，折射出他们的欣赏趣味。用户需求所形成的动力和压力，倒逼网络文学生产做出调整和改变。同时，网络文学二十余年的发展积淀，也奠定了新生代读者多元化的阅读兴趣和更高的阅读期待。这些需求汇聚到一起，昭示着网络文学用户的整体性成长，以及他们对作品质量的更高追求。

（二）遍及全网的书友高频互动

相比消费本身，Z世代用户更关心的是消费体验，其互动和表达意愿也更高。尽管书评区互动的“传统”源远流长，自网络文学诞生之日起就作为网文独有的特色流传至今，但在Z世代读者的主导下，无论是互动的数量、对象（从作家作品扩散至作品角色），还是范围（不局限于平台，全网交流），都有所扩大和提升。

在热衷表达自我的Z世代用户带动下，书评量和趣味性持续提升。如前文所述，“网文梗”就是在这种高频互动下带动发展出的文化现象之一。二〇二〇年，阅文全平台“本章说”[①] 数量近亿，累计评论量超百万的作品超百部。其中，越是热门作品的评论区越是嗨爆，常常聚集大量读者讨论人物情节、猜测剧情走向。《诡秘之主》累计评论数超一千二百万条，斩获榜首。阅文其他粉丝数超百万、“本章说”评论数超百万的作品还有《超神机械师》《第一序列》《大奉打更人》《临渊行》和《大道朝天》等作品。这些作品的“本章说”精彩程度丝毫不输原文，评论区常常让人“笑到地崩山摧壮士死，然后天梯石栈相钩连”。与高频互动相伴的是更强的用户粘性和付费意愿。据阅文集团数据，“本章说”对用户人均阅读时长的提升贡献超过32%，对用户付费率的提升也有超

① 阅读平台的评论功能，即数字阅读版“弹幕”。

10%的贡献。

作品之外，以作家为中心的粉丝群体也逐步孵化形成。二〇二〇年阅文所有作品评论量累计超百万的作家有六十九位，阅文自有平台累计粉丝数超百万的作家有十九位。

除了作家作品，伴随虚拟偶像浪潮的兴起，书中角色也成为了Z世代读者喜爱的对象，以作品角色为中心的评论互动也已形成不小规模。读者利用社区功能，与自己喜爱的角色亲密互动，为他们比心、点赞。截至二〇二〇年十二月，阅文平台角色累计读者比心（起点读书围绕作品角色打造的应援功能，即读者可通过在起点读书APP内为喜欢的作品角色点赞来为其应援）量破亿，角色标签数超三十万。《万族之劫》男主人公“苏宇”、《诡秘之主》男主人公“克莱恩”、《我师兄实在太稳健了》女主人公“蓝灵娥”、《我真没想重生啊》女主人公“沈幼楚”、《大奉打更人》配角“小母马”、《欢想世界》配角“风君子”就因出色的人物形象设计，被评为二〇二〇年起点用户最喜欢的角色。

Z世代读者的交流范围不仅仅局限于作品连载的平台内部，微博、B站、百度贴吧、豆瓣、LOFTER等社交平台都留下了他们的话语踪迹，遍布全网的交流活动呈现圈层化态势。以微博为例，二〇二〇年《诡秘之主》的微博话题阅读量就达一点四亿，讨论166.3万次，微博超话相关帖子超一点二万个。其他相关话题阅读量过亿、讨论次数过万的热门作品还有《第一序列》《万族之劫》《猎赝》等。

### （三）书粉衍生创作构建IP“基建”

阅读愉悦会激发读者的创作欲和文化生产力，为自己喜欢的作品“应援”、“产粮”，从而涌现出大量的衍生创作。这些衍生创作，既是在原著架构下的延伸与填充，也成为以粉丝聚集效应为基础的 IP“基建”，不仅填补了网文 IP 开发的“真空期”，更为后续 IP 开发提供框架参考奠定基础。

同人图片是角色视觉化的基础，勾画出书粉脑海中的角色轮廓。这种可视形式备受 Z 世代书粉的喜爱。《诡秘之主》就有万名画师自发制作海量衍生作品，其在 LOFTER 平台上的衍生作品拥有近两千万的浏览量。某粉丝在微博晒出自己精心绘制的长图，向书中的重要人物阿兹克先生送上生日祝福，被网友称赞：“真是美得让我不知道怎么夸夸了”。另一位书友则为书中的二十二条非凡途径精心设计了全套徽章，也受到其他粉丝热捧。

衍生文是 Z 世代书粉另一喜爱的创作方式，通过在原著架构下的延展和填补，与作者“共创”，形成相互交融的“IP 宇宙”。在起点中文网搜索《庆余年》，除了原作外，还有 1322 部相关作品，大部分为《庆余年》的衍生之作。佼佼者如《庆余年之我是主角》《开局出生在庆余年》等作品，拥有几十万字的体量，收藏数破万，足见衍生作品也有不俗的内容品质与影响力。

除视觉产品外，配音和广播剧也是网文衍生创作的重要内容。在“起点读书”APP 中，读者可以朗读文中的段落，自己为角色配音。二〇二〇年全年配音条数超六十万，参与配音互动的人数超十五万。除了音频，粉丝也常常围绕作品中的经典桥段借视频自发“玩梗”。B 站“庆余年”频道，共有近两万个视频，共播放三亿次，一百五十二个精选视频，两点七万人订阅。除了“玩梗”，B 站还涌现出大批对热门作品（小说、网剧、电影）进行解说（安利作品、分析剧情等）的视频区，许多作品被网友收录为“每周必看”。

我们看到，“为爱发电”的衍生创作，一方面充分调动和展现了书粉的创造力，为作品的视觉、听觉构建打下基础；另一方面又能帮助作品“出圈”，吸引潜在受众，为 IP 影响力形成铺垫。因此，书粉的衍生创作成为构建 IP 的“基建”。应该认识到，书粉衍生创作已经成为“网络文学+”产业文化生态的有机构成，并为增强整个产业文化生态的活力持续发挥独特的作用和能量。

## 三　网络文学新兴商业模式

网络文学发展至今，伴随着外部环境的变化，尤其是互联网技术和传播媒介的发展与迭代，网络文学这种以“网络”为载体和文体结构基础逻辑的内容也顺应媒介的变化有了新的发展。

近两年，免费阅读和新媒体文成为新兴商业模式，得到快速发展。值得肯定的是，免费阅读和新媒体文激活了下沉市场，成为刺激数字阅读市场快速发展的新兴力量，为网络文学的内容和用户带来新增量，也拓宽了网络文学市场规模。然而，免费阅读和新媒体文作为新生事物，在扩容市场、蓬勃发展的同时，收入模式单一、内容水平参差不齐、孵化IP能力不高等问题也先后出现。为积极解决已有问题，保护行业新生力量，网络文学行业开始持续孵化优质内容，加速免费/付费融合商业模式探索，成为二〇二〇年网络文学非常重要的发展趋势。

### （一）免费阅读发展趋势

1. 伴随行业发展，免费阅读模式问题与机遇一并显现

长期以来，网络文学以“付费模式”为主流并稳固发展。但伴随着趣头条、字节跳动、阅文、掌阅、百度等企业的入局，免费阅读为网络文学的内容规模和读者群体都带来不小的增量，吸引了大批“圈外用户”。但是，免费阅读高速发展后带来的问题，在行业“聚光灯”下亦有显现。

免费阅读仍处在快速发展阶段，并开始探索除广告之外的新变现手段。

根据QuestMobile发布的《二〇二〇中国移动互联网年度大报

告·下》显示，二〇二〇年十二月，免费网文 App 行业用户规模一点四四亿，较上年同期的一点一八亿，增长了 22%，免费阅读仍处在高速增长期。

目前，免费阅读模式主要通过为读者提供免费内容获取相应流量，再通过信息流广告、展示广告等形式进行商业变现。但是，平台广告收入受广告主预算、广告主竞价水平、广告点击率/转化率等多种因素影响，存在较大不确定性，平台与作者收入也容易出现波动。另一方面，“流量+广告”模式是否能够帮助平台维持健康、长远的发展目前并不明朗，仍需进一步观察。因为早期的免费阅读平台主要通过投放获客、网赚奖励等手段，短期内快速获取大量用户，再通过“流量+广告”模式进行变现。但是，据实际情况来看，这种模式似乎并不能完全覆盖平台为获取更多用户所付出的投入。随着平台投入减小，其用户也在快速流失，这也是早期免费阅读平台逐渐没落的重要原因。

据行业公开报道，部分业内人士认为，从现在的市场规模来看，只有头部平台的用户体量能勉强通过广告营收覆盖成本。因此，部分免费阅读平台已推出“VIP 会员”权益，用户购买后可享受阅读免广告、听书免广告等增值服务。归根结底，此类措施是在“免费模式”基础上的“付费拓展”，即平台通过用户购买增值服务获取收益，进而丰富整体变现手段。据不完全统计，目前番茄、七猫、米读等众多免费阅读平台均上线了“VIP 付费免广告”的模式。

免费阅读内容趋于同质化后，难以构建竞争壁垒；各大平台正在积极搭建免费内容库，未来免费阅读本质上还是内容吸引力的竞争。

主攻下沉市场的免费阅读模式内容打破了粉丝对作者创作的约束机制，更追逐时下热点和点击量，往往更偏向于爽文风格，同质化倾向较为严重。以二〇二〇年大火的“赘婿”题材为例，根据某平台统计，在此类题材流行度较高的时期，一个月内热度上升最快的前十部作品中，赘婿题材占30%，成为免费模式男频小说的主流题材，内容也以“主角入赘受欺压，最后反转打脸”为主。虽然这种做法能够帮助作品在短期内快速获取一定流量，但是长远看，并不利于平台丰富自身内容生态，建立竞争壁垒。同时，内容同质化也导致了平台用户粘性低，为用户快速流失埋下隐患。为防患于未然，字节跳动于二〇二〇年先后与中文在线、塔读文学、掌阅科技等网文公司达成版权合作或投资入股，持续为旗下番茄小说扩充内容库。阅文集团一方面战略投资中文在线，一方面上线面向免费阅读市场的内容创作平台昆仑，搭建免费内容蓄水池。可以预见的是，未来免费阅读赛道重心仍在差异化和有吸引力的内容生态方面。在内容库扩容之外，如何建立可持续且高质量的免费内容创作机制，将是各平台长期思考的问题。

免费内容短期内缺乏生产头部 IP 的机制与能力，但二〇二〇年在短剧领域进行了改编的尝试和探索。受限于内容单一且同质化严重等问题，在行业看来，免费阅读平台很难生产出具有开发改编价值的 IP，尤其是具有动漫、影视化等改变潜力的内容。

中国电影家协会编剧教育工作委员会与北京电影学院中国电影编剧研究院联合发布的《二零一九—二〇二〇年度网络文学 IP 影视剧改编潜力评估报告》显示，二零一九年—二〇二〇年度网络文学 IP 影视剧改编潜力作品排行中，上榜 IP 几乎都来自阅文、掌阅、中文在线、晋江等付费阅读平台。

二〇二〇年，包括米读、七猫在内部分免费网文平台选择短剧化的方式进行改编尝试。由于几分钟一集的短剧主要以“短平快”的爽点吸引用户，对网文内容深度要求不高，如今越来越多的免费网文平台开始了短剧化探索。

2. 免费阅读与付费阅读融合发展优势显现，成为行业重要发展趋势

如何突破现有免费阅读的局限，越来越多的平台开始探索免费阅读模式未来的发展路径及空间。其中，付费阅读与免费阅读融合发展，已经成为单一免费阅读模式“破局”的趋势。综合各平台表现，付费阅读与免费阅读融合发展的优势主要体现在以下几个方面：

充分挖掘作品的阅读价值，延长作品的价值生命周期。作品在连载期可以面向付费阅读用户以订阅的方式获取收益，随着作品完结，内容则可以在适当的时候开放给免费阅读用户，并通过广告变现等形式获取更多收益，从而延长作品的阅读收益期。以网络文学早期的经典作品《斗罗大陆》为例，作品连载期间通过用户的付费订阅获取收益。随着作品完结，《斗罗大陆》则主要通过挖掘 IP 价值进行作品改编。在二〇二〇年，这部作品向用户开放了免费阅读权限，仅半年左右时间，作品在 QQ 浏览器单一平台的阅读人数便超过千万。除此之外，包括《庆余年》《武动乾坤》等一大批经典作品在开通免费阅读后，均激活了作品的“二次收益期”。

覆盖更大规模用户群体，提升作品热度，丰富收益方式。二〇二〇年起，开始有作者尝试付费渠道及免费渠道同时开放，通过覆盖更大规模的用户群体，提升作品热度及话题性，丰富作品收益方式。其中，谋生任转蓬创作的《我的徒弟都是大反派》连载期间长期占据起点畅销榜 TOP10，广告渠道单月收入超过二十万，成为双边爆款，作者本人也凭借该书影响力入选二〇二〇年度网络文学“十二天王”之一。同时，通过覆盖更大规模的用户群体，提升作品话题性及热度也有助于更多优质 IP 的产生，并加大后续 IP 运营效率。

提升免费内容质量，促进多元化发展。随着付费阅读与免费阅读融合，将有越来越多优质头部内容免费开放给下沉市场用户及新

晋用户，在满足用户多样阅读需求的基础上，提升了用户自身对于内容质量的要求。对于创作者来说，要求他们创作出更多高质量、新颖的优质内容，以往“蹭热点”获取流量的方式或将不再奏效。目前，《斗罗大陆》、《庆余年》、《斗破苍穹》、《庶女攻略》等等一批经典的付费作品开放了免费阅读权限，获得免费阅读用户的喜爱。同时，为鼓励优质免费内容创作，番茄、七猫、昆仑等免费平台，引导和助力孵化优质内容。对于免费阅读创作者来说，这将有助于改变其创作内容单一、同质化严重的问题，并建立内容竞争壁垒，提升用户粘性，推动平台更加健康发展。

我们看到，免费阅读给网络文学行业带来的“鲶鱼效应”，让免费阅读的问题与发展潜力同在。变化中孕育发展，竞争中蕴藏升级。长远看，免费阅读和付费阅读将长期并存，在融合效应下，或为行业带来新的化学反应。

### （二）新媒体文发展趋势

新媒体文作为网络文学付费模式的另一趋势和“新生物”，随传播媒介更迭而诞生。它主要通过微信、浏览器等渠道进行推广，受众以接触网络文学时间不久的下沉市场用户为主，其内容题材也偏向于快节奏的内容。二〇二〇年，因其媒介特点带来的新趋势有所显现：

推广渠道众多、用户覆盖广的优势得到进一步释放。新媒体文突破了过往集中在网文平台的“付费”，将触角覆盖到更广泛的“新媒体”中，进而获取了更大范围的用户和更高的收入。据阅文集团数据显示，二〇二〇年新媒体渠道共为作家发放稿费三万余次。其中，作者风会笑单月单本新媒体稿酬高达482万；作者牧童听竹单本单月稿酬连续数月过百万，二〇二〇年全年新媒体稿酬超过千万；作者百里龙虾，半年时间内新媒体稿酬涨幅高达四百多倍。

但与此同时，新媒体文与免费阅读面临相似的局面——新模式打破了传统粉丝对作者的约束，创作更追逐点击和时下热点，最终可能影响文学创作整体质量。新媒体文本身存在着高度同质化的问题，常由于过于“博眼球”的内容而饱受诟病，影响了公众对网络文学整体的观感。因此，网络文学平台需要积极、迫切地探索解决方案。

长远来看，鼓励内容风格朝着多元化方向发展或可成为解决之道。二〇二〇年，新媒体文在都市、玄幻、历史、军事、现言、古言、女强等众多题材的优质内容开始显现。其中，历史题材作品《钢铁皇朝》、军事题材作品《最强兵王》，女频作品《夫人你马甲又掉了》等均取得良好成绩。

## 四 网络文学出海新发展

中国网络文学步入世界舞台，是中国文化走出国门、提升竞争力的重要契机。如何抓住这一历史机遇，将中国网络文学从“海外热”变成“海外名片”，为“构建网络空间命运共同体”和促进世界文明互鉴和文化交流，更好地发挥网络文学的作用，既需要网站、作家和译者等方方面面充分发挥积极性和主动性，也需要国家层面强化顶层设计，将中国网络小说的海外发展提升到文化强国战略高度，加大政策扶持力度与服务性保障。

### （一）国内作品出海规模

根据中国音像与数字出版协会发布的《二零一九中国网络文学发展报告》，从出海规模来看，截至二零一九年，国内向海外输出网文作品万余部，覆盖四十多个“一带一路”沿线国家和地区。二零一九年翻译网文作品三千余部。

而据艾瑞咨询发布的《二〇二〇年中国网络文学出海研究报告》显示，二零一九年，中国网络文学的海外市场规模达到四点六亿元，海外中国网络文学用户数量达到3193.5万。

1. 翻译出海规模

起点国际（Webnovel）作为国内互联网公司在海外率先实行付费阅读的文学平台，目前累计访问用户已超7300万。起点国际与北美、东南亚为代表的世界各地的译者和译者组进行合作，上线超1700部中国网络文学的英文翻译作品。

中国网文得到越来越多的全球读者的欢迎与认可。在作品类型上，全面囊括玄幻、奇幻、都市等多元题材，内容丰富多样。如融合蒸汽朋克和克苏鲁神话等元素的《诡秘之主》；体现中国传统文化尊师重道的《天道图书馆》；来源于东方神话故事传说的《巫神纪》；弘扬中华传统美食的《异世界的美食家》；体现现代女性经营事业与爱情，自立自强的《青春从遇见他开始》；体现现代中国都市风貌和医学发展的《大医凌然》；讲述当代年轻人热血拼搏故事的《全职高手》等，讲述奋斗崛起励精图治的《修罗武神》等等不胜枚举，在海外读者中都有着很高人气。

中国网络文学的读者几乎覆盖全球。“歪果仁”也爱边“吐槽”边刷文，用户活跃度不断上升。以起点国际为例，目前点击量超千万的作品近百部。读者通过在社区里评论、追更、了解作品文化，在线社区每天产生近五万条评论，评论区常常聚集大量的情节人物讨论，和对作品剧情走向的猜测。另外，通过平台上的词汇百科，读者还可以轻松了解八卦、太极等网络文学中常见的东方文化元素，了解当代中国的各种网络文化。

2. IP改编出海

目前，网文IP改编出海已初具规模。在一带一路文化交流上，网文IP改编作出了可喜的贡献。例如热门IP改编作品《择天记》

曾作为入选“一带一路”蒙俄展映推荐片目中唯一古装剧，在俄罗斯进行展映，受到特别关注。此外，《扶摇》《武动乾坤》《你和我的倾城时光》《黄金瞳》《知否？知否？应是绿肥红瘦》等等，具有相当热度，覆盖全球数十个国家和地区，在YouTube等欧美主流视频网站及东南亚地区各大电视台热播。如《全职高手》《天盛长歌》等，登陆海外知名流媒体平台奈飞（Netflix），进入全球千家万户。IP改编将文字通过影视化等形式更加立体、丰富地呈现，通过更多视觉语言展现中华文化的深厚底蕴。国内爆款IP改编剧《庆余年》英文版《Joy of Life》，海外发行涵盖五大洲多个新媒体平台和电视台，YouTube社区里，范闲、庆帝等角色，获得数十万点赞和数千评论，海外粉丝一边看剧一边讨论中国传统文化。《庆余年》在Rakuten Viki平台播出后，成为同期播出的华语跟播剧第一名，用户评分高达平均九点七分（满分十分）。网络文学让中国文化传播做到了“润物无声”。

除经久不衰的实体书海外出版发行外，不仅是成熟的IP改编作品走红海外，IP改编版权和电子版权也越来越受欢迎。

（二）海外原创生态与特点

1. 海外网文读者和作者特点

海外在线阅读的主力消费人群是十九到三十岁的年轻人。在数字阅读消费者中，北美男性和东南亚女性占比更高。起点国际（Webnovel）自二零一八年四月开放海外创作平台以来，吸引了来自全球超十万名创作者，已创作原创网络文学作品超十六万部。从区域分布来看，东南亚和北美的作者占比最大。从性别分布来看，海外作者中女性占57.8%，男性占42.2%。从年龄分布来看，二十五岁以下的年轻人是创作主力。分析海外作者的创作动机，兴趣和初始的故事创作欲望是驱动创作的主要因素，而成为专职作家、作品改编和出版书籍亦是作者持续创作的主要动力。

2. 海外原创作品特点

从海外原创作品类型整体分布来看，奇幻和言情是作者创作最多的类型。其中，女性作者最爱的类型是言情、奇幻和魔幻现实；男性更偏向于奇幻和魔幻现实，其次是科幻、言情和电子游戏类。中国网文出海的翻译作品对海外用户的创作影响成正相关。

3. 海外作者培养机制

基于全球作者的需求，中国网络文学企业正在把本土的作家培养机制，包括作家学院、作家激励、作家运营等带到海外，帮助更多的作者成为有专业水准、可持续投入的专职作家。通过创作获得收入正在推动全球作者生活的改变。例如，菲律宾作家 the Blips，她的代表作品《The Villain's Wife》获得起点国际在菲律宾举办的 Webnovel Spirity Awards 春季赛季的冠军。作品受到众多读者欢迎，作者从全职主妇成为家庭经济支柱。菲律宾国际书展期间，马尼拉知名电视台将其作为社会标杆进行宣传。

中国网络文学起始于当代科技飞速发展和传统文学迭代更新，博采中外文艺之长，广聚新旧媒介之利，已形成与美国电影、日本动漫和韩国电视剧并驾齐驱的“世界文化奇观”。如今的网络文学，不仅具备传统文学人心相通的“共情力”、声应气求的“感染力”，而且还拥有超越时空的“传播力”和无远弗届的“影响力”。众多走出海外的优秀网络文学作品，不仅对创意产业全球化和 IP 开发多样化发挥着推动作用，而且对“建构人类命运共同体”起到鼓舞人心、凝聚共识的促进作用。令人欣慰的是，网文出海的强大优势不仅体现在“讲好中国故事，发出中国声音”，而且体现在缩小国际形象“自塑”与“他塑”的差异，推动文化交流从“各美其美”走向“美美与共”。

带有跨文化传播基因的中国网络文学，正在推动“中华文化走出去”、促进全球文明互鉴和文化交流，凸显出不可替代的重要作用和价值。

## 五　网络文学 IP 开发新趋势

“IP”已经成为新文化产业的增长引擎，影响力和经济效应不断放大，IP 也逐渐成为文娱产业从业者的发力方向。网络文学以丰富的内容储备、多元化的叙事品类以及较低的创作成本优势为其他艺术形态的改编奠定了良好基础，成为数字文化产业的活水之源。

新华社瞭望智库发布的《面向高质量的发展：二零一七—二零一八年度 IP 评价报告》显示，当年度共计二百七十四个国内互联网文化 IP 中，网络文学原生 IP 占比最高，达 27.7%。除了在文娱产业渗透率不断走高之外，二〇二〇年，网络文学 IP 呈现出改编形式多元、改编链条耦合、改编题材焕新的三大趋势。

### （一）网络文学改编形式多元化

从过去几年的开发路径看，网文 IP 改编形式主要以动漫、影视、游戏为主，完成对“文漫影游“链路覆盖，二〇二〇年，这一路径得到进一步强化。

据骨朵国漫数据统计，二〇二〇年快看漫画、腾讯动漫、小明太极旗下平台、哔哩哔哩漫画四家漫画平台中，头部小说改漫画的年收藏数达到两百万万级别。除哔哩哔哩漫画外，其余各漫画平台的头部作品中，小说改编漫画的比重至少在 30% 以上。

在数量占比不断提升的同时，网文 IP 动漫改编作品质量也在提高。《凡人修仙传》《武动乾坤第二季》《星辰变第二季》《天官赐福》等等作品豆瓣评分均在八分以上。

影视化方面，据《网络文学 IP 影视剧改编潜力评估报告》显示，在二零一八年、二零一九年共三百零九部热播影视剧中，由网络文学IP改编的作品有六十五部，占比约21%；而热播度最高的百部影视剧中，这一占比高至42%。

在动漫和影视改编之外，近年来音频以及短视频行业快速发展，占据用户时间陡增，需要大量内容填充满足用户需求。将网文改编成音频、短视频内容成为平台首选，网络文学IP开发有了更多维度补充。

据艾媒咨询《二〇二〇年中国有声书行业发展现状及趋势分析》显示，二零一九年中国有声书行业市场规模为六十三点六亿元，二〇二〇年预计有声书行业发展将进一步增速，行业规模将达到九十五亿元左右，增速接近50%。而市场规模增大的原因与大量网络文学IP改编为有声书有直接关系。艾媒咨询分析认为，有声书用户更偏好轻松娱乐类的内容，网络文学和类型小说是其中的热门产品。

在此基础上，越来越多音频平台以及音乐流媒体平台开始选择与网络文学IP方合作，共同发力网文有声书市场。阅文以及其他主要网络文学平台，均将与不同音频平台达成合作作为主要业务版块之一，共同开拓长音频领域有声作品市场，并时有爆款作品出现，为有声书改编市场的发展壮大提供了成功数据。

二〇二〇年，在音频有声书之外，短剧成为网络文学改编的另一热门赛道。尽管免费阅读在短期内缺乏孵化IP的能力，但其短平快的内容符合短视频内容市场的需求，在二〇二〇年作为一种现象出圈，如“赘婿”“龙王”系列等魔性的网文平台短视频广告爆红。据不完全统计，二〇二〇年起，以抖音、快手、微视为主的短视频平台一方面制定了相应的“微短剧创作者扶持计划”，一方面也与各大网络文学内容方达成合作开发协议。如快手联合米读达成短剧开发战略合作；腾讯微视也与阅文集团、腾讯动漫、腾讯游戏等达成“火星计划”，共同推动网文改编竖屏短剧产业的发展。随着免费阅读市场未来的成熟，IP 孵化能力的进一步提升，可以期待，短剧市场将迎来真正的 IP。

（二）IP 改编链路趋向耦合

中国文化产业已基本完成现代产业布局，“文漫影游”联动等 IP 文化生产思维已成为网络文学产业 IP 开发的共识，行业进入全新的发展阶段。从过去几年的开发路径和案例来看，行业工业化水平仍需不断提升，如何以 IP 思维共建内容生产仍在摸索中，网络文学与其他各个形式的开发环节相对较为分散和独立，集体抗风险能力偏低。二〇二〇年，以影视行业为代表的 IP 开发产业链路开始意识到，通过产业耦合提升抗风险能力的重要性。网络文学头部企业依据自身优势，引领了网络文学 IP 产业与内容产业链耦合态势。

二〇二〇年，以阅文为代表的网络文学平台正在通过以腾讯影业、新丽传媒、阅文影视组成的“三驾马车”及“三百部网文漫改计划”等方式，打通 IP 在不同阶段下的运营开发形式，实现 IP 从网文到动漫，动漫到影视、游戏及衍生品的精细化运营，建立系统、高效的机制，强化内容产业链耦合，实现高质、高效的网络文学 IP 改编。

在此运行机制下，IP 爆款作品《庆余年》在腾讯视频和爱奇艺双平台总播放量突破一百三十亿次，一举摘得二〇二〇年上海电视节“白玉兰奖”两项大奖。同样在这套体系下改编的《赘婿》也成为二零二一年开年首个爆款，据数据统计，《赘婿》自二月十四日开播以来，仅十个会员更新日期间，爱奇艺热度值最高达 10745，创下爱奇艺史上热度值最快破万剧集记录，成为二零二一年首部爱奇艺热度值破万的剧集。

另外，随着《赘婿》影视剧的热播，也带动了原著热度的提升，原著日均阅读人数提升近十七倍，“书影联动”效应进一步放大——影视剧不断加强 IP 向心力，真正形成书到影视、影视到书的“互粉”效应。剧集播出期间，“起点读书 APP”内将原著“加入书架”的新增读者单日最高超过十万人，说明影视 IP 进一步提升了原著影响力，书影联动实现了 IP 粉丝的固本纳新。

（三）改编题材优势类别表现突出

影视剧一直是网络文学 IP 改编的重要领域。二〇二〇年的网络文学影视改编开发中，在古代言情、历史、玄幻等传统优势题材之外，幻想类以及现实题材作品愈加受到影视改编方的热爱。

过去国内工业化能力不足，成为新幻想类题材改编的痛点。就幻想类作品的特点而言，改编中要制造出可信的陌生世界，需要较高成本投入和工业化影视制作技术。随着《流浪地球》《鬼吹灯之龙岭迷窟》等影视剧的成功，我们欣喜地看到国内影视工业化逐渐成熟，为后续幻想类 IP 开发打下了良好基础。

二〇二〇年八月，国家电影局、中国科协联合印发《关于促进科幻电影发展的若干意见》，提出将科幻电影打造成为电影高质量发展的重要增长点和新动能，明确了对科幻电影创作生产、发行放映、特效技术、人才培养等加强扶持引导的十条政策措施，被业界称为“科幻十条”，为幻想类网文改编提供了政策指导。

随着《大江大河》《山海情》等剧集的走红，现实题材乃至主旋律题材影视剧被越来越多观众认可。根据《网络文学 IP 影视剧改编潜力评估报告》“二零一九—二〇二〇网络文学 IP 影视剧改编潜力榜”显示，上榜的四十六部网文作品中，现实题材占据十六部，占比超过三分之一。其中《大国重工》《上海繁华》《我的消防员先生》分别获得“个体激励”单项的最高分。由此看出，现实题材网络文学改编影视剧已获行业普遍认可。

## 六　网络文学版权保护新进展

### （一）网络文学盗版损失规模

随着法律法规政策的完善，管理部门执法力度的不断增强，国内网络文学平台坚持不懈地开展维权行动。但另一方面，信息网络、人工智能等互联网新技术带来的盗版隐蔽化、移动化等问题，正在带来更多正版维权挑战。根据艾瑞咨询模型核算不完全统计数据，二零一九年中国网络文学总体盗版损失规模为五十六点四亿元，其中移动端网络文学盗版损失规模为三十九点三亿元，呈现明显的反弹上升迹象。而据笔者一对一深入访谈的定性调研，不少业内人士反映，事实上损失远高于可统计到的数据，“盗版阅读的数量可能是正版的十倍以上。”

### （二）盗版侵权新趋势：移动化、跨境化、产业链化

1. 移动化

近年来，网络文学侵权盗版逐渐由 PC 端向移动端转移。中小型盗版网站通过移动端的搜索引擎、浏览器入口、应用市场，以及 H5 小程序、社交媒体、营销自媒体等多种形式传播，成为移动端侵权盗版行为的主要表现形式。

2. 跨境化

随着网文出海的迅速发展，由于盗版成本低、获利高，一大批境外文学翻译类网站，以为国外网文爱好者提供外文版的中国网络文学为名，在未经许可的情况下大量翻译国内优秀网文作品，以谋取巨大的网站流量、广告收入和其他经济收益。据保守估计，某知名欧美地区网站依靠上述侵权模式，每年可获利数千万美金。

以起点国际排名前一百部热门翻译作品为例，在海外用户流量排名前十位的盗版文学网站中，对这些作品的侵权盗版率高达83.3%。严重损害了国内网络文学企业、权利方利益，也阻碍了中国网络文学海外市场的开拓与发展。

3. 产业链化

网络文学盗版已经形成了完善的产业链，专业化盗版网站通过技术手段或者“盗打”方式，获取正规网络文学站点不断更新的正版内容，盗版网站以搜索引擎、浏览器主页为推广途径，引导用户点击，从而获取网络流量，同时在阅读和下载页面内嵌广告，赚取巨额广告收入。最后，搜索引擎、广告联盟与盗版网络文学网站按照一定比例共享灰色收益。体系化、规模化的利益链条使得侵权盗版行为有利可图，故而难以根除。

（三）对版权保护工作的建议

要加强网络文学版权保护，需要联合权利人、平台机构、行业组织、行政、执法、司法等多方力量协同合作，形成尊重原创、打击侵权、依法维权的共识合力，培养全民尊重版权的意识，采用区块链等新技术来共同推进。

1. 推进新《著作权法》落地实践

二〇二〇年十一月，十三届全国人大常委会第二十三次会议表决通过了关于修改著作权法的决定。将于二零二一年六月一日起施行的新《著作权法》，完善了网络空间著作权保护的有关规定，特别是大幅提高侵权法定赔偿额上限和明确惩罚性赔偿原则等，对进一步推进创作者维护自身合法权益起到积极作用。。

过往，整体网络文学侵权案件的判赔数额，不足以弥补权利人的损失，加之漫长的诉讼周期，整体上难以给侵权人造成实质压力。新修改的著作权法规定了一系列惩罚措施，大幅提高了侵权违法成本。故意侵权，情节严重的盗版行为，可适用赔偿数额一倍以上五倍以下的惩罚性赔偿；权利人的实际损失、侵权人的违法所得、权利使用费难以计算的，由人民法院根据侵权行为的情节，判决给予五百元以上五百万元以下的赔偿。

除此之外，新《著作权法》还在作品概念、技术措施等方面进行了条例修改完善。进一步全面推进著作权保护。深受侵权盗版戕害的网络文学行业对新《著作权法》充满期待。

2. 加强政企合作，发挥行业联盟作用

目前，盗版行为正朝隐蔽化、地下化发展。一是盗版技术隐蔽化：如网络文学作品盗链、聚合转码类盗版网文 APP 等，使得对网络文学侵权盗版行为的打击和追责更加困难；二是盗版行为地下化，诸多侵权盗版者，将主要人员及服务器均设置于境外，用以逃避国内维权与监管，打击起来十分棘手。

盗版 APP 广泛传播的另一重要原因，是各类应用市场缺乏有效的资质审查机制，同时也给维权工作带来较大阻碍。首先，大量不具备网络文学作品经营资质的企业，得以通过平台方的资质审核，上架盗版阅读类软件，说明平台方存在明显的资质审核漏洞；另一方面，当前很多应用市场平台还存在以个人名义上传、发布应用软件的情况，对权利人的维权工作形成极大阻碍。

当前，行业版权保护工作中面临的中小型盗版网站清理难、侵权投诉质效低，以及海外维权难等诸多困境，都亟待政府主管部门关注和指导。建议加大对以网络文学为对象实施的侵犯著作权犯罪刑事打击力度，对配合提供盗版技术支持的相关单位依法追究相应责任，提高违法犯罪成本。监管部门应与司法机关建立密切的协作衔接机制，深挖灰色产业链条中的涉罪环节，形成精准打击合力。

同时，行业联盟加强合作，从平台监管审核、渠道分发等各个环节合力围堵，坚决抵制盗版产业链的滋生蔓延，不为任何侵权盗版网络文学作品提供接入、存储、搜索、链接等网络技术服务。

## 结　语

二〇二〇年，网络文学在新理念、新格局中实现了迭代与新生，如同破土而出的幼芽，渴望沐浴阳光和雨露。尽管网络文学行业依然会面临诸多困难，然而网络文学在作家读者、内容生态、商业模式、IP开发、版权保护等方面的新变化和新趋势，预示着网络文学的下一个春天已经到来。站在两个一百年的交汇处，站在庆祝中国共产党建党一百周年的历史丰碑前，我们为之奋斗的网络文学行业，以沉甸甸的果实，展示着过去；同时，也站在“十四五”规划的开局之年，站在历史的新起点，讲述着未来。

（肖惊鸿，中国作协网络文学中心研究员，中国作协网络文学研究院副院长；陈定家，中国社会科学院文学研究所研究员；汤俏，中国社会科学院文学研究所副研究员；桫椤，河北作协网络文学中心研究员；郑薇，黑龙江社会科学院文学研究所副研究员；周兴杰，贵州财经大学文学院教授；王文静，石家庄市文艺评论家协会副主席）

郑熙青

# 中国当代独有的网络文学

中国网络文学至今在世界上仍是独一无二的现象，而且不断地进入海外读者视野，受到来自全世界读者的欢迎，成为独属于中国网络的一个奇特的文化景观，也是近年来中国文化走出去最成功的范例之一。笔者要强调的是，中国网络文学的发展有其特殊历史和文化背景，在外国和外语中极难找到有效的对应。研究者需要透过这种范畴对应和视角的偏差，辨认出其中值得思考的问题，以期更好地为"讲好中国故事"提供借鉴。

早在二〇〇〇年以前，中国学术界就已经提出"网络文学"这一名称。但是，因为网络文学的爆发性增长状态，所以早期学者为"网络文学"概括的特点，有不少在后来就被自动推翻了。例如，欧阳友权二〇〇八年对"网络文学"的概括中，曾提出"游戏性""片段性"等特征①，而这样的写作虽然如今仍然存在，但已经不再是主流。这些定义和特征概括的迅速过时，很大一部分原因来自中国网民人数的急速增加，从二〇〇〇年十二月的2250万人到二〇二〇年十二月的9.89亿人，这也就自然增加了网络文学的读者和作者人数。同时，因为文字占的字节数小，在网速并不快的互联网早期，文学写作比绘画、音乐和视频来说具有天然的优势，因此在社群和平台方面，都发展得更快更早一些。随着互联网产业的发

① 欧阳友权：《网络文学概论》，北京大学出版社2008年版。

展壮大，很多网络文学作品就此成为新型的跨媒体平台叙事的生长核，构成如今互联网经济系统中所谓“IP 经济”文本网络中重要的节点。

自从中国网络文学进入主流视野，便有很多普通民众和研究者对外国的网络文学表示好奇。然而，中国网络文学实际上很难在其他文化中找到合适对应范畴或现象。

自从互联网进入大众领域之后，西方就有专门利用互联网“超链接”这一特性创作艺术作品的艺术家，以文学艺术的形式探索新媒介的可能性。在中国，这样的实验性作品却远没有声势浩大的网络类型文学写作引人注目。中文语境中“网络文学”这个范畴几乎从来不指这些实验性的艺术作品。相反，中国的网络文学很少有意识地开掘网络新媒体所开启的新型表现和叙述方式。从外观特征上说，中国网络文学的“网络性”更多体现在即时性和互动性。即时性表现在作者和读者之间迅捷的阅读和评论上，而对于中国的网络文学来说，“互动性”和新媒体相关，尤其是电子游戏相关的讨论中所说的“互动性”并不是同一种意义，也就是说，这种互动性通常并不牵涉用户与系统之间的互动，以及选项和超文本链接，强调的仍然是作者和读者通过网络的阅读、评论、回复、打赏等进行直接反馈。换句话说，中国网络文学的“网络性”相对更体现在网络环境中压缩的时间和空间维度，在此基础上传统读者和作者有了更及时并可见的互相影响和促进。当然，网络体验也促生了一些新的写作内容和类型，但新媒体技术本身并没有强烈地影响中国网络文学的外观。

其实，若非要对接，只能说，中国现有的、相当一部分网络文学样式在如今的英语国家中，主要仍会以平装类型小说的纸质商业出版为主要创作、发表、流通渠道。邵燕君指出，“中国畅销书机制和动漫产业远不如欧美日韩成熟发达，使得大众文化消费者一股脑地涌向网络文学，而文化政策管理的相对宽松，也使得各种‘出位’的内容可以在这里存身。……另一方面，伴随社会结构的转型，曾在二十世纪五十至七十年代以独特方式成功运转、在八十年代焕发巨大升级的主流文学生产机制，进入到新世纪以后，逐渐暴露出严重危机。”① 换句话说，中国网络文学是在流行市场畅销书机制薄弱，而传统所谓“纯文学”又出现结构性危急之时作为某种代偿性机制异军突起的。这种情况和中国的文化市场特点有直接的关系。中国大陆的通俗类型小说及其市场在八九十年代非常不发达，只有大量港台作者的作品，例如琼瑶、亦舒等言情作者，也有金庸、古龙等武侠小说作者。在此基础上，网络小说却另辟蹊径，一方面模仿和致敬，另一方面却从各种其他资源中获益，发挥想象力，创造出了规模庞大的多种多样的写作。很有趣的是，在网络时代之前，线下期刊和图书市场中发展较好、规模较大的文类，例如武侠、科幻等，在网络文学中的发展都不算突出，这也证明了网络文学确实是传统文学发展不足之处的突破口。

在互联网发展的早期，中文学术界对“网络文学”的定位也并不清晰，从而造成了网络文学研究范式的相对不匹配。因为较早的几个网络文学网站的精英主义定位（例如，中国最早的文学网站“榕树下”采用的是投稿制度），所以学者对网络文学也没有形成较固定的认知，同时，至今大量网络文学相关研究的方法论仍然更加靠近当代期刊文学的研究方式，更注重特定作家和作品的特征和细读。然而，因为网络文学的多变性和极大的体量，使得传统文学的研究方式在很多层面上都失效了。在如今的网络文化状况下，每个人进入网络文学的场域，所见所感很可能是完全不一样的。在这

① 邵燕君：《网络时代的文学引渡》，广西师范大学出版社 2015 年版，第 34—35 页。

种信息大规模扩散的环境中，更呈现出一种趣缘社群化、网络文学场域细分为无数小的支流社群的倾向。在这样的现状中，要求所有参与者拥有共识，并为网络文学梳理出一个中心化的线索会显得格外不现实。

当下中国在学术界对“网络文学”一词的基本定义，是在网络上原创、流通、消费的文学作品。这个定义概括二十一世纪前十年中国网络文学基本不会引发争议。然而，“中国网络文学”这个范畴在二〇一〇年以后，意义又开始不稳定起来，这和起点、晋江等内容付费的网络文学网站的逐渐壮大和扩大商业化有直接的关系。阅读内容按照字数收费的 VIP 制度于二〇〇三年首创于起点中文网，晋江的付费制度则推行于二〇〇七年。在 VIP 制度稳定之后，商业文学网站上作者每天都要更新一定字数的惯例开始形成，原先篇幅相对短小的网络小说作品也被动辄上千章的长篇取代。也因为这种付费制度，中国的网络作者可以靠在网络上写作来赚钱。在这样的背景下，中国的网络作者中开始出现名利双收的高收入作者，并依靠电视剧电影改编等形式渐渐走下网络。进而，也有包括网站运营者在内的人试图用这种模式来概括和定义网络文学概念。订阅制度是中国原创的网络文学生产和消费制度，而且这种制度将在一段时间内继续在中国网络文学市场上占据主流地位，并在一定程度上决定怎样的网络文学作品可以被学界、被媒体、被大众看到。然而，中国的网络文学在一开始就来自纯然的文学创作欲望和表达欲望，在付费的 VIP 订阅制度之前，已经有极为成熟的作者、类型和良性互动的作者读者社群，而且，在商业化的文学网站之外，中文的互联网上仍然存在大量的文学写作。所以，将订阅制度作为中国网络文学的定义主体必然是具有遮蔽性的。

在“网络文学”话题上，中文和英文的大众语境和学术语境对话的双重错位，其实更从深层反应了阅读市场、文学理念和出版现状的区别。从总体来说，英文的网络写作在数量和规模上都不及中文。在线出版规模（如亚马逊自出版等平台）都不甚大，本身发展较为有限，因此，国外的网络民间写作中，至今最受学界关注的是非营利的同人写作。以通常定义而言，同人写作是建立在其他作者写作的作品基础上，借用已有的故事背景、人物和情节结构写作的新故事。为规避侵权嫌疑，在当下国际版权制度中这种写作通常不能营利。然而，因为是一种社群性质的写作，所以同人写作在无法实现的经济利益之外还有着其他作用，很多粉丝文化的研究者都会将同人社群视作互联网时代身处市场经济和新自由主义逻辑之外，社群式“礼品经济”的代表。这样的社群性写作在中国网络文学中同样存在，中国和西方的网络写作在这个层面上不仅存在对话可能，而且早就有实在的互动历史。

我们讨论中国网络文学的独特性，研究它独特的历史，也就是观看非专业的文学写作在其自身的历史文化背景下如何利用新的网络环境突破和生长，如何满足当下社会中读者的阅读欲望和兴趣，并进而突破文化的界限，成为世界罕见的文化现象的。在这种意义上，对中国网络文学的探讨是一种特殊的、复杂的文化课题。

（郑熙青，中国社会科学院文学研究所助理研究员，美国华盛顿大学博士）

**穆海亮**

# 新世纪豫剧现代戏创作的文化转向*

就题材意义上的豫剧现代戏而言，尽管在民国时期就有王镇南等戏剧家做过初步尝试，但真正从整体上形成一种较为稳定的风格，是从“十七年”时期开始的。当时搬上舞台的《小二黑结婚》《李双双》等多数较有影响的剧目，都呈现出类似的审美风貌：侧重表现家长里短、迎合现实政策，立意浅显、通俗易懂，生活气息浓厚、地域色彩鲜明，尤其擅长表现农村题材，且往往洋溢着浓郁的喜剧气息。大跃进时期应运而生、盛演六十年而不衰的《朝阳沟》，无疑是这种审美特性的集大成者。到了新时期，受改革开放浪潮的影响，豫剧现代戏作品中也开始呈现出一定的反思意识，产生了全国性影响的《朝阳沟内传》《倒霉大叔的婚事》等剧，即在一定程度上触及时代困惑（因触及敏感的历史问题而受到批判的《谎祸》，更是一个特例）；但整体而言，这一时期的多数剧目仍以对现实生活的表面描摹为主，农村题材、浅俗立意、喜剧格调以及生活化的舞台风格，仍是其基本艺术特征。如果将这一特征放在时代坐标上考察，其在“十七年”时期真可谓风光无限，杨兰春及河南豫剧三团堪称全国现代戏的旗帜和领军者；而到了新时期，在全国戏曲舞台上思想开掘之深化、人性剖析之内化、艺术风格之多样

* 本文为国家社会科学基金艺术学重大项目“戏曲现代戏创作研究”（批准号：18ZD05）阶段性成果。

化的整体趋势参照下，豫剧现代戏的面貌就难免略显单一、稚拙，甚至于陈旧了。这一情形，进入新世纪之后发生了根本性的扭转，从题材选择、思想立意，到艺术技法、舞台呈现，豫剧现代戏实现了整体性的突围。从某种意义上说，正是这次整体性的蜕变，使新世纪的豫剧现代戏达到了该剧种前所未有的思想高度和人性深度，并因此而再次跃居中国剧坛引人注目的位置。

## 一

新世纪以来，在姚金成、陈涌泉、杨林等剧作家的笔下，直面现实问题、反思历史痛点、抒写转折阵痛的豫剧现代戏明显增多，剧作的思想含量得以提升，人性意蕴显著增强。由浅俗到精雅、由歌颂到反思、由现实描摹到理性思辨，是显而易见的文化转向。值得注意的是，尽管在不少情况下，紧扣现实、紧跟政策仍是豫剧现代戏的基本价值取向，然而恰恰在这些旨在弘扬时代精神、体现主流价值观念的剧目中，融入了剧作家深沉的生命体验和理性的现代思辨。《焦裕禄》《全家福》《都市阳光》《南水迢迢》等就是其中的代表作品，而《风雨故园》则是较为罕见的既远离了现实政策吁求，又开掘出深刻文化内涵的当代佳作。

河南省豫剧院三团的《全家福》、郑州市豫剧院的《都市阳光》等就是在对主流意识形态感召的回应中，直面现实问题的典型剧目。《全家福》虽然是一部表现反腐倡廉的命题之作，但在立意上传达出明显的个体特征。该剧并未遵循廉洁与腐败正面冲突的惯常表达，而是以贪腐行为带给腐败分子个人及家庭的巨大伤痛为切入点，使这部社会问题剧产生了撼人心魄的警世意义。剧作主人公韩英杰是一个出身贫苦，踏着全家人的辛勤付出和巨大牺牲，才从大山走出的副市长，他曾经那么敬业爱民，做出了显赫一时的业绩，但最终仍然经不起欲望的诱惑，走向了腐败的深渊。由此，韩英杰的复杂性使这部警世之作触及了人性拷问的高度。另一方面，正因为诸如韩英杰这样的腐败分子在生活中反复出现，其典型意义就更加引人深思：韩英杰现象的屡见不鲜、屡禁不止，恐怕就不单单是个人品性的问题了，除了事关人性的复杂、卑微与幽暗，还一定与背后的社会文化乃至制度因素息息相关。该剧产生了很大的影响，此后的山东茂腔戏《失却的银婚》、河南越调《生日泪》等作品，都或多或少受到《全家福》的创意启发。

如果单纯从艺术完成度来说，《都市阳光》并不能被称为一部佳作；然而该剧的重要文化意义却不容忽视。《都市阳光》聚焦于城镇化进程中新生代农民工融入城市的努力与艰辛，以及由此付出的沉重代价。城镇化是当今社会的一大主潮，当数以亿计的农民进入城市生活，带来的不仅是社会结构的整体性调整，而且必将对卷入其中的每一个普通人，从生活习惯、情感表达，到认知方式乃至思维惯性，产生极为深远的影响。这样的时代大潮对每一个农民工来说，究竟意味着什么，我们往往倾向于乐观地认为，进城意味着生活条件的改善、发展机遇的增多；可是我们往往忽略的是，相对于身体进城，农民工如何实现灵魂进城是一个更为艰难的课题。当城市针对农民工的歧视无处不在的时候，当农民工还被堂而皇之界定为城市“低端人口”而屡遭驱逐的时候，这些为城市建设做出巨大贡献的边缘群体、底层民众，想要彻底地融入城市，想要正常地、平等地、有尊严地、有情感认同地共享现代城市文明的便利，付出的代价仍然太多太大。所以剧作家在创作谈中说道，该剧“与其说是写农民工进城，不如说是在写农民工进城的艰难，甚至是‘惨烈’”①。颇有意味的是，新世纪的《都市阳光》与六十年前的

---

① 陈涌泉：《我的农民工兄弟——〈都市阳光〉创作谈》，《剧本》2017年第6期。

《朝阳沟》在无形中构成跨时空的对话。《朝阳沟》写知青下乡，《都市阳光》写农民进城；《朝阳沟》的下乡是当时的政策、运动使然，《都市阳光》的进城是当下的时代浪潮；《朝阳沟》以积极乐观、浪漫主义的格调赞颂那场史无前例的运动，《都市阳光》则以深沉的忧患意识反思这场前所未有之变局。从极力颂扬到理性反思，剧作立意视角的不同，背后折射的是时代的变迁和观念的差异。

河南省豫剧院三团的《焦裕禄》是以主旋律作品反思历史的现代戏力作。该剧在正面树立焦裕禄这样一个早已固化甚至近乎神化的先进典型时，所表现出的思想胆识、艺术良知和创作智慧，有可能抵达了我们这个时代的主流意识形态所能接纳的最大限度。《焦裕禄》通过塑造一个充分彰显人性温度的焦裕禄形象，实现了对英雄模范剧的一大突破，而且透过深刻的人性真实传达高度的历史真实，是对当下主旋律戏剧的极大拓展。饥荒、浮夸风、政策失误、反右扩大化，我们的民族在那个特殊历史时期走过的弯路、遭遇的磨难，以前所未有的真实面貌呈现于舞台上，不能不令人痛定思痛。面对浮夸风，焦裕禄既揪心又自责，更感愤怒，当面痛斥“这不是天灾，是人祸”。敢冒政治风险说出这样的话，体现的不单是焦裕禄实事求是的工作作风，更是一心为民的大爱情怀。于是，接着自然而然地唱响那脍炙人口的“百姓歌”：老百姓是天，老百姓是地，老百姓最知道为官的轻重、执政的清浊，“莫以为百姓善良好欺哄，欺百姓如欺父母天理难容”。明明白白的话语，简简单单的道理，而我们是在经历了多么惨痛的教训之后，才真正认识到这一点。《焦裕禄》中，人性真实与历史真实是互为表里、互相支撑的关系。一方面，人性开掘的深度支撑了历史反思的高度，正是有焦裕禄形象的人性温度做根基，对那个特殊时期之苦难的揭示，就不会让主流意识形态以为是在刻意“抹黑”，该剧才能以过人的胆识、超凡的勇气呈现于观众面前；另一方面，将人物置于真实的历史情境中进行刻画，对历史的直面与反思反过来又助力于人物塑造的饱满与丰富，这也就不会让精英主义者以为是在“消费”苦难，而是以罕见的艺术感染力和为历史负责的态度来反思苦难。反思历史当然不是为了揭历史的伤疤，而是为了更好地审视今天、把握今天、拥抱今天，是面对当下发出的真挚而热切的呼唤。

就思想立意和艺术智慧来说，与《焦裕禄》有异曲同工之妙的，还有河南省豫剧院一团的《南水迢迢》。这部正面表现南水北调精神的剧作，同样饱含着深沉的反思精神和对个体生命的敬畏。《南水迢迢》当然需要描绘与歌颂这一国家工程的丰功伟绩；而剧中远比这更能打动人心的，恰恰在于它把叙事的焦点对准工程中每一个普通的生命，既歌颂中原儿女那种甘于奉献、勇于牺牲的精神境界，也对他们故土难离、乡情难舍的世俗情怀，给予充分的理解和深深的同情，二者之间的精神抉择，尤为动人心魄。特别令人触动的是，该剧在波澜壮阔的史诗风貌之下，深藏着更浓郁、更深邃的悲悯情怀，对底层民众之苦难的揭示前所罕见，既是一曲赞歌，也是一曲悲歌。青海支边与被迫搬迁同时发生，既以前者的欢欣鼓舞稀释后者的凄凄惨惨，又是以支边之名行移民之实，好为库区的搬迁移民减轻压力。剧作在再现这段史实时，尽管由于众所周知的原因，已尽最大可能将这一行动表现得平和委婉，观众却仍能从中感受到其在客观上给无数家庭造成的深深伤害。远赴青海的年轻人或死或伤，侥幸返回者也已伤痕累累；眼睁睁看着生我养我的美好家园一点一点被洪水淹没，而自己只能到一片乱石杂草上开始所谓的“新生活”，怎能不令人唏嘘不已！剧作家以超乎寻常的胆识对此问题进行了真实的揭示；而搬迁民众即使在如此艰苦的情境下，仍能满怀激情地走向未来，就更突显了其崇高的境界与朴素的情怀，剧作也因此而满足了意识形态的要求。

与上述作品急切的现实召唤相比，河南省豫剧院三团的《风雨故园》无疑刻意保持着与时代的距离，也可能正是由于没有那么多的现实羁绊和利益考量，该剧才成为新世纪豫剧舞台上最具文化意蕴的现代戏剧目。《风雨故园》首次将鲁迅原配夫人朱安的形象搬上戏曲舞台，表现其可怜、可叹、可悲的一生。鲁迅遵母命与朱安成亲，两人二十余年同居一个屋檐下，仅有夫妻之名而无夫妻之情，朱安注定只能在孤独、痛苦中度过一生。而比这更可悲的是，当鲁迅和许广平的爱情早已成为文坛佳话和伟人颂歌，朱安就成了鲁迅高大身影遮蔽下似有实无的存在，谁也不在乎她的喜怒哀乐乃至生死存亡，这使得朱安生前没有爱，死后也没有名，这是对个体生命更沉重的戕害。该剧第一次使朱安从后台走向前台，还这个长期被人无视的可怜女人以真实生动的“人”的面貌，体现出对个体生命的充分尊重；继而，通过朱安的不幸遭遇，对那些不合理的社会体制、伦理观念、道德准则进行了鞭辟入里的揭示；在此基础上，又对长期以来遮蔽朱安的那些权力话语，以及建构这些话语的文化及社会生态，进行了深入的开掘和深刻的反思。实际上，在新旧碰撞十分激烈的晚清民国时期，曾有过无数像朱安一样的女人，遭受过像朱安一样的不幸。得风气之先的男性知识分子迎接刚刚开启的现代化大潮，旧式婚姻赐给他们的原配妻子，在他们眼中只是父母之命的陈旧“礼物”，于是也就成了他们打破包办婚姻、追求自由恋爱的牺牲品。其中“幸运”如胡适的妻子江冬秀者只是少数，而更多的则是像鲁迅的夫人朱安、郭沫若的原配张琼华那样不幸。所以，《风雨故园》是在写朱安，但又不只是在写朱安一个人，它是为那一代乃至所有遭受不公的女性发出不平之鸣。正是这种深刻的普遍性，提升了剧作的思想含量，同时也使剧作具备了超越一时一地的人学价值。这一“超越”价值，体现在从更宽广、更深厚的维度来探索人生和人性的无限可能性，源于剧作家冷静的反思、深沉的叩问和悲天悯人的忧患意识。

敏锐的现实观照、深沉的历史反思和理性的文化思辨，是新世纪豫剧在题材选择和思想立意方面的重要表征，以深沉厚重的文化意蕴，实现了对豫剧现代戏传统格调的极大突破。其背后体现的，则是艺术家兼具时代性与超越感的现代立场与人文情怀。

## 二

与题材立意的文化转向相适应，在叙事方式、呈现样态和当代审美建构诸方面，新世纪豫剧现代戏也做出了形式与技法的多样化探索。《香魂女》《常香玉》《铡刀下的红梅》《戈壁母亲》《黄河绝唱》《秦豫情》等剧，就从这些维度做出了新的尝试。概而言之，至少表现在三个方面。

其一，在戏剧结构和叙事方式上，打破了此前一人一事、单线贯穿、从头至尾的既定模式，做出了更加丰富、也更富表现力的拓展。河南省豫剧院一团的《常香玉》之所以受到专家的高度肯定和观众的热烈欢迎，不仅仅是由于剧中常香玉大师的辉煌而充满坎坷的一生，及其“戏比天大”的精神深深打动了每一个人，同时也得力于该剧娴熟地采用了倒叙、闪回、意识流、戏中戏等灵活自由的叙事策略，极大地拓展了豫剧叙事写人、表情达意的舞台语汇。该剧让老年、青年、少年常香玉同时出现，展开跨时空的灵魂对话，老年常香玉审视自己年轻时的命运抉择，甚至还拿自己青春年少的可爱与稚气来打趣。这样的处理当然不只是以技法创新营造陌生化效果，而是这新颖的艺术技法本身就已经成为支撑其塑造人物、传达剧旨的重要元素；常香玉塑造的经典舞台形象一起依偎在大师身旁，正是因为常香玉与她所饰演的重要角色，原本就是如此和谐地融于一体：常香玉的正直善良与白娘子的敢爱敢恨，常香玉的勇于担当与小红娘的热情机敏，常香玉的家国情怀与花木兰的替父从军，在舞台上已经水乳交融。诸如此类的艺术处理，无疑是与主人公的人格理想、审美追求密不可分的，因此这就并不是单纯的创意展示，而成为一种“有意味的形式”（克莱夫 · 贝尔语）。

河南省小皇后豫剧团的《铡刀下的红梅》讲述的是大家耳熟能详的老故事，但其在表现天真无邪、带着浓郁童真童趣的刘胡兰如何成长为英雄烈士的过程时，大量运用了倒叙、闪回的手法，使“现在”与“过去”的事件同步推进。当“过去”活泼好玩的娃娃兵一步步成长为富有责任感、忠于职守、对党充满向往的战士时，“现在”的刘胡兰面对凶残的敌人，发出了让其闻风丧胆的声声呐喊。这样的英雄人物是有血有肉的，整部作品的面貌也为之一新。新疆生产建设兵团豫剧团的《戈壁母亲》，通过一个普通农村妇女进疆寻夫的经历，歌颂了无私奉献、艰苦创业、开拓进取的兵团精神。这一题材来源及视角的特殊性，决定了其艺术呈现的独特面貌。该剧将贯穿始终的行动主线与大量的生活片段交织在一起，采用戏剧式与散文化结构相统一的方式，不仅塑造了柳月季“这一个”戈壁母亲的形象，同时通过再现戈壁滩戍边战士火热的战斗和生活场景，树立起“那一代”戈壁母亲的群像。湖北省老河口市豫剧团的《黄河绝唱》，首次在戏曲舞台上展示《黄河组曲》的诞生历程，首次塑造了20世纪文化巨匠光未然的艺术形象。在结构安排上，该剧规避了人们习见常闻的“戏剧化”范式，并非环环相扣、一波三折地呈现一个完整曲折的行动，而是依次展示抗战中的光未然几个动人的生命片段，并通过光未然这一鲜活的个体形象，使曾在抗战中做出过重要贡献，却向来默默无闻的演剧队员的群像，从历史的背景走向了前台。

其二，在舞台风格方面，实现了由乡土气息浓郁的“生活现实主义”向更加注重舞台空间营造和意象构建的“诗性现实主义”的转变。如果说一九九〇年代的《红果，红了》等剧使这一风格初具雏形的话，那么，刚刚踏上新世纪门槛的《香魂女》就是这一转变基本完成的标志性作品。河南省豫剧院三团的艺术家将原著小说中的香油坊，改为颇具中原文化风韵的钧瓷窑，以剧中神奇莫测、富有诗情画意的“窑变”意象，应和着香嫂和环环两代女性挣脱枷锁、追求人格尊严、实现自我价值的精神蜕变，不仅编织出改革开放时代的风情画卷，更具备了现代中国女性“心灵史”和“命运诗”的审美价值。[①]《黄河绝唱》巧妙地将豫剧唱腔与《黄河大合唱》的旋律熔于一炉，结尾处“渡河”一场，将民族舞蹈巧妙地化入戏曲程式，黄河之势、渡河之险、精神之壮、意志之坚，都淋漓尽致地得以展现，具有丰富的形式美感、浓郁的民俗意蕴，乃至强烈的仪式色彩。陕西省西安市豫剧团的《秦豫情》，艺术化地再现了一九四〇年代河南人民逃难西安的真实经历，表现了中国人面对一切艰难困苦时那种坚韧顽强的精神力量，尤其是礼赞了生之意志的伟大。剧中夸张、变形、独特且一以贯之的人物造型和肢体语言、条屏结构的布景设置，乃至结尾处那残酷、浪漫而诗化的生孩子场面，都是此前豫剧舞台上不多见的景观。

“诗性现实主义”的舞台呈现，在某种意义上恰恰可以视为对戏曲艺术固有审美风范的复归。豫剧现代戏在“十七年”时期奠定的写实风格，带有显而易见的政治功利性考量，而地方剧种与生俱来的灵活性、生活气息与斯坦尼体系的整合形成潜在的同构关系，其舞台呈现基本上接近于话剧加唱的形式。当人们总是不由自主地将“满台生活”视为对现代戏的誉美之词，显然忽略了戏曲艺术原本应该具备的诗情烂漫的虚拟之美。如果说“十七年”至一九八〇年代豫剧现代戏的戏曲神韵主要寄托在演员的唱腔中，那么，新世

① 此处参考了该剧编剧姚金成先生的表述。参见姚金成《与时代同行写戏 40 年》，《中国戏剧》2019 年第 1 期。

纪豫剧现代戏的“诗性现实主义”，更注重舞台的整体呈现，其视觉意象、舞台调度与唱腔一起，营造诗的意境。即使如《焦裕禄》这样规规矩矩、且整体上偏向写实的剧目，其舞台上的每一个场面也都尽量做了戏曲化的处理，尤其是其中的植树舞、抗洪舞，体现着对豫剧美学传统的充分尊重和对传统表演技术的极端重视。精彩纷呈的“舞”“武”表演，不仅好看，更有助于烘托剧情、传达情感和表现人物性格，五十多岁的贾文龙那连续六个大劈叉，如挥毫泼墨，淋漓尽致，节奏掌控恰到好处，实现了“技”与“艺”的完美交融，让人叹为观止。至于《风雨故园》这样表现南方知识分子情感悲剧的都市题材，显然与豫剧现代戏向来擅长大腔大口地表现北方农村生活的传统不尽相同，而从其唱腔设计、身段表演、调度处理来看，仍然张扬了豫剧艺术的美学特质。可见，“诗性现实主义”的转向之所以仍然能为观众所接受，归根结蒂还是在于，其在艺术表现的更高维度上坚持了对传统的尊重，实现了对传统的复归。

其三，就审美形态而言，从侧重对歌颂性喜剧氛围的营造和对小人物滑稽感的表现，转向对悲哀的秀美和悲剧崇高感的更多追求。豫剧现代戏的传统格调，多倾向于营造喜剧情境，表现小人物对待生活的乐观与积极，及其面对挫折时的超脱之感，其中的喜剧意味源于对生活的提炼和歌颂现实之需要，也源于豫剧根深蒂固的民间色彩。与剧作本身的反思品格和思辨色彩相适应，新世纪豫剧现代戏舞台上的悲剧美感被前所未有地开掘出来，不仅在《风雨故园》这样纯粹的悲剧作品中得以体现，而且在诸多注定要成为正剧的主旋律剧目中，也经常流泻出浓郁的悲剧气息。当剧作家敢于直面历史的伤痛与转折时期小人物的精神苦难时，对主人公的深深同情就使剧作呈现出哀婉与忧伤的情调，《风雨故园》《都市阳光》《香魂女》的不少场景就是如此；如果剧中人物先是遭遇苦难、付出牺牲，生命力被暂时阻滞，继而又凭借超凡的意志超越苦难，实现生命力的勃然迸发，剧作的崇高感也就油然而生了。[①]《焦裕禄》《黄河绝唱》《铡刀下的红梅》中的英雄固然如此，《戈壁母亲》《秦豫情》《南水迢迢》中的小人物亦然。值得一提的是，新世纪豫剧现代戏对悲剧意蕴的营造和对悲剧美感的追求，经常与剧作冲突模式的转变息息相关。在表现小人物身上的崇高之美时，诸如《戈壁母亲》《秦豫情》《南水迢迢》这样的剧作，大都回避了戏剧舞台上常见的善与恶、正面与反面的冲突模式，表面上所表现的人与人之间的矛盾，其深层则指向人与自身所处环境的冲突，以此来探询，当面对超乎寻常的恶劣环境时，人性可能迸发出的超乎寻常的力量。

就悲剧形态的审美建构而言，《风雨故园》大概堪称最为突出的剧作。传统的悲剧作品往往依赖于剧烈的外在冲突，通过善与恶、忠与奸、美与丑的激烈交锋导致有价值的东西被毁灭，或是天降之祸导致主人公命运的磨难。但《风雨故园》显然不是如此。剧中朱安与鲁迅的悲剧并非源于人与人之间的外在冲突，而是源于琐细的日常生活在人物灵魂深处烙下的精神创伤。围绕在主人公身边的都是一些善良而单纯的人们，朱安和鲁迅的生活没有受到任何外在邪恶力量的破坏，两人之间也不具备展开激烈交锋的张力，全剧既无恶人阴谋，也无意外变故，一切都是自然而然、悄无声息，可正是在这自然而然、悄无声息之中，悲剧发生了。每个人的出发点都是善意的，主观上都是想竭力避免悲剧，但在客观上又都直接或间接地促成了悲剧的发生，或多或少应该为此承担责任；在特定的位置和关系中，每个人都做出了在其自身处境下所能做出的唯一选

---

① 此处参考了康德关于崇高的相关论述。参见［德］康德《判断力批判》（上卷），宗白华译，商务印书馆 1964 年版，第 84 页。

择，但恰是这一次又一次无可选择之选择都产生了相反的结果，最终导致悲剧的发生，每个人也都成为悲剧的承受者。这样的悲剧，就不是哪一个人造成的，同时又是每一个人造成的，众人都被网络其间，逃无可逃，体现出悲剧的必然性和人生的永恒困惑。王国维曾根据叔本华的观点将悲剧分为三种：第一种是“恶人交构”导致悲剧发生，第二种是由于盲目的命运所致，第三种没有恶人阴谋或意外变故，完全是普通人物处于普通境遇之中，仅仅是由于人物的位置及关系使之不得不如此，每个人都参与了悲剧的发生，也都承受着悲剧的恶果。三者之中，王国维最推崇第三种，因为前两种悲剧终究能够避免，而第三种则是无所不在、无可逃避，连不平之鸣都无从发起，“此可谓天下之至惨也”。[①] 可以看出，《风雨故园》完全符合王国维心目中理想悲剧的标准；但我们更应清醒地认识到，是否符合王国维的理想其实并不重要，重要的是，该剧这种深刻厚重的悲剧意蕴和特立独行的美学风貌，为丰富中国当代戏曲的审美形态做出了贡献。

## 三

新世纪以来的豫剧现代戏创作，在思想传达、价值立场、技法创新、形式探索、审美建构等方面，表现出与此前不同的崭新面貌。外在来看，这拓展了豫剧的艺术表现力，在豫剧现代戏通俗浅显、注重生活化、偏向写实的传统格调之外，赋予其新的审美风范；究其实质，则是豫剧现代化进程持续推进的表征，并为豫剧走进当代社会、走近当下观众，提供了新的审美质素。探其背后的文化动因，除了豫剧自身强大的自我造血功能之外，更在于时代的发展推动剧人观念的更新，在艺术创作的现实功利与艺术本体的自然

① 王国维：《〈红楼梦〉评论》，浙江古籍出版社 2012 年版，第 14 页。

规律之间的博弈中，后者正在逐渐彰显自己的力量。

这一文化转向，打造了豫剧现代戏继“十七年”时期之后的又一个时代高峰。如果说“十七年”时期以《朝阳沟》为代表的豫剧现代戏，其经典化符码在于既迎合现实政治需要，又在一定程度上以高度生活化的艺术呈现超越了政治化的话；那么，新世纪以来以《焦裕禄》《风雨故园》为代表的豫剧现代戏，则是以人性内涵和文化思辨追求艺术的普遍价值。有意味的是，当时过境迁之后，前者迎合时代、为时代粉饰的思想局限，并不会因其经典意味的强化而被遮蔽——正如杨兰春先生最具代表性的作品，“十七年”时期的《朝阳沟》歌颂“上山下乡”，一九八〇年代的《朝阳沟内传》肯定“计划生育”，而时至今日，“上山下乡”的荒谬性已广为人知，“计划生育”的必要价值也引起广泛争议，剧中所传递的价值观念之偏差，就不无尴尬地体现出来；反观后者，其与时代对话而不迎合时代、对时代反思而不廉价歌颂的文化立场，则不会因时代的变迁而泯灭其审美的价值，反而会随着其经典地位的确立而越发彰显其恒久的意义。

（穆海亮，陕西师范大学新闻与传播学院副教授）

孙海佩

# 《艾青诗选·自序》中的“文痞”考录及相关问题

一九七九年七月出版的《艾青诗选》中附有一篇万言自序，是艾青复出后对自己人生与创作经历的一次总括性回顾。值得注意的是，在自序中艾青引用的声称出自文痞姚文元笔下的文字，实则却来自冯至《论艾青的诗》一文。既往研究成果普遍认为，在当时众多批判艾青的文章中，《论艾青的诗》一文已尽力从学术探讨的角度出发且论调较为温和。而在众多批判文章中，艾青似乎唯独对冯至的文字无法释怀。究竟冯至文中的哪些东西真正触痛了艾青，而又是什么样的原因致使艾青不惜用这样隐匿的写作手法也要将自己心中的积怨不吐不快？艾青写作自序时的复杂心境与冯至该文背后的意义还有更为丰富的探讨空间。

## 一 篇自序中的“文痞”

一九七九年七月《艾青诗选》由人民文学出版社出版，这是艾青沉寂二十余年后出版的第一部选集。对该诗集的编选工作，艾青是非常重视并期待的。据艾青与友人的通信可知，一九七七年最初由徐勇良为艾青带来了出版社要为他重新编选出版一部诗集的消息。在焦灼等待中，一九七八年六月十八日人民文学出版社的编辑来到艾青家中商谈诗集编选与出版事宜。第二天艾青向友人涂乃贤去信告知情况并抱怨编印效率之低：“昨天，人民文学出版社来人叫我编我的诗选。等编好、排好、印好，也许要到明年了。可见技术之落后。”① 几天后艾青在致徐勇良的书信中再次提及此事：“去年从你那里传来我的诗集要出版的消息，直到三天前才落实。人民文学出版社来人要我重选一本。字数不限制。”② 而关于具体要编选哪些诗歌入集，艾青也曾与涂乃贤进行商讨：“你对我的诗选提的意见很好。但你说我过去的一些诗人们都看过了，我想也只是四五十岁以上的人，至于三十岁以下的就很少有机会读我的诗了，因为我有二十多年，没有发表和出版东西了。”③ 该诗选的清样送至印刷厂后，艾青焦急的心情也未能平复，在一九七九年四月十二日致涂乃贤的信中再次抱怨北京的印刷效率：“我的诗选校样已发到印刷厂。北京印东西特别慢，出书可能要到五、六月了。”④ 这些都足见艾青对于这部诗集编选工作的重视与期待，以及他迫不及待想要这部诗集尽快出版同读者见面的心情。

为了配得上这样一部诗选，艾青特意于一九七八年十二月中旬创作了一篇万字序言。而在一九七九年七月《艾青诗选》印刷面世之前，这篇万字长文的第六部分曾被单独题为《诗人必须说真话》，于三月前后在《南方日报》《新华文摘》《中国出版》等重要刊物上多次发表。之后这篇自序总题为《在汽笛的长鸣声中》刊于一九七九年四月出版的《读书》创刊号上。

---

① 艾青：《致涂乃贤》，《艾青全集》第 4 卷，花山文艺出版社 1991 年版，第 636 页。

② 艾青：《致徐勇良》，《艾青全集》第 4 卷，花山文艺出版社 1991 年版，第 638 页。

③ 艾青：《致涂乃贤》，《艾青全集》第 4 卷，花山文艺出版社 1991 年版，第 643 页。

④ 艾青：《致涂乃贤》，《艾青全集》第 4 卷，花山文艺出版社 1991 年版，第 667 页。

该自序创作于一九七八年十二月中旬而直到次年四月才全文发表，对该文发表地的选择艾青着实费了一番功夫认真遴选。曾任香港《海洋文艺》杂志执行编辑的潘耀明一九七八年夏作为代表团成员之一，随侨办主任廖承志邀请的众多香港出版界代表组团访问内地，与北京一批刚刚复出的文艺家会面。因在会场未见到艾青，潘耀明与香港诗人何达持聂华苓提供的艾青住址私下拜访。自此潘耀明与艾青一家正式开始书信往来。据潘耀明后来披露的两封信件，我们得以知晓有关《艾青诗选·自序》的若干发表细节。

可能艾青曾向潘耀明提起过这篇自序的写作，而潘耀明也有意去信约稿。一九七八年十二月二十七日当艾青写作完自序没几天，便在回复潘耀明的信中向其解释："人民出版社的范用同志曾说要把我写的《艾青诗选·自序》给你在《海洋文艺》上发表，也要我通知你，我因为考虑到《海洋（文艺）》可能不太合适，所以没有告诉你。我不知道他是否已把稿子寄给你。"① 而对于不合适的理由，艾青讲："我考虑的是：《海洋（文艺）》的读者对象主要在东南亚一带，而我的稿子多少有些烟火气，读了会呛人的。"②

这篇序言虽然最终未能在《海洋文艺》上发表，但高瑛还是将它寄给潘耀明，以《在汽笛的长鸣声中》为题在香港《新晚报·风华版》上刊出。文章刊载后潘耀明将剪报寄给艾青过目，艾青于一九七九年四月二十四日复信一封："《在汽笛长鸣声中》剪报均已收到，勿念，错字不少，只得由他去了。"③

---

① 潘耀明：《寻访艾青》，《江淮文史》2016 年第 4 期。

② 潘耀明：《寻访艾青》，《江淮文史》2016 年第 4 期。

③ 潘耀明：《寻访艾青》，《江淮文史》2016 年第 4 期。

艾青复出后每天接到的约稿不断，为弥补之前荒废的时间，只得尽力工作。在致友人书信中不断抱怨每天属于自己的时间太少，“自从我回到北京，这三个月时间，一直陷入忙乱之中……赶写了两首长诗，写了一篇上万字的诗选序言，多次访问记录稿的修改……逼得我不得不早起。每天有三四个小时可以完全属于自己。”① 即使如此忙碌，艾青对潘耀明寄来的《在汽笛的长鸣声中》的剪报还是进行了仔细阅读并发现其中“错字不少”。可见不论是写作的酝酿过程，还是发表地的选择以及发表后的反响，艾青都曾对这篇自序表现出极大的关注。

《艾青诗选·自序》共八部分，是艾青所有诗集中最长的一篇自序。序言中对自己的生平与创作经历做了总括性的回顾，并对特殊时期文艺界乱象提出批评，反对一些人见风使舵的所谓政治敏感性，倡导诗人要说真话。在自序第八部分艾青现身说法讲述自己的文学创作如何遭到文痞姚文元的肆意歪曲与污蔑。

首先他以《时代》一诗为例：

> 这样的一首诗却被文痞姚文元之流肆意歪曲，污蔑为“个人主义者自我扩张的嘶喊”，而且明目张胆说成是一首攻击延安的诗！
>
> 也是这个文痞，竟说我从来没有歌颂过无产阶级！
>
> 文痞同样歪曲我的长诗《向太阳》中《太阳之歌》里的话：
>
> 文痞说：“但国际歌和列宁是平列在马赛曲、华盛顿和孙逸仙中间，并不突出”，因而对我做了个政治性的“结论”：“所神往的不过是资产阶级的自由民主而已”！好一个“而已”！

① 艾青：《致涂乃贤》，《艾青全集》第4卷，花山文艺出版社1991年版，第659页。

> 这个文痞在整整过了二十年之后，在一九五八年的上海，住在特务父亲姚蓬子经营的“作家书房”里，大腿叠二腿地坐在沙发上来嘲笑一首在白色恐怖中所写的诗，显得多么得意啊！他而且说我把“列宁”和“国际歌”写上去，只是为了“点缀”！①

艾青提到的姚文元的文章即《艾青的道路——从民主主义到反社会主义》。奇怪的是，对读艾青自序中的引文与姚文元的文章后发现，艾青声称的所谓出自“文痞”之手的文字，竟并不完全来源于姚文元的文章。那么这些被安上“文痞”头衔的引文究竟出自谁人之笔？厘清这些引文的出处成为当务之急。

艾青在序言的第八部分多次提及“文痞”对自己文字的污蔑与歪曲，明确用双引号引用的批判文章原文仅三处：“个人主义者自我扩张的嘶喊”，“但国际歌和列宁是平列在马赛曲、华盛顿和孙逸仙中间，并不突出”，“所神往的不过是资产阶级的自由民主而已”。遍查相关艾青批判文章后发现，这三处安在“文痞”头衔下的引文竟全部出自冯至《论艾青的诗》一文。

细读这篇自序后发现，艾青并不是在自序第八部分才初次引用冯至的文字。在自序第七部分艾青对诗的形象思维问题进行探讨，并以自己的诗作《礁石》为例，认为诗中对处在海浪击打下的礁石的描绘“这也只是从受到‘无休止地扑过来’的‘礁石’的角度上所应采取的态度”，“然而有人说礁石是‘与大大小小的航船为敌的’——‘自傲的态度’”。值得注意的是这里的引文也都出自冯至《论艾青的诗》一文。

---

① 艾青：《艾青诗选·自序》，人民文学出版社 1979 年版，第 18—20 页。

《艾青诗选·自序》中引用批判文章的时候有用自己的话概括和直接用双引号原文引用以及用自己的话概括夹杂原文引用三种方式。而明确用双引号引用的文字经查全部出自冯至《论艾青的诗》一文，而真正出自姚文元笔下的文字却基本采用概括的方式表达清楚大意即可。能够一字不差地引用《论艾青的诗》，证明艾青写作自序时应该是找到了冯至50年代批判文章原文作为参考的。此时刚刚返回北京不久的艾青手边连自己的诗集尚保存不全[①]，却能下功夫找到冯至这篇批判文章原文，并引用其中的文字写入自己复出后编选的首本诗集自序中，这其中的心态就值得重视了。

而艾青在引用冯至文章时的称呼变化也值得玩味，从自序第七部分初次引用时使用的"有人"到第八部分的"文痞姚文元之流"再到"文痞"不断升级，最终将出自冯至笔下的文字掺杂置换进姚文元名下。致使有的研究者也上了艾青的当[②]。

---

① "看广告，'波文'书局出版，有我的诗集《春天》、'采刈社'编的《中国新诗》里也有我的诗。请你和他们联系一下，每样都送我一本。如要付款，我另外给他们寄去。你不要自己花钱去买！我看这是合理的要求。因为我自己的书，身边都没有了。"参见艾青《致涂乃贤》，《艾青全集》第4卷，花山文艺出版社1991年版，第664页。

② 诗论家晓雪在《艾青的诗美学》一文第四部分提到艾青的《时代》一诗时讲："这是1941年冬天，艾青到延安半年以后写的《时代》中的诗句，曾经被文痞姚文元污蔑为是什么'个人主义者自我扩张的嘶喊'"。袁继峰在《新诗与新诗人的时代焦虑——从艾青的〈时代〉谈起》一文中也提到："但颇有意味的是，艾青在几十年之后仍然对《时代》引发的争论耿耿于怀；更加吊诡的是那次争论的发起者却是更'左'更激进也更'时代'的姚文元，而姚文元攻击艾青的恰恰是艾青所为之战斗和为之献身的'时代'——姚把该诗污蔑为'个人主义者自我扩张的嘶喊'，而且明目张胆说成是一首攻击延安的诗。"两位研究者均直接沿用了艾青在自序中的说法，并未发现"个人主义者自我扩张的嘶喊"的说法实则出自冯至笔下。

郭沫若一九七六年十月二十一日曾作《水调歌头·粉碎“四人帮”》，对“四人帮”做了形象的概括讽刺：“政治流氓，文痞，狗头军师张，还有精生白骨，自比则天武后，铁帚扫而光。”其中，“文痞”即指姚文元。“文化大革命”结束后，“文痞”专指姚文元的共识已深入人心。一九七七年一月十九日《人民日报》第二版刊出署名梁仲华的批判文章《变色龙经历之一瞥》，该文在批判文痞姚文元时，再一次牵扯到艾青批判。艾青读后甚是气愤，同年十月在致友人的书信中还不无讥讽地讲：“关于《人民日报》上那篇署名梁文华的文章，曾有一些人对报社提出意见，连外国专家也写信质问。那文章的确帮‘文痞’涂了一层‘反右’的油彩，明眼人是看得很清楚的。”[①] 而第二天在致徐勇良的信中，艾青再次提及此事：“那个叫做‘梁文华’的，已经遭到了许多人的痛斥，甚至有的外国专家写信质问《人民日报》。”[②] 身处历史现场的艾青不会不知晓“文痞”二字的分量与讽刺意味。

时过境迁历史的恩恩怨怨已无从分辨。反右期间批判艾青的文章不胜枚举，大部分批判文章言辞极其激烈，用艾青自己的话来讲就是“我成了一个痰盂。一切谩骂都是判决。”[③] 但比起《艾青能不能为社会主义歌唱?》《艾青的近作表现了些什么?》《艾青近作批判》《资产阶级歌妓艾青》《艾青的两支毒箭》等一系列文章，冯至《论艾青的诗》一文从题目到行文在当时已实属温和，并未给出多少置人于死地的断语。那么究竟冯至文中有什么东西真正伤害

---

① 艾青：《致苏金伞》，《艾青全集》第4卷，花山文艺出版社1991年版，第621页。“梁文华”为艾青误记。

② 艾青：《致徐勇良》，《艾青全集》第4卷，花山文艺出版社1991年版，第623页。

③ 参见艾青《我的创作生涯》，牛汉、郭宝臣主编《艾青名作欣赏》，中国和平出版社1993年版，第467页。

到了艾青，令他如此念念不忘，多年后竟能一字不差地引用原文并用大篇幅对此文进行讨论驳斥呢？而又是出于怎样一种复杂的心理，让艾青不得不用这样一种隐匿的手法将冯至的文字掺杂置换到“文痞”名下，以纾解自己内心的积怨。基于此，冯至《论艾青的诗》一文的意义，特别是该文对两位当事人的影响似乎还有被重新定位的价值。

## 冯至的复杂心境与艾青最初的不在意

艾青为什么要用如此隐匿的手法诉说自己受到的伤害是个谜团，而冯至当年为什么会写下《论艾青的诗》这篇批判文章同样也是一个谜。

一九五五年十一月二十三日，中共中央决定召开全面解决知识分子问题的会议，为贯彻响应中央号召，中共北京市委成立由蒋南翔负责的知识分子问题五人小组广泛展开调研。一九五六年三月二十一日《人民日报》第一版刊出《做好在知识分子中发展党员的工作》对发展知识分子党员工作做出部署。在此次动员高级知识分子入党运动中，冯至于一九五六年加入中国共产党，次年便卷入反右运动中。刚刚入党的冯至难免有些无法推卸的政治任务，据传写作批判艾青的文章也是冯至接到上级领导授意[①]。但冯至在反右期间写作的批判文章以及专门批判艾青的文章却并非只有《论艾青的诗》一篇。除此以外还有《坚决向丁、陈反党集团斗争》《从右派

---

① 据冯至女儿冯姚平讲：“后来我也听别人说起这些事情，说这些批判文章都是上级派下来的，一定要写。”参见陈远《在不美的年代里》，重庆出版社 2011 年版，第 212 页。但经笔者与社科院文学所李一帅老师联系询问后得知，目前文学所的这些工作档案尚未整理并不对外开放。关于冯至究竟如何被指派了写作批判艾青的文章的历史细节还缺乏相关证据。

分子窃取的一种“武器”谈起》以及《驳艾青的〈了解作家，尊重作家〉》。除《坚决向丁、陈反党集团斗争》一篇为联合发言外，其余三篇均为独立创作。将这几篇独立创作的批判文章放在一起探讨时便能看出，即使同为批判文章，冯至在写作时亦有复杂的心情纠缠其中。

《从右派分子窃取的一种“武器”谈起》一九五七年十一月二十一日初刊于《人民日报》第七版，文中多有激烈批判之语：“孙家琇是一向以‘莎士比亚专家’自命的，她在一篇杀气腾腾、充满了歇斯底里的叫嚣的反党宣言里引用了一首莎士比亚的十四行诗。”“另外一个右派分子萧乾，却和孙教授异曲同工，摆出一副笑面虎的‘正义’面孔”，“孙家琇和萧乾，真不愧是右派分子中的两员悍将，各有千秋。”而发表于《文艺报》一九五八年第二期“再批判”栏目的《驳艾青的〈了解作家，尊重作家〉》一文同样语多激烈：“这简直是昏迷的胡说八道。”“艾青的这种蹩脚的引证虽然不伦不类”，“他们的这些特权不能得到满足，他们就泼妇骂街式地咒骂起来。”与此相比，完稿于一九五八年一月十二日的《论艾青的诗》不仅在众多艾青批判文章中用语较为温和，即使在冯至写作的数篇批判文章中亦属温和，行文尽力从学术探讨的角度出发，围绕艾青的诗歌创作提出批评意见，尽量没有太多上升到人身侮辱的批判层面。

一九五七年因写作出版《生活的牧歌　论艾青的诗》一书而被卷进艾青批判中的晓雪，在反右斗争中被内定为“中右”，下放云南晋宁上蒜乡湾村生产队劳动。当时许多批判艾青的文章中，多有引用晓雪此书连带批判。当他在下放劳动的小山村里读到冯至《论艾青的诗》一文时不禁百感交集，他讲：“在当时的政治气候下，文章自然也是批判艾青的，但语气却要温和得多，像进行学术探讨，没有‘打右派’的‘大批判’文章那种置人死地的火药味。

特别使我感动、欣慰和受到鼓舞的是，先生在文章中不但没有捎带批判《生活的牧歌——论艾青的诗》，反而引用我的话，说明我在《生活的牧歌——论艾青的诗》中的分析是正确的，站得住的。"[①]在艾青被开除党籍后，《论艾青的诗》这篇批判文章却尽量从学术角度切入，比之姚文元等人借题发挥全面抹消推翻艾青既往的诗歌创作成就的做法，以及某些揭人隐私上升到人身侮辱层面的批判文章来说，冯至这篇文章的写作初衷虽然可能是为了政治过关，却是一篇阅读艾青诗歌、诗论作品后，认真写作并有相当程度保留的独特批判文章。

而从该文投稿的刊物来看，《文学研究》也是一份学术价值较高的刊物。即使在反右斗争开始后，《文学研究》直到一九五七年十二月十二日出版的第四期上才首次正式刊出批判文章，即《论文学艺术的特性——评陈涌等关于文学艺术的特性的错误意见》与《抗战时期丁玲小说的思想倾向》。从题目和行文来看，即使是批判文章也还是从学术探讨的角度入手进行分析。特别是《抗战时期丁玲小说的思想倾向》一文在分析时对丁玲抗战时期小说的评论仍留有回旋余地，如"不过这个作品的这些缺点，由于作者当时基本的趋向上还有好的方面，如果我们单独地来看，这样就可能是有些苛求了。""这五篇小说，虽然存在着上述的问题，但是因为作者还暂时感到'集体的生活我以为于我很相宜'，所以还有好的一面。它们究竟是表示了拥护抗日的，也算批判了知识分子的缺点，对生产运动也不是采取'嫌厌'的态度。"此外这一期《文学研究》的《编者按》大部分也是在探讨学术问题与刊物未来的工作计划与选稿倾向；关于反右运动仅以寥寥数语带过，且用语节制，并无借题

① 晓雪：《晓雪选集 5　散文卷》，云南教育出版社 2008 年版，第 215 页。

发挥之意[①]。

《文学研究》于一九五七年创刊，在创刊号上冯至即列席该刊编辑委员会成员。刊载《论艾青的诗》的这一期《文学研究》上再次刊出文学研究编辑委员会名单，冯至依旧列名其中。作为编委成员之一，冯至对这样一份刊物的选稿倾向与学术定位显然是较为了解的。到底是有意为之，将《论艾青的诗》一文投至《文学研究》以尽可能保留一些学术价值，或是因为知晓投稿刊物的性质而事先在写作中迎合刊物喜好对行文做出调整，都使得该文在众多艾青批判文章与冯至本人写作的其他批判文章中成为一个独特的存在。

冯至《论艾青的诗》一文一九五八年三月在《文学研究》上刊出，后收入一九六三年一月出版的《诗与遗产》一书。与发表在《文学研究》上的版本对比，作者在编定《诗与遗产》一书时对《论艾青的诗》一文做了一些修订：除字句、标点等常规修正外，冯至在重新审读后刻意删改了一些激烈的用语。诸如“据说这首诗发表后，立即得到过去是新月派诗人、今天是资产阶级右派分子的

① 1957年9月《文学研究》第3期仅刊出署名“本刊编辑部”的《保卫文学的党性原则》一文，专对右派分子在文艺方面的进攻作了一些驳斥。但这一期选登的文章均为纯粹的学术论文。1957年12月《文学研究》第4期《编后记》中涉及反右斗争的文字仅一段：“对文艺界右派分子和反党分子的作品和文艺思想的批判，本期发表了两篇批判的文章，毛星的‘论文学艺术的特性’和王燎荧的‘抗战时期丁玲小说的思想倾向’。这仅仅是我们对于右派分子和反党分子批判的开始。今后我们还要继续组织这方面的文章，希望各地作者多给我们来稿。”比之其他刊物，《文学研究》开始关注并发表反右斗争文章的时间不算早。1957年7月25日《诗刊》专门在第7期推出“反右派斗争特辑”。此外，对读1957年《诗刊》第7期主编臧克家的《让我们用火辣的诗句来发言吧（代卷头语）》以及该期《诗刊》的《编后记》，《文学研究》1957年第3、4期的《编后记》中关于反右运动的论述，不管从所占篇幅还是用语程度来讲，都可谓是相对节制的。

陈梦家的称赞，这是耐人寻味的。”“生活趋于腐化，要在男女关系上享有‘特权’”，“他一方面生活腐化，道德堕落”，“此外在私生活上一贯地玩弄女性，道德败坏——一个人堕落到这种地步”被全部抹去。在《诗与遗产》序言中冯至坦言：“把这些文章编辑成集时，我在文字上做了一些修改，内容方面，没有什么变动。”可以判断书中的修改基本出自作者本意，至少作者本人知情。而此次修改或许是冯至在得知艾青摘掉右派分子帽子[①]后所作的文字修订，但更多的是诗人在重新审读《论艾青的诗》一文后纠缠心境的体现。

一个值得注意的细节是：《论艾青的诗》一文文末注有写作时间“一九五八年一月十二日”。而《驳艾青的〈了解作家，尊重作家〉》一文虽未标注写作时间，但该文刊于《文艺报》一九五八年第二期，并于当年一月底出版。考虑到当时批判文章普遍即写即发的现状与刊物组稿排印的时间，《驳艾青的〈了解作家，尊重作家〉》的写作时间当在一九五七年底至一九五八年一月中旬前后，与《论艾青的诗》一文写作时间相当接近。前后间隔时间如此之短的两篇文章的行文用语却有如此明显的差别，冯至本人的复杂心情已经蕴藏其间。

据曾任《文艺报》编辑的阎纲回忆，《文艺报》一九五八年第二期上刊载的“再批判”栏目的《按语》曾于当年一月十六日由

---

① 1961年12月17日《人民日报》第1版刊出《中央国家机关和各民主党派中央机关摘掉一批确实改好的右派分子的帽子》：“新华社16日讯　中央国家机关和各民主党派中央机关等单位根据1959年9月16日中共中央、国务院关于确实表现改好了的右派分子的处理问题的决定，最近又摘掉一批右派分子的帽子。这一批被宣布摘掉右派帽子的有：钱端升、冯雪峰、柳湜［shí］、黄药眠、徐懋庸、许宝骙、陈达、吴景超、傅种荪、马松亭、孟鞠如、杨崇瑞、杨逸棠、刘一峰、王一帆、吴绍澍、王枕心、何北衡、李健生、顾执中、丘克辉、吴春选、吴祖光、艾青、白朗、罗烽等三百七十多人。”

三位总编急送毛泽东审读。毛对此批复“按语较沉闷，政治性不足。你们是文学家，文也不足，不足以唤起读（者）注目。”① 这一期的《编者按》经毛泽东修改后送至《文艺报》编辑部，编辑部全体成员曾前往参观修改后的《编者按》手稿。据阎纲披露经过毛主席亲自修订后的《编者按》就有涉及艾青的部分②。在这样的形势下，冯至《驳艾青的〈了解作家，尊重作家〉》一文的用语难免激烈程度上升。

冯至讲：“经历了文艺战线上一系列的两条道路的斗争和有关文学本身的问题的讨论，在感到有话要说、而且需要说出的时候，也就顾不得理论水平之低和文学知识之陋了，写出一些东西，参加了斗争和讨论。”③ 目前所见冯至在反右时期独作的批判文章仅三篇，而《诗与遗产》中却唯独没有收入《驳艾青的〈了解作家，尊重作家〉》这一篇。可见即使在特殊年代，对作者本人来说，《驳艾青的〈了解作家，尊重作家〉》一文的学术价值与写作初衷都是不愿再次触及的。

严谨老实的冯至在反右斗争时的心情是复杂的。据其女儿冯姚平后来回忆：“一九五七年反右的时候，我在苏联，并不知道国内的情况。有北大的人到苏联去，看到我，说起父亲，说：‘冯先生开始有些不理解，后来思想逐步提高了。’直到去年，我听到父亲过去的一个学生说起当时的情况，说父亲对于当时的那种斗争不能适应，对于他那些亲密的朋友和学生被打成右派并因此妻离子散的情况十分不理解。但是他还是觉得是自己的思想有问题，还是要学

① 阎纲：《文网·世情·人心　阎纲自述》，生活·读书·新知三联书店2012年版，第23—24页。

② 阎纲：《文网·世情·人心　阎纲自述》，生活·读书·新知三联书店2012年版，第23—24页。

③ 冯至：《诗与遗产·序言》，作家出版社1963年版，第1页。

着‘斗争’。”[1] 但冯至是如何从最初的“不理解”到“学着‘斗争’”？又是出于怎样的心情写下了这一系列批判文章并逐渐卷进反右斗争漩涡中的呢？由于冯至的严谨与沉默我们对于这段历史的细节已无从触及，但通过对有限资料的梳理[2]至少可以看出，冯至对待批判艾青的问题在写作过程中以及事后修改反思时都曾流露出复杂的心境。

而反观当时正处于批判中心的艾青的心理又是如何的呢？一九五七年对艾青来说是动荡开始的一年，因牵扯进“丁陈反党”集团，艾青的问题不断被揭发、激化，最终被开除党籍在边疆度过二十余年的沉寂岁月。但今天重新检视曾处于批判中心的艾青的心境却发现，至少在批判之初，艾青并未表现得如此在意那些愈演愈烈的批判文字与批判会议。

一九五七年苦于写作“丁陈集团”结论的郭小川在日记[3]中对批判艾青的问题亦有涉及。八月十九日“商量了一下下一阶段对李又然、艾青、雪峰、白朗的斗争”。二十一日“开的是各单位小组负责人会议，由一些同志分别介绍了一下艾青、罗烽、白朗、李又然的丑行”。二十三日郭小川“与阮章竞、李季在东来顺吃饭，帮他们准备关于艾青的发言”。第二天“李季、阮章竞在我房内写发言稿”。大家都被同样的问题困扰着：“我也在思索着艾青的问题，究竟怎样把握他的问题呢？”在八月二十四日下午召开的批判会议上，曹禺发言批评了艾青的错误，被点名批评的艾青听后“猛力鼓

---

① 冯姚平、陈远：《父亲冯至的伤心年代》，《名人传记》（上半月）2009年第8期。

② 遗憾的是，据笔者2021年5月访问冯至女儿冯姚平女士后得知，冯至1958年前后并无日记留存，且《论艾青的诗》一文也未有手稿留存。

③ 以下引文参见郭小川著，郭小惠、郭小林整理《郭小川1957年日记》，河南人民出版社2000年版，第173—178页。

掌”。二十八日的会议上“由华君武、贾克、丁宁、徐迟和李季讲了艾青的问题”。

据查，八月二十八日这次会议上徐迟和李季的发言对艾青的言行做了进一步揭发，均下了较重的断语①。会后，郭小川与邵荃麟、刘白羽专门找艾青谈话，但艾青的态度使郭小川不禁感慨“这人不知道是真糊涂，还是装糊涂。”② 八月三十一日艾青在会上做出检讨，但郭小川听后表示“艾青的检讨，也是记账似的，没有多少内容。”③ 袁水拍九月三日在出席作协党组扩大会议第二十四次会议时的发言同样对艾青的检讨表示不满：“听了艾青同志第一次检讨后，我准备发言，后因家里有病人，没有参加会。现在听了他的第二次的检讨，觉得仍然令人失望，他的态度是不老实的，对于一些重大原则性问题，没有彻底的交代和检讨……艾青同志在发言中把自己说成是一个受包围、受利用、受愚弄的可怜虫，那是不能叫人相信的。”④

而艾青本人当时写作检讨文章时的认错态度似乎也并不怎么端正。一九五七年九月二十二日出版的《文艺报》第二十四号《文艺茶座》一栏刊出署名“记者”的《艾青是怎样“检讨”的》一文，文中披露：“在作家协会党组扩大会议第二十四次会议上，胡海珠同志代表在作协整风办公室的八位同志发言，揭露了艾青怎样

---

① 1957 年 9 月内部印行的《对丁、陈反党集团的批判——中国作家协会党组扩大会议上的部分发言》一书中收有 1957 年 8 月 28 日会议上徐迟的发言稿与李季同阮章竞的联合发言稿。

② 郭小川著，郭小惠、郭小林整理：《郭小川 1957 年日记》，河南人民出版社 2000 年版，第 178 页。

③ 郭小川著，郭小惠、郭小林整理：《郭小川 1957 年日记》，河南人民出版社 2000 年版，第 180 页。

④ 参见 1957 年 9 月内部印行的《对丁、陈反党集团的批判——中国作家协会党组扩大会议上的部分发言》一书。

做‘检讨’的故事，这引起了会上的哄堂大笑。”胡海珠举例艾青发言中“关于和吴祖光新凤霞的关系”一节的内容中出现“是在我生孩子之后”，“席间大家大谈笑话，艾青听着很少插嘴，我和新凤霞谈家常”等语，经与发言稿原件核对后发现，从笔迹、内容和语气上判断，“完全可以肯定这是高瑛替他写的”。艾青复出后，有些研究者曾就此事问起过艾青夫妇。艾青本人对此事的真假不置可否，却反问对方“你觉得难道我不认字吗?”而高瑛对此事则解释为，艾青当时交发言稿时不慎将她的东西混入其中。《不灭的诗魂》一书中也对此事做出过解释[①]。但这些解释都与一九五七年《文艺报》上刊出的《艾青是怎样“检讨”的》一文中披露的细节有不少出入，且都对艾青的检讨是否由高瑛代笔写作的问题进行了回避。笔者也曾于二〇二一年四月十五日微信采访陈徒手先生问及此事[②]。但不管是由高瑛代笔写作交代检讨材料还是仓促交稿时不慎将高瑛的材料混入其中，至少可以看出至少在被批判之初，艾青本

① 据《不灭的诗魂》一书中讲：“艾青从医院回家后，一直到晚上才写出千把字的‘检查’来，他看了一遍，觉得记者诬告他半夜在家里设宴举行记者招待会，动员《文艺报》向党进攻这件事，事关重大，必须把约请记者谈话的具体时间搞准确。可是，艾青一时记不起哪一天，又让保姆去医院问高瑛。保姆回来后，交给艾青一张高瑛写的条子。上面写着：我记得，我生下未未的第七天晚上，记者到咱家。艾青看后，顺手把高瑛写的纸条夹在了‘检查’里。”之后艾青在会上做完检讨“散会时，按照上头的要求，艾青交上检查稿，走了。由于一时疏忽，艾青把夹在稿子里的高瑛写的那张条子也交了上去。结果，作协打印材料时，把高瑛写的那句话，也打进了艾青的检查里，说，‘高瑛生孩子的第七天夜里，艾青在家里举行记者招待会……’‘艾青的检查是高瑛代写的’等等。”参见吴洪浩《不灭的诗魂——艾青》，山东画报出版社 2001 年版，第 148—150 页。

② 陈徒手先生微信回复：“我见过艾青检讨的打印件，据批判者说，是高瑛代笔的，因而出现高瑛口气，令人发笑。是有这个事情。”并解释艾青的检讨“可能是三十年前看到的，没有什么抄阅。”因艾青的检讨原件及打印件至今并未披露，所以到底艾青的检讨是否由高瑛代笔目前尚无法核实。

人对于这些激烈的批判并没有那么在意过。一九五七年八月三十一日，臧克家在参加中国作家协会党组扩大会议第二十三次会议时曾发言揭发艾青对待同志们的批评满不在乎的言行："一个多月以前，他同我谈话的时候说：'我对于毁誉，看得很淡，我如果跟你一样地注意这些小事情，我早就不能生活了'。"[①]"不怕毁誉"也成为艾青在批判中被揭发出的又一罪行。

随着斗争日渐激烈，艾青的情绪开始变得不正常，为保护艾青，高瑛讲："我感觉艾青的情绪不正常，就嘱咐阿姨把每天收到的报刊先拿给我看。凡是有批判艾青的报刊，我都扔进了垃圾桶里。"[②]当时艾青是否在《文学研究》一九五八年第一期出版后读到冯至的文章，如读到又作何感想已不得而知。但艾青在二十年后写作自序时对《论艾青的诗》一文的曲折引用方式却明白地记录下了此文对其心灵的冲击与伤害。

## "俱往矣"的背后及一点补充

艾青复出后，周扬曾当面向其致歉，表示之前对他的批判是"搞错了"，虽然不满周扬用这三个字来概括自己二十一年的受难岁月，但艾青还是以一句"俱往矣"回应了周扬的道歉。我们看到的似乎是一个面对灾难既往不咎的诗人形象。但通过对《艾青诗选·自序》的梳理我们发现的却是艾青的另一面——面对曾经受到的伤害诗人无从说起也无法诉说，只能假借"文痞"之名隐匿地倾诉心中的伤痛。那么真正令艾青感觉受到伤害的原因是什么呢？艾青又为什么在自序中单单引用冯至和姚文元的文章为例呢？艾青在经历

---

① 参见1957年9月内部印行的《对丁、陈反党集团的批判——中国作家协会党组扩大会议上的部分发言》一书。

② 高瑛：《我和艾青的故事》，中国戏剧出版社2003年版，第48页。

了二十余年沉寂岁月后真正感觉受到伤害的是什么，而时隔多年重读冯至一文让他真正忧心的问题又是什么？

艾青在一九七八年十二月中旬写作诗选自序时就对所谓的政治敏感性做出批判，提倡诗人要说真话。而将冯至文章置换进“文痞”名下，艾青想要引起读者思考的也是创作民主、批评民主的问题。艾青复出后曾在多个场合结合自己二十余年的经历反复讲到民主的问题，并写作了一系列文章对此进行论述。他讲：“比什么都更重要的是政治上的民主；只有政治民主了，才谈得上艺术民主。”① “我主张要有创作自由，也要有批评自由，但不能用政治代替艺术。”② “前几年是不能讲真话的。正派人讲了真话，说你是怪话，是放毒！是黑话。”③ “一个人讲了错话，批评批评本是好事，可是前几年，批评变成判决。”④ 这种判决是可怕而不容许辩解的。以《论艾青的诗》一文为例，博学严谨如冯至会读不懂艾青的诗歌吗，会不了解诗歌创作的基本方法吗？艾青在诗选自序中引用冯至对《礁石》一诗的分析后痛心地直言，“比喻也最容易被人歪曲甚至诬陷——历史上不少‘文字狱’都由比喻构成”。而纠正这一问题的前提是诗人要敢于讲真话，形成创作、批评的民主氛围，使得

---

① 艾青：《我对新诗的要求》，1979 年 10 月 29 日刊于《北京日报》，转引自徐靖、木斧《〈艾青选集〉第 3 卷　诗歌》，四川文艺出版社 1986 年版，第 333—334 页。

② 艾青：《在粉碎“四人帮”后召开的第一次全国诗人座谈会上的讲话》，转引自艾青《艾青全集》第 5 卷，花山文艺出版社 1991 年版，第 572—579 页。

③ 艾青：《在粉碎“四人帮”后召开的第一次全国诗人座谈会上的讲话》，转引自艾青《艾青全集》第 5 卷，花山文艺出版社 1991 年版，第 572—579 页。

④ 艾青：《在粉碎“四人帮”后召开的第一次全国诗人座谈会上的讲话》，转引自艾青《艾青全集》第 5 卷，花山文艺出版社 1991 年版，第 572—579 页。

文学创作能在学术范式内正常交流对话。“对诗人的要求是更能听从自己的意志，比较自由地工作。”① 而要做到这一点，“诗人应该考虑得更多些、更远些、更成熟些。”②

或许艾青一九七八年写作诗选自序时是碰巧找到了冯至的文章作为引证，又或者艾青真的对冯至的文章多年来念念不忘以至于在写作时专门找寻原文；但无论如何，艾青想要借此对话的是特殊年代对于文艺作品乱戴帽子肆意判决又不容许辩解的做法。重读冯至《论艾青的诗》一文，令他忧虑的是今后文学创作与批评的民主问题。

而特殊时期遗留下来的问题并不止如此。一九八一年五月，艾青在答《中国青年报》记者问时直言：“‘四人帮’罪孽很大，写十年也写不完。真有愤怒可以写。人人都诉苦，开个诉苦会也好……实际上很多牢骚不是对‘四人帮’发的。”③ 很多批判文章与伤害背后是更为复杂的人事纠纷，而“四人帮”只是人们在无法直言隐情时一个便于发泄的情感靶子。而对于艾青以及众多同代人而言，即使标榜自己的受害者身份，也或多或少曾卷入批判者的行列中，对他人造成伤害。

牛汉回忆自己曾就《论艾青的诗》一文与艾青进行讨论。据该文的语气及一九五八年牛汉与艾青两人的处境推断，牛汉在当时断然不会有如此闲情逸致拿着此文跟艾青讨论，一定是二人七〇年代在北京重逢后发生的故事。他讲：“我把冯至发在《文学评论》上

---

① 艾青：《我对新诗的要求》，1979 年 10 月 29 日刊于《北京日报》，转引自徐靖、木斧《〈艾青选集〉第 3 卷　诗歌》，四川文艺出版社 1986 年版，第 333—334 页。

② 艾青：《我对新诗的要求》，1979 年 10 月 29 日刊于《北京日报》，转引自徐靖、木斧《〈艾青选集〉第 3 卷　诗歌》，四川文艺出版社 1986 年版，第 333—334 页。

③ 艾青：《艾青谈诗——答本报记者问》，《中国青年报》1981 年第 11 期。

的文章（我有勾画）拿给艾青看。"①牛汉认为"在动荡的历史时刻，他（冯至）很清醒。"②且《论艾青的诗》一文也"是理性的、讲道理的，不像徐迟、沙鸥那些人，几乎是谩骂。冯至还写得很长，七八千字。"③艾青看后也表示"冯至文章和别人不一样，有些意见有道理。"④并对冯至当年写作该文表示理解："运动高潮中写文章，几乎没人不写。"⑤遗憾的是，牛汉并未明确说明此事发生的时间，所以无法确定这次讨论是否发生在一九七八年十二月艾青写作诗选自序之时。但无论如何，当着牛汉的面，艾青对冯至此文的评价与他在诗选自序中的隐匿心态形成了鲜明对比。以致牛汉也从未发觉艾青的复杂心理，并对冯至与艾青两人的交往作出了如下评价："艾青跟冯至一块儿照相，挺好的。冯至做人做文章都严谨，头脑清醒。所以他和艾青的友谊得以保持长久。"⑥

---

① 牛汉口述，何启治、李晋西编撰：《我仍在苦苦跋涉》，生活·读书·新知三联书店 2008 年版，第 272—273 页。其中《文学评论》应为《文学研究》，《文学研究》1959 年才更名为《文学评论》。

② 牛汉口述，何启治、李晋西编撰：《我仍在苦苦跋涉》，生活·读书·新知三联书店 2008 年版，第 272—273 页。其中《文学评论》应为《文学研究》，《文学研究》1959 年才更名为《文学评论》。

③ 牛汉口述，何启治、李晋西编撰：《我仍在苦苦跋涉》，生活·读书·新知三联书店 2008 年版，第 272—273 页。其中《文学评论》应为《文学研究》，《文学研究》1959 年才更名为《文学评论》。

④ 牛汉口述，何启治、李晋西编撰：《我仍在苦苦跋涉》，生活·读书·新知三联书店 2008 年版，第 272—273 页。其中《文学评论》应为《文学研究》，《文学研究》1959 年才更名为《文学评论》。

⑤ 牛汉口述，何启治、李晋西编撰：《我仍在苦苦跋涉》，生活·读书·新知三联书店 2008 年版，第 272—273 页。其中《文学评论》应为《文学研究》，《文学研究》1959 年才更名为《文学评论》。

⑥ 牛汉口述，何启治、李晋西编撰：《我仍在苦苦跋涉》，生活·读书·新知三联书店 2008 年版，第 272—273 页。其中《文学评论》应为《文学研究》，《文学研究》1959 年才更名为《文学评论》。

冯至是否读到过《艾青诗选·自序》并发现其中引用的自己的文字竟被安上“文痞”的头衔我们已不得而知。但显然《论艾青的诗》一文是两位诗人共同的心结。冯至对此选择直面曾经的错误，据写作《冯至传》的周棉讲：“（冯至）要我不要回避别人对他的批评，不要掩饰他因种种原因而造成的不足和遗憾。例如，一九八七年河北师大学报要发表我编的《冯至年谱》，责任编辑劝我：反右时冯先生写的那三篇文章，实在是迫不得已，就别提了。冯先生知道以后，当面对我说，那是事实，不能划掉，还要写上。”[①] 晓雪也曾撰文回忆，一九八三年三月二日在北京北纬饭店召开的中国作协举办的全国第一届新诗（诗集）评奖委员会期间，冯至就其曾在《论艾青的诗》一文中引用晓雪《生活的牧歌　论艾青的诗》一书中的观点，当面向他致歉，“寒暄了几句之后，先生竟很严肃而诚恳地当着严辰等同志的面说：‘一九五八年我写过一篇不该写的文章，好像还提到了你，你不在意吧？’”[②]

冯至对《论艾青的诗》一文中引用过晓雪的文章尚且如此在意并当面致歉，难道他没有向艾青当面致歉过吗？如果没有道歉的话，从艾青写作诗选自序时的隐匿情绪到后来两位诗人毫无芥蒂的交往这一变化又似乎是无法理解的。据曾在中国社会科学院外国文学研究所工作的张黎披露：“我曾不止一次听他（冯至）谈起50年代写过批判诗人艾青文章的事。他总觉得，不论历史背景如何，自己参与了这种事情，使艾青遭到那样长时间的不公正对待，平白损失那么多诗歌创作岁月，身心受到损伤，这使他始终感到内疚。他称这是他‘平生一大憾事’。每次提起这件事，他的心情都十分沉

① 周棉：《冯至先生怎样对待〈冯至传〉》，《北京大学学报》（哲学社会科学版）1994年第4期。

② 晓雪：《晓雪选集5　散文卷》，云南教育出版社2008年版，第215页。

重。冯先生是个内向的人，平时言语不多，他在提起这件事情时，那诚恳之中夹杂的痛苦和伤感之情，溢于言表。”① 有学者据此文进一步阐发②，认为冯至并未当面向艾青致歉。当然历史的纷纭迷雾已无从分辨，我们最终看到的是两位诗人选择大度地把“历史造成的恩怨还给了历史”③。

至此，两位诗人的恩怨结束了，但《论艾青的诗》一文的延宕效果依旧。据冯至女儿冯姚平讲，在给父亲编全集的时候：“编委会决定把这本书以及父亲在反右、‘文革’时期写的批判文章都收进去，我觉得，我不能给父亲加以粉饰。为此我还专门请示了季羡林伯伯，季伯伯也主张应该这样，他说：‘这样子可以让人们看出，在那个年代像冯先生这样正派老实的人都要被扭曲地写这样的东西，也可以让后世引以为戒。’”④ 陆耀东也曾专门致信冯姚平，鼓励她以原貌呈现冯至的文字。⑤

《冯至全集》一九九九年十二月由河北教育出版社出版，《诗与遗产》一书收入第六卷。这一卷的编者说明讲：“在《诗与遗产》一书中，个别篇章在写作时曾受当时政治形势的影响，作者事后曾为此深感歉疚，但为了尊重历史的原貌，本卷仍照原样予以收录，只

---

① 张黎：《诗文人品总相宜——冯至先生逝世一周年祭》，《诗刊》1994年第7期。

② 宫玺：《青青河畔草》，上海文艺出版社2004年版，第34页。

③ “冯至去世前不久，曾去病房看望同住协和医院的艾青，艾青看见冯至拄着拐棍步履维艰地走来，感动地伸出大拇指向冯至致敬，冯至也伸出大拇指以示回敬，两位老诗人，前嫌顿释，把那个历史造成的恩怨还给了历史。”参见余匡复《余匡复文集》，上海外语教育出版社2016年版，第596页。

④ 冯姚平、陈远：《父亲冯至的伤心年代》，《名人传记》（上半月）2009年第8期。

⑤ 宫立：《陆耀东关于〈冯至全集〉的书信两通》，《天津日报》2018年8月24日第16版。

是对有关当时被错误定性的人和事的提法在文字上作了少许处理。”但与一九六三年版《诗与遗产》中收录的《论艾青的诗》一文进行比对后发现，“全集中所删文字有三千字左右，删掉一百字以上的就有八处，最多一处删去一千多字”。[①] 此外编者在删改时还有未核对原文造成的错误修改[②]。据曾参与《冯至全集》编选工作的刘福春讲：“编选《冯至全集》时，《论艾青的诗》这一篇是否应该收录入集曾被特别提出并经由编委会成员讨论决定。我主张全文收录，哪怕以附录的形式收入。后来这篇文章还是收入但被删改了。我不知道具体情况，直到出版我才发现竟然被删了那么多。”[③]《冯至全集》第六卷对《诗与遗产》一书中的删改还不止如此。《从右派分子窃取的一种“武器”谈起》一文更是直接从《诗与遗产》一书的目录中被抹去，经查也并未收入其他卷中。全集编选工作本身就存在由主客观原因导致的各种收录不全的情况，这种出于为尊者讳的考量，刻意收入经过大篇幅修改的文章更是令文字本身折损了许多时代特征与历史价值，无法作为研究时的客观参考。而后续更多问题则留待笔者另文讨论。

（孙海佩，四川大学文学与新闻学院研究生）

① 刘福春：《20世纪新诗史料工作述评》，《中国现代文学研究丛刊》2002年第3期。

② 《论艾青的诗》原文：“同样的情调，是：薄雾在迷蒙着旷野啊……那首诗。”而收入《冯至全集》第6卷时被改为“同样的情调，是《薄雾在送蒙着旷野啊……》那首诗。”但艾青并没有《薄雾在迷蒙着旷野啊……》一诗，“薄雾在迷蒙着旷野啊……”是《旷野》一诗的第一句。

③ 据笔者2020年12月对刘福春进行的采访。

叶嘉莹

# 唐诗与汉魏诗的美感差异

我过去常常说词有一个美感特质，一个 special aesthetic quality。词的美感的特质是什么？王国维《人间词话》说：“词之为体，要眇宜修。”词的美感特质，是非常的幽微隐约。词的意思都在言外，是隐约的、幽微的，你不清楚，所以“要眇”。“修”是一种美，而且属于一种装饰的美。因为词表面上常常写美女和爱情，事实上却要在美女和爱情以外，让读者体会到一种幽微、要眇的言外的意思。作者自己的 conscience，都不一定知道，可是他有这种 suggestion，他有这种 potential effect，这个就是词的美感。我们现在说诗的美感。诗的历史比词更悠久，诗的变化更多，所以诗的美感特质是多方面的。汉魏古诗的美感特质，与唐代近体诗的美感特质是不一样的。唐代的近体诗，有了韵律，所以它有一种声音的美。还有唐诗有时候写一些景物的形象，有一种形象的美。而且特别是盛唐的时候，国家强盛，诗歌的声音、形象都是高远的，都是博大的。像李白所写的《黄鹤楼送孟浩然之广陵》：“故人西辞黄鹤楼，烟花三月下扬州。孤帆远影碧空尽，唯见长江天际流。”它的景象是高远博大的，声音是抑扬高低的，这样一种美，是盛唐的美感，盛唐诗的美感特质。中国传统的文学批评，没有讲出这么多的道理来，只说唐诗有“兴象”，“象”就是这个形象，这个形象跟声音结合起来，给读者一种“兴”，“兴”，就是一种兴发，一种感动。盛唐的诗歌，它感动你的力量，是从兴发感动之形象和声音给你的。

我们现在讲的《古诗十九首》，是汉魏的古诗，汉魏的古诗用什么给你感动？总而言之，能够给人带来兴发感动的就是好诗。可是，唐诗是从这个“兴象”给你感动，汉魏的诗是什么？汉魏的诗是“风骨”。这是中国传统的比譬，说唐诗重在“兴象”，汉魏诗重在“风骨”。什么是“风骨”，“骨”是什么东西，“风”又是什么东西呢？我以为这个“兴”是兴发感动，“风”也是兴发感动。“风”不是会动的吗？所以也是一种兴发感动的力量。盛唐诗的兴发感动的力量，从它的形象跟声音给你，所以是“象”，它重在这个形象。可是汉魏古诗的兴发感动的力量从哪来？从“骨”而来。“骨”是什么？“骨”是这个诗的结构。所以，中国古人他有了体会，但是他没有一个理论的说明，只是说，这个诗“兴象”很好，那个诗“风骨”很好，我们说什么是“兴象”，什么是“风骨”？我为了解释清楚，就给他一个说明。唐诗有的时候写风景，像李白的“孤帆远影碧空尽”那是风景。李白诗的“兴象”真是好，真的能够代表盛唐。李白小时候住在四川，喜欢到各地方去游历，“一生好入名山游”。他写《峨眉山月歌》：“峨眉山月半轮秋，影入平羌江水流。夜发清溪向三峡，思君不见下渝州。”你看他写得多么美，晚上船出发了，那峨眉山上秋天的夜晚，大地比较干爽，空气比较透明，月亮就非常亮，还没有圆，“峨眉山月半轮秋”。月亮的影子就照在平羌江水上，“影入平羌江水流”，我就随着流水之中的月影出发了。“夜发清溪向三峡”，我从清溪出发，我的船向三峡走去了。我跟我在清溪的好朋友离别了，“思君不见”，我怀念你，但你已经不在我的眼前了，而我在怀念之中，伴随着天上的半轮秋月，就一直坐船经过了渝州，走到渝州的下流去。这真是“兴象”，真是美，真是高远，真是充满了感发，而且声音也那么美丽，抑扬高低。唐朝的诗人，才开始用大半的篇幅、重要的辞句来写风景。汉魏的诗大多都是叙述，风景不那么重要，它所叙述的，是它的结构，是它的口吻。你叙事怎么感动人？这个就要看你怎么样去说，你叙述的结构跟口吻，这是汉魏诗的好处。汉魏诗歌感动读者的力量在于它叙述的结构跟口吻，所以“行行重行行，与君生别离”，就是向前走，向前、向前，走了一段，你忽然间一回想，“相去万余里，各在天一涯”。实在写得很好，前面是刚刚走，我跟你生生地分别了，“行行重行行，与君生别离”；你已经走了很久，一段路以后，回想一下我们自离别以来，“相去万余里”，这个“去”字不是动词，说“你到哪里去”，不是的。中国古人说这个“去”，特别是说到“相去”的时候，是说“相距”，是指的距离，我们相隔在万里之外。所以这是叙述，这是叙述的口吻，这是叙述的结构。“相去万余里”，你回头一看，你跟我“各在天一涯”，“涯”本来是一个边际，本来也可以念 yá，我说过这个字有三个读音，可以念 yá，可以念 yí，可以念 ái，“天一涯”在这里押韵念 yí，就是天涯海角，你在天的那一边，我在天的这一边，“相去万余里”，是“各在天一涯”，表现距离的远。所以汉魏诗这个结构真是好。

下面我们接着讲“阻且长”的互文性。

好，你现在走了，“行行重行行”，我回头一看，“相去万余里，各在天一涯”，如果你要回来，我要去寻找你，怎么样？“道路阻且长”。如果这万余里都是平地，那我随便怎么样，只要我肯，我也“行行重行行”，我就走到你那里，可现在是“道路阻且长”，所以“会面安可知”。我们中间不止是“长”，不止是一个遥远的距离，还有“阻”。“阻”是什么？“阻”是艰难、险阻。如果只有一个高山的险阻，我就爬过这个山，如果只是路途遥远，我一直走也走过去了，可是道路“既阻且长”，这是两重的困难，是双重的阻隔。刚才我们说了 horizons of reading，阅读视野，“生别离”有《楚辞》的“悲莫悲兮生别离”，“道路阻且长”也有《诗经》上的“道阻且长”这样一句诗。所以我们说《古诗十九首》不只是民间的乐府诗，它里面肯定有文人的手笔。因为它的“生别离”来自《楚辞》，它的“阻且长”来自《诗经》，所以作者一定是个文人，他是读过《楚辞》，也读过《诗经》的。

《诗经》的哪一首诗里边有“道阻且长”呢？《诗经》开头是十五国的国风，是各地各国的民间歌谣。《秦风》是秦国的国风，里面有一篇最有名的诗，叫《蒹葭》。“蒹葭”是什么？“蒹葭”就是那个芦苇，水边上长的一大片白茫茫的像棉花一样，飘来飘去的植物。《秦风》的《蒹葭》是怎么样一首诗呢？王国维《人间词话》说：“《诗·蒹葭》一篇，最得风人深致。”中国古人，说话都非常简单。他说《秦风·蒹葭》真是好，它最有风人的意味。什么叫做“风人”？“风人”是那种最有兴发感动的力量的诗人，不是像普通的诗人，你胡诌两句就是诗。真是那种多情的、善感的、敏锐的，最具有诗人那一份幽微纤细的感觉的，才叫“风人”。他说就是《秦风·蒹葭》最有“风人”的意趣。王国维没有说《秦风·蒹葭》为什么有“风人”的意趣。《秦风·蒹葭》写的是什么？“蒹葭苍苍，白露为霜。所谓伊人，在水一方。”怎么样呢？后面说“溯洄从之”，底下就是我们这句话，是“道阻且长”。“溯游从之，宛在水中央。”这真是风人之致，王国维赞赏的“风人深致”。

他说“蒹葭苍苍”，秋天来了，芦苇都开了花，白茫茫的一片。当芦苇开花的时候，天气就冷了，所以这个白露下在草地上，都凝结成了严霜。在这么一个高空旷远的季节，“秋风萧瑟天气凉”的时候，我就怀念起那个人，“伊人”，唯一的那个人。我所怀念的那个人在哪里呢？“所谓伊人，在水一方”，就在水的那一边。那是“各在天一涯”，这是“各在水一方”，天的一涯，水的一方。“溯洄从之”，我就想逆流而上，水中有很多的岛屿，我要很曲折地向上游去找她。“溯洄从之”，是“道阻且长”，这中间的路途有这么多阻隔，而且这么遥远。你说，就不用找他了，可是他的影子就在我眼前。“溯游从之”，他“宛在水中央”，我就顺着这流水去看，他宛然，那么清楚地，就在水的中间。这真是写得美，你的追求，你的向往，有那么一个美的形象，似有如无，你说他没有，可是你好像能清楚地捉摸到，就是这个样子；可是如果真的有，你怎么总也追不到？这就是人生，人生常常是徘徊在这种追寻和失落中间，这是一种基本的感情，这是“最得风人深致”，而且它的声音跟形象写得这么美。所以这“阻且长”是出于《诗经》的追寻，“道路”是“阻且长”。

从前我在年轻的时候，读这个杜甫的诗。杜甫是中国最有名的诗人，所以历代注解的本子就很多，好几十种，其中最详细的一种，是仇兆鳌的《杜诗详注》。我前两年在中华文化中心给一些朋友讲，《杜诗详注》把杜甫五个字的诗、七个字的诗能够注上好几百字。我小时候觉得，他不注我都看得很明白，他一注我反而越看越糊涂，我还说他为什么注这么多呢。凡是与杜甫诗句有关系的典故，他都把它注出来了。我觉得这真是太多余了。后来我到了国外，我也随便去旁听，随便看一些书，西方的文学理论讲 intertextuality。Text 是那个文本，intertextuality，我们可以把它翻译作“互为文本”，就是你这个 text 文本，它出于另一个 text 之中，作为读者，你就从这个 text 想到那个 text。所以你从《古诗十九首》的“生别离”可以想到《楚辞》的“悲莫悲兮生别离”，从《古诗十九首》的“道路阻且长”可以想到《诗经·秦风·蒹葭》的“道阻且长”，这是 intertextuality。如果你从西方的语言学来看，Saussure（索绪尔）的语言学，他说一个 language，语言，它的结构，是有两条轴线，一条是平行的这样一个直线，一条是垂直的这样一个直线。平行的这个直线是你的结构，你怎么样说，你叙述的文法。垂直的这个直线，是你的联想的 association，associative。这个联想的直的轴线，就是你可以联想到很多，每一个 language sign，每一个语言的符号，都可以引起你一串一串的联想，所以诗歌的内容才丰富起来。

（叶嘉莹，南开大学中国古典文化研究所所长）

戴益斌 [澳] 杰夫·玛珀斯

# 从真与意义到三角测量：整体论视域下的戴维森*

杰夫·玛珀斯（Jeff Malpas）是澳大利亚塔斯马尼亚大学的杰出教授，二〇一八年入选澳大利亚人文研究院研究员。他的兴趣非常广泛，同时涉猎分析哲学与现象学，是海德格尔、伽达默尔和戴维森研究专家，斯坦福哲学百科全书词条戴维森和伽达默尔的作者，被称为新戴维森主义者。他的著作包括《海德格尔和关于位置的思考》《海德格尔拓扑学》《位置与经验》《唐纳德·戴维森与意义之镜》等。此次访谈源起于二〇一八年第二十四届世界哲学大会。这期间，我与玛珀斯教授有过一次对话，其中的绝大多数论题都与戴维森相关。对话之后，我和他商量，能否将此次对话的相关内容整理出来，翻译成中文，以供中国学者参考。玛珀斯教授欣然允诺。为了保证对话内容的准确性，我们又多次通过邮件方式反复商议、修改，最后呈现出这篇访谈录。

——戴益斌

## 一 真与整体论

**戴益斌（以下简称“戴”）：** 亲爱的杰夫·玛珀斯教授，您好！

---

* 上海市哲学社会科学规划青年课题“当代分析哲学中意义理论的研究进路”（2018EZX003）。

您的研究兴趣非常广泛，同时是戴维森、海德格尔和伽达默尔研究专家。相比较而言，我对戴维森更感兴趣一些。我的博士论文讨论的即是戴维森的真之理论。根据路德维希（K. Ludwig）的解释，戴维森的真之理论有两个核心观点：1. 真是不可定义的；2. 真是一个实质概念。你是否同意，真之概念确实是不可定义的呢？如果它是不可定义的，我们能否用其他方式解释它？

**杰夫·玛珀斯（以下简称“玛珀斯”）：**戴维森的确反对任何试图定义真的企图。在一定程度上，这可以被视为戴维森另一个更一般的观点的一个结论，即任何一个核心的哲学概念，我们都不能给出一个令人满意的定义。就这一点而言，真之概念并不特殊。当讨论概念阐释的问题时，戴维森采用了某种维特根斯坦式的策略，即观看语词使用的方式，以及它们作为一个更大的语词网络的一部分相互联系的方式，而不是试图给出任何一种简单的定义。在这一层面上，真之概念以及其他概念的不可定义性，可以被视为戴维森整体论的一个承诺。这种整体论应用在意义理论的同时，也可以应用在概念之上。

当然，关于真之概念拒绝定义这一论点，我们还有更多内容可以阐释。尤其需要注意的是，这种阐释同样涉及戴维森式的另一个承诺即真是实质性的这一论点所表达的内容。[①] 因此，在这一重要意义上，作为不可定义的真之问题和作为实质概念的真之问题最终会走到一起。

在戴维森拒绝真能够被定义成任何普通的候选者这种意义上，他是一个紧缩论者。虽然戴维森表达了对符合和融贯解释因素的同情，但他最后仍然拒绝了它们。即使在早期的著作中，尤其是在

① “真是实质性的”意味着承认这样一种观点，即真除了去引号的特征之外，包含有更多的内容。

《对事实为真》这篇论文里，他似乎表达了对符合论的支持，但他所支持的也是一种非常有限的并且非形而上学的符合概念。就像后来在《关于真与知识的融贯论》这篇论文中一样，戴维森明显地支持融贯解释，但这种解释与通常意义上的融贯论仍然相差甚远。本质上，戴维森的立场依赖于一个清晰并且老生常谈的观点，即任何解释真之概念的企图都必须限定在一个形式系统之内；即是说，真只能在这样一个系统之内才能被定义，并且永远无法独立于此系统。阐述此种观点的另一个更一般的视角是说，给出一个绝对的真之定义是不可能的，因为任何一个真之定义必须依赖于某种对真之概念的先天把握。这种意义上的循环并不是尝试理解中所涉及的普通循环，比如柏拉图在《美诺篇》中的著名讨论，而是这样一种循环，即事实上任何对真的讨论都试图获得这样一种解释，即这种解释自身是真的。因此，我们可以追问，关于真的任何假定的解释，这种解释是真的吗？

我在某些地方已经提出过这种建议，即真的运作方式已经被追问真的尝试所预设了，这与海德格尔在“正确性”意义上的真和“揭蔽”意义上的真所做的区分工作相关联。海德格尔认为，前一种概念依赖于后一种概念，并且是从后一种概念中派生出来的。在戴维森和海德格尔那里，“真”（truth）似乎被视为特定“真”（truths）之可能性的一种条件。这意味着，真不能还原为任何一种去引号的装置，也不能像罗蒂所认为的那样，是对话意义上的一种承诺，而是处于所有对话背景之中，像某种始终存在的场地一样，虽然这种解释更倾向于使用的是海德格尔式的语词，而不是戴维森式的语词。就其本身而言，不论是尝试用膨胀式的方式还是用紧缩论的方式解释或阐明真之概念，真之概念总是有更多的内容值得把握。

**戴：**在我看来，您为我们理解真之概念给出了一个宏大的背景，而且包括了非常多的内容。我们先讨论第一个论点。您认为戴维森在思考真之概念时采用了某种维特根斯坦式的方式，这导致他承诺了整体论。在某种程度上，我同意这种观点。但是问题是：戴维森十分肯定塔尔斯基的真之理论，这似乎不能通过观看语词的使用方式获得。如果这种理解是可行的，我们应该如何解释戴维森理论框架中的这两种不同面向呢？另一问题是与整体论相关。我们应如何理解整体论的标准。达米特曾严厉批评整体论，并给出一个强有力的论证。在他看来，如果我们承诺了整体论，我们将无法解释语言习得的过程，因为整体论要求我们，要想理解一个语词，我们必须首先学会一门语言。

**玛珀斯：**第一个问题，意义使用论的关键点可以这样理解：它蕴含了这一承诺，即理解概念和意义需要采用外在论的方式，而不是内在论的方式。观看使用而不是意义的劝诫在于，不要试图寻找定义性的意义解释，而应该观看语词与其他语词之间的联系方式。[①]戴维森使用塔尔斯基的真之定义与这样的外在论是相一致的。当然，这也是戴维森使用塔尔斯基方法的理由之一。在这一方面，塔尔斯基真之理论的内容的确与一门语言之内真之概念运作的结构相一致，而且同时提供了意义模式的通道。你是对的，达米特的确反对戴维森的整体论，因为它使得学习一门语言变得不可能。但是，达米特误解了戴维森整体论的本质。戴维森总是被我在某些地方称之为“局部主义”（localism）的原则所限制。[②] 意义，以及与意义

① 在维特根斯坦的意义上，也需观察语词与行为之间的联系。

② 我首先在《唐纳德·戴维森和意义之镜》这本著作中提出这一原则，它同时提供了进入我后来工作的通道，如《位置与经验》。

一起的信念、其他态度，以及行为，它们的整体论结构是动态的，并不是一个简单的分枝式的静态信息。这意味着整体论的要求是这样的一个要求，它需要通过结构调整自身的方式得到满足。而结构调整自身，使其处于或通过某个特定的位置；在此位置中，结构与特定的言语表达和行为发生关系，以便承受引入的压力。因此，对整体论的承诺，很明显是通过承诺这样的调整，而非假设实现某个完全一致的系统。[①] 这的确意味着，对任何意义理论形式化的企图在操作上都会有限制，因为任何这样的形式化都只会是对任何现实语言或信念的一种抽象化或理想化。在这个意义上说，就像整体论不会在任何特定的完整结构中实现一样，如果我们将语言理解为一种能够准确地映射语言行为确定的并且完全的语义和句语系统，那么也不会有语言这种东西。

**戴：**根据您的解释，形式化任何一种意义或信念理论的确是不可能的。但是戴维森的确似乎是在利用一种形式化的、适用于某种语言之内的真之定义。毕竟，只有当我们拥有一个真之理论之后，我们才能使用它解释意义。只是不太确定的是，这种策略是否与整体论相融贯。如果融贯的话，我们能否认为，一门特定语言的真之定义将不受整体论的限制？如果它们不融贯的话，我们将如何理解戴维森纲领，即利用一门语言的真之定义给出它的意义。

**玛珀斯：**戴维森的观点是，我们可以通过观察真之谓词在一门语言之内的运作方式发展出关于此种语言的意义理论。而真之谓词的运作方式依赖于一种形式的整体论，即真与意义之间的相互关

① 虽然这是不可能的，但也与只具有动态性和变动性的意义或信念的实现无关。

联。发展出一种意义理论因此与发展出一种真之理论是一样的；当然，它们受戴维森所提出的那些约束条件的限制。真之结构，即真之谓词在一门语言内运作的方式，为我们给出了意义的结构。问题可能是，假设我们首先发展出一种真之理论，然后以某种方式发展出一种意义理论，但这并非戴维森的方式。记住，我们解出一门语言中真之结构的方式也受到整体论的约束，既包括来自于形式逻辑结构中一致性的形式化考量的约束，也受到属于彻底解释部分内容的经验性要求的约束。

**戴：**感谢您的指正。在我的理解中，戴维森一直坚持整体论的合理性，即便在他早期的著作中，亦是如此。你曾提到，戴维森在早期曾支持非常有限的、非形而上学的符合概念。在何种意义上，我们可以认为他早期的真之符合论是一种有限的符合论，并且如何理解这种非形而上学的符合概念？

**玛珀斯：**在《对事实为真》这篇论文中，立足于塔尔斯基真之理论中满足概念所起的作用，戴维森的确为一种有限形式的符合论辩护。满足是句子与对象序列之间的一种关系。在此基础上，戴维森建议，“满足”可以被解释为一种形式的符合论，但是并不预设任何形而上学的负担。然而，就像他后来——尤其是在《真之结构和内容》这篇论文中——所承认的那样，满足关系并不足以保证任何意义上的符合，它只是一种技术上被定义的和一种“人为”的概念。在此起作用的符合概念并没有任何强的含义或者实质含义。某种意义上，没有任何真正的东西依附于此。戴维森认为，这种错误的观点部分只是因为用词错误，即在命名上错误，但它的确易于造成概念上的混淆。

**戴：**就像您所说的，戴维森后来放弃了这种符合论，并转而在《关于真与知识的融贯论》中支持某种形式的融贯论。为什么戴维森会做出这种改变？在何种意义上，戴维森的融贯论与一般意义上的融贯论有所不同？

**玛珀斯：**戴维森的确放弃了任何关于符合概念的讨论，从1986年《关于真与知识的融贯论》开始，"真之融贯论"的观点的确在他的论文中出现，但是戴维森从未将融贯论视为符合论之外的另一种选择。事实上，在一九八六年的论文中，他开始讨论的"融贯"观念也不能被视为"符合"观念的反对者。戴维森所说的融贯并不等同于在任何强的意义上支持真之融贯论。戴维森借助融贯观念只是以下论证的一部分，即他开始思考如下效果，信念整体为真是它自身拥有信念的一个条件。换句话说，对戴维森而言，融贯仅仅被视为采纳信念整体特征这一观点的一种方式。在这一层面上，戴维森讨论融贯观念，实则是返回到他在彻底解释理论中对宽容原则的使用；同时，它也预示着整体论的进一步发展是三角测量理论的一部分。在戴维森那里，融贯绝不是定义真的方式，最多只是起着测试真的作用。这也是戴维森为什么可以说，就像他在某个时刻所强调的那样，"融贯产生符合"。《关于真与知识的融贯论》这一论文所说的部分内容表明，戴维森对语词的使用带有个人特色，如"融贯"与"符合"。错误在于，很多读者已经假定了戴维森对这些词的使用与它们在其他地方按约定被使用的方式一致。因此，甚至在一九八六年的论文中，戴维森非常肯定地避开了使用符合或融贯作为定义真的方式。真是信念和意义结构的中心，但它是独特的，不能被定义。

## 二　意义与解释

**戴：**在您的解释中，没有任何办法可以定义真，同时真又是意义和信念结构的中心。勒炮（E. Lepore）和路德维希在他们的合著《唐纳德·戴维森：意义、真、语言与现实》中曾指出，戴维森拥有两种不同计划。第一种是使用句子的真之条件给出句子的意义，另一种是彻底解释。戴维森本人似乎并不同意这种看法。您如何看待这种解释呢？

**玛珀斯：**我并不同意勒炮与路德维希的解读。针对他们的方法，斯陶特兰（F. Stoutland）发表在《国际哲学研究杂志》上的论文给出了一个非常好的批评意见。[①] 勒炮和路德维希对戴维森工作更广泛的哲学内涵并不仁慈。因此，他们本质上试图将他们的确有所同情的部分工作内容即意义理论的一种形式化方法，与其他内容分离。这也就意味着，他们更强调戴维森早期的工作，而非晚期的工作。事实上，在这种解读方式背后，相比较勒炮而言，路德维希起的作用更大。但是戴维森的工作，就像他本人所强调的那样，是一个整体。即使戴维森的确修改了他的立场的某些方面，他的思想在整体上仍然保持着显著的一致性和完整性。他们可以将意义理论与其他内容区分开，但一旦这么做，他就必须认识到，这种做法实际上与戴维森本人的目的完全不同，并因而本质上属于另一个不同的计划。

**戴：**那么我们应该如何理解彻底解释呢，戴维森的彻底解释和蒯因的彻底翻译有何关系？

---

① 参见 Frederick Stoutland, "Critical notice: A mistaken view of Davidson's legacy", *International Journal of Philosophical Studies*, 2006, Vol. 14, No. 4, pp. 579 – 596; "Radical misinterpretation indeed: Response to Lepore and Ludwig", *International Journal of Philosophical Studies*, 2007, Vol. 15, No. 4, pp. 587 – 597.

**玛珀斯:** 关于戴维森的彻底解释，有很多内容值得探讨，但它与蒯因的彻底翻译之间的关系的确非常令人感兴趣，而且也非常重要。戴维森自己曾说过，尽管对于很多人而言，通过蒯因了解他的工作是十分正常的，但这几乎总是一个误解。戴维森不是一个蒯因主义者，但彻底解释是从彻底翻译中发展出来的。彻底翻译首先出现在蒯因的著作《语词与对象》的第二章。戴维森在二十世纪五十年代后期蒯因还是斯坦福研究员的时候读了这本著作的草稿。特别是其中的第二章，是讨论戴维森和蒯因的焦点。虽然彻底翻译和彻底解释处理的问题类似，它们本质上都是在追问，在不熟悉该语言或该语言同源语言的前提条件下，翻译或解释此种语言需要哪些内容，但它们之间至少在两个关键点上有所不同。首先，彻底翻译体现了一个对翻译计划非常狭隘的理解方式，即将其视为本质上是行为与知觉刺激之间的关联。尽管事实上戴维森承认将行为的证据视为翻译或解释的基础的重要性，但他并不认同关于翻译的这种狭隘的观点。其次，戴维森并不仅仅对翻译感兴趣，因为翻译只涉及语言间言语表达之间的关系。相反，戴维森的关注点是解释，解释不仅仅要求翻译成解释者已经理解的语言，根据戴维森的理解，解释还要求引出对被解释语言的结构的深入理解。换句话说，翻译只给出了联系，但解释给出了真正的理解。彻底翻译概念有力地支持了戴维森在真与意义之间所做的工作，从彻底解释发展出来的内容是戴维森式的方法走向意义理论的一种具体化，同时也是他后来很多思想诞生的基础。虽然有些学者试图将彻底解释与戴维森其他方面的思想区分开，但在我看来，这是一个严重的误解。即使当戴维森不再使用彻底解释这样语言的时候，彻底解释中的很多观念仍然在起作用。比如，在彻底解释中起作用的整体论同样在戴维森更一般的思想中表现得很明显。戴维森不仅思考整体论，他自身也是一个彻底地整体论思想家。

**戴：**就像您一再强调的，戴维森是一个整体论思想家，蒯因同样支持整体论。在关于整体论这一方面，他们二者有何区别呢？另一个值得思考的问题是，既然支持整体论，戴维森为何会选择“持真”态度作为彻底解释的起点呢？

**玛珀斯：**蒯因的整体论与戴维森的整体论之间存在一些重大的区别。首先，蒯因的整体论倾向于依据——用蒯因的语词来说——“意义与信念”之间的相互依赖关系，首先在信念之间起作用。戴维森的整体论更广，涉及一般意义上的命题态度如信念、欲望以及其他态度，也包括行为与言语表达。其次，戴维森的整体论并不受整体论系统之外任何东西的限制。戴维森因此并不允许蒯因所说的“场合句”或者与之相关的“刺激意义”这样的概念起作用。不像戴维森那样，蒯因对刺激意义的承诺可以被视为在一定程度，他保留了对经验主义残留内容的承诺。第二个不同在戴维森拒绝区分经验内容与概念框架这一工作中，变得尤为重要。而在戴维森看来，蒯因仍然承诺了这种区分。

戴维森的确将“持真”的态度作为彻底解释的起点，但这和整体论并没有任何不一致的地方，即使初看起来也是如此。如果解释是可能的，那么它必须在某个地方开始；而它开始的地方也即它唯一能够开始的地方就是说话者持真态度的示例，即说话者对待世界基本态度的示例，认为某物是如此这般的。我们从这样的示例出发，并不意味着我们无法摆脱这些最初的归属；在参与说话者行为更大模式的过程中，我们可以修改它们。持真的示例并不像建筑的基础材料那样保持不变，而是作为最初的起点，通过它们，我们可以进入到一个更大的整体系统之中。解释，由于它是整体的，因而也是动态的。所以它是一个不断与指派打交道的过程，同时应付着行为的证据。这一过程类似于解释学理论家所说的解释循环或出现在罗尔斯那里的“反思的平衡”。

**戴：** 有人认为，我们没有理由认为说话者具有持真的态度。因为说话有可能有意欺骗听众；同样地，说话者有可能在表达他所想说的内容时出错了。您如何看待这两种情况？它们是否对彻底解释的起点有所影响？

**玛珀斯：** 当然，在任何一种特殊的案例中，一个说话者有可能倾向于欺骗、说谎或者出错。但戴维森并不是在断言，所有言谈的示例都是真诚和真实论断的示例。相反，他是在说，只有在这样一个论断并且是持真的论断背景下，才能出现欺骗、说谎或者出错的可能性。在一定程度上，这回应了维特根斯坦在《论确定性》这本著作中的论点，即错误只有在确定的背景之下才是可能的；同时，它也说明了真与假之间存在不对称性。在关于一个说话者是否会弄错他所说言语表达的意义这个问题上，有一个非常明确的问题值得讨论。说话者必须被假设知道他所说内容的意义。在这种意义上，戴维森确定了第一人称的权威这一原则。这只是意义、信念、欲望等其他内容之间整体联系的一个结论。但一旦被说出来，所说的内容对于说话者以及其他任何解释者而言，都会面临着同样地解释的不确定性，甚至模糊性。所以，我对于我所说的内容不会出错，但是在随后对我所说言语表达、信念以及意图的解释或阐释中，我可能会出错。

**戴：** 戴维森在他的彻底解释理论中多次谈到宽容原则。宽容原则与他选择持真的态度作为彻底解释的起点，二者之间是否有某种联系？另外，对于宽容原则而言，戴维森谈到了很多内容，比如“无所不知的翻译者假设”。我们如何理解宽容原则？无所不知的解释者假设又是否得到了辩护？

**玛珀斯：**在戴维森彻底解释理论中，持真的态度能够作为一个独立因素，就像它在彻底翻译中被视为独立因素一样。能够确定某种态度优先于确定态度内容，似乎是解释的先决条件，并且持真的态度似乎是最基本的态度，就像戴维森所说的那样，陈述是最基础的语法语气。即使持真的态度能够独立，持真的态度以及陈述的基本作用都能够从真在意义可能性的基础作用中派生出来，而且这同样为宽容原则奠定基础。就像之前所说的，宽容原则出现在蒯因彻底翻译的解释之中；在戴维森这里，这一原则在论述彻底解释的早期论文中非常突出。这一原则一度被戴维森所说的“合乎理性的安置原则”替代，并且随着三角测量理论越来越突出，随后在谈到彻底解释的后期论文中消失了。宽容原则有几种不同的形式，考虑到它并不是一个形式化的原则，而只是一个广泛的解释准则，这并不奇怪。它既可以根据这样的观点表述，在解释时，人们应立足于这样的假设，即说话者的大多数信念应该与一个人自己的信念相一致；[①] 也可以根据这样的观点表述，说话者的大多数信念是真的。由于假设一致也就是假设持真内容的一致，同时持真的内容也必须是我们持真的内容，在此，真与一致汇合了。有人认为这是一个非常傲慢或者专横的立场——好像我们是在假设我们比我们所解释的人了解的更多——但情况并非如此。除了在我们持真的基础之上，我们还能在哪一基础上解释呢？因为在解释计划之外，我们没有任何道路能通达真；而且除非他们能够与我们自己的态度相联结，并且与我们持有的真相联系，这些假定的真没有任何意义。我们也不能在假的基础上解释。我们可以试着想象这样一个共同体，它立足于这样的一个假设，即所有的言语表达都是一个谎言。宽容原则、

① 只有这样，所有的解释在一般情况下，才能保证在很大程度上达成一致。

持真的态度，以及陈述的首要性都表达了这样一个观念，即真是意义可能性的基础，这一观点同样在戴维森采用塔尔斯基的工作中也得到了体现。正是由于它与这个基础观点之间的关系，宽容原则才能够在戴维森思想的众多方面起作用。当然，并非所有戴维森用来为他的立场辩护或解释的观点都被证明是有帮助的，其中有些甚至被证明是有误导性的。无所不知的解释者假设即是如此，戴维森后来亲自说，他非常后悔引入这个观点，沼泽人的例子也是如此。无所不知的解释者，这个观点被认为是对解释方式一个非常简单的说明。它说的是，确定意义和指派态度，都依赖于真之假设以及这些信念事实上是真的。[①] 即使存在这样一个解释者，他拥有关于世界所有事实的知识，仍然没有通达意义或态度的直接通道，因此，他仍然面临着解释的需要。[②] 在解释过程中，无所不知的解释者也不得不假设她所解释的这些信念大部分都与解释者自己的信念相一致，并因此大部分都是真的。根据定义，由于无所不知的解释者的信念都是真的，因此，被解释者的信念也必须是真的。看起来，解释蕴含了真，至少对于整体的信念集而言是如此。在意义的可能性中，这个论证的确将注意力集中在了真的基础作用之上，但它运用的装置，即无所不知的解释者，很容易起到分散注意力的效果，并因此导致误解。而且，戴维森在很多其他地方论证了真的基础作用，其中并没有涉及无所不知的解释者。

## 三　三角测量与解释

**戴：** 如同您所说的，在戴维森的后期论文中，三角测量理论变得越来越突出。他在很多论文中都提到了这一理论，但是初看起

① 它因此也可以用来反对全局性的认识怀疑论。

② 换句话说，不存在关于意义或态度的无所不知的解释者。

来，这一理论似乎比较简单。在戴维森的整个思想体系中，三角测量到底起什么样的作用呢？

**玛珀斯：**我不太清楚你所说的三角测量看起来比较简单是什么意思。事实上，有很多哲学家认为这部分内容非常困难——或者说，至少他们不太能理解戴维森为什么使用这一理论。三角测量最初以此名称清晰地出现在戴维森的论文《合乎理性的动物》（1982）中是非常晚的事情。这个观点尽管也依赖于欧几里德几何学的一些基本原则，但它起源于测量的实践活动之中，十七世纪荷兰数学家斯内尔（Willebrord Snell）在他的著作中以这种方式第一次清楚地表达了这个观点。这里，三角测量是作为一种确定关系距离的方式呈现出来的：给出两个位置，每一个位置与第三个位置的距离是已知的，同时也给出联结每一个位置与第三个位置这两条线之间的对向角度，那么我们就可以确定第一个位置和第二个位置之间的距离。通过重复使用三角测量，我们可以描绘出组成完整区域或地域的一系列位置。当三角测量被带入到解释实践活动之中，就变成了这一过程，立足于我们关于自己态度和意义的现存的知识，和与说话者有关的对象的知识，我们试图确定说话者的态度和他们言语表达的意义。在这一方面，虽然这个语词的确只出现在戴维森的后期著作之中，但它一开始就抓住了要点：解释是这样一个过程，我们使用我们关于自己现存的知识，即关于我们自己的态度和意义的知识，以及关于世界的知识，推导出关于他者的知识，即关于他者的态度和意义。在这一方面，三角测量体现了戴维森和蒯因早期思想中宽容原则所表达的相同观点，并且这一观点在很大程度上替代了后一种观点。[①] 三角测量使得戴维森可以用一种更清晰、更直接的

① 在戴维森在讨论三角测量的相关著作中，宽容原则从未出现过。

方式，同时也是一种更一般、更包容性的方式，发展他的思想从一开始就体现出来的整体论以及外在主义的相关论点。因此，戴维森使用三角测量理论的同时，也发展了他的方法中所蕴含的更广泛的认识论和本体论观点。比如在三角测量理论建立的同时，戴维森在《知识的三种类型》这篇论文中也给出三种不同方式的知识概念。

**戴**：看来我对三角测量的理解并不是很到位。就像您所说的，当我们把三角测量理论引入到解释之中时，我们至少需要知道我们自己的态度和意义，以及与说话者相关的对象。问题在于：有些情况下，我们可能并不知道说话者所说的对象，比如说一些理论对象或抽象对象，它们不能直接被看到或者被感知。我的意思是说：如果说话者所说对象是解释者可以直接感知到的或者知道的，那么三角测量的确可以适用于这种情形；但是如果说话者所说对象解释者无法直接知道，那么解释者将如何根据三角测量理论解释说话者所说的言语表达呢？

**玛珀斯**：三角测量的确适用于解释者无法立刻把握的这些对象，只不过它不会让你立刻把握这些对象。对于这些复杂的对象而言，三角测量总是立足于相当多的先天解释承诺——我们理解说话者其他的态度和意义，然后利用这种理解去三角测量其他那些不能直接把握的对象。问题出现在：忘记三角测量本身是一个不断建立新关系和新联结的活动。因此，建立起我们关于我们自身、他者以及世界的理解是单个复杂动态过程的一部分。当然，这一过程的基础是在最基础的情形中我们使用三角测量的能力。在这种情形中，我们从事的活动与其他活动相重叠，并且因此在某种意义上与直接呈现的对象相关联。

**戴：**根据您的解释，是否意味着三角测量受整体论约束呢？首先，通过三角测量，我们解释说话者关于直接对象的言语表达，然后再解释关于复杂对象的言语表达。这种理解是否正确？您提到，解释者应该具有在最基础的情形中进行三角测量的能力，这让我想到了戴维森的合理性概念。我们如何理解合理性、三角测量以及真这三者之间的关系呢？

**玛珀斯：**作为对整体论的一种表述，三角测量并没有被整体论限制得很严重。但是它同样是一种活动或过程，所以，我们不能将解释的任何单个示例看成它好像能够独立于一个更大的它被嵌入其中的三角测量结构。虽然解释依赖于解释过程中碰到的以及涉及的事物的本质，但它的确总是从简单的立刻呈现的对象开始。当然，当我们遇到一个新的说话者，他的行为对我们而言非常奇怪，那么我们的解释将会通过观察我们与立刻被给予的对象之间的关系开始。就像蒯因的"Gavagai"的案例，解释的行动只集中在横穿小路的小动物身上。当我们的交涉活动变得越复杂，我们便开始处理更复杂的事物。在一定程度上，自婴儿开始的语言和概念交涉活动的能力的发展方式反应了这一点——婴儿的学习是通过与成年人的简单交流开始的，他们关注于日常生活中的普通事物。比如说，我们开始教孩子如何说话或如何阅读的时候，都不会和他们谈论康德的绝对命令或者试着让他们熟悉亚里士多德的《形而上学》。合理性，当它在戴维森这里时，仅仅意指态度和行为之间的联系，以及它们与其他态度和行为之间的联系。这对于拥有理由而言是必要的。合理性的假设，仅仅是假设说话者在他们的态度和行为以及言语表达之间保持一种承诺和融贯性；并且，这种假设之所以得到保障是因为它是态度和行为存在的一个条件。同样地，它也是三角测量起作用的一个条件，就像三角测量的确是整体论的一个表达并且依赖于整体论。这与真有何关系呢?因为态度和行为之间的联系是这样的一种联系,它暗示着态度和行为的对象。这意味着,态度和行为之间的联系即一致性和融贯性,包含了与是真的内容之间更大程度的一致性与融贯性。换句话说,它们与这些态度与行为的对象即世界上的真实事物之间具有一致性与融贯性。这即是我们之前讨论的与宽容原则相关并且和同意与真汇合的方式相关的内容。在这一点上,它们是相同的。考虑到三角测量是对宽容原则中起作用的观点的一种发展,并且宽容原则本身也被理解为关于被预设的合理性的一条原则,这方面内容相同是能够被预期到的。

**戴:**好的,感谢您接受此次访谈。

(戴益斌,上海大学哲学系副教授;杰夫·玛珀斯(Jeff Malpas),澳大利亚塔斯马尼亚大学哲学教授,澳大利亚人文研究院院士)

短长篇

陈漱渝

# 我为什么讲鲁迅？*

感谢诸位老友新朋冒着大雨参加今晚的这个活动。我满八十岁了，今后不可能多参加这类活动，因此要抓紧机会跟大家讲几句真话，心里话，进行一种心灵的沟通。

人既然长了一张嘴，自然要讲各种各样的话。不讲话怎么能够跟人交流呢？哑巴用的手语，也是另一形式的语言表达方式。但眼下真的是讲话不易。说得雅一点，叫意识形态多元；说得直白一点，就叫观点撕裂。中国有句成语，叫做“祸从口出”。晋朝有一位文学家，叫傅玄。他有一篇著名文章叫《口铭》，里面写道：“情莫多妄，口莫多言”，“病从口入，祸从口出”。就是告诫我们不要处处留情，也不要随便讲话。傅玄生于公元二一七年，死于公元二七八年。他为人刚正，但脾气很大，在晋朝开国皇帝司马炎即位时担任了“谏官”，专门负责给皇帝提意见，结果被获罪免官，所以他切身感受到了讲话的危险性。当下不提阶级和阶级斗争了，但社会上不同的利益群体还是存在的，知识分子所受的教育和学术背景也各不相同，所以对任何问题都很难取得绝对意义上的共识。

---

* 此文为作者在二〇二一年九月二十四日晚《鲁迅十五讲》发行座谈会上的发言整理稿。——编者注。

这在思想解放的意义上也许是件好事，但置身于现实生活当中就容易产生意见分歧。一旦动了感情，不同观点的双方就可能面红耳赤，搞得不大愉快；甚至产生更为不良的后果。对鲁迅的认识和评价也从来没有完全一致的看法。

## 靠鲁迅的书救命

既然如此，那我为什么还是要讲鲁迅呢？这不是招事惹事，引火烧身吗？事实上，我开始读鲁迅并不是一种愉快的选择，讲鲁迅也不是一种自愿的行为。鲁迅的书对我来说并不是一般的文学作品，而是一种生命的支柱；读鲁迅的书对我而言也不是为了怡情养性，而是为了支撑自己能够活下去。我这样讲，大家听起来会觉得十分奇怪，这是不是讲得有些玄虚？真不是在谈玄，而是我在现实生活中的实际遭遇。

我的生父是黄埔军校学生，抗日战争胜利之后被派到越南做了接收大员，一九四八年之前去了台湾的基隆港。我跟母亲是一九四一年九月在重庆跟生父分手的，那时我虽然刚刚满两个月，但却名副其实成为了国民党反动军官的家属，在“文化大革命”中简称为“狗崽子”，在血统论者心目中是根不正苗不红，在政治上难以被信用。不被信用也就罢了，在“文化大革命”那种非常岁月中，还会被欺凌羞辱。我那时在北京西城第八女子中学教语文，中学生原本都是清纯可爱的，更何况是女孩子呢？但一经“四人帮”煽动，她们当中的有些人就在顷刻之间变成了不但别人不认识，就连自己也不认识自己的样子。他们可以随意给老师剃阴阳头，往老师脸上吐唾沫，或者自己吐痰让老师跪到地上去舔。揪斗是常事，整死人的情况不少单位都有。我在高中时代就记住了作家王蒙在小说《青春万岁》中借人物之口讲的一句话：“煽动青年人廉价的政治热情是一种罪过。”我不愿意回顾和渲染那个时代的历史细节，只想郑重地告诉大家，在今年纪念中国共产党成立一百周年之际，党中央再次重申“文化大革命”无论在理论上以及在实践上都是错误的，中共第九次代表大会在思想上、政治上和组织上的指导方针也都是错误的。

“文化大革命”开始时，我二十五岁，刚工作三年，经不起这种大风大浪。既自尊而又脆弱，因此真的不想苟且偷生。在我真想了断此生的时候，鲁迅的书就成了我的救命书。一个偶然的机会，我读到了鲁迅散文诗《野草》中的一篇《秋夜》。作品中有两株枣树，叶子已落尽，枣子也被打尽，只剩下了遍体鳞伤的树干。然而在暗夜里，那光秃秃的枣树仍然默默地铁打似的直刺着奇怪而高的天空。这枣树不但倔强地活着，而且还象小粉红花似的做着梦——在阴冷的夜空中，仍梦见春的到来，梦见秋的到来。因为有诗人预言：秋虽然来，冬虽然来，而此后接着还是春。这篇散文虽短，但我读后感到了应该承受生命之重，让我从绝望中看到了希望，从暗夜中看到了微茫的曙光。此后，我决定每天读一篇鲁迅作品，写一篇读书笔记。开头几天能做到，很快就做不到了，因为鲁迅的有些小说和杂文比较长，一个晚上不一定能读完，也不一定能写出一篇读后感。但是我仍然天天读，天天写，以此作为生命的支柱。

在“文化大革命”时期，把鲁迅的书当“救命书”的并不止我一个人。因为读了鲁迅的书骨头才会硬起来，脊梁才会挺起来，能承受起各种压力。在遵义会议上，接替博古担任中共中央总书记的张闻天，从一九六八年五月十七日开始，被拘押了五百二十三天。那段时间张闻天不但在读《马克思恩格斯全集》，而且在读《鲁迅全集》，抄写鲁迅语录。其中就有《南腔北调集·答杨邨人先生公开信的公开信》中的一段话：“革命者为达目的，可用任何手段的话，我是认为不错的，所以即使因为我罪孽深重，革命文学的第一步必须拿我来开刀，我也敢于咬着牙关忍受。杀不掉，我就退进野草里，自己舔尽了伤口的血痕，绝不烦别人傅药。”

## 赶鸭子上架，讲鲁迅

“文化大革命”的火是由北京点燃的。为了燃遍全国，又发动红卫兵大串联，政府管吃、管住、管交通，“串”到哪儿都不用花钱。这叫做“煽革命之风，点革命之火”。一九六七年上半年，大串连基本结束。一九六七年十月，又开始“复课闹革命”。“复课”，是要让中小学生返校，但上的是“无产阶级文化大革命的课”，同时用必要的时间学一点常识性的东西。这是当时的文件和社论中讲的。然而，这种以革命为主的课不好上，老师讲不好就会挨批。于是，学校想出了一个绝妙的办法，叫“走出去，请进来”，即把学生拉出去到别的单位去参观学习，或把校外的人请来上大课。这样大多数老师就省心省事了。北京西城第八女子中学，位于石驸马大街，现在叫新文化街。学校的前身是一九〇一年开办的笃志女中。这是一所由北京中华圣公会华北教区捐资创办的学校，解放后搬到了北京石驸马大街四十五号；而这个地方恰好是鲁迅一九二三年七月至一九二六年一月任教的北京女子师范大学旧址。一九二四年十一月至一九二五年十二月，这里发生了一场女师大学生运动。原因是由学生反对校长杨荫榆实行的家长式治校方式和复古式教学内容造成的。杨荫榆一方得到了北洋军阀政府的支持，学生一方则得到了当时社会进步力量的支持。鲁迅为此写下了不少文章，大多收在《华盖集》及其“续编”中。大约在一九七三年，“四人帮”利用海淀区中关村第一小学小学生黄帅跟班主任的矛盾，制造了一场全国性的“学黄帅，反潮流”运动。学校再次掀起了批判教师的高潮，校园的玻璃几乎被砸光了，地板也几乎都被撬了，无法维护正常的教学秩序。这时，北京西城师范学校团委组织团员到女八中来过团日，要求女八中派一位老师来给他们讲讲“鲁迅与女师大学生运动”，也算是当时的一次“红色教育”。毛泽东晚年，多次发出“读点鲁迅”的号召。所以，学校对于这些活动当然是支持的。不过女八中最初推荐的讲课老师并不是我，而是历史老师范永禄。范老师博学资深，但胆子很小。这也不怨他。“文化大革命”初期“破四旧”，红卫兵可随意抄家，范老师家有几件金银首饰，他太太怕惹事，偷偷扔进了垃圾箱，不料反被邻居发现举报，他太太吓得跳楼，虽然人没死，但摔瘫痪了。从此，范老师更加谨慎，死活也不愿意讲这场大课，理由是：鲁迅是文学家，当然应由语文老师来讲鲁迅。时间紧迫，原定的活动又无法取消，校方只好让我出面救场。于是我硬着头皮讲了两个小时，不料听众的反应非常之好。学生的口碑就是活广告，一传十，十传百，于是当时北京市的中学纷纷组织学生到女八中来找我讲大课。这一来学校出了名，组织方也省了事，还不必付讲课费。不过因为我有教学任务，所以学校规定每周只安排我两个下午举行讲座。鲁迅说过，夜间百鸟归巢，这就显得晚上活动的蝙蝠能干了。我的情况就是如此。后来不但中学请我讲，大学也请我讲（如清华大学的工农兵学员），工厂也请我讲，比如北京宣武区白纸坊二十三号的北京印钞厂。这是中国现代化的印钞基地，从第一套到第四套人民币都是从这家工厂印制的，所以我印象深刻。“文化大革命”时期还有不少失足的青少年，既不读书也不务正业，精力旺盛，四处捣乱。于是派出所就把他们集中进行管教，除开劳动，也给上课。我也被邀请去给这些孩子讲鲁迅。最有意思的是，鲁迅博物馆也请我去给全体职工讲鲁迅。这给鲁博当时的领导留下了很好的印象，觉得我这个年轻人在那种环境下还很用功，确实不容易。

讲鲁迅的次数多了，我当然感觉到自己知识的不足，于是就产生了利用星期天去首都图书馆和北京图书馆查阅资料的想法。然而，文革期间图书馆并没有几个真正的读者，大多是各单位专案组的人，想从旧报刊上发现一些“叛徒”“反革命”的材料。凡一九四九年以前的报纸杂志有一个统一的名称，叫“敌伪时期报刊”，政治上不可靠的人是不能借阅的。因为有讲鲁迅这个名正言顺的理由，所以学校革命委员会给我开具了允许阅读“敌伪时期报刊”的证明。这样一来，此后的星期天，我就常常骑着自行车，揣一张红糖烙饼，到位于西华门大街三十五号的首都图书馆查“北京地方史特藏资料”，到位于雍和宫东侧柏林寺（雍正皇帝的家庙）里面的北京图书馆分馆查杂志，到西城西黄城根北街北京图书馆报库查旧报纸，再采访一些当时能找到的鲁迅同时代人。在这个基础上，我写出了一本小册子《鲁迅与女师大学生运动》。这个小册子，就成为了我一九七六年四月调入鲁迅研究室的学术资本。从此，吃了三十二年鲁迅饭，直到二〇〇八年正式退休。

## 我的第一本讲演集:《鲁迅与女师大学生运动》

《鲁迅与女师大学生运动》虽然只是一个小册子，拿在手里轻飘飘的，重读起来内容显得单薄，文字显得稚嫩，但这却是我公开出版的第一本讲演稿，那时印数不少，反响超出我的预期。后来有学者撰写《鲁迅传》《林语堂传》，都利用了这本书的史料。但近些年来，却有个别学者对此进行质疑，代表人物就是中国社会科学院文学研究所的前所长陆建德。这位陆先生是英国剑桥大学博士，回国后成为了学术界的领军人物。他写了一篇《女师大风潮再议》，对我的观点进行质疑。他的主要观点是：不能认为凡学潮必正义。像女师大风潮背后就有李石曾、易培基这两个国民党元老的支持。李石曾是晚清重臣李鸿藻的儿子，易培基是故宫盗宝案的嫌疑人。他们支持学生闹事是为了跟章士钊争夺庚子赔款，所以煽动女师大教员卷入派系之争。在陆先生笔下，被当年女师大学生视为“恶婆婆”的校长杨荫榆变成了受过英美教育的纪律严明的“母亲”，丝毫也不提及她无理开除学生，甚至动用军警殴打女生，并将进步学生全部武装逐出校园的倒行逆施。不错，李鸿藻是晚清的一位大臣。他的名字跟李鸿章相似，但这两位却是政敌。李鸿藻死于一八九七年，即女师大风潮发生的二十七年之前，不可能对这场风潮产生影响。他的儿子李石曾确实是国民党“四大元老”之一，但一九二七年“四·一二事变”之前，国民党是中国的一个进步政党，因此才有可能进行第一次国共合作。李石曾是赴法勤工俭学运动的倡导者，这场运动得到了毛泽东的支持，周恩来、邓小平、夏荣臻、陈毅等都是在这场运动中锻炼成长的无产阶级革命家。李石曾还组织过一个“进德会”，提倡不为官，不置私产，并终身躬行。至于易培基，是湖南省立第一师范的校长，毛泽东深切怀念的老师，所谓“故宫盗宝案”是一个弥天冤案，解放后已真相大白。陆先生至今仍以这场冤案丑化易培基，这是违背学术之道的。陆先生没有提及的是，支持女师大学生运动的还有中共北方区党组织，所以在运动后期从学生骨干中发展了十多名党员。学潮跟政潮有联系，这是再正常不过的事情，关键在于这种政潮和学潮跟历史进步和社会发展是相向而行，还是逆向而行。

女师大风潮的矛头指向北洋军阀政府及其在教育界的代理人，这是符合中国进步潮流的。北洋军阀在中国割据了十六年。他们以不同的帝国主义国家为靠山，互相火并，内战不息。这一时期中华民国的内阁就更换了四十多次，造成了国家的分裂和动乱，真正受苦的是老百姓。现在有一些学者和教授提出了一种历史观，认为相比而言，北洋政府时期最民主，最宽松，所以五四运动时期学生敢于殴打部长，火烧赵家楼，打了烧了也不会判重罪。这不是我的话，而是他们公开谈话中的语言。但在我看来，没有一个北洋军阀头目不想独裁专制，所以才出现了袁世凯称帝，张勋复辟，只不过他们因利益不同而四分五裂，力不从心罢了。即使如此，陈独秀的文存，胡适的诗集在北洋时期都是禁书，进步记者林白水、邵飘萍被枪杀，李大钊被绞死。如果真有建党集会的自由，中共召开一大为什么会从上海法租界躲到嘉兴南湖的那艘游船上呢？为什么吴佩孚会屠杀二七罢工的工人，段祺瑞会在一九二六年三月十八日枪杀手无寸铁的民众呢？我认为，历史还是有“真相”的。只不过再现时可能带上了历史叙述者的感情色彩。真相也可能被有选择性地呈现，然而，还原史实是重要的。在还原史实的基础上才能够进行价值判断。我在学术上是追求就是存真求实，几十年来从没动摇。并不因为有人把我看成搞史料的人就产生自卑感。

## 我的第二本讲演集:《假如鲁迅活到今天》

我出版的第二部讲演集，也就是真正意义上的讲演集，叫《假如鲁迅活到今天》，二〇〇八年东方出版中心出版。收入了我的长短讲演三十八篇。这本书的特点是涉及了很多当下鲁迅研究的热点问题，特别是带论争性的问题。有些学者的心态十分平和，习惯于正面发表自己的观点，从不去跟任何人进行交锋。这是一种文化性格，值得尊重。但古代有一种朋友叫“诤友”，就是能够直接指出对方的错误观点，直言不讳；自己错了，当然也允许别人指正，有错即改，如日月之蚀。但现在这种朋友难交。一提不同的看法，对方就可能把问题想得太复杂，引起意气之争。特别是涉及现实政治的问题，那观点就会撕裂。现在有很多朋友在手机上群聊，开始很热闹，不知什么时候就可能谁把谁移出去了，也可能有人主动退群了，或者这个群干脆鸟兽散了。我读鲁迅的书，难免受鲁迅的影响，希望自己能有明确的是非，热烈的好恶。在任何一篇演讲中，都应该有必要的感情灌注。因为鲁迅教导我们，文学修养不是把人修养成木头和石头，不能心如古井，扔进一块石头也兴不起波纹。只不过我的学识跟鲁迅差距太大，有天壤之别，所以自己的看法也不一定就正确。但我要求自己发表看法的目的要十分纯正，不是以此谋取任何私利，不是受“金元和指挥刀”的引诱和胁迫。鲁迅一生经历过无数次论争，总的来说，确实做到了“实为公仇，绝非私利”。在学术界面对一些错误倾向经常群体失声的时候，我常常想起鲁迅这方面的教导。

这本讲演集中，被人曲解和围攻的就是《假如鲁迅活到今天》这一篇。其实这个题目也不是我的原创。鲁迅夫人许广平在一九四一年就用这个题目写过文章。一九四六年上海《文艺春秋》杂志也以此为题组织过一次各抒己见的笔谈。在外国，此类文章也不少。比如，有人认为英国诗人拜伦如果活着可能会浪迹天涯，甚至到中国旅游；也有人认为他可能成为一个“反动的资产者”。不同的假设者之间并没有剑拔弩张，进行人身攻击。国外有历史家认为一切历史都是当代史，鲁研界的学者也没有人会反对研究鲁迅的当代意义。所以中国现代文学馆二〇〇三年邀我到该馆做一次讲演的时候，我就自不量力选择了这个题目。刚开始中国现代文学馆是想搞一个系列讲座，跟中央电视台合作，在有关栏目播出，类似于“百家讲坛”。为了慎重，中央电视台事前要求审查我的讲演提纲，于是我就根据自己的思维习惯和现实体验讲了两方面的问题：一方面是肯定中国改革开放以来的成就。这一部分有十一行字，主要是肯定国内生产总值的增长和人民生活的改善，说鲁迅看到这种历史进步会含笑九泉。接着我以鲁迅生前的观点批评当下的社会弊病，如贫富差距有扩大趋势，农村贫困人口当时还有二千九百二十七万，环境保护出现了问题，精神文明建设存在薄弱环节，特别是出现了贪腐现象，等等。这一方面的文字有二百三十行，共六千四百字。但批判我的人硬说他们只看到了前面那十一行，没有看到后面那二百三十行。鲁迅也根本活不到今天，因为新中国一成立鲁迅就会被整死了，既过不了反右派这一关，更过不了“文化大革命”这一关。所以，他们在报刊发表文章，公开指责我是一个对当下现实进行无节制歌颂的人，除了“三个代表”思想学得好，其他别无可取。这些话在媒体发表之后，又不许我反驳和澄清。我终于感到了自己的渺小与无力。这时鼓励我的还是鲁迅对柔石说的那句话：要学大象，皮要厚一点。连戳几刀都不带着流血。不要学小金鱼。稍有动静那尾巴就会抖抖地摆动。这几句话跟原文多少有点出入，但大意是没有错的。我从此感到谈论鲁迅的当代意义是一件十分不易的事情。我并不因为参加过这些论争而后悔，但我愿意从中吸取必要的教训。我更希望自己活得真实，活得有血性。胡适看样子很平和，但他也引用过宋代范仲淹的话：“宁鸣而生，不默而死。”

## 我的第三本讲演集:《鲁迅十五讲》

最后，当然要谈谈《鲁迅十五讲》这本书。这是我讲鲁迅的第三个集子。跟前两本相比而言，这也是我学术性比较强的一部讲演集。这种学术类著作能够出版，首先要感谢出版社。目前不少出版社只出版官宣书、教辅书和卖书号。大象出版社毕竟相对实力雄厚，又有学术眼光，才能出我这样的讲演集，所收文章都是孟建华老师筛选、分类的。这本书由 WORD 转为 PDF 版，会发生一些莫名其妙的错误。我行文时也有不慎的地方。多亏责任编辑李洁认真负责。她几乎一句句核对了史料，又特请了外审。这使我的书避免了一些硬伤。前些时候郑州发生了水灾和疫情，但这本书仍然在鲁迅一百四十周年诞辰之际印出来了。所以我的感谢是真诚的。

讲演是人跟人沟通，自然要讲人话。鲁迅小说《铸剑》中有一位“黑色人”，他用尖利的声音唱一首歌：“爱乎呜呼兮呜呼阿呼，阿呼呜呼兮呜呼呜呼！”谁也听不明白。眼下有些学者的煌煌大论有点像这首黑色人唱的奇怪的歌，读者不容易看明白。作者自己是否真明白也只有本人知道。我的讲演无论深浅，起码会让人明白。

观点、史料跟文采的统一，是我的学术追求。我过去没受过严格的学术训练，现在写文章也不是为了评职称，所以从来没有受过学术规范的束缚。这似乎反而自成一格。非驴非马，也许是一种缺点，但万一能生出一头骡子，那不也很好吗？

这本书的第一章是“鲁迅与同时代人”，其中介绍了鲁迅夫人许广平，鲁迅挚友许寿裳。我对他们的研究都是带原创性的。对鲁迅兄弟失和的考证，我一共写过两篇文章，一直被鲁迅研究界引用，没有听到过不同意见。对鲁迅跟胡适进行比较，我不是第一人，但我这篇讲演的影响比较大。台湾著名的《中国时报》全文刊载过，也在有关胡适的国际研讨会上宣讲过，获得好评。写鲁迅与林语堂这一篇，得到了台湾林语堂纪念馆的支持，他们无私提供了该馆能够复印的所有资料，所以读起来有些新鲜感。这一部分的最大缺陷是没有写瞿秋白和冯雪峰，因为一写就会涉及党内路线之争，于是我知难而退。现在觉悟到这些问题绝对回避不了。不研究秋白，不研究雪峰，不研究党史，就不懂鲁迅的后期。我如今敢于面对了，但不知上帝是否能留给我足够的时间弥补这一缺陷。第二章“重读鲁迅经典”。这里边谈了经典阅读的认识意义、现实意义、审美意义，也提供了我个人的一些阅读体会，可供参考。今年年底，国家图书馆会推出一套《鲁迅手稿全集》，作为对于鲁迅一百四十周年诞辰最厚重的献礼。这部书的出版，今天在场的王锡荣出力很多。以他为首席专家，形成了一门中国化的“手稿学研究”。我们这本书中也介绍了我当时了解到的鲁迅手稿情况。第三部分叫“播撒鲁迅精神的种子”，这属于鲁迅作品传播史的范畴，其中介绍，教材中的鲁迅作品最具权威性。这并不是我的博学，而是因为跟我合作的两位学者，一位是专门研究语文教材的北京大学博士，另一位是人民教育出版社专门编辑教材的资深编辑。教材问题不只是一个学术问题，而是一个十分重大的政治问题。前几天一位台湾朋友打电话，说台湾青年连孙中山是谁都不知道了，这还谈得上什么“一个中国”“国家认同”？

总之，我这本《鲁迅十五讲》还是有内容的，买一本也不致于太后悔。我个人的生活经验，凡朋友送的书有些并没有看，只留作纪念，而自己花钱买的书必看，因为有阅读需求。当然，也有朋友把我送的书当废纸卖了，又重新流入旧书市场，上面有我的签名，卖的价钱也比一般书贵。对此我也表示理解。

今天拉拉杂杂讲了许多，肯定言多必失，希望大家指正。但句句都是心里话，我以此作为对今晚冒雨出席者的报答。

（陈漱渝，鲁迅博物馆原副馆长）

短长篇

陈子善

# 巴金四题

## 《雪》初版本及其《前记》

在巴金众多作品中，描写煤矿工人生活的《雪》，大概是出版最为复杂曲折的。这部中篇最初以《萌芽》为题，自一九三三年一月九日起在《大中国周报》连载。同年八月由上海现代书局初版，列为施蛰存主编的“现代创作丛刊”之一。这是《雪》出版史的第一阶段。

《萌芽》初版两千册，未及售完即被查禁。一年之后，巴金“心血来潮”，“替小说中几个重要人物改名换姓，并重写‘结尾’”，将书名改作《煤》，交开明书店重印。虽然“小说已经排竣，打好纸型，并已在报刊中刊出预告”，不料又被“国民党图书杂志审查委员会”下令停印。这是《雪》出版史的第二阶段。《煤》虽然并未出版，却保留了唯一一份纸型，巴金于一九八七年将其捐赠中国现代文学馆。

巴金当然不会屈服。他向开明买回纸型，再将《煤》改名《雪》，“自费印了一版”，“委托生活书店秘密发行”。后来“图书杂志审查委员会一度取消”，巴金又将《雪》的纸型送给刚成立的文化生活出版社，于一九三六年十一月重新出版了《雪》。这是

《雪》出版的第三阶段。《巴金全集》所收的《雪》正是依据了文化生活出版社至一九五一年已印行了十五版次的《雪》。

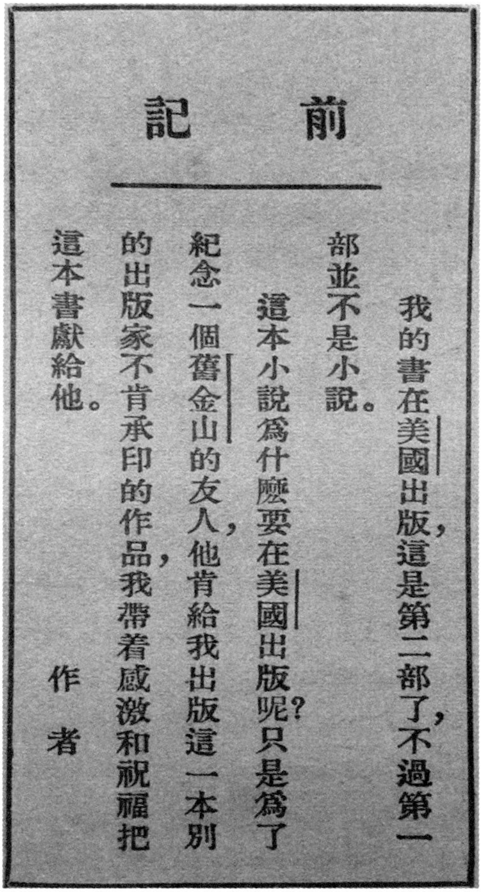

前記

我的書在美國出版，這是第二部了，不過第一部並不是小說。

這本小說爲什麼要在美國出版呢？只是爲了紀念一個舊金山的友人，他肯給我出版這一本別的出版家不肯承印的作品，我帶着感激和祝福把這本書獻給他。

作者

《前记》

《巴金全集》收入《雪》时的出版说明道：《萌芽》“一九三五年九月改名为《雪》，以美国旧金山平社出版部名义重印，秘密发行”。巴金自己在一九八七年九月二十七日为捐赠《煤》纸型所写的《一点说明》中则是这样说的：

> 三六年十一月，《雪》在上海公开出版，但所谓初版，已是第三版。（生活书店售出的一部分算是第一版，未售出的我收回，换了封面和版权页，改装为文生“新时代小说丛刊”精装本，这是第二版），所以接着在十二月又出了“再版”本。

对《雪》最初的几个版本，巴金作了具体说明，唯独对“生活书店售出的一部分”的“第一版”，未作进一步的交代，到底何时出的？日前有机会见到《雪》真正的初版本，封面题“雪　巴金创作”，书前有《前记》和《序》，版权页作：

> 有著作权　　雪——七角
> 著作者　巴金　　发行者　平社出版部　　发行地址：845 Broadway San. Francisco Cal. U. S. A.
> 1935年1月初版

这就明确告诉我们，《巴金全集》出版说明有误，《雪》真正初版本是一九三五年一月出版的。作于一九三四年九月的《雪》真正初版本的《序》虽为文生社初版本所沿用，但后者已有修改。更令人欣喜的是，真正初版本的《前记》，在《雪》以后各种版本中均未再出现，《巴金全集》也失收，是巴金的一篇集外文，照录如下：

> 我的书在美国出版，这是第二部了，不过第一部并不是小说。
>
> 这本小说为什么要在美国出版呢？只是为了纪念一个旧金山的友人，他肯给我出版这一本别的出版家不肯承印的作品，

我带着感激和祝福把这本书献给他。

作者

目前所知巴金当时只为在旧金山出版的《平等》月刊撰过稿，他在“美国出版”的“第一部”书，还有待查考。考虑到《雪》本身就是假借美国旧金山平社出版部名义秘密印行的，那么，这“美国出版”的“第一部”书也许是个障眼法也未可知。不管怎样，这篇短小的《雪》初版《前记》的发现，可为错综复杂的《雪》出版史画上一个圆满的句号了。

## “献给 L. P.”的《旅途通讯》

在巴金的众多著述中，《旅途通讯》（上下）只是两本薄薄的小册，一点也不显眼，但它们却在巴金的生命史和创作史上占着一个独特的地位。

《旅途通讯》上册一九三九年三月上海文化生活出版社初版，下册同年四月同社初版，分别列为“少年读物编辑社”所编的“少年读物小丛刊第一集”之第六、七种。它本来是一本书，“为这丛刊篇幅所限，只能分成两册出书”（据《旅途通讯·前记》编者说明）。当然，现在收入《巴金全集》的《旅途通讯》已合成一帙。

《旅途通讯》收入了巴金一九三八年下半年至一九三九年初在香港、广州、乐昌、武汉、梧州、石龙、柳州、桂林等地“写给朋友们的长长短短的信”。虽然巴金自谦这些信“只是象平日和朋友们谈闲话似地写下了我的真实的见闻”，“都不是什么可以传世的文章”（《旅途通讯·前记》），但它还是较为生动地记录了全面抗战爆发之初他在南方多地辗转颠沛的生活和所见到的众生相。

尤其值得注意的是，《旅途通讯》上册书前有一则作者的重要题词，题词印在扉页的反面，照录如下：

《旅途通讯》

献给 L. P. 。在我的疑惑不安的日子里，这个朋友的友情温暖了我的心。

——巴金

L. P. “这个朋友”是谁？一年多之后，即一九四〇年七月上海开明书店出版巴金的“激流之三”《秋》中又出现了 L. P. 。巴金在五月所作的此书《序》中表示，“应该特别提出四个人：远在成都的 WL，在石屏的 CT，在昆明的 LP，和我的哥哥。”巴金宣布把《秋》这部长篇“献给他们，请他们接受我这个不像样的礼物。”这是目前所知 L. P. 第二次出现在巴金的书中。后来巴金对这“四个人”的身份又一一加以注释：“WL 是一九二七年一月和我同去法国的朋友卫惠林；CT 是散文作家缪崇群，一九四五年一月病逝在重庆；LP 即萧珊，当时是我的未婚妻，后来做了我的妻子；我的哥哥李尧林一九四五年十一月在上海病故”。原来 L. P. 就是萧珊，那么，第一次出现在《旅途通讯》中的 L. P.，或者说，巴金第一次把自己的作品题献给 L. P. 即萧珊，这段题词就意味深长了。

事实上当时确实有人诟病《旅途通讯》。巴金晚年在感人至深的《纪念萧珊》中说得很清楚：

> 她（指萧珊——作者注）陪着我经历了各种艰苦生活。在抗日战争紧张的时期，我们一起在日军进城以前十个多小时逃离广州，我们从广东到广西，从昆明到桂林，从金华到温州，我们分散了，又重见，相见后又别离。在我那两册《旅途通讯》中就有一部分这种生活的记录。四十年前有一位朋友批评我：“这算什么文章！”我的《文集》出版后，另一位朋友认为我不应当把它们也收进去。他们都有道理。两年来我对朋友、对读者讲过不止一次，我决定不让《文集》重版。但是为我自己，我要经常翻看那两小册《通讯》。

由此足见这两小册《旅途通讯》在巴金心目中所占有的位置，所承载的份量。《旅途通讯》固然是急就章，但不管写得怎样，这两本小册已经成为巴金与 L. P. 即萧珊之间由“友情”通过爱情走向婚姻的一个亲切的见证，因此，巴金倍加珍惜。

《旅途通讯》最终还是收入了《巴金全集》第十三卷，书前这句“献给 L. P.”的题词却不见了踪影，实在令人遗憾之至。

## 从巴金手书“悲多汶语”说起

二〇一二年，北京中国嘉德国际拍卖公司印行《唐弢藏珍》图录，公布了中国现代作家、评论家、文学史家和新文学收藏家唐弢收藏的名家字画。其中有两帧巴金的书法，一长一短，长的一帧书于荣宝斋花笺上：

战士是永远追求光明的，他并不躺在晴空下面享受阳光，他却在暗夜里燃起火炬，给人们照亮道路，使他们走向黎明。驱散黑暗，这是战士的任务。

录旧作

风子兄　　　　巴金

短的一帧书于“听箫阁”石俑笺纸上：

我愿证明，凡是行为善良与高尚的人，定能因之而担当患难。（录悲多汶语）。

风子兄　　　　巴金

风子是唐弢常用笔名之一。两帧书法，内容是明确的，长的一帧是巴金录自自己的旧作，短的一帧是抄录“乐圣”贝多芬（巴金沿用旧译名悲多汶）的话。不妨专来说一说这句“悲多汶语”。

贝多芬这句话出自法国罗曼·罗兰著、傅雷译《贝多芬传》。此书一九四六年四月上海骆驼书店初版，次年四月三版。罗曼·罗兰在一九〇三年一月为此书所作的第二篇序的题首语即引用贝多芬这句话，这句话的原始出处为贝多芬“一八一九年二月一日在维也纳市政府语”。

经查，巴金所书的这句话与傅译《贝多芬传》中的这句话，内容完全一致，连标点也一致。这就说明，巴金读过傅译《贝多芬传》，不仅读过，贝多芬这句话给他留下了深刻的印象。因此，当

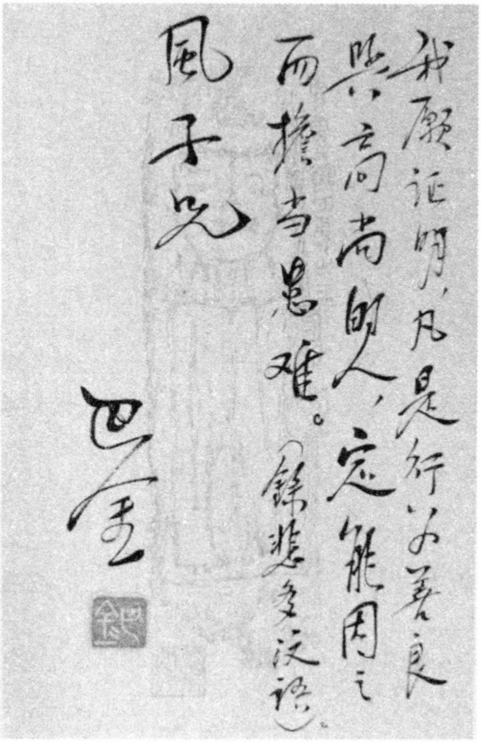
我願証明，凡是行為善良與高尚的人，定能因之而擔當患難。（錄悲多汶語）

風子兄

巴金

巴金手记一

唐弢向他索字时，他就抄录了这句话，也许他当时专门打开傅译《贝多芬传》的这一页，很潇洒地抄录也未可知。而巴金手书贝多芬这句话的时间，也应在傅译《贝多芬传》初版本出版之后，即一九四六年四月之后。

当然，按照巴金的另一位友人黄裳的回忆，巴金很少写毛笔字，尤其不喜欢题词，“一直坚持地抗拒着”[①]。因此，他为唐弢所

① 黄裳：《请巴金写字》，《珠还记幸》修订本，生活·读书·新知三联书店 2006 年版。

书的“录悲多汶语”等两帧书法，确实十分难得。

从巴金手书“悲多汶语”，想到另一个问题，巴金喜欢古典音乐吗？这就必须提到巴金的三哥李尧林了。李尧林毕生爱好古典音乐和文学翻译，巴金自己也长期从事文学翻译，但他接触古典音乐，却是受了李尧林的影响。一九三九年八月至次年七月，巴金和李尧林同住上海霞飞路五十九号，兄弟俩经常一同去聆赏上海工部局乐队的古典音乐会，巴金后来至少两次忆及此事。第一次是巴金一九四六年七月在《文艺复兴》第一卷第六期发表《纪念我的哥哥》，文中说：

> 音乐和翻译工作做了你（指李尧林——笔者注）排遣寂寞的工具。对工部局交响乐队星期日的演奏会，你从没有缺过席，西洋古典音乐的唱片更是你分不开的伴侣。

第二次是巴金晚年在《病中集·我的哥哥李尧林》中又回忆道：

> 我同他（指李尧林——笔者注）一块儿在上海过了十个月……一个星期里我们总要一起去三四次电影院，也从不放过工部局乐队星期日的演奏会。我们也喜欢同逛旧书店。

可见与李尧林一起去听上海工部局乐队的演奏会，在巴金也是一件愉快的事。而上海工部局乐队“于 1939—1941 年再次达到一个全盛期，举办了柴可夫斯基百年诞辰庆典，甚至还上演了贝多芬和勃拉姆斯的交响曲全集”。[①] 那么，巴金当时不但应该听了贝多芬，还应该听了柴可夫斯基和勃拉姆斯等。尽管他还不像李尧林那

① 《上海交响乐团 140 周年（1879—2019）》，上海文汇出版社 2019 年版。

样迷恋古典音乐，但他在陪李尧林去听音乐会的过程中，也对古典音乐产生兴趣，却是可以肯定的。六年之后，他再给唐弢写“悲多汶语”，也就不奇怪了。

## 《倾吐不尽的感情》签名本

《倾吐不尽的感情》是巴金一九四九年以后出版的第十本散文集，一九六三年六月由天津百花文艺出版社初版，系“百花散文小丛书”继孙犁《津门小集》、叶君健《两京散记》、冰心《樱花赞》和韩映山《一天云锦》之后的第五种。初版本分平装本和“半精装本”（即有勒口的软面精装本）两种，总印数21000册，“内半精装本1000册”，装帧插图者为王治华先生。

“百花散文小丛书”的形式，我曾归结为十二个字：“开本别致、版式别致，装帧别致”。对这三个“别致”，《倾吐不尽的感情》都做得很好。所以，即便是普通的平装本，也很惹人喜爱。更为难得的是，三年前，我在网上拍得《倾吐不尽的感情》签名本，为“半精装本”，虽纸张已有些发黄发脆，书品仍属完好，前环衬上有巴老的毛笔题字：

赠　康濯同志

巴金　一九六三年十月

该签名本扉页又钤有一方阳文藏书印，印文“康濯藏书”，可见此书是作家康濯（1920—1991）的旧藏。

对康濯，巴老当然是认识的，也有交往。《巴金全集》第二十四卷（人民文学出版社1994年版）中还收入了巴老一九五五年六月八日致时任《文艺报》常务编委的康濯讨论稿件修改的一封信。

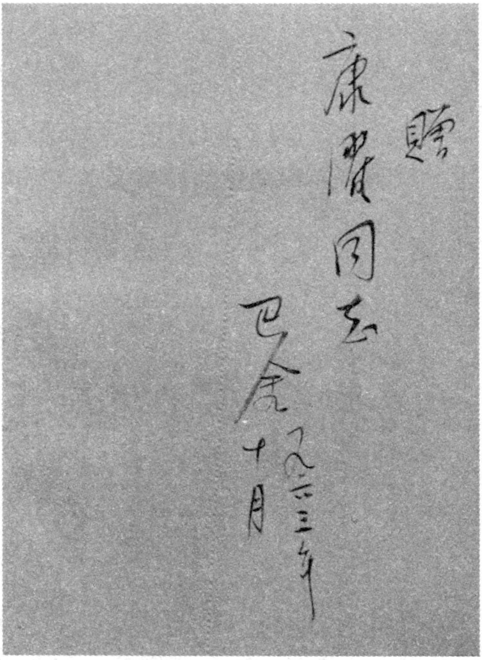


巴金手记二

康濯一九六二年十一月起调任湖南省文联副主席[①]，那么，这本《倾吐不尽的感情》签名本，可能是巴老从上海寄往长沙的。但因巴老一九六三年的日记已不存[②]，关于这本签名本的更详细的赠书经过只能阙如。

我在初中读书时，就读过这本《倾吐不尽的感情》，印象较为深刻。也许这是我与巴老作品的最初接触，记不真切了，至少这本可爱的小书应是我最早阅读的巴老作品之一。直到今天，我重读此

① 据《康濯生平年表》，李恺玲、廖超慧编《康濯研究资料》，湖南人民出版社 1984 年版。

② 《巴金全集》收入巴老 1962 年、1964 年的日记，独缺 1963 年的日记。

书，从《忆青野季吉先生》到《从镰仓带回的照片》，从《富士山和樱花》到《倾吐不尽的感情》，仍然使我感动。虽然多少带有那个时代的一些痕迹，此书还是很不同于当时其他那些“假大空”的散文集，因为巴老写下的是他的真切的经历、思绪和感受，是他对有良知的日本文坛友人“永远也诉说不尽的感情”。代序《致芹泽光治良先生》的开头，字里行间就流露着巴老的深情：

> 在这个闷热的夜晚，我又打开了您寄来的美丽的小书。您的著作的名称《爱、知、想》和您那像交出了心一样的恳切的文笔对我都显得非常亲近。我好像又听见您的声音了。我好像又坐在东京小泷町您那间小小的客厅里，吃完了拌着奶油的可口的草莓，喝着清香的绿茶，望着您满头的银发，倾听您动了感情地讲着的故事。前一天夜里在欢迎酒会上，我和您见第一次面，刚刚谈起北京的春天，我就像见到了一位久别重逢的知己朋友。第二天下午在你的府上，您的生活的故事又对我敞开了一个正直人的火热的心，没有隐瞒，没有顾忌，您也早把我当成了亲人。……

除了创作稿，巴金的毛笔字留存的本来就很少，一九四九年以后的毛笔签名本更为鲜见。这本《倾吐不尽的感情》上的毛笔题字又那么潇洒自如，堪称现存巴老签名本中的佼佼者，我为能得到这本签名本而深感荣幸。

（陈子善，华东师范大学中文系教授）

宋战利

# 欧阳询《张翰帖》背后的故事

故宫博物院藏欧阳询《张翰帖》，又名《季鹰帖》或《张翰思鲈帖》，为唐代双钩填墨本，纵25.2厘米，横33厘米，共十行九十八字。帖文释读为："张翰，字季鹰，吴郡人。有清才，善属文，而纵任不拘，时人号之为'江东步兵'。后谓同郡顾荣曰：'天下纷纭，祸难未已。夫有四海之名者，求退良难。吾本山林间人，无望于时。子善以明防前，以智虑后'。荣执其怆然，翰因见秋风起，乃思吴中菰菜、鲈鱼，遂命驾而归。"通读此帖，晋代文学家张翰的旷达个性跃然而现。如今，苏州沧浪亭五百名贤祠内，有张翰石像一幅，附刻有四句传赞："秋风京洛，驰想莼鲈，首丘一赋，达士楷模。"

中国古代知识分子，深受儒家"修齐治平"思想浸润，入仕则怀兼济天下的治国理想；若不如意，则退隐居岩穴，悠游余生，保持人格独立。这样隐退，虽有佛、道意味，但总与儒家之修身息息相关。

## 一 张翰来去洛京的时间

皇太孙、皇太弟是晋代皇位继承上的首创，也是皇位继承纷乱之际的无奈。陆机于太康十年（289）到洛阳，然后表荐贺循，久之，贺任太子舍人。《晋书·惠帝纪》载，元康九年（299）十二月废皇太子遹为庶人。永康元年（300）五月，立皇孙臧为皇太孙，永宁元年（301）正月，废为濮阳王；贺应于此时转太孙舍人。有关贺为太孙舍人之事，《晋书·儒林·杜夷传》载王敦上疏曰："伏见太孙舍人会稽贺循、处士庐江杜夷履道弥高，与俗异轨。"永宁元年（301）正月到四月赵王伦篡位。据本传载，贺循此时转侍御史，辞疾去职。《世说新语》载，张翰与"入洛赴命"的皇太孙舍人贺循同行。那么，张翰进京时间当为三〇〇年五月到三〇一年正月之间。合理的推测是，皇太子遹被废，太子舍人贺循赋闲，遂告假返乡，皇太孙立又赴京，张翰随之而来。永宁元年（301）六月，司马冏为大司马，辟吴国张翰为东曹掾，前廷尉正顾荣及顺阳王豹为主簿。《晋书》张翰本传和《世说新语》皆载辞官后"俄而冏败"，司马冏败亡于永宁二年（302）十二月，故应在本年秋弃官而去。粗略算来，张翰居洛大约二年。顾荣于三〇四年初返回吴郡。

弃官之际，张翰高吟《思吴江歌》曰："秋风起兮佳景时，吴江水兮鲈鱼肥。三千里兮家未归，恨难得兮仰天悲。"又著《首丘赋》，可惜仅存题目，原文散佚，但从字面理解，应是"狐死首丘"之义，也是对家乡的怀恋。《楚辞·哀郢》："鸟飞反故乡兮，狐死必首丘。"《集注》曰："谓以首枕丘而死，不忘其所自生也。"一诗一赋的思乡之情与《张翰帖》高度合拍。

## 二　张翰旷达个性的符号化

《张翰帖》与《晋书》本传所载内容略有差别。欧阳询书帖早于《晋书》编撰，其所用材料与《世说新语》可互证，比《晋书》更可信。张翰弃官给后世留下佳话，其旷达行为的符号意义逐步固化。究其原委，主要有以下几个原因：

一是张翰自身个性和行为方式。张翰自称“山林间人”，且好饮酒，“使我有身后名，不如即时一杯酒!”时人号为“江东步兵”，也就是江东阮籍。阮籍为官，听说步兵厨营人善酿，“有贮酒三百斛，乃求为步兵校尉”。阮被时人称为“方外之士”。张翰性格应与阮籍相类。晋侍中庾峻曰：“山林之士，被褐怀玉，太上栖于丘园，高节出于众庶。”

张翰立身处世皆随己所欲。进京为官，与家人不告而别。辞官归乡，又是命驾而行。《世说新语》载，张翰与同乡贺循并不认识，偶遇之后，即刻决定随之进京。赴洛之前，或许是心情不太愉悦，身体出现病困。《初学记》载其《诗序》曰：“永康之末，疾苦痿瘵，故人颇侯之。常以闲静为著诗一首，分句改纸，各有别读。”张翰的随性，给李白留下深刻印象，在《暮春江夏送张祖监丞之东都序》中吟道：“刘表不用于祢衡，暂来江夏；贺循喜逢于张翰，且乐船中。”

张翰与顾荣私谊甚密。居洛期间，面对政治险境，二人交流颇多，张翰嗜酒如命，顾荣亦常沉醉终日，“惟酒可以忘忧，但无如作病何耳”，曾执其手，怆然曰：“吾亦与子采南山蕨，饮三江水耳。”永嘉六年（312）年十二月，顾荣卒。张翰“哭之恸”，知顾荣素好琴，继而“鼓琴数曲”，抚琴而叹：“顾彦先复能赏此不?”因“又恸哭”。

晋元帝始镇江东，顾荣为军司马，“加散骑常侍，凡所谋画，皆以咨焉。”贺循为参佐。顾、贺与王导、王敦等并为腹心股肱。顾举荐多人为官，但张翰一直未见重新录用，一是其性格使然，二是与“除吏名”有关。司马冏对张翰不辞而别十分恼怒，“以其辄去，除吏名”，现在来说就是开除官职、公职。此处“辄”乃我行我素之义。王夫之《读通鉴论》中评道：“王戎之免，幸也；王衍、陆机、潘岳之死，自贼者也。顾荣、张翰、戴渊、贺循褰裳而急去之，非过高绝人之智也，未有无天子而可仕者也。”

二是《世说新语》的编撰与传播，强化其符合意义。《世说》有关张翰的四条记载，均涉其处世态度。应该说在刘宋时期，张翰的旷达形象已经符号化，或者说基本定型。

《世说新语·任诞》：贺司空入洛赴命，为太孙舍人。经吴阊门，在船中弹琴。张季鹰本不相识，先在金阊亭，闻弦甚清，下船就贺，因共语，便大相知说。问贺：“卿欲何之？”贺曰：“入洛赴命，正尔进路。”张曰：“吾亦有事北京，因路寄载。”便与贺同发。初不告家，家追问，乃知。

《世说新语·任诞》：张季鹰纵任不拘，时人号为“江东步兵”。或谓之曰：“卿乃可纵适一时，独不为身后名邪？”答曰：“使我有身后名，不如即时一杯酒！”《文士传》曰：“翰任性自适，无求当世，时人贵其旷达。”

《世说新语·伤逝》：顾彦先平生好琴，及丧，家人常以琴置灵床上。张季鹰往哭之，不胜其恸，遂径上床，鼓琴，作数曲竟，抚琴曰：“顾彦先颇复赏此不？”因又大恸，遂不执孝子手而出。

《世说新语·识鉴》：张季鹰辟齐王东曹掾，在洛见秋风起，因思吴中菰菜羹、鲈鱼脍，曰：“人生贵得适意尔，何能羁宦数千里以要名爵？”遂命驾便归。俄而齐王败，时人皆谓见机。

三是张翰的才华得到肯定。《世说新语·赏誉》载：“吴四姓，旧目云：‘张家文，朱武，陆忠，顾厚’”。刘孝标注引《吴录·士林》：“三国之间，四姓盛焉。”所谓“目”就是时人风评，魏晋清议品评风尚甚盛。陆机《吴趋行》：“八族未足侈，四姓实名家。”朱家，指朱桓和朱据等，仅以武知名，孙吴亡后，家族不显；陆家有陆逊、陆机、陆云等；顾家有顾雍、顾荣、顾和、顾恺之等。张家尚文，能清议，重儒学。孙吴时期最辉煌的人物是张温，年少登高位，“才藻俊茂”。孙权任其为选曹尚书、太子太傅，“甚见信重”。但其才美外现，好臧否人物，终遭禁锢。骆统上书为其辩白，对其才华赏誉有加，“弘雅之素，英秀之德，文章之采，议论之辩，卓踪冠群，炜晔曜世，世人未有及之也。”才高八斗之人从政，多理想化。诸葛亮论其“于人清浊太明，善恶太分。”张翰祖父张敦，少与陆逊齐名，“德量渊懿，清虚淡泊，又善文辞。”二子张纯和张俨皆精于属文，能即席赋诗，有曹植七步之捷。张俨“弱冠知名，历显位，以博闻多识，拜大鸿胪”。泰始二年（266），受谴赴晋文帝丧，孙皓嘱道：“今南北通好，以君为有出境之才，故相屈行。”到洛阳之后，贾充、裴秀、荀勖等人轻慢并刁难他，不能使其屈服。反而与羊祜、何桢等朝中大臣相结友好，惜殒命于归途。俨，张翰父也。

《三国志·蜀书·诸葛亮传》裴松之注载：“吴大鸿胪张俨作《默记》。”《隋书》《新唐书》载《张俨集》二卷，《默记》三卷。《旧唐书》另载《誓论》三十卷；《隋书》载《张翰集》二卷，录一卷。《旧唐书》《新唐书》载《张翰集》二卷，《隋书》所载录一卷未见；《隋书》载，张勃《吴录》三十卷，亡。《旧唐书》《新唐书》均载《吴录》三十卷，未言亡佚。另有《吴地记》一卷。张俨、张翰、张勃父子三人，文采斐然。张氏家族在南朝各代，仍是人才辈出，张永、张率和张融等皆有文名。

张翰不仅文采出众，书法作品到唐代时还能见到。唐窦臮《述书赋》将其列为“能入品流者”，存世“草书一帖，三行”，并评论道“季鹰有声，古貌磅礴，虽无名验，攀附张、索，如凝阴断云，垂翅一鹗。”张芝、索靖皆善草书，故张翰亦能草。

## 三　张翰旷达个性在唐宋时的接受

张翰本人及文学成就得到时人和唐前各朝较高评价。《世说新语·识鉴》刘孝标注引《文士传》曰：“翰有清才美望，博学善属文，造次立成，辞义清新。”《昭明文选》李善注引南朝王俭《今书七志》称张翰“文藻清丽”。南朝时期重要的文艺理论著作《文心雕龙》在《才略》篇论述各代文人，罗列晋代张华、左思、潘岳、陆机、陆云等人，称“季鹰辨切于短韵”；另《比兴篇》主要论述诗人比兴运用得当之作，“比类虽繁，以切至为贵，若刻鹄类鹜，则无所取焉。”刘勰列举屈原、宋玉等人，对张翰杂诗“青条若总翠”予以肯定，与其同列的晋人只有潘安仁。钟嵘《诗品》将其列入中品，与魏文帝、嵇康、陶渊明、鲍照、江淹等人齐肩，称“季鹰‘黄花’之唱，正叔（潘尼）‘绿蘩’之章，虽不具美，而文采高丽，并得虬龙片甲，凤凰一毛。”所称颂的作品五言《杂诗》收录于《昭明文选》，词曰：“暮春和气应，百日照园林。青条若总翠，黄花散如金。”后世文人骚客对此诗多有引述，赞叹有加。李白《金陵送张十一再游东吴》：“张翰黄花句，风流五百年。”

不论是文集、文艺评论或志人小说，逐步将张翰旷达个性固化。有唐一代，多位文人对此有描述。王勃《秋晚入洛于毕公宅别道王宴序》曰：“张季鹰之命驾，思动秋风。”李白张扬的个性与张翰共振居多，多首诗歌中吟咏之。《行路难》之三：“君不见吴中张翰称达生，秋风忽忆江东行。且乐生前一杯酒，何须身后千载名。”《送张舍人之江东》：“张翰江东去，正值秋风时。”《送友人寻越中山水》：“八月枚乘笔，三吴张翰杯。”

生性谨严的杜甫，也曾多次吟唱到张翰。《严中丞枉驾见过》：“扁舟不独如张翰，皂帽还应似管宁。”《过南岳入洞庭湖》：“邵平元入汉，张翰后归吴。”有唐一代，白居易、王昌龄、李商隐、孟浩然、温庭筠等也有诗赞，张翰的旷达个性在反复吟咏和传唱中逐步强化，成为被效仿的“方外之人。”

北宋中期，张翰与范蠡、陆龟蒙成为“吴江三高”，其高士形象被推崇到极致。宋吴江人朱长文《吴郡图经续记》载：鲈乡亭

“画范蠡、张翰、陆龟蒙像，好事者为美。”后又建“三贤祠”予以供奉。范成大《三高祠记》载，“乾道三年二月，吴江县新作三高祠成。三高者，越上将军姓范氏，是为鸱夷子皮。晋大司马东曹掾姓张氏，是为江东步兵。唐赠右补阙，姓陆氏，是为甫里先生”，“要皆以得道见微，脱屣天刑。清风峻节，相望于松江太湖之上，故天下同高之。”又“季鹰、鲁望萧然腥儒，使有为于当年，其所成就固不可喻度。”三位高士不贪名爵，抱道自守的清风峻节成为教化世人的典范。苏轼《戏书吴江三贤画像三首》之一专门吟诵张翰：“浮世功劳食与眠，季鹰真得水中仙。不须更说知机早，直为鲈鱼也自贤。”

## 四　欧阳询与张翰的共通之处

欧阳询编选《艺文类聚》时，收录张翰作品如下：卷二十六录诗三首，卷三十三录《周小史》诗一首；卷六十九录《杖赋》、卷八十五录《豆羹赋》。《张翰帖》因欧阳询的书法盛名而显，又从书法一途，为张翰旷达个性张目。

一．二人都是前朝灭亡后到新朝为官。张翰吴亡后入西晋为官。欧阳询，字信本。父纥，陈广州刺史，以谋反被诛，按律询当从坐。江总以故人之子，匿而私养之，教以书记，敏悟绝人，每读辄数行同尽，遂博贯经史。仕隋，为太常博士。唐高祖微时，数与游，既即位，累擢给事中。贞观初，历太子率更令、弘文馆学士。养父江总也是少孤之人，对欧阳询应比较疼爱，但“人在屋檐下”的感觉总是人之常情。欧阳询在世八十五年，经历三朝，陈三十三年，隋二十八年，唐二十四年。二人从旧朝到新朝为官，又同是从江南到北方，皆远离故土，难免有“寄人篱下”之感。

二．二人为官并不如意。张翰为官并不如意，东曹掾官职不大，秩比四百石。同是来自孙吴的陆机、陆云和顾荣，被誉为“江东三俊”，职位高于张翰。且时值“八王之乱”，风雨如晦，随时有生命之虞。欧阳询的太子率更令，职位也不高，秩比六百石。封渤海男，在五级爵位中属于最低一级。史书载欧阳询“貌寝侻”。寝，丑陋也。《史记·魏其安侯传》：“武安者，貌寝。”韦昭注曰：“短小也，丑恶也。”《广韵》：“侻，轻。”指性情坦率和易，不拘小节。黄庭坚《题石恪画尝醋翁》：“谁知耸髆寒至骨，图画不减吾生笔。”欧阳询飞白、隶、行、草入妙，大篆、章草入能，笔力劲险，名播海外。高丽人爱其书，专门遣使来请。唐高祖对高丽使叹曰：“彼观其迹，固谓形貌魁梧邪?”想不到“询之书名，远播夷狄。”虽然，唐高祖李渊与其相识多年，还是觉得询丑陋的外貌似乎与书法成就不搭配。唐太宗文德皇后薨，百官致哀。欧阳询身着丧服，状貌丑异，众人对其指指点点，许敬宗见到实在忍不住大笑起来，为御史弹劾。在如此肃穆时刻，许敬宗不顾为臣之节，当时欧阳询的形象如何可想而知。

更过分的是唐人小说《补江总白猿记》直言，其母亲被白猿掠去有孕后生的欧阳询。卞孝萱先生考证造谣人为同时代的褚遂良。

三．二人性格有相似之处。张翰生性豪放，欧阳询同样性格率真。询尝出行，见索靖所书古碑。初不在意，后复来观，乃悟其妙，“于是卧于其下者三日。”欧阳询敢于直言，不管皇亲国戚，还是公侯大臣，皆无所惧。唐太宗宴请近臣，戏以嘲谑。赵公长孙无忌嘲笑欧阳询：“耸髆成山字，埋肩不出头。谁家麟阁上，画此一猕猴。”欧阳询闻听，应声答道：“缩头连背煖，俒当畏肚寒。只因心混混，所以面团团。”唐太宗敛容曰：“欧阳询，汝岂不畏皇后闻，赵公、皇后之兄也。”长孙无忌，鲜卑族，着装有本族特色，性格比较狂野。欧阳询的话翻译过来就是：“缩着脑袋使脊背温暖，带着兜肚怕肚子受寒。只因心中混沌一片，因此脸上愁眉不展。”宋国公萧瑀射箭技艺不佳，某年九月九日赐射，瑀箭俱不着靶，一无所获。欧阳询咏之："急风吹缓箭，弱手驭强弓。欲高翻复下，应西还更东。十回俱着地，两手并擎空。借问谁为此，乃应是宋公。"

欧阳询记叙前人逸闻史迹的多件书作，称为史事帖。米芾《书史》记载曾在濮州李丞相家中见过十余帖。《宣和书谱》所录《周公帖》《齐宣王帖》《庾亮帖》《戴逵帖》《卜商帖》《仲尼梦奠帖》等应属此类。这些书作应是欧阳询受诏编撰《艺文类聚》时，对书中涉及人物有感而发，有些是自创，有些是抄录有关材料而成。《张翰帖》乃其一，如今透过书帖却能窥见其背后的故事与书家情感。

（宋战利，河南大学文学院教授）

笔谈:建筑与材料中的新人文视角

金惠敏

# 让质料说话

生态哲学或环境哲学的根本是让质料自身也能够说话，而不是由人类主体或人类意识居高临下地独自设计和安排万事万物之间的生态关系。人类虽有主体意识，但也有身体存在，是后者决定了人类只能是位居生态或环境之内来决定什么是生态的和非生态的、什么是好环境和坏环境。这意味着生态视角内涵和假定了人同时作为主体和自然而与自然及其表象的对话关系。彻底的生态—环境哲学必须是将其言说者、倡导者也纳入生态—环境的哲学。

作为艺术家不一定能发明这么多新的材料，还取得过多项技术专利，而作为科学家又很少有谁有这么一双发现美的眼睛，这么丰富的想象力和卓越的艺术表现力。钱学森先生应该是少有的二者兼具的人物，20 世纪 80 年代他谈灵感思维、谈艺术创造，对文论和美学研究界有很大震动，传为一时佳话。与钱先生算是类似吧，张宝贵先生既是一位建筑材料科学家，也是一位造型艺术家，其多尊雕塑（群）都有很强的视觉冲击力和深厚的文化意蕴。其中有一个我说这不是三星堆那位资深帅哥吗，解说员马上回答说正是，是学了三星堆人物造型，但在那个图像的基础上有新的发明、改造。过去的和传统的文化都活灵活现在宝贵的雕塑中，而且传达出时代的韵味。

## 一 认识的动力是物质性的

发明出低碳雕塑材料，推广一种环保理念，这是我们这个时代的先进理念，但不能说“迎合”这个时代。所谓“迎合”，就是说你在时代之外去迎合一个对象，张宝贵这位艺术家他本身就代表了时代潮流，他去迎合谁呢？你不是迎合，你自己就是潮流，别人要来迎合你，我们要来迎合你，谈论你，研究你。张宝贵本人代表了历史发展的大趋势，一开始他说那是为了生存、生计，因为如果真正用大理石或金属，那造价太高，不现实，不可行，即使镀金的也是很贵的，财力承担不起。他慢慢发现利用建筑废旧材料，进行再加工，然后就是好材料，具有特殊功能的材料，从而能够完成在特殊条件下其他材料无法承担的任务。他不是迎合，他是与时代取得了一种谐振、共鸣。孔子早有区分：“君子和而不同”与“小人同而不和”。前者是互动，后者才是迎合、逢迎、媚俗、媚时，没有主体意识。宝贵石艺是“和而不同”，其追求是历史大潮中我们看到的一朵晶莹剔透的浪花。

我们要转变一种观念，我们人人都是身处在历史的潮流之中，历史和他人既是我们的认识对象，也是我们的本体关联。即便是小人之“迎合”，如果换个角度看，那也是一种在历史之内的主体活动。人不是不认识，而是在历史之内认识。过去西方哲学要建构一种纯粹的主体性，这样的主体不染尘俗，是纯粹精神性的、意识性的，如康德所说，是范畴性的，为自然立法，这应该是科学研究的态度，不把个人的情感、利益带入对于客体的认识，但在实际的社会活动中，人不可能超然物外，人的认识是发生在世界之内的，是带着传统和个人或群体的利害考虑的，而且甚至也可以认为，认识的动力是物质性的，是身体在推动我们去认识，而认识自身是没有动力的，没有一种认识会提出要求或有冲动去做进一步的认识，是我们对于某一对象的欲望在驱使我们对它发生兴趣，并付诸行动。知识本身不生产知识，而是作为欲望主体的我们使用知识来生产新的知识。法国哲学家朱利安反对“比较”和“差异”，要代之以“间距”和“之间”，他认为，在“比较”和“差异”的背后暗藏着既定的知识，不是先见之明，是先入之见，这种先在、先验的知识早已规定好了对象将如何呈现，将“是”什么，我们因而不可能从对象那里获得新的知识。对象被知识遮蔽了。但是关于知识，朱利安只说对了一半，认识主体从来不只是认识性的，它还是身体性的，人类的认识都是具身性认识。作为认识的“比较”和“差异”不是其自身在比较、在差异，而是具身的主体在比较着、差异着。英雄和普通人的区别不是前者领潮，后者在潮流之外漠然处之，他们谁都在潮流之中，只是作用之大小不同而已。在生态主义大潮中，张宝贵绝对是立于涛头之弄潮儿。

## 二　美学的研究对象应该扩大到一切能够引起感性愉悦的活动

以建筑废料做雕塑，这个一方面要有材料，在真实地做一个物品，但是你这个更主要的还是在传达一种理念，所以是一种行为，但同时也是一种艺术，合而称之，叫“行为艺术”。我对行为艺术有一个看法，行为艺术所传达的理念一般都是已经流行或者流行条件已经成熟而即将流行的观念，观众接受起来不会有太大的障碍，问题常常发生在“媒介”方面，其媒介赋有双向的意义：一是导向其所意图的意义、观念、情感等，这是受欢迎的；一是这一媒介在一定社会语境早已被给予的意义，在这一方面就会引起观赏者的惊悚、恐怖或恶心。行为艺术的惊世骇俗一般是因其媒介另有导向而引起的。宝贵的艺术不是这样的行为艺术，不具有习常所见的内容与形式的分裂和对抗。宝贵的艺术理念性很强，意在传达一种理念，就此而言，它又接近公共艺术的特点。既然你想宣传普及一种理念，所以我建议张宝贵先生他要把作品多多放在各种公共场所，把它作为一种公共艺术，把它变成人们生活环境的一部分。上海大学的公共艺术探索非常有名，我参加过他们组织的研讨会，接受过《公共艺术》杂志的谈访。公共艺术在公共空间里面很有效果，对社会大众发生潜移默化的作用，人们参观浏览的时候，你就是在做理念普及了，你不是传达一种很美形象，是传达一种很美的理念，这种理念本身是能够引起愉悦的。

美学的研究范围传统上过于狭隘，从鲍姆嘉通开始，美学是感性学，形象能够引起感性愉悦，声音能够引起感性愉悦，但是抽象的理念同样也能够引起感性的愉悦。我们知道，柏拉图曾经描述过人们见到理念时的癫狂状态。那不算一种什么体验吗?！美学既然是研究感性及其效果的，那么不是只有形象、形式才能发生审美效果，理念同样也能够。理念可以经由形象、也可以不经由形象而直接引起感性效果的。所以美学应该扩大到举凡能够引起感性愉悦的一切活动，让其成为包罗万象的感性学，而非只是形象和声音的感性学。

## 三　文化的形成也需要某种强力的推动

我们要潜移默化地在整个社会造成一种环保的意识，环境意识，人与环境一体、人与自然一体的意识，这个要大于“生命共同体”意识，因为环境包括了有生命的和无生命的东西。让人转向环保意识，形成一种新的环境文化，有时候还是需要一点强迫的，需要强力推进一种东西。

举一个生活中的例子，我家小区属于北京昌平区管辖，最近区政府对物业有一个奇怪的苛刻要求，就是每一个垃圾桶旁边必须安排一个人值守，以防止住户不自觉分类而乱放垃圾，但是物业做不到这个，只能把原有的垃圾桶全部撤走，要求以后每家把垃圾分类放在自己家门口。这样分类倒是做到了，但物业不能及时将垃圾拉走，夏季就特别容易招引蚊虫、散发异味，也影响美观。最后，物业给每家发了小型垃圾桶，既保证责任明确，又避免了垃圾堆放的负面后果。看来环保意识虽好，但也得强力地推进才行。文化有一个自然的表现，是我们的日常生活方式，但这个表现、这个方式的形成原初上可能就是有强力介入的。

不过，光靠强力也不行，文革期间“破四旧，立四新”，不由分说，雷厉风行，一时还是有效的，破坏性方面暂且不议，但文革一结束，一切都成了老样子，大雄宝殿依然雄伟，香火依然有善男信女供奉。因此，强力改变一种文化必须是根据人民大众的内在需要，所谓“强力”其实只是人民大众对自己的真实需求尚未达到自觉的层次。中国的辫子文化，其形成靠强力，其废除已靠强力。强力之好坏要倾听人民的声音，这当然是很有难度的。

## 四 人不是万物的尺度，而是万物之一

我特别欣赏张宝贵先生的格言，“世间本无废物，废与不废不在物，而在人”。的确如此，一个物品你把宣布它为废品完全是从人的角度出发的，就是看它对人有用还是没有用。没用的东西就是废品。这种以人的价值，以人为标准来衡量世界的倾向，叫做“人类中心主义”，以人类为中心，其他都是为这个中心服务的、乃至献身的。宝贵环保和生态的雕塑就是要反对人类中心主义，反对一切都要以人来评价、人定胜天、人主宰自然这样一些文艺复兴以来在西方被日益强化的现代性观念。莎士比亚《哈姆雷特》有台词称，人乃“宇宙的精华，万物的灵长”，拥有“无边的权能”，这即是说，人是自然的主人。现在人们一般把这笔账都算在“启蒙”头上了，称之为“启蒙辩证法”，启蒙走向它的反面，工具理性。

不过，公平地说，现代社会只是片面发展了这样自古以来就有的“人定胜天”的观念，是古希腊就有的那一理性主义的延续。当然，无论在西方还是中国，都有非理性主义的传统，“逻各斯（logos）”和“密索斯（mythos）”在古希腊是同时存在的，而且也是西方文化的两大传统。在中国同样如此，它们分别为儒家和道家所代表。

有人批评这种以建筑废料加工出来的、再次使用的材料为假材料，他们认为只有首次使用的材料才是真材料。举例说，由泥土烧制而成的砖瓦是真材料，如果将废弃的砖瓦粉碎、加入粘合剂后变成的新材料则是假材料。这种将材料区分、辨别为真假，说到底，背后也是人类中心主义在作怪。大自然是不存在真假之分的，所有的自然物都是真实的，只有我们对自然的观念性反映才有真假之分。对于张宝贵来说，他对废弃建材的二次使用同样是对自然物的使用。大自然是人类取之不尽用之不竭的对象，人的每次使用都是对大自然的部分使用或以某种方式的使用，你可以用这一部分，别人可以用另一部分，你不用的，别人觉得有用就可以继续使用，不是说你用过了，别人就只能照着你的方法来用。如果别人不按照你的方法使用某一材料，你就判定别人使用的是假材料，你这无疑是“自以为是”，是自我中心主义。从另一个角度说，这种批评和讨论的效果是更清晰地呈现了自然的整体性。整体性是生态哲学对付人类中心主义的杀手锏，但详审起来，也许是一个不太合适的术语，因为它仍然意味着一个人为的、非整体性的概念，因为真正的整体性是至大无外，超越了人的认识能力，是不可认识、不可想象的。因此当我们使用“整体性”一语时，必须牢记其意义仅在于作为“分割性”“片面性”的对立面。人不可能看到“整体性”，只能看到自己圈定的“整体性”。

使用新材料、再生材料所创作的艺术品使得我们有机会重新打量自然，看到自然的整体性与人为的片面、功利。宝贵“宝贵”自然，把自然看得很宝贵、很重要。真正的宝贵自然是不把自然进行人为的区分，什么有用的、没有用的，什么真的、假的。这是宝贵艺术对我们的一个理论启示。

## 五　生态哲学必须考虑人的自然之维，否则便退回其所反对的主体哲学

宝贵艺术凸显的是生态主义或环境主义。对此思潮或理论，我想单独再讲一讲。国内学术界关于生态美学中有“人”无“人”有过一些论辩，有论者主张美是自然的人化，是人的本质力量对象化，即人对自然的征服和控制，康德论崇高时即持这样的观点，马克思一八四四年巴黎手稿更是突出这一点，中国学者对此耳熟能详；而生态美学家则辩驳说，他们并非反对“人”在美学，而是对人做了新的界定，他们的“人”是“生态人”，并体系性地将过去征服自然的人文主义改造为“生态人文主义”。经过这么一辩，无论主体哲学还是生态哲学，说来都是有“人”的哲学，谁也别嫌谁了，大家无论如何都是人类中心主义。但生态哲学绝不愿意接受这顶帽子，因为它就是从反对人类中心主义起家的，怎么它绕了一圈仍然是它所反对的东西呢?！道理很简单，谁来规定什么是“生态的”和“非生态的”？在生态价值之上有一个人类主体在规定着人类行为的生态性和非生态性。人类主体无法简单裁决何为自然、何为非自然，人类需要通过某种理性、认知能力来指导和约束自己与自然的关系。可以设想绝对的理性和认知能力，但任何理性和认知能力都必须在交往实践中发生作用，所以又从来不是绝对的。坚持“交往理性”的哈贝马斯就承认说从来没有什么“纯粹理性”。同理，“生态”可以是一种绝对理念，然其无往而不在人之具体的、具身的“认识”之中。生态美学固然很美好，很乌托邦，但毕竟要通过具体的人来实施、实现。所谓“具体的人”就是各有文化传

统、各有利益诉求的人，目前国际上在碳排放上的争论和斗争，对此就是一个明证。

生态作为一种话语，是需要降维而与自然对话的，这就是“生态对话主义”，我曾以“环境对话主义”称之，它们其实是一个意思，不必两分。对于自然对象，人作为理性的人和自然的人是有对话优势的。如果把“理性”当成自然的表出、表象和回应，那么自然也是有其“理性”的，自然也说话，万事万物都在说话；因此，在共同地作为自然这一层次上，人与自然对话，倾听自然的声音，读解自然的呼应；而当人理解了自然的语言，捕捉到自然的意图，那么人与自然的对话便上升到话语的层次了。生态不是人类主体单方面的想象，它是通过与自然的对话所达到的一种境界。对话不是纯粹话语性的对话，是包含着人之作为自然的对话，所以生态哲学还必须将人作为自然的人，即是说，必须肯定人的自然需求，生命存续的需求，发展的需求，其作为自然的一切需求，这些都必须纳入动态的对话之中。生态哲学如果不引入人与自然的对话，引入作为自然的人与非人—自然的对话，不考虑人的自然之维，则很可能走向它的反面，成为一种主体性话语，一种神性话语，甚至一种反人类的新宗教。

生态哲学或环境哲学的突破性贡献不是将注意力导向生态或环境，实现了哲学研究对象的变换，而是哲学致思范式的转换：如果说传统哲学是研究主客体之间的关系，那么生态/环境哲学则是将原先位居客体之外的主体拉入客体之内。换言之，人在世界之中，而非世界之外。人既以意识在世界之内，也以身体、以其物质性存在而居于世界之内。这可以用老话说，是主体间性对话，但准确地说，应是客体间性之对话。客体间何以能够形成对话？此客体非彼客体也！根据现象学，此客体是能够自我生长、自我表象的自然之物。生态/环境哲学如果不想重蹈主体哲学的覆辙，就不能居高临下地即主体性地独自宣布何者为生态的、何者为非生态的，何者为好环境、何者为坏环境。发展和发展观念可以是非生态的，也可以是生态的。其关键是对话，是要通过对话来决定。生态与发展之间不是对立的关系，而是已经蕴含在“生态”和“环境”概念内部的对话性关系。说句悖论性的话，只有人类才能够反对“人类中心主义”，一方面满足自身生存和发展的需要，另一方面又放眼于这样的需要与整个自然界的关系，对自身的需要加以调节和约制，也就是对自然万物负有积极的伦理责任。

（金惠敏，四川大学文学与新闻学院研究员，教育部长江学者特聘教授）

刘方喜

# 材料与人工的再生：物的解放与人的解放

奉行“废物不废物，不在物，在人”以及绿色环保、低碳生产等价值理念，通过材料再生等技术，将建筑垃圾再造成新型建筑材料，并将这些再生材料用于雕塑和建筑艺术的创作中，力图在这种企业和艺术双重实践中创造新的“材料语言”。这些理念和实践，让我联想到这样一个命题：“废人不废人，不在人，在制度”尤其经济制度、生产方式，由此也引发我对人类现代化进程中“物”的命运及其与“人”的命运的关系的一些思考。

材料“再生”，使我想到马克思这样的论述：资本主义生产“破坏着人和土地之间的物质变换，也就是使人以衣食形式消费掉的土地的组成部分不能回到土地”（《马克思恩格斯全集》第23卷，人民出版社1972年版，第552页）——这种描述关乎“循环经济”，来自土地（自然）的材料不断重新回归土地（自然），就构成了一种“循环”和“再生”：马克思讲的是衣食材料，前现代的建筑材料也是如此，其中根本无所谓“废物”，房子烂了砖还可以继续再盖房子，不产生建筑垃圾，木料烂了再“回到土地”而变成肥料，它是循环的，不仅在人类生活中也在人与自然之间循环——现代资本主义生产则打破了这种循环，于是才会产生越来越多的垃圾。马克思、恩格斯还有“物质带着诗意的感性光辉对人的全身心发出微笑”“自然界的本质的全部丰富性”之说，现代资本主义生产使“物质”丧失了这种“诗意的感性光辉”“本质的全部丰富性”——由此来看，相对于用于“盖房子”，把再生材料用于雕塑艺术创作，建筑废弃之“物”获得了真正的“再生”“复活”“解放”而重新闪耀着“诗意的感性光辉”——这也是我在欣赏张宝贵先生雕塑作品时产生的感受，而在这种“物”的解放中，雕塑艺术家作为“人”也同时获得了“解放”——创造一种新的“材料语言”，其实也是在构建一种新型的“物”与“人”的关系，这对于思考人类与自然的未来命运有重要启示。

恩格斯指出：“要不是每一个人都得到解放，社会本身也不能得到解放。”（《马克思恩格斯全集》第20卷，人民出版社1971年版，第318页）面对现代化以来自然万物用完即弃而形成的巨量垃圾，我们今天也可以说：“要不是每一个物都得到解放，人本身也不能得到解放”——“人”的解放离不开“物”的解放，或者说，人类社会的解放离不开自然的解放。现代生产的一个重要后果是：不断产生巨量废弃物或垃圾并对地球生态造成严重破坏——当今许多生态主义者将此归咎于“人类（主体）中心主义”或人类征服自然的冲动，似乎现代生产只伤害了自然或物；而英国波兰裔社会学家齐格蒙特·鲍曼《废弃的生命》则揭示了问题的另一面：现代生产也造成了越来越多的“废弃的生命”；赫拉利《未来简史》预测：随着当今人工智能的进一步发展，未来将出现庞大的“无用阶级”——现代生产不仅造成越来越多的“无用”之“物”或“废物”，同时也造成越来越多的“无用”之“人”或“废人”，并且两者都面临着被抛弃的命运。

当然，另一方面，如果只看到现代资本生产对“人”的剥削，而没有看到其对“自然”的掠夺、对“物”的破坏，也是片面的：“资本主义农业的任何进步，都不仅是掠夺劳动者的技巧的进步，而且是掠夺土地的技巧的进步”，“资本主义生产发展了社会生产过程的技术和结合，只是由于它同时破坏了一切财富的源泉——土地和工人”（《马克思恩格斯全集》第23卷，第552—553页）——马克思不仅强调要把“人（工人）”从资本的破坏、掠夺中解放出来，同时也强调要把“自然（土地）”从资本的破坏、掠夺中解放出来——研究马克思的许多学者往往没有足够重视后一方面。从资本对自然物和人的影响看，在有利于自身增殖的前提下，资本确实是重视物力、人力的节约的，因为这种节约可以降低成本从而实现利润最大化；但是，如果不能使自身增殖，资本是根本不在乎物力、人力的巨大浪费的：使大量人口失业从而造成大量人力浪费，是基于成本核算；物品用完即弃而不回收、再生、再利用从而产生巨量垃圾，同样是基于成本核算或利润最大化逻辑。

“物质的原始形式是物质内部所固有的、活生生的、本质的力量，这些力量使物质获得个性，并造成各种特殊的差异……唯物主义在它的第一个创始人培根那里，还在朴素的形式下包含着全面发展的萌芽。物质带着诗意的感性光辉对人的全身心发出微笑。”（《马克思恩格斯全集》第2卷，人民出版社1957年版，第163—164页）“诗意的感性光辉”“物质的原始形式”，是物质内部所“固有”的、活生生的、本质力量，而人可以创造出“同人的本质和自然界的本质的全部丰富性相适应的人的感觉”（《马克思恩格斯全集》第42卷，人民出版社1979年版，第126页）——物质的“诗意的感性光辉”，也体现了“自然界的本质的全部丰富性”。但是，“私有财产不仅夺去人的个性，而且也夺去物的个性”（《马克思恩格斯全集》第3卷，人民出版社1960年版，第254页）；“钱是一切事物的普遍价值，是一种独立的东西。因此它剥夺了整个世界——人类世界和自然界本身的价值”，“在私有财产和钱的统治下形成的自然观，是对自然界的真正的蔑视和实际的贬低”（《马克思恩格斯全集》第1卷，人民出版社1956年版，第448—449页）——私有制和金钱制度，不仅是人的个性、人的生命力量被剥夺、“人类世界”本身价值被蔑视、贬低的社会根源，也是物的个性被剥夺、“自然界”本身价值即“诗意的感性光辉”“全部丰富性”被蔑视、贬低的社会根源。

从物与人的关系看，“只有当物按人的方式同人发生关系时，我才能在实践上按人的方式同物发生关系”，“私有财产的扬弃，是人的一切感觉和特性的彻底解放感觉为了物而同物发生关系，需要和享受失去了自己的利己主义性质，而自然界失去了自己的纯粹的有用性”（《马克思恩格斯全集》第42卷，第124—125页）——后者意味着“物”从“纯粹的有用性”中“解放”出来，这与前者即人从“利己主义性质”中彻底解放出来紧密联系在一起——但这双重解放，又需要客观条件——“资本”的历史使命就是创造这种客观条件，并且是通过创造并使用自动化的“机器”来完成这种历史使命的，但在这种创造过程中又出现了“异化”——马克思《1844年经济学哲学手稿》集中论述了这个概念，后来较少使用这个概念，但在被西方学者称作《政治经济学大纲》的手稿中，马克思非常明确地强调：“关键不在于物化，而在于异化”，“在于巨大的物的权力不归工人所有，而归人格化的生产条件即资本所有”（《马克思恩格斯全集》第46卷下册，人民出版社1980年版，第360页）——“物的权力”即所谓“物权”，尽管首先表现为对“物”的支配权，但实际上所体现的却是：一个人（尤其阶级）通过对“物（生产资料）”的支配来支配另一个人（尤其阶级）的权力，以及维护这种权力的经济社会制度——异化的根源就在这种人对人的权力支配关系（资本私有制所代表的就是这种权力支配关系），也正是这种权力支配关系，造成大量“废弃的生命”“无用阶级”“废人”，由此可见“废人不废人，不在人，在资本，在制度”——这同样也是造成“物”的异化而使之成为“废物”的根源，在此意义上，“废物不废物，不在物，在资本，在制度”——西方马克思主义和当今许多生态主义在这方面陷入了严重的误区：将“物”和“人”的异化的根源，归咎于现代科技、“机器”及其造成的人的“物化”或物的“人化”；而在马克思看来，人的解放离不开自身生命力量的“物化”，物的解放离不开自身物性的“人化”。

马克思也讲“人”“人类”的解放，但将其归结为“劳动”的解放，而人在劳动中支出的两种基本生命力量是体力与智力，资本主义生产“同时破坏了一切财富的源泉——土地和工人”，对工人的破坏就具体表现为：对工人体力、智力的蔑视、贬低乃至抛弃，从而使出卖体力、智力的劳动阶级成为“无用阶级”“废弃的生命”“废人”——而资本又是通过发展“社会生产过程的技术”即利用现代技术创造并使用自动化机器来这么做的：能量自动化机器“代替”人的体力，使出卖体力的劳动者（蓝领工人）成为废人而被抛弃；当今人工智能正在锻造智能自动化机器，也将“代替”人的智力，从而使出卖智力的劳动者（白领工人）也将成为“无用阶级”而被抛弃。传统体力劳动是一种“手工”劳动即 work by hand——能量自动化的 work by machine 代替的就是这种“手工”；传统智力劳动是 work by brain——与“手工”相对在汉语表述上似可将其译作“脑工”——当今人工智能作为一种智能自动化的 work by machine 也将代替这种“脑工”。“手工”与“脑工”可合称为“人工（work by human）”，现代机器经历了能量和智能自动化两次革命后，这种“人工”将被全面“代替”——当今中外许多人工智能研究者往往不加分析地认为：这种“代替”对人来说是“威胁”甚或“灾难”——研究能量自动化机器社会影响的马克思，则非常明确指出：“人不再从事那种可以让物来替人从事的劳动，——一旦到了那样的时候，资本的历史使命就完成了”（《马克思恩格斯全集》第46卷上册，人民出版社1979年版，第287页）——其中的“物”就是指高度自动化的机器。

马克思讲的是人不再从事那种可以让“能量自动化机器”这种

“物”来“替”人从事的体力劳动或“手工”劳动，而当今人工智能的进一步发展，将使人也可以不再从事那种可以让“智能自动化机器”这种“物”来“替”人从事的智力劳动或“脑工”劳动——与此连带的一个问题是：“手工”“脑工”进而全面的“人工”被全面代替后，人又将如何处置自身所固有的体力、智力？“自由王国只是在由必需和外在目的规定要做的劳动终止的地方才开始；因而按照事物的本性来说，它存在于真正物质生产领域的彼岸”，“在这个必然王国的彼岸，作为目的本身的人类能力的发展，真正的自由王国，就开始了”（《马克思恩格斯全集》第25卷，人民出版社1974年版，第926—927页）——高度自动化机器所“代替”的只是处在“必然王国”中支出体力、智力的“人工”，由此人不是不再发挥自身体力、智力了，而是转移到“自由王国”中去发挥了——这恰恰意味着包括“手工”与“脑工”在内的“人工”在自由王国中的“再生”“复活”和真正解放，进而也意味着劳动和人的真正解放——而前提是扬弃资本。

另一方面，同样可以说：“物”的异化，也只是发生在处在“必然王国”中的劳动中，而处在“自由王国”中人的劳动同时也将把“物”从“纯粹的有用性”中解放出来，意味着“自然界的真正复活”（《马克思恩格斯全集》第42卷，第122页），或者说，自然界的每一个物将在处在“自由王国”中的劳动中得到“复活”“再生”和“解放”，每一个物将重新展现自身“全面的丰富性”，并重新“带着诗意的感性光辉对人的全身心发出微笑”——资本的历史使命也为这种“物”的解放创造客观条件，而一旦创造出这种客观物质条件即高度自动化的机器，资本就应该也必将退出历史舞台，也只有让资本退出历史舞台，自然界中的每一个物和社会中的每一个人，才能得到真正全面的解放。

每一个人和每一个物的全面解放，还是未来远景，而张宝贵先生材料再生的企业生产实践，则初步展示了物的解放的可能性；将再生材料应用到雕塑等艺术实践，展示了让材料物重新闪耀“诗意的感性光辉”的可能性，同时也展示了艺术创造活动作为“人工”的解放进而“人”的解放的可能性——这种企业和艺术的双重实践，也就同时展现了“物”的解放和“人”的解放的双重可能性，进而也展现了构建“物”与“人”的新型关系的可能性，值得期待。

（刘方喜，中国社会科学院文学研究所研究员、马克思主义理论室主任）

张宝贵

# 低碳建筑的人文之思

我是学界圈外的人，没有上过大学。我是一九六八年去山西插队的北京知青，一九八七年回北京，到现在三十四年了，一直在昌平农村，我只能从个人经历角度发表肤浅见解。最开始我在畲砼屯一个小村子搞研究，一开始，我的研究跟学术、艺术、企业没有关系，只跟一个事有关系，跟活着有关系，我是为了活命才搞研究，不研究就做不出好东西，特别用水泥做雕塑，是个新鲜事儿，不研究，无路可走。三十四年过去，我明白了生存之道是大道，不管是社会的，还是个人的，大家都置身其中，在不同的经历中去感悟。

二〇二一年出现了一个时尚的说法叫“低碳”，我们开始进入这个轨迹，我的思路会围绕着低碳主题，展开联想，进行讨论。

最近意大利一个刊物叫做《domus》，它的主编是安藤忠雄。最近两期在报道我，第一期已经发表了，讲我的一个学术观点“后清水时代”“夯土不夯”，我讲的除了方法，主要是思考。我经常说一句话：“世间本无废物，废与不废，不在物，在于人”。

几十年，我是在一连串的接触与解读中明白了一些事情，和建筑师打交道过程中认识了建筑师，建筑师通过设计展现自身的学识、修养、理想和素质。而他们展现的的方法便是“迎合”——“迎合”当代价值观，“迎合”当代社会需求。“迎合”出于喜欢，就像母亲出于母爱去“迎合”孩子的需求一样，“情感是思想之母”不无道理，缺少乐趣的设计很难迸发火花。现在缺少乐趣的设计是常态、缺少乐趣的文章是常态，这种常态司空见惯，我想从“迎合”展开来谈些体会。

现实情况是，大部分时候我们不太愿意去“迎合”，习惯强调“主观”和“自我”，习惯张扬“个性”，就个人而言如此行为没有问题，只是以这种“少爱”的心态去面对一些事情往往会迷茫，自以为是会强烈，本来不是反而认为是。

作为一名材料商，为了生存，我不能过多彰显个人美学修养和过度主张，我们必须进入建筑师的思考模式，去“迎合”他们的深层需求，以便实现完成度更高、更符合现代要求的建造状态，因为只有这样，我们才能进入“角色”，才能缩短我们的设计和研发周期。在研发中放空自己，从比较主观进入比较客观，进入建筑思维，成为一种有灵性的“工具”，这是我的不二法则。看似被动，实则主动，在建筑师面前，我常能释放能量，惊醒他们，我们不自觉地互为欣赏。

齐欣说：“宝贵身上的朝气犹如沼气，一点就着。那火势之旺，足以将几百个听众闹得都跟吸了大麻似的，确信共产主义最迟明天，没准儿今儿个下午就能实现。而真正能燃爆宝贵的导火索是未知数。他属于探险家，听到不靠谱的事就抓耳挠腮，非得证明这事非但靠谱，而且板上钉钉。凭着这股激情和亢奋，凭借他对未知无尽而执着的探求，宝贵不辱使命，成为建筑师们的宝贝和贵人。”一旦材料供应商能把自己的才华和利益融入到整个建筑行为当中去，那么谁属于谁、谁是主体已不重要，一种相融的状态产生了力量，一滴水可以折射出太阳的光辉，折射也是一种价值。

我以为老子、庄子、孙子加在一块叫“老庄孙子”，装一天孙子容易装一辈子孙子难，这有调侃的味道，更实质的是一种认识、一种体验、一种定位。

我们用废料做的雕塑，送给了兰考三十件，没有收一分钱，为什么？不知道，六米高的雕塑放在兰考金牛湖公园，这是一种开始，是一种非策划的开始。

我心中的理想城市更趋向于张在元先生所著《非建筑》中的“森林之城”的状态。在“森林”之城人们栖居的城市与自然成长森林彼此联系，自然融合。这种状态不会是现在某些项目在建筑空间里面种一些树所能相提并论的，自然产生的，归于自然的，人们在自然中畅想和体验，这是一种道。

如果可以构想我们理想城市的蓝图，假设可以回归到人类美好的童年，呼唤童年的那份好奇心和想象力，也许会出现无尽的想象，那一会儿使我们从专业的束缚、从成功模式的束缚中走出来。如果有一种城市设计蓝图是为了解放和想象而制作的，它将唤醒沉睡的建筑，这一点对于设计特别重要，假如人们本身就不喜欢“童话和幻想”，那么将越来越离开建筑的本质，从某种角度说，解放了建筑师就是解放了城市设计。

其实解放了人就是解放了文化，当下很重要的一件事还是解放思想。《觉醒年代》这部电视剧写的特别好，陈独秀倡导的解放思想实现觉醒仍有当下意义，对于环保的态度需要思想解放，关注城市建设，也关注农村建设，把三十件低碳雕塑无偿赠予兰考，也许是一种觉醒，艺术的觉醒、低碳的觉醒，人的觉醒，这个行为把更多的人带入了“觉醒年代”，最初没有想这么多。

我知道很难在当下的现实环境中完成有些“梦想”，我接触的建筑师大多是理想主义者，虽然他们一直在理想与现实中挣扎，可不可以这样去认识，挣扎着的不是建筑师，而是城市，是社会的某个角落。我之所愿，未来的城市，抬头一看，便是浩瀚的星空。我之所愿，未来的环境，放眼望去，便是无际的草原。

我的心在天而脚行于地，始于创而成于恒，创新易，成功难，诱惑太多。

首先我要说自己是个信马由缰的人，喜欢就一些话题发表见解，我是外行人说外行话，所以无所顾忌，如果没有资本还放肆，那就真的是自信了。对于建筑师而言，无论是城市的更新还是复兴，如果仅仅纠缠于字面，纠结于概念本身，那么我们一开始在眼界上就窄了。我觉得面对城市的“更新”或“复兴”话题，首先要弄清楚我们到底在“更新”和“复兴”什么。我觉得归根到底也许是两个字——“活力”。如果一座城市没有了活力，“新”与“旧”又有什么区别？不论手段怎样，方式如何，设计师需要进入“生机勃勃”的创造状态。

对于我们每一个人而言，城市的“更新”与“复兴”，无时无刻不在发生着，它在“循序渐进”，它是一个不断发展的生命体，一种人类生存的方式，影响了我们的设计与思考，材料生产与创新，社会发展与变革等等。当然会出现矛盾、阵痛、纠结，这些是城市发展中的节奏和旋律。

很荣幸，在建筑师的推荐下，这次能作为材料供应商参与到首钢园区的更新改造工作中，我初步估算了一下，截至目前，我们共参与了包括网球馆、三高炉博物馆、冰球馆在内的五个建筑空间项目，材料总应用面积近三万平米。在首钢这个工业遗存项目中，面对着粗犷厚重的工业场景，建筑师用混凝土材料重新塑造了首钢的外立面语言，恰如其分地营建了整体的当下语境。

我们的材料其主要原料便是炸山后丢弃的石渣石粉，城市建设过程中出现的固体废弃物，比如砖瓦灰砂石等，一份水泥，三份固废材料，不但可以产生特殊质感，而且可以变废为宝，是一种节约资源的绿色材料，沿着这个思路发散开来，我觉得这种材料在首钢工业遗存的更新中表达了一种全新的语言，这种通过材料创造出的语言是绿色的，是顺应时代需要的。

我们用废料做的雕塑放在首都机场，国家大剧院的吊顶是我和农民一起做的。社会进步了，不然首都机场雕塑不会选择变废为宝的方法。大剧院音乐厅吊顶也不会选择农民来完成，所有的进步在于改变，改变习惯、改变意识。我们赶上了好时候，我们是幸运的。

首钢片区作为城市的重要一隅，同样也牵动和影响着城市整体更新的方向和气的社会习惯有关系。假如我们把已有建筑的存在方式也看成是一张白纸，把城市中已有的“荆棘丛生”也认为是原点呢？如何面对和解决这些既有存在，就需要我们扩大视野，放下许多，所谓放下，更多是内心的。

如果问我“城市更新”的未来趋势为何？我认为会题材丰富，不过一个重要内容是：绿色环保，变废料为原料。面对三万平米外墙板，毫无疑问，这便是当代的“首钢宣言”，更是新时代下的“北京宣言”，因为绿色可持续是唯一能与国际对话的“通行证”。这不是迎合，这是披荆斩棘，虽有风险，首钢先行一步。很可惜，由于我们自身表达的力度不够，没能让更多的设计师、业主乃至领导们注意到这一“语言”的可贵之处和重要性，我们需要把信息发散出去，影响更多的人。建筑除了设计和建造，还要学习传达的方法，持续发声，通过不断的呼吁和研究，用鲜活的语言引起有关层面对于可持续环保材料的关注。这里需要强调的是，环保是一种设计态度，是一种新的建造语言。在不久的将来，不管是艺术还是建筑，能够通过“材料语言”让绿色、低碳和环保理念成为社会、城市乃至国家的精神导向。环保材料不再只是一种物质，由表及里，由此及彼，是一种更接近时代本质的方法。

“真”与“假”是矛盾的，对立的，因为废料变原料，大家说这是假的，我就这谈个观点。所谓“真”和“假”一直困扰着人们，长期以来习惯强调材料的真实感。说实话，以我们现在的认识水平，仍无法分辨世界上很多事情的真假，材料领域同样如此。我们崇尚“真”，真材实料固然是好的，然而，现在的我们正面对着全球资源危机。城市快速发展进程中有很多废弃的材料，如果不利用，这些材料就会成为垃圾。这些废砖废瓦显然不能直接变成“真的砖瓦”，我们能做的只有将它们打碎，重新配比做成“假砖假瓦”、“假的夯土墙”等等，但其中的属性本源，孰真孰假，怎么界定？只是着眼于材料的初次使用价值？还是无限的使用价值？

我们除了服从于材料客观存在、客观审美，能不能主动起来让材料不断发生变化？变化是一种真，变化是一种美，变化是一种当代语言。

其实，在人类的历史长河中，人们一直都在探寻“真与假”的问题，人们寻找真理，寻找真实的建造语言。以前，真实材料到处都是，古人发明了很多方法，总结了“营造法式”，现在不同了，一切发生了变化，我以为，真实的语言也包括创造性的语言。然而，现实情况是，人们往往会对“真实”本身强加很多的要求和标准，比如价值观，习惯性审美等等。当人们对所谓的“真东西”附加无限要求时，其实就已经与另外一种真实擦肩而过了，相较于材料的真实性，创造力对于人类文明则显得更加重要。二十一世纪，很多事情在重新认识，这里改变的是一种习惯，新的习惯会重新记录建造现象。

传统的建筑材料，不过是在当时的经济和人文状态下，建筑语言的最佳表达形式，受制于当时人们的认知水平，一些现象成就了当时，影响了当下。如果在二十一世纪的今天，我们还静止地秉承传统的技艺和形式，忽略了当代语境下的创造性，那么那时的“真”也许会成为现在的“假”。

很多人开始意识到，如果我们只是停留于物质选择和营造习惯，多少会忽略精神层面的探索。我认为建筑之所以伟大，是因为它所承载的是那个时代的人们对于形式、逻辑、材料等多方面的思考，这也许是可以称之为文明的东西。材料的“真与假”是一种命题，有待去讨论，去认识，去提高。所谓的“真”和“假”的材料判断伴随历史的进程已显得不那么重要，重要的是审美观价值观已经开始发生变化，建筑是这种变化的一个重大载体。

建筑最重大的功能是记录历史，记录当时的社会现象、生产现象，技术现象、文明现象。我们把建筑只是看作一种技术问题、美学问题、价值问题，往往会被局限，文明需要睁开智慧的眼睛，捕捉一种当下的现象，梳理一种当代文明。

认识到建筑的本质，我们可以跳出“真假”命题的怪圈，因为对于城市发展而言，一切项目都处于新建与改造的交替之中，不管是“修旧如旧”还是“城市更新”，关键在于它是否有“灵魂”，在于建成之后是否被更多的人关注和议论，如果过分追求材料的真实性，又要追求绿色、环保、低碳，最终会让建造设计者无所适从，因此，我们要从各种伪命题中解放出来，这也是时代的需要。

建筑师在找，我们也在找，找什么谁也不知道，碰上了，就有了。从未知到已知是一种状态，从未知到未知是另一种状态，这种状态可以是物质空间的，也可以是虚拟空间的，看似虚拟反而实在，很多实践的过程形成了一种通道，这种通道孕育了许多可能，许许多多的未知刺激了思考，长期如此，回头一看，原来进入了一种空间，这种空间里充满了生机和活力。

建筑和建材行业在低碳发展过程中遇到的困难，分析其原因，主要还是源于“习惯”和“利益”。惰性思维使得我们习惯了对新生事物持观望态度，甚至还有偏见，各层面利益分配形成了纠葛，也造成了阻力。

解决这两个问题，我觉得最重要的便是做好科普工作，让更多的人从专业和技术的角度认识“低碳”，认识“绿色”。“双碳”不该只是个口号，而是切实的技术性问题，是个系统问题。

列举一些相关数据讨论一下。众所周知，建材行业是我国的碳排放大户，水泥则是重要一项，我们国家每年生产水泥 20 多亿吨，众所周知生产 1 吨水泥的过程会排放将近 1 吨二氧化碳，从这个数据来看，有效削减水泥使用量，进而减少水泥的生产量，将有效降低我国碳排放总量，这是贯彻“碳达峰碳中和”发展要求的一个重要内容。

首钢项目中，使用了近三万平米的轻型低碳混凝土板。与传统的十五公分厚的清水混凝土墙板相比较，生产一平米清水混凝土墙板需要耗费一百公斤水泥，也就是每平米清水混凝土板生产过程中向大气排放一百公斤二氧化碳，生产一平米轻型低碳墙板只需要二十公斤水泥。那么如果首钢使用三万平米清水混凝土墙板，便会向大气排放三千吨二氧化碳，现在使用轻型低碳混凝土墙板需要使用 20% 的水泥，也就意味着减少了 80% 的碳排放量，即减少了 2400 吨二氧化碳的排放。认识首钢外墙改造，除了建筑设计之美，还有材料语言之美，充分利用固废材料是一种美，减少碳排放量也是一种美。综合起来看，有数据可以证明首钢的改造项目称得上是国家低碳战略的一个典型经验。

相信在不久的将来，各个部门会把“双碳”的数值计算纳入到项目的考核内容中，做到有数可查、有值可依。另外，如果今后能在学校、企业以及科研机构进行相关内容的宣讲和普及，将废料再利用，减少水泥用量进而减少碳排放，用建筑设计激活思维，用鲜活的案例引发讨论，进一步影响习惯，用新的价值观平衡利益关系，让首钢这样的低碳案例“脚踏实地”地发生、发展、推广，也许一些新的设计理念会不断地呼之欲出，“世间本无废物，废与不废，不在物，在于人”。

环保是一个口号，可以去喊。环保是一个理念，可以去说。环保是一个课题，可以取得经费。环保是一个故事，正在悄悄地发生在四面八方。

以前的雕塑大部分都是真材实料，它们成为了人类的艺术宝库。以后也许会出现新的可能，大家开始用环保材料去做雕塑，进而表达一种探索，就像铜雕石雕是前人留给我们的一种记忆，环保雕塑也许会成为我们留给后人的一种新的记忆。当然，这需要一个漫长的过程，在这样的过程中会出现很多的故事，除了雕塑，除了环保，也许七仙女会再一次下凡，因为人间又有了董永。

（张宝贵，中国亚洲经济发展协会公共艺术委员会会长、中国雕塑企业工作委员会主任）

刘　武

# 低碳时代的“回归”

去年七月十九号，疫情还很严峻的时候，我们第一次来这里。这次看了工场的巨幅作品，听了介绍后特别感慨。张宝贵先生不只是材料建筑商，还是个艺术家，好多作品都是他自己设计的，非常具有创意。这次，又听他谈了对建筑、人生等方面的思考，使我的感受又加深了许多，觉得他不仅是材料建筑商，也不仅仅是艺术家，还是思想家、哲学家。他真是思考了很多很深刻的问题，就是说很多哲学家、社会学家、思想家考虑的问题，他同样在思考。这些问题现在来说不是那么热了，但在八十年代中期是很热的。当年我大学毕业后在南开大学当老师，搞文艺理论，教西方文论，当时我在《文学评论》《当代文艺思潮》等专业文学刊物上发表几万字的论文，题目都是《理想的迷惘》《怀疑的时代》《哲学时代：作为一种自足体的文学和文学理论》这样的。八十年代的时候，整个社会思潮都偏向理性，大家比较愿意思考这些问题，比如说人与社会、人与历史、生存与发展等等这些问题，都会引起大家竞相讨论。我当时被称为青年文学评论家，后来跨界做记者、影视去了，还搞过一些有关艺术方面的评论，但对这种思潮的演变仍保持着一种兴趣。

这次通过探讨，正好可以就这方面重新来思考一些问题。刚才我看到齐欣有个评价，说“宝贵身上的朝气犹如沼气，一点就着”。其中“沼气”这个词激发了我的联想。我的老家在湖南汨罗江，屈原投江的地方，那个地方六十年代末、七十年代初的时候，是全国应用沼气特别先进的地方，尤其农村搞得特别好。沼气就是通过把粪水发酵产生的可燃烧气体收集起来，废物利用，用来烧水做饭。那个年代没有天然气、煤气，很多地方电都没有，有电的地方还经常断电，需要点煤油灯、蜡烛。农村原来可以砍柴，但后来封山育林，不能砍了，农民没有东西烧了怎么办？有人说可以利用沼气，那时每家都有粪池，用塑料薄膜覆盖在粪池上面，再用塑料管引出里面的沼气就能点燃。

后来我多次回老家，发现当地在废物利用这方面做得特别好，二〇〇三年他们专门搞了一个再生资源园也叫循环经济园，三十平方公里，现有各类企业二百六十三家，其中规模企业一百一十七家，高新技术企业四十七家。他们搞各种废物回收、利用等等之类，形成了有色金属新材料深加工、高分子材料、电子信息三大产业链，建立了一个从回收、粗加工向中、高端产品转变的循环体系。

从宝贵先生的很多艺术作品中，我感觉其中带有楚风的味道，风格自然、狂野、粗放，耐人寻味，与我们老家的湘楚文化韵味非常契合。我们老家原来就有屈子祠，是纪念屈原的地方，现在这个景区进行了深度开发，扩展成了屈子文化园，占地一百四十亩，主体建筑面积 14118 平方米，总投资近两亿元，现在还在建设。我觉得张总设计的很多艺术品非常适合放在那里，与那里的文化气息、建筑风格相当吻合、贴近。

说起低碳时代的废物再利用这件事，我把展馆中的作品整个细看了以后，整体有一个强烈的感觉，可以概括为一个词，那就是“回归”。为什么叫回归呢？研究艺术方面的专家都知道，从最早的原始艺术来说，很多作品讲实话就是随手使用的材料，比如西班牙阿尔塔米拉洞穴壁画，是欧洲旧石器时代的作品，当时的史前人类想画画，用的所谓纸或画布就是墙壁，画画工具就是泥土或者石块，涂抹用的材料也是随机的，可能用的是牛骨、牛血或者其他动物的骨血等等。要说雕塑那就更典型了，现存最早的雕塑作品出现在新石器时代早期，其中有石雕、牙雕、木雕、泥塑等，后来的文字也是先刻在牛骨、龟壳等上面的。从这些现象我们可以确信，艺术的东西其实就是自然的东西，只是后来发展到一定程度我们才把它规范化、模式化。

像我们熟悉的油画、国画材料，最开始也不是现在用的这些。油画最初画在木板、墙壁、布料等材料上，颜料来源于植物、动物或矿物中。国画也同样如此，画在墙上、丝绸上、布上、木板上，颜料也是从各种动植物或矿物中提炼出来，完全是天然颜料，没有现代那种化工合成材料。到了后来，尤其是工业革命以后，好多东西就慢慢规范化了，被固定了，形成了某种思维定式，人们往往认为油画只能用画布来创作，国画也只能用宣纸来画，久而久之，就把创作道路弄得越来越窄，创作理念越来越狭隘，显然这就限制了艺术的发展。

近些年来时兴的现代艺术又在试图打破这个东西，比如装置艺术就非常典型，艺术家可以拿各种材料来创作艺术品，什么木头、石头、钢铁、布料、废纸等等都可以拿来做艺术原料。其实张总的这些作品，也可以称之为装置艺术，它符合装置艺术的一切特征：不拘一格的材料、立体的空间、材料的架构等等。显而易见的是，装置艺术家认识到原来那种艺术创作的局限性，所以他们选择用各种各样的材料来创作，打破固有的方法和意识，让艺术回归生活，回归历史，回归从前的文化传统。我们也可以看到，包括国画现在也在打破框框，一些国画家不再按照原有的方法去创作，他们试图将国画画到其他材质的东西上面去，或者尝试用别的材料来画国画，这其实都是艺术家有意识的一种回归。非常有意思的是，很多理论家声称这些艺术家的创作是“实验”，说他们是“实验艺术家”，好像这都是新的实验。其实在我看来，这不是实验，其实已经实验过了，人家已经做过了，你只是再回过去而已，把它重新弄过来而已。

这里我说一个艺术家，德国的西格玛尔·波尔克（Sigmar Polke），他是二十世纪最“贪婪”的实验艺术家之一。二十世纪八十年代，也就是我上大学的时候，波尔克就直接放弃油画布、蜂蜡等传统原料，用刮、吹、抹、擦等手法，在涂满树脂的染布上再铺满各种剂料，让整个画面变得半透明，经过温度、湿度和化学物质相互反应，令作品产生出奇异的新变化。此前，其最早的创意是在布面或俗气的装饰印花布上用点阵勾绘日常图案，他先是用画笔，然后再用网格板和喷枪在日常使用的花布上进行创作，或者用橡皮制成印模在纸上布上点阵，画面经三维方式叠层满铺装饰结点构成闪烁、驿动。此外，他还随手拿来日常的报纸、画报图片、连环画，还有十九世纪木刻作品集以及一些艺术大师作品的印刷图等，将它们作为素材拼贴成自己的光怪陆离之作，让拼贴的那些东西获得了全新的与原物毫无干系的意义。

不难看出，波尔克的作品就是着眼于打破业已僵化和固定的模式，采用人们意料之外的材料或手法去创作。从表面来看，似乎他是醉心于实验，但从内在追求来看，他其实是回归，就是回归到人类最原初的状态，把身边的一切物件或废材都当做可以制作艺术品的材料。二〇〇七年十一月份，他的作品曾在北京展览过，引起过国内不少艺术家的关注。他认为“艺术家的创作方式只有全面地开放，才能够将复杂的、全部意义已无法琢磨的，以及现实中隐匿的内涵，从潜在无限涵义的层面中剥离出来。”这样才能达到“要表现的就要自然表现。作品不是方案的僵死再现，而是不断追求不可预见性的延伸。”

另外再说一个与建筑相关的事情。最近我听了北京大学建筑与景观设计学院院长俞孔坚的一个演讲，他讲的东西特别有意思，联系到国内一些城市出现的洪涝灾害现象，他就讲到现代城市如何构筑防洪设施的问题，认为现在不少城市的防洪理念很值得怀疑。他举例说，有一个城市建了一个河道，原来的河道很自然，那个地方却花了两个亿建防洪堤，用水泥、石块砌好了两道长堤，说这个防洪堤要抗百年一遇洪水，甚至五百年一遇的洪水。俞院长去了一看便跟他们讲，百年一遇和五百年一遇的大堤建好了以后根本用不上，你建它干吗呢？你这个地方就是赶上一百年一遇的洪水，也不过淹掉一些地方而已，但是你建一个防洪堤就出现了很多问题，什么问题呢？当地农民说原来可以放牛，现在却放不了，因为都是水泥、石头，牛没有办法下到河里去吃草。动物学者说原来河里都有青蛙，现在却听不到青蛙的叫声了，因为青蛙在这里繁殖不了，以前小蝌蚪可以通过水面爬到河岸的草上面来，现在建了大堤以后，蝌蚪就上不来了，所以河里的青蛙也没有了。俞院长便说：我建议你们，已经花两亿建的这个大堤，你把它全部砸掉，我给你重新设计，让它保持河道自然的特点，我再给你们设计建设一些人工的东西，像步道、凉亭等等这些建筑，建了这些设施以后，老百姓平时都可以来游玩，即使发洪水的时候淹一下也没有关系，淹一两天、几天不会有太大影响，等水退了以后还是这样的自然形态。我觉得俞院长倡导的这种回归自然的理念特别有启发性。

宝贵先生的这些艺术品，用那些被人们看来无用的材料制作的作品，扭转了人们非常僵化的一种观念，即认为材料越好、越贵制作的东西就越牛掰。这种观念其实体现的是一种材料价值观，简单说就是，材料值钱，作品就值钱，材料贵，作品就贵。

不难看出，这实际上是商业社会的一种典型误导。按照现在流行的一个名词来讲，这其实是由“内卷”产生的。什么是内卷呢？比如说现在学生上学这件事，本来过去我们常态的学习是学校教育，老师在课堂上讲完后，大家共同学习再去竞争就可以了。但现在不是这样了，不少教育投资者开了大量课外学习班，吸引学生去培训，这样你花钱培训了，他也花钱培训，最后造成原来学校里的老师不好好教课，都跑到外面去搞培训，学生在学校也学不到关键的东西，必须去校外培训班补课，因而造成绝大多数学生都在课外学习班学习，这就是一种典型的内卷。当然，最近这种局面有了改观，高层领导看到了这种“内卷”的危害性，及时下令取消所有课外辅导，以减轻家长和孩子们的负担。

我看到相关的一个观点非常有道理，就是我们常讲日本人做事特别精细，一件事往往做到极致，包括德国人也特别精细、认真。这个观点讲实话说，德国、日本的这种细致入微其实也是高度内卷的结果，我觉得有一定的道理。就是说，在长期残酷的商业竞争中，德国人、日本人发现他们的产品如果做不到极致，就没有办法说他最牛气，就卖不出好价钱。如果他们强调某个产品坚持做了一百年，它是老品牌，用的材料是最真、最贵的，而且同样一个东西你工业化几个小时或者两天给弄完了，我这个东西用人工锤打半年或者三五个月，才把这个产品做出来，是不是人们才会认同我这个产品最地道、最值钱、最有价值？所以这个观点我觉得很有意思。

现代商业理论有一些就是这样的，为了强化某种东西的珍贵或者它的价值，所以就把它极端化。我看了张总的艺术品以后却体会到，从艺术角度来讲，有一些东西并不需要用那些昂贵的材料，比如你做某个东西的时候非得要用石材，我就一定要用最高级的花岗石，甚至可能是国外进口的花岗石。这样的目的只是为了抬升作品的价值，而不是按照实际需要去考虑这个花岗石搁在那个地方有什么用处？需要用那么坚硬材质制作的产品搁在那个地方吗？所以这样看来，疯狂的内卷会造成某种极大的浪费，除了浪费资金、浪费精力、浪费时间之外，还会产生制造方面的污染等问题。

在追求低碳的社会和时代中，张宝贵先生制作的这些艺术品实际上让很多人去思考，为什么很多建筑学家都觉得他的作品好？为什么值得推广？从另一个角度来看，是他解决了建筑材料领域里面很多解决不了的一些关键问题，因为建筑这个东西讲究承重，我们盖一个高楼，像迪拜那样盖一个一千米的高楼，材料的承重就很是问题。建筑商必须找到有韧性还要轻便的材质，因为越往上盖重量越重，压在底下的材料就越要抗压，要考虑地基挖多深才行？建筑商都需要考虑这些问题，考虑去找最好、最简易、最轻便又最抗压的材料。但是这些材料在哪呢？实际上张宝贵先生就发现了它们，它就在我们身边，既低碳，又环保，还便宜，却被很多人忽视了。实际上，张先生就是用人们废弃的传统材料，通过深加工，通过一些新的技术手段把它做成了一种“新材料”，并用这种材料创作了大量独具价值的艺术品，这些都是特别难得的。

最后总结一下，这从本质上看就是在低碳时代一个向自然回归的过程，也就是在现代社会螺旋式上升发展后，建筑材料革命回归到原初的本体，这种回归正是我们现在应该提倡、追求的一种理念，张宝贵先生恰好用自己大量的成功作品实践并印证了这种理念。

（刘武，艺术评论家、原《中国青年报》经济部主任）

张朝阳

# 两湖地区秦汉简牍考释札记三则*

本文讨论湖北荆州胡家草场西汉墓 M12 出土简牍、湖南长沙五一广场东汉简牍、湖北云梦龙岗秦简的三则资料。认为胡家草场西汉墓 M12 出土简牍之“卫官令”当为“卫宫令”，《五一广场东汉简牍选释》简 63 之“解”并非人名，龙岗秦简记录的禁苑管理法规比较《孟子》反映的齐国法规更宽容。（关键词 卫宫令 解 禁苑管理 简牍）

自湖北云梦睡虎地秦墓竹简以来，两湖地区大量出土秦汉简牍，成为学界研究秦汉史的宝库。本文讨论湖北荆州胡家草场西汉墓 M12 出土简牍、湖南长沙五一广场东汉简牍、湖北云梦龙岗秦简的三则资料，包括释文的商榷以及出土文献与经典的对读，以求证于方家。

## 一 胡家草场西汉墓 M12 出土简牍之“卫官令”当为“卫宫令”

二〇二〇年发表的《湖北荆州市胡家草场西汉墓 M12 出土简牍概述》（以下简称《概述》）介绍了荆州新出汉代简牍，史料价值极大，其中一组《卫官令》引起笔者的关注。《概述》介绍说，

* 本文为国家社科 2019 年一般项目“新出土简牍所见东汉长沙郡商业研究”阶段性成果（19BZS036）。

该令记载了“官吏出入宫殿、司马门等处的仪态、着装及在殿中的举止规范，出入宫门者所用的凭证，宫门守卫人员的编制及其所用兵器等”。[1] 这的确是非常重要的发现，为我们理解汉代宫廷管理提供了最新鲜、最确凿的文献证据。但《卫官令》的“官”字（）有误，应当隶定为“宫”字，即《卫宫令》。

首先，该令的内容显然关涉宫殿管理，而传世文献记载有《宫卫令》和《越宫律》。《汉书·张释之传》注引：

> 如淳曰：“《宫卫令》：诸出入殿门、公车司马门者皆下，不如令，罚金四两。”[2]

这段内容规范了出入殿门、司马门的举止。另据《晋书·刑法志》，汉武帝曾命令张汤编纂《越宫律》二十七章。[3] 律文已遗失，沈家本辑佚三十三条，其中有“无引籍不得入宫司马、殿门”[4]。可以看出，《宫卫令》、《越宫律》关注的对象都是“宫”，都涉及出入司马门和殿门的行为举止，和《概述》所揭示的信息非常契合。由于传世文献这两条资料皆称“宫”而非“官”，则《概述》所透露的相关规范极可能称为《卫宫令》。

其次，仔细辨认字形，可以看到，原字（《概述》图版5.3）不当隶定为“官”而应该为“宫”字。虽然“宫”与“官”有些近似，容易混淆。但《概述》图版4.1有“官大夫”给我提供了

---

[1] 李志芳、蒋鲁敬：《湖北荆州市胡家草场西汉墓M12出土简牍概述》，《考古》2020年第2期。

[2] 这条资料经简帛网网友林少平指出，表示感谢。

[3] 《晋书·刑法志》，中华书局2010年版，第922页。

[4] 沈家本：《历代刑法考》，中华书局1985年版，第858、1664—1679页。

字形的参照对象。其“官”字写作,① 明显与在用笔和笔画上不同。据此可以排除“官”，则应该为“宫”。

因此，笔者认为胡家草场西汉墓 M12 的“《卫官令》”应该是《卫宫令》。《卫宫令》很可能又称《宫卫令》，是西汉初既有的宫廷管理规则②，在武帝时代系统化为《越宫律》。

## 二 《五一广场东汉简牍选释》简 63 之“解”并非人名

2015 年刊布的《五一广场东汉简牍选释》（以下简称《选释》）有这样一则资料，笔者认为整理者对别个字句的解释和句读存在一些失误。录文如下：

> □便因缘。都解止通舍数日。债代南山乡正，随佐区盱在乡。到九年九月中复还。解通以庸债、贩卖为事。通同产兄育给事府，今年五月十日受遣将徒③

整理者以为，“都解止通舍”和“解通以庸债、贩卖为事”的“解”是人名。按这个理解，则这段文字中出现五个人名：“都”、“解”、“通”、“区盱”、“育”。这五人之间的关系如下：“都”和“解”两人暂住在“通”的宅舍中，之后跟随南山乡乡佐“区盱”到南山乡正处借债（或讨债）。到了九年九月中，返还。“解”和“通”两人以庸债、贩卖为业，“通”的兄长“育”在郡府当差。

表面上，这样理解似乎通顺，但考诸五一广场简牍用例，“解”

---

① 《概述》图版 4.1。

② M12 出土历日简的纪年上限为汉文帝后元元年。

③ 长沙市文物考古研究所等编：《五一广场东汉选释》简 63，中西书局 2015 年版，第 23 页。

与“止”一般连用，用作休止的意思，因此“解”并非人名。下面试举几例：

(1) 郭亭部市不处姓名男子鲜鱼以作炙今年正月不处日持随漻溪水上解止徐舍（《五一广场东汉简牍［壹］》简91[①]）。

该记录中，某男子将鲜鱼制作成鱼炙，然后随某溪水而上“解止”徐某的宅舍中。此处的“解”显然不是人名，而是与“止”连用，作休息之义。

(2) 延平元年二月不处日艾男子文度与项、项兄租俱来解止牧舍（《五一［壹］》简346）。

延平元年二月，来自艾县的男子“文”、“度”与“项”及其兄长“租”一起“解止”在“牧”的宅舍。此处的“解”亦显然不是人名，而是与“止”连用，作休息之意思。

(3) 过闻知其日往之福所，解止私舍欲责福钱，不见福（《五一［壹］》简362）

这个记录中，一位名叫“过”的债主向债务人“福”讨债。他打听到福的消息，于是前往福的住所，“解止”在福的私宅中，但没有遇到福本人。这个“解止”显然是停留的意思。

---

① 长沙市文物考古研究所等编：《五一广场东汉简牍［壹］》简91，中西书局2018年版，第20页（以下简称《五一［壹］》）。未避免无谓的重复，以下引用《五一［壹］》皆不著录页数。

（4）男子赵寿辞□□钱七万一千不解止男子葱初舍（《五一［贰］》简702[①]）。

这是男子赵寿的口供，自称携带71000钱，不曾“解止”在葱初的宅舍中。此“解止”显然是休息、住宿的意思。类似用例，五一简还有很多，恕不赘举。

从以上用例中，我们不难看出：“解”与“止”连用；“解止”是动词，具有休息、停留的意思。传世文献亦有例为证。《周礼·天官·掌舍》有“掌舍：下士四人……”，郑注：“舍，行所解止之处”。[②] 郑玄将“舍”理解为出行时所“解止”的地方，显然“解止”这个词应当被理解为休息的意思。传世文献中，“解止”有时也写作同义词“解休”。例如，王充在讨论大儒董仲舒是否勤奋攻读，以至于三年不看菜园一眼时，说到：

仲舒虽精，亦时解休。解休之间，犹宜游于门庭之侧；则能至门庭，何嫌不窥园菜。[③]

王充认为，虽然董仲舒非常勤奋精进，但也有“解休”之时。这个“解休”显然就是休息的意思。“休”与“止”同义。例如《吕氏春秋·慎大览·下贤》：

---

① 长沙市文物考古研究所等编：《五一广场东汉简牍［贰］》简702，中西书局2018年版，第153页。

② 孙诒让：《周礼正义》卷11《天官·掌舍》，中华书局1987年版，第423页。

③ 黄晖：《论衡校释》卷8《儒增》，中华书局1990年版，第374页。

万乘之主，见布衣之士，一日三至而弗得见，亦可以止矣。①

高诱注曰："止，休也。"所以"解止"就等同于"解休"。

因此，笔者认为：《选释》简63的"解"应该不是人名，"解通以庸债、贩卖为事"的断句有误。该句当以"通"为主语，为起首，而"解"则应归于上一句，是"解止"之省略（或书手漏写"止"字），因此当修改如下：

□便因缘。都解止通舍数日……到九年九月中复还解。通以庸债、贩卖为事……

如此断句之下，这整段文字当理解为："都"在"通"的宅舍中休息（解止）数日，之后去南山乡讨债（或举债），到了9年9月中又回到"通"的宅舍休息（复还解）。通以庸债、贩卖为谋生之道……

## 三　由龙岗秦简对读《孟子·梁惠王下》齐宣王之囿

《孟子·梁惠王下》记录了一段孟子与齐宣王的经典对话，为人所耳详熟知：

臣始至于境，问国之大禁，然后敢入。臣闻郊关之内，有囿方四十里，杀其麋鹿者，如杀人之罪。则是方四十里为阱于国中，民以为大，不亦宜乎？②

① 《吕氏春秋》卷15《慎大览·下贤》，上海书店1986年版，第166页。

② 杨伯峻：《孟子译注》卷2《梁惠王下》，中华书局1960年版，第29页。

当时齐宣王很不理解一个现象：自己的苑囿方圆四十里，远比周文王的苑囿小，为何民众还抱怨说太大。于是孟子趁机揭示了周文王与民共享的仁政道理。这段对话不经意间透露了彼时齐国的禁苑管理法规：猎杀禁苑的麋鹿等同于杀人之罪。由此可推导出：触犯者当处以死刑。这样的法规显然非常残暴，将百姓性命等同于动物。

据梁涛先生《孟子行年考》，这段对话大约发生在公元前318年，[①] 距秦商鞅变法并不遥远。笔者好奇当时秦国的禁苑如何管理？在这个问题上是否同样残暴呢？虽暂无直接相关资料，但大约一个世纪后的湖北云梦龙岗秦简中，出现了大量关于禁苑管理的法规。相比之下，显得人道很多。律文虽然划定了一定范围的禁区，禁区内禁止狩猎动物。但常留有一些余地，有些情况下允许捕猎特定的动物。例如：

> 时来鸟，黔首其欲弋射耎兽者，勿禁（简32）；取其豺、狼、貙、豣、狐、狸、縠、雉、兔者毋罪（简34）。[②]

尤其值得关注的是，秦律对偷猎者并不适用死刑。龙岗秦简33规定：

> 鹿一、彘一、麋一、麃一，狐二，当完为城旦舂。

按《龙岗秦简》编者的解读，这条律文规定了对偷猎的处罚：偷猎

---

① http://www.chinakongzi.org/guoxue/lzxd/200705/t20070520_15239.htm.

② 中国文物研究所、湖北省文物考古研究所：《龙岗秦简》，中华书局2001年版，第85—86页。以下引用龙岗简文皆不再著录页数。

鹿一头、麂一头、麇一头、麃一头，狐二只者，当完为城旦舂。[①] 该律文提到的“麃”与《孟子》中的“麇”是同一种动物[②]，“城旦舂”则是远较死刑为轻的徒刑。可见，在秦代偷猎禁苑的麇鹿，并不被视为杀人之罪，不被处以死刑，刑罚远较齐宣王为轻。

龙岗秦简之规定是当时的新规定，还是承袭了商鞅变法以降秦国禁苑管理的法规？我们无法断定。但管中窥豹，相对于战国时代齐国法律，我们发现秦律似乎更加人道些。

以上三则小札实为笔者阅读秦汉简牍的一得之愚，涉及文字考释、文义解读、出土文献与传世经典对读，不妥之处，还望方家指正！

（张朝阳，上海交通大学教授）

① 中国文物研究所、湖北省文物考古研究所：《龙岗秦简》，中华书局 2001 年版，第 85—86 页。

② 《史记·孝武本纪》载“其明年，郊雍，获一角兽，若麃然”，《集解》引韦昭曰：“楚人谓麇爲麃”（中华书局 1959 年版，第 457 页）。

王瑞蕾

# 北魏宗室安定王元燮石刻题记研究*

龙门石窟古阳洞宗室题记中，有三品安定王元燮相关题记，其中两品是安定王元燮为其父母所记，一品是安定王元燮为其女夫所记。目前史学界对于这三品题记的研究仍然有待深入。古阳洞中三品元燮相关题记补充了北魏宗室安定王家族世系，即补充并印证了元休及元燮的官职仕宦，考证了安定王妃族属。元燮相关题记反映了北魏复杂的民族关系和政治形势，即北魏利用宗室与周边民族联姻，以及传播佛教等手段加强对周边民族的统治。（关键词　北魏　宗室　安定王　元燮　题记）

龙门石窟是闻名世界的中国三大石窟之一，其最大特点即保存有数量众多的石刻题记。龙门石窟开凿最早的是古阳洞，约开凿于北魏孝文帝迁都后。古阳洞是北魏中晚期龙门最重要且唯一的造像中心，保存有大量的北魏石刻题记。古阳洞共有石刻题记六百八十五品，其中有纪年的题记一百零九品，占了整个龙门石窟有纪年题记的七分之一。古阳洞一百零九品有纪年的题记中，北魏时期的有九十九品。这些题记时间确切、内容丰富，对于补充北魏中晚期历史具有极为重要的价值。龙门古阳洞北魏石刻题记供养人涉及元魏

* 本文系河南省博士后科研项目《龙门石窟石刻文献所见丝路沿线外国与少数民族资料整理及其文化内涵研究》（19030102）。

宗室贵族、西北少数民族、中原汉族官员、北魏社邑等各个阶层，内容涉及政治史、民族史、社会史各个领域。

古阳洞有石刻题记的元魏贵族共四位，按照辈分排列分别是安定王元燮，相关石刻题记两品；广川王元略（贺兰汗），相关石刻题记七品；齐郡王元祐，相关石刻题记两品；北海王元详，相关石刻题记四品。

## 一　题记录文与学术史回顾

龙门石窟古阳洞有三品安定王元燮刊刻的题记，分别是正始年间和永平年间为其父母造像题记以及为其女婿造像题记，现按时间顺序分别逐录如下：

1.《安定王元燮为亡祖亡考亡妣造像记》

题解：高二十七厘米，宽五十厘米。古阳洞南壁往上到窟顶。

录文：魏圣朝太中大夫，安定王元燮仰为亡祖亲太妣、亡考太傅静王、亡妣蒋妃及见存眷属，敬就静窟造释迦之容并其立侍。众綵缘饰、云仙焕然。愿亡存居眷，永离秽趣，升超遐迹，常值诸佛，龙华为会。又愿一切众生，咸同斯福。正始四年二月中讫（公元507）

2.《安定王永平四年（公元511）造像》

题解：位于古阳洞南壁，已于民国初年被盗凿，古阳洞现仅存其被盗后的残坑石壁。

录文：皇魏永平四年岁次辛卯十月十六日，假节、督华州诸军事、征虏将军，华州刺史安定王仰为亡祖亲太妃、亡考太傅静王、亡妣蒋妃敬造石窟一躯。依岩褒岸，刊崇冲室、妙镌灵像，外相显发、工绘严仪，凝华□极。敬恃此福，上资先尊。愿使舍此尘躯，即彼真境。□趣六通，明嘱无碍，值迁弥勒，早登十地。又愿居眷吉祥照看，永祚山河。□□□世一切含生，普同斯愿。

3.《安定王为女夫间散骑造观世音像记》

题解：古阳洞北壁

录文：安定王为女夫间散骑□考入法敬造观世音像二躯，圣日聿真相景发，妙极天华含生仰化，愿使间散骑缘此入法之功，当令永离尘躯，即真无疑，开明玄门，常为龙华唱首，又愿缘眷万善，归祐吉利，征集一切群生咸同兹愿。

以上三品题记的镌刻者安定王元燮，生年不详，卒于北魏延昌四年（515年）。元燮的爵位是继承其父亲元休而来。安定靖王元休，是景穆皇帝拓跋晃与孟椒房之子，文成皇帝拓跋浚之弟。元休在文成皇帝拓跋浚、献文皇帝拓跋弘期间并无太大作为，在孝文皇帝拓跋宏即位后，日益崭露头角，深得孝文帝信任，随孝文帝南征北战，积极支持孝文帝汉化政策。元休于孝文帝迁都后不久即去世。爵位被其次子元燮继承，第二任安定王元燮在宣武帝元恪时期得到重用，正始年间势力较盛。

考察安定王元燮相关学术史，笔者发现学术界对安定王元燮的研究非常之少且不够系统、深入、全面。以往学界关于安定王元燮的研究成果如下：温玉成《龙门古阳洞研究》第一四○页到一四一页对元燮世系作一简要介绍。阎文儒著《龙门石窟研究》中的“古阳洞及慈香窟中二十品考释”第三十一页对元燮世系简要介绍，对题记录文简要翻译。张乃翥的《从龙门石窟造像遗迹看北魏民族关系中的几个问题》第三十四页对安定王元燮女夫间散骑之族属做了简要考证。除了以上研究，关于龙门石窟古阳洞元燮题记的研究，再无其他。

安定王元燮是古阳洞所有宗室造像题记中辈分最高者，且是古阳洞中唯一一位为女夫造像者。笔者考证三品题记，认为关于安定王元燮的相关造像题记，仍然有多处细节值得深入探讨研究，故本文选定龙门石窟古阳洞安定王元燮相关造像题记进行专门的历史学研究，深入挖掘题记的史料价值，以期补充传统史籍记载之缺。

## 二　史料价值与学术意义

古阳洞有关安定王元燮的题记具有重要的史料价值和学术意义，我们可以从以下几个方面进行分析和说明。

第一，题记反映了安定王家族世系等重要信息。

第一任安定王元休。《安定王元燮为亡祖亡考亡妣造像记》、《安定王永平四年（公元511）造像》中的“亡考太傅静王”，即《魏书》所载元燮之亡考元休，谥号靖王。可见，北魏时“静”和“靖”或可通用。

元燮之亡考元休为第一任安定王，是景穆皇帝拓跋晃与孟椒房之子，文成皇帝拓跋浚之弟。《魏书》“景穆十二王”载：“景穆皇帝十四男。恭皇后生文成皇帝。……孟椒房生安定靖王休。”关于椒房，《魏书》载：“魏旧太子后庭未有位号，高宗即位，恭宗宫人有子者，并号为椒房。”可见安定靖王元休的母亲孟椒房为宫人怀孕生子，其地位在后宫并不高，所以其子元休在众多皇子中地位亦不高。

第一任安定王元休的生辰在史料中并无记载，元休的父亲景穆皇帝拓跋晃生卒年为公元四二八至四五一年七月，那么元休一定是在公元四五一年之前出生。又根据“高宗文成皇帝，讳浚，恭宗景穆皇帝之长子也。母曰闾氏。真君元年六月生于东宫。”拓跋浚是元休的大哥，生于真君元年六月，那么元休肯定晚于真君元年（公元440）六月生。由此推断元休生辰年应在公元四四〇年六月之后到公元四五一年七月之前。

元休的大哥，文成皇帝拓跋浚（公元440—465），公元四五二年即位。在位期间，并未对皇弟元休进行分封与任用，很可能由于兄弟二人年龄相差比较多，拓跋浚在位期间，元休未及成年。

献文皇帝拓跋弘（454 年—476 年），公元四六五年即位，于皇兴二年（公元 468）秋九月辛亥，“封皇叔桢为南安王，长寿为城阳王，太洛为章武王，休为安定王”。元休“拜征南大将军、外都大官”。献文帝拓跋弘皇兴年间才对其几位皇叔进行分封，可见在献文帝皇兴年间其较小的皇叔才陆续成年，此时元休亦成年被献文帝封为安定王。献文帝拓跋弘四六五年—四七一年在位，在位时间较短，元休等诸王并无太大机会与时间建立功业。

献文皇帝拓跋弘之后是孝文皇帝拓跋宏。孝文帝在位期间，元休年纪刚好，又遇孝文帝一代明君。元休积极向孝文帝靠拢，极力支持孝文帝各项改革措施，与孝文帝关系日益密切，成为孝文帝的心腹之臣。《魏书》元休本传记载元休“高祖初，库莫奚寇边，以休为使持节、侍中、都督诸军事、征东大将军、领护东夷校尉、仪同三司、和龙镇将。”元休抚防有方，贼乃款附。入为中都大官。蠕蠕犯塞，出为使持节、征北大将军、抚冥镇大将。休身先将，击虏退之。入为内都大官，迁太傅。及开建五等，食邑二千户。可见，元休终于在孝文帝在位期间展露头脚，为孝文帝南征北战、安定边塞，其官职嘉赏节节攀升，政治地位日益提高。

尤其是在孝文帝太和年间，安定王元休的政治地位达到了顶峰。孝文帝各项重要举措，元休均有重要执掌。如元休跟随孝文帝南伐，之后在太和十六年（公元 492）冬十月“己亥，以太傅、安定王休为大司马。”此时安定王元休已经跻身于大司马之位。再如孝文帝太和十有七年（公元 493）迁都洛邑，元休“从驾幸邺”。冬十月乙巳，孝文帝“命休率从驾文武，迎家于平城。高祖亲饯休于漳水之北。”迁都洛阳是孝文帝汉化政策中的重中之重，元休不仅跟随孝文帝做迁都洛阳之前的考察工作，还亲自护送孝文帝家眷迁都洛阳，可见孝文帝对元休的重视与信任。

与此同时，元休的各项举措也得到孝文帝的认可，如元休治军严格。高祖南伐之时，军中出现窃贼，高祖认为可赦免，元休坚持将窃贼问斩。元休说："陛下将远清衡霍，故亲御六师，跋涉野次。军行始尔，已有奸窃，如其不斩，何以息盗？请必行刑，以肃奸慝。"孝文帝以宽仁著称，认为窃贼之事可不予问斩，于是诏曰："大司马执宪，诚应如是。但因缘会，朕闻王者之体，亦时有非常之泽，虽违军法，可特原之。"休乃奉诏。高祖谓司徒冯诞曰："大司马严而秉法，诸军不可不慎。"于是六军肃然。

第一任安定王元休于高祖孝文帝太和十八年（公元494）患病并很快病逝。安定王元休生病后，孝文帝亲自登门探望，寻医问药。《魏书》载："休寝疾，高祖幸其第，流涕问疾。中使医药，相望于路。秋七月乙亥元休薨。"元休薨时大约43—54岁，正是年富力强之际，并且是孝文帝重要的辅政大臣之一，所以孝文帝对于安定王元休的突然离世非常悲伤。孝文帝对元休的葬礼非常重视，给予其很高待遇。《魏书》："赠帛三千匹。自薨至殡，车驾三临。高祖至其门，改服锡衰，素弁加绖。皇太子、百官皆从行吊礼。及将葬，又赠布帛二千匹，谥曰靖王。诏假黄钺，加羽葆、鼓吹、虎贲、班剑六十三人，悉准三老尉元之仪。高祖亲送出郊，恸哭而返，诸王恩礼莫比焉。"

世宗世，准许安定王元休"配飨庙庭"。此时已经是第二任安定王元燮，可见宣武帝与元燮关系亦非常密切，所以才赠其父亲元休牌位进入太庙。

从史籍记载可见，第一任安定王元休在文成皇帝拓跋浚在位期间，年龄尚小，未及封爵。在献文帝拓跋弘在位期间，已经成年，被封为安定王。在孝文帝拓跋宏太和年间，尤其是太和末年日益受到重用，跟随孝文帝南伐、拥护孝文帝迁都、治军方法得到孝文帝认可等，元休此时已经成为孝文帝之心腹。元休太和十八年的离世使孝文帝失去一位得力助手，孝文帝悲伤不已。

据题记载，安定王元休的王妃为蒋氏。史籍并无记载，可以推知蒋氏并不是出自世家大族，应为普通的地主出身。龙门石窟古阳洞安定王石刻题记可补充安定王世系。

安定王元休是最早一批随孝文帝迁都的宗室之一，但迁都当年即去世，安定王妃蒋氏应也未及迁都即去世，所以未来得及在古阳洞中造像题记。

第二任安定王为元燮。元休的长子元安，幼年早卒。元休次子为元燮，继承安定王爵位。以上三品题记均为元燮所造。《魏书》载："元燮，除下大夫。世宗初，袭拜太中大夫，除征虏将军、华州刺史。"

正始四年（公元507）二月所造的《安定王元燮为亡祖亡考亡妣造像记》发愿人为"魏圣朝太中大夫"元燮。即直到宣武帝正始四年，元燮仅是袭安定王爵位，除下大夫、袭拜太中大夫，官职在宗室亲王中并不很高。可见安定王家族在元休薨后，宣武帝年间并未非常显赫，在古阳洞造像题记中，安定王相关三品题记也未占据最有利位置。

大约在正始四年二月《安定王元燮为亡祖亡考亡妣造像记》落成之后，到正始最后一年，即正始五年（公元508）年八月，元燮"除征虏将军、华州刺史。"任华州刺史期间，元燮分析州治地理位置之优劣、历史传统之沿袭，根据州治特点，借鉴冯翊治理经验，进行整治，如元燮对州治进行工程营建、开凿水井、疏通水道，惠及百姓。最终得到宣武帝认可。

《魏书》："后除征虏将军、豳州刺史"。应是对其治理华州期间行之有效的政治举措的肯定，官职再升一级。《安定王永平四年（公元511）造像》题记载："皇魏永平四年岁次辛卯十月十六日，假节、督华州诸军事、征虏将军，华州刺史安定王。"即在上一品题记公元 507 年 2 月完成之后，到这一品题记公元 511 年 10 月之间，安定王元燮不仅任华州刺史，后又任豳州刺史，并任假节、督华州诸军事、征虏将军。

《魏书》：“延昌四年（公元 515 年）薨。赠本将军、朔州刺史。”

宣武帝在位期间，主要任用孝文帝钦定的叔辈辅政大臣，对安定王元燮并无非常重要的任职。宣武帝在正始年间，对孝文帝钦定的八大辅政大臣进行了血洗清除，之后的重要官员任用中，亦未见元燮任重要职任，可见安定王元燮虽然是北魏宣武帝时期资格最老的宗室，但宣武帝在血洗八大辅政大臣之后，应对权臣采取压制措施，所以元燮并未有太大机遇任职高位。

第二任安定王元燮的王妃为高氏，《魏书》安定王元燮本传并无记载，而据北海王元详本传记载：元详“蒸于安定王燮妃高氏，高氏即茹皓妻姊。”可知安定王元燮的王妃为高氏，是权臣茹皓妻子的姐姐。

元燮的儿子元子超，字化生。肃宗初袭封安定公。元子超的儿子元孝景，袭封安定侯。至此，安定王家族势力衰落。

第二，题记反映了北魏皇室内部关系。安定王元燮相隔四年两次为其父母造像题记，正始四年（公元 507）二月和永平四年（公元 511）十月十六日，应是安定王元燮两次重要的职务任命，元燮深感荣耀，所以在古阳洞为其父母先辈造像题记。即使安定王元燮并未进入宣武帝的核心统治集团，但元燮仍然是积极支持宣武帝各项政策的皇室贵族，所以才在古阳洞扩展期工程中题记三品，且占据较为有利的古阳洞南壁及其以上至于窟顶的位置。

第三，题记反映了北魏复杂的民族关系。

安定王元燮是唯一一位为其女夫造像题记的北魏皇室贵族，安定王元燮为其女婿在古阳洞造像题记一定有其深层次的政治目的。

安定王元燮的女夫间散骑，其姓为间氏，官职至散骑。据《魏书》《北史》载，闾氏为蠕蠕郁久闾氏的皇族姓氏，在蠕蠕归附北魏鲜卑，与鲜卑联姻通婚后改为闾氏。《魏书》："蠕蠕，东胡之苗裔也，姓郁久闾氏"。"景穆恭皇后郁久闾氏，河东王毗妹也。少以选入东宫，有宠。真君元年，生高宗。世祖末年薨。"从《魏书》记载我们可知：郁久闾氏是蠕蠕，即柔然的皇族姓氏。景穆皇帝拓跋晃的皇后为恭皇后郁久闾氏，是河东王郁久闾毗的妹妹。

又根据《北史》记载："高宗文成皇帝讳浚，景穆皇帝之长子也。母曰闾氏。"可知此处高宗文成皇帝拓跋浚的母亲闾氏，即上文《魏书》中的郁久闾氏，可知蠕蠕皇族姓氏在蠕蠕归附北魏鲜卑皇室，联姻通婚之后，即由原来的郁久闾氏改为闾氏。

《北史》"外戚传"载："闾毗，代人，蠕蠕主大檀之亲属，太武时自其国来降。毗即恭皇后之兄也。后生文成。"也可印证此处的闾毗即《魏书》所载的郁久闾毗，此时郁久闾氏已经改为闾氏。

由以上材料可知，郁久闾氏是蠕蠕的皇族姓氏，在蠕蠕归附北魏之后，与北魏皇室政治联姻的蠕蠕郁久闾氏改为闾氏。

那么，安定王女夫闾散骑很可能为柔然郁久闾氏后裔，安定王元燮作为北魏鲜卑皇族，其女儿与柔然皇族后裔联姻在当时确为巩固北魏统治的需要。同时可知，柔然在北魏统治时期，其在中原的政治活动亦非常频繁，与北魏皇室交往密切。

不仅安定王元燮的女儿、女婿闾散骑是政治联姻的需要，安定王元燮的妃子也是出于政治目的联姻，安定王元燮的妃子是高丽族属。在元燮本传中并未有对其王妃的记载，在《魏书》元详本传记载：元详"蒸于安定王燮妃高氏，高氏即茹皓妻姊。"北海王元详将私通之事告诉母亲后，元详的母亲高太妃大怒，曰："汝自有妻妾侍婢，少盛入花。何忽共许高丽婢奸通，令致此罪？我得高丽，当啖其肉。"可知安定王元燮的王妃为高氏，高氏当为高丽族属，是权臣茹皓妻子的姐姐。北海王元详与安定王元燮的王妃高氏私通。从高太妃言语中可知，北魏鲜卑贵族对归附联姻的高丽并不认同，且蔑称其为“高丽婢”。

安定王元爕与其王妃高氏当属鲜卑与高丽的政治联姻。元详能够与高丽妃私通，很大一部分原因可能是由于政治联姻下，元爕对高丽妃并无真正感情，所以对此事可以视而不见。另外，元爕作为元详的长辈，并不被元详所尊重，安定王元爕的政治地位在宣武帝统治初年，远远不及北海王元详政治势力大，所以皇帝对元详如此肆无忌惮的行为也无法处置，只能听之任之。

安定王元爕为其女婿在古阳洞造像题记的时间，是其女婿皈依佛教之际，题记载：“安定王为女夫闾散骑□考入法敬造观世音像二躯”……“缘此入法之功”，可知当其时闾散骑应皈依佛门，由前文知，闾散骑为柔然皇族后裔，可知柔然的佛教信仰是在其与北魏频繁接触后，从北魏传到柔然皇室，之后再下移到柔然部族。北魏统治者利用佛教保持周边民族的统治和稳定。

第四，题记提供了龙门石窟古阳洞早期造像史的珍贵资料。

古阳洞最初可能在民间有一种称呼为静窟，根据题记“敬就静窟造释迦之容并其立侍”，而这品题记是在古阳洞南壁上层刊刻的。所以可知，古阳洞在最初开凿之时，很可能民间俗称为静窟。

## 结　语

安定王元爕相关题记可以反映安定王家族世袭等重要问题，如补充第一任安定王元休官职仕宦，补充史籍中没有记载的安定王元休的妃子为蒋氏；可以补充安定王元爕的仕宦之路，可根据题记推断两次题记之时为元爕官职上升的关键时间点。安定王元爕相关题记可以反映北魏皇室内部负责的政治关系和斗争，安定王元爕生活的年代正是宣武帝初掌争权，经过与辅政大臣的胶着较量到血洗辅政大臣，亲自执政的时期，在这之后，宣武帝必然会抑制位高权重的宗室亲王，这种政治环境之下，元燮必然不能完全崭露头角。安定王元燮相关题记反映了北魏的民族策略，结合题记与传世史料，可知元燮的王妃为高丽族属，元燮的女婿为蠕蠕族属，在北魏民族政策之下，宗室亲王及其子女都会与周边少数民族联姻以巩固统治。除此以外，题记镌刻时间为安定王女夫闾散骑皈依佛教之际，可知北魏在周边民族中推广佛教，利用佛教更好的稳定其统治。

（王瑞蕾，龙门石窟研究院博士后，中央司法警官学院讲师）

董炳月

# 新时期文学研究所中日思想文化研究概述

一九八五年七月，程麻先生的《鲁迅留学日本史》作为陕西人民出版社“鲁迅研究丛书”的一册出版。程先生一九七八年考入中国社会科学院研究生院文学系，攻读中国现代文学专业硕士研究生，属于人才辈出的“黄埔一期”，一九八一毕业之后留在文学研究所工作。《鲁迅留学日本史》出版时，他四十一岁，是文学所鲁迅研究室助理研究员。对于他来说，那本书的出版无疑是个人学术道路上的一件大事。不过，当时他大概不会想到，后来文学研究所会出现一个中日文学、中日思想文化研究群体，成果丰硕，《鲁迅留学日本史》在新时期文学研究所的中日思想文化研究史上，也是一个重要起点。

《鲁迅留学日本史》出版三年之后，一九八八年，文学研究所的孙歌女士赴日，在东京大学访学，开始了日本研究。此后的近三十年间，孙歌先后出版评论集《求错集》、译著《近代的超克》、专著《竹内好的悖论》《我们为什么要谈东亚》《思想史中的日本与中国》等，影响广泛。孙歌赴日的第二年即一九八九年，文学研究所的李兆忠先生赴日，先后在东京大学访学、在美术公司任职。对日本的深入了解，使李兆忠成为知名的日本研究专家。他一九九二年回国之后，相继出版了专著《暧昧的日本人》《喧闹的骡子——留学与中国现代文化》、散文集《东瀛过客》，编著有《看不透的日本——中国文化精英眼中的日本》。《暧昧的日本人》由多家出版社出版过多个版本，大概是新时期中国人日本论中读者最多的一部。笔者一九九八年年底自日本回国，到文学研究所就职，且与程麻、孙歌同在比较文学研究室，成为文学所日本研究团队中的一员。二〇〇三年，赵京华先生留日归国、到文学所就职，文学所的日本研究团队进一步壮大。赵京华进入文学所之后，相继出版了《日本后现代与知识左翼》《周氏兄弟与日本》《中日间的思想——以东亚同时代史为视角》等专著，并且翻译了柄谷行人的《日本现代文学的起源》等多部里程碑式的学术著作。

文学研究所中日思想文化研究团队颇具规模，出版了大量著作，在研究对象、研究方法的选择方面也有共通性。该团队与中国社科院外国文学研究所的同领域学者多有合作，堪称新时期中日人文研究的“建国门学派”。仅就文学所团队而言，其研究呈现出如下诸种学术特征。

其一，将鲁迅作为重要研究对象或切入点。程麻先生一九八五年出版《鲁迅留学日本史》，一九九〇年又出版了《沟通与更新——鲁迅与日本文学关系发微》。前者历时性地考察鲁迅留日期间的生活形态、思想状况、文学活动，后者横向考察鲁迅与同时代日本作家、日本文艺思潮的关系，两部专著的组合，深化了对鲁迅的理解，深化了对近现代日本的理解。赵京华专著《周氏兄弟与日本》的上编是“鲁迅在日本”，专著《中日间的思想》依然论及鲁迅与盐谷温、橘朴等日本学者的关系以及鲁迅晚年的国际主义思想。李兆忠《喧闹的骡子》的第一篇论文，则是《孤独的摩罗诗人——寻访“原鲁迅”》。孙歌主持翻译的竹内好文集《近代的超克》中包含竹内名著《鲁迅》，孙歌本人也在二〇二〇年出版了专著《绝望与希望之外：鲁迅 < 野草 > 细读》。这些研究证明了鲁迅在中国现代文学、中日文学关系中的重要性。

其二，注重史料。这在某种程度上是受到了日本学者治学方法的影响。程麻先生撰写《鲁迅留学日本史》的基础工作之一，是完整地抄录鲁迅日记，通过抄日记深化对鲁迅的理解。《鲁迅留学日本史》对早期鲁迅的传记式把握，则成为他撰写《沟通与更新——鲁迅与日本文学关系发微》的资料基础。李兆忠出版编著《看不透的日本——中国文化精英眼中的日本》是在二〇〇六年，该书用作者介绍、选文解说、选录文章三者相结合的体例，系统呈现了黄遵宪、鲁迅、戴季陶、郭沫若等十六名留日、旅日中国人的日本认识。该书的编写无疑为李兆忠撰写专著《喧闹的骡子》打下了坚实的史料基础。注重史料的另一种体现，就是把第一手资料翻译为中文。研究竹内好的孙歌组织翻译了竹内好的多篇文章，编成《近代的超克》，研究柄谷行人等战后日本左翼思想家的赵京华翻译了柄谷的多部著作。笔者研究佐藤春夫与郭沫若、郁达夫的关系，也是首先将佐藤攻击郭、郁的电影文学剧本《亚细亚之子》翻译为中文。研究外文文本，通过翻译加深理解十分重要。

其三，跨学科研究。文学是上述诸位学者学术研究的起点和基础，但诸位都没有局限于文学研究。如书名所示，孙歌、赵京华走向了思想史研究、文化研究，李兆忠走向了日本人、日本社会研究。笔者的专著《“同文”的现代转换——日语借词中的思想与文学》，也打通了语言、文学、思想、中日关系等多个领域。

其四，研究与翻译并重。这里的翻译是指对日本学术名著的翻译。就是将日本具有代表性、前沿性的学术成果引进中国，帮助中国读者了解日本思想文化。程麻先生对汉学家、日本毛泽东研究第一人竹内实著作的翻译，孙歌等人对日本当代思想家竹内好著作的翻译，赵京华对柄谷行人著作的翻译，以及笔者对子安宣邦《国家与祭祀》《何谓“现代的超克”》的翻译，都是如此。此类翻译影响颇大。赵京华所译柄谷行人的《日本现代文学的起源》发行数万册，提供了新知识并且提供了方法论，“内面”“风景的发现”等术语常为中国文学研究者借用。孙歌组织翻译的竹内好文集《近代的超克》，促使中国知识界重新思考“现代”问题，并将“超克”这个日语汉字词引入中国的批评话语体系。

文学所团队能够在中日文学关系、思想文化关系乃至日本研究方面取得成果，与研究者的知识结构、学术环境密切相关。上述研究者均为七七、七八级中文系的本科生或研究生，开始日本研究之前掌握了系统的中国文学知识。他们面对日语、日本的时候尽管需要一个“补课”过程，但固有的知识使他们能够保持主体性，进行高效的知识组合与知识生产。身处文学研究所，使他们能够长期保持这种主体性。从学科划分的角度看，这个团队的研究体现了新时期比较文学、比较文化研究的基本特征，为比较文学研究的中国性探索提供了重要参考。

光阴荏苒，韶华易逝。到二〇二〇年底为止，上述研究者全部从文学研究所退休。所幸，多名日语水平高、知识体系完备、受过系统学术训练的青年研究者进了文学所，已经在各自的研究领域崭露头角。长江后浪推前浪，文学研究所的中日文学、中日思想文化研究将再度辉煌。

（董炳月，中国社会科学院大学文学院教授，中国鲁迅研究会会长）

颜淑兰

# 比较文学研究沉潜期(一九四九—一九七八)的贡献

在学界几已成定论的是，新中国前三十年的比较文学研究处于沉潜期和停滞状态，因而，绝大多数著作和文章只是一笔带过。但是，细查相关资料，笔者发现，这一时期仍有不少学者从事着当下意义上的比较文学研究，其中，又以中国社会科学院（原中国科学院哲学社会科学部）的学者成果最为突出，具体体现在以下方面：

## 一　马克思主义思想下的“影响研究”发展

诚如前人所言，这一时期苏联学界对西方资本主义国家的比较文学学派及其方法论原理提出了严厉批评。但是，应当指出的是，苏联学者并不反对在马克思主义理论的指导下就各民族文学的相互联系与相互影响展开讨论。一九六〇年，苏联高尔基世界文学研究所举行了一次有关各民族文学的相互联系与相互影响的讨论会，会上提交了九个报告。其中，聂乌波科耶娃《有关研究各民族文学相互联系与相互影响的一些问题》一文，主张用“文学的相互联系与相互影响的研究”取代“比较文艺学”（比较文学）这一术语，声称在各民族文学之间的往来空前广泛和加强的情况下，研究各民族文学的相互联系与相互影响是苏联语文科学近七年内最重要的问题之一。H. 康拉德《现代比较文艺学问题》在论述了比较文学法国学派和美国学派的概况后指出，十七世纪至十九世纪国际文学联系的范围远远超出欧洲，东方文学也曾给欧洲文学史的发展做出了贡献，必须扩展现代比较文艺学研究的空间和时间幅度。P. 萨马林《外国比较文艺学现状》一文则称，文学的比较研究和国际文学关系的研究要根据马克思列宁主义的方法论的一般原则来进行，这是苏联学者和外国比较主义者的基本区别所在。

这组文章，对当时的中国比较文学界有典范性和主导性影响，中国社会科学院有关比较文学研究也主要就是受到上述文章影响，最具开创性的是，一九六一至一九六四年，文学研究所创办《现代文艺理论译丛》，其中第四辑收录了上述三篇文章，该辑编后记则重申："资产阶级文艺学中的'比较文学'"与苏联学者所说的"各民族文学的相互联系与相互影响的研究"之间存在本质区别，必须批判和克服前者的缺点和错误才能达成后者的目标。

## 二 "世界文学"视野的建构与发展研究

为了更好地介绍外国文学，一九五三年七月，时任中央宣传部副部长兼文化部副部长周扬授意创办《译文》月刊，文学研究所首任所长郑振铎任第一届编委会成员。一九五九年一月号，《译文》变更为《世界文学》，并于一九六五年转由外国文学研究所主办，任职于文学研究所的戈宝权、季羡林（兼任）、罗大冈和卞之琳也先后加入编委会。自此，《世界文学》发表了一系列比较文学研究方面的重量级论文，集中体现了探索社会主义建设道路时期中国比较文学研究的发展路径和成果。

一九五九年第四期"'五四'运动与外国文学"专栏，刊登了曹靖华《从"五四"初期的外国文学介绍谈起》、冯至《继承和发扬"五四"以来翻译界的优良传统》两篇文章。第九期集中刊发了叶水夫《苏联和人民民主国家的文学在中国》、冯至《略谈德国现代文学的介绍》、普实克《新中国文学在捷克斯洛伐克》、袁可嘉《欧美文学在中国》、中岛健藏《中国现代文学在日本》、王琦《外国画家笔下的新中国》六篇文章。此外，还陆续发表了戈宝权《“五四”运动前后俄国文学在中国》（1959·6）、《契诃夫的作品在中国》（1960·1）、《托尔斯泰的作品在中国》（1960·11）、刘振瀛《毛泽东文艺思想在日本》（1960·3）、温福安《鲁迅作品在苏联》（1961·10）、包布洛娃《马克·吐温作品中的华侨工人的形象》（1961·4）等文。这些文章或梳理外国文学在中国的翻译史，或介绍中国现当代文学在域外的接受状况，又或描绘外国艺术家笔下的中国形象，在当时的比较文学研究中独树一帜。

从一九六一年第十期起，《世界文学》开辟“翻译文学史话”栏目，不定期刊载了阿英《关于〈巴黎茶花女遗事〉》（1961·10）、《关于列夫·托尔斯泰》（1961·12）、《赫尔岑在中国》（1962·4）和戈宝权《谈普希金的〈俄国情史〉》（1962·2）、《高尔基作品的早期中译及其他》（1963·4）、《莎士比亚的作品在中国》（1964·5）以及胡从经《至尔·妙伦在中国》（1962·Z2）等系列文章。值得指出的是，作为一门学科的翻译研究是在二十世纪七十年代才出现，其盛兴更是要等到九十年代借助文学研究的文化转向才得以实现，而《世界文学》在六十年代初就专为翻译研究辟出一席之地，体现了编者和论文作者敏锐的学术眼光。

## 三　戈宝权——比较文学研究的拓荒者

戈宝权一九五七年起兼任文学研究所研究员和苏联东欧文学研究组组长，一九六一年正式调至文学所工作，一九六四年又调至新成立的外国文学研究所。他的比较文学研究成果可以分为前后两个阶段：

第一阶段是五十年代末六十年代初。除了上述《世界文学》上的系列文章，另有《普希金和中国》《契诃夫和中国》《高尔基与中国革命斗争》等多篇论文发表在《文学评论》上，系统论述了几位俄罗斯作家与中国的关系及其作品在中国的译介状况。

第二阶段是“文革”后期至“文革”结束后，关于《阿Q正传》海外译本的研究。一九七五年六月，在日本发现了鲁迅一九三一年三月三日写给《阿Q正传》日译者山上正义的信、以及为日译本所写的八十五条校释，引起了中日两国研究界的广泛关注，也激活了中国关于《阿Q正传》日译本的研究。是年十月十八日，李菁在《光明日报》上发表《关于鲁迅对日译本〈阿Q正传〉的校释》一文，对鲁迅的信和校释予以介绍。紧接着，熊融发表《关于鲁迅校订的日译本〈阿Q正传〉以及他与编译者的交往》(《山东师院学报》1976年第1期)，对李文的不足做了补正。熊文进一步指出，这本译作不仅仅是《阿Q正传》的日文译本，而且是日本进步文化界纪念中国左联五烈士的专集，并就编者尾崎秀实做了详细论述。仅就笔者所见，这或许是国内学界关于尾崎秀实的最早论述。

与此同时，戈宝权也在《革命文物》一九七六年第一期上发表《无产阶级的战斗风格——谈鲁迅为〈阿Q正传〉日译本所写的校释》一文，介绍山上正义翻译的始末以及鲁迅的校释。之后，《山东师院学报》一九七六年第四—五期“纪念鲁迅逝世四十周年专刊”又刊登了戈宝权《对〈关于鲁迅校订的日译本〈阿Q正传〉以及他与编译者的交往〉的补正》一文。这篇文章是戈宝权在读到熊融的论文后，给熊融写了“补正”的信件，熊融把信件寄到学报编辑部，由编辑部刊发出来的。戈宝权于是年十月十七日给编辑部的信中对这一期专刊予以赞赏。发生在粉碎“四人帮”前后的这次学术对话，显示了戈宝权作为一名学者在那个激烈动荡的年代仍不失严谨的学术态度。一九七八年，戈宝权在上述研究的基础上又作了《谈〈阿Q正传〉的日文译本》一文，分上、下在《南开大学学报》第四—五期和第六期上连载，进一步体现了作者广泛而深厚的学术积累。

在此前后，戈宝权还在《南开大学学报》上陆续发表了关于《阿Q正传》的英文译本、法文译本、俄文译本和世界语译本的文章，通过翔实的史料澄清了许多长期以来以讹传讹的问题，引起了学界的广泛关注。此前，罗果夫和戚志芬都认为，《阿Q正传》第一次译成欧洲文字是俄译本。戈宝权否认了这种说法，指出《阿Q正传》最早的译本是一九二五年由在美国出身的中国华侨梁社乾（George Kin Leung）翻译的英译本。而《阿Q正传》的法文译本，也并非如鲁迅所说只在八月份的《欧罗巴》上登载了三分之一，而是分两期登在当年五、六月出版的刊物上，每期各发表了一半。戈宝权在系列文章中分别考证了不同译本译者的相关信息，以详尽的史料指出此前研究中的诸多讹误。在这些文章的基础上，一九七九年，他又在《鲁迅研究集刊》第一辑发表长文《谈鲁迅生前〈阿Q正传〉的外文译本》；一九八一年出版专著《〈阿Q正传〉在国外》，从而将其有关《阿Q正传》译本的研究推向巅峰。如今，四十余年过去了，有关《阿Q正传》译本的研究仍然无出其右者，足以体现这一时期我院比较文学研究的水准。

以历史的后见之明回顾，受意识形态和政治立场的左右，这一时期的比较文学研究确实存在诸多局限，譬如研究主题和研究方法的单一等等。尽管如此，它仍然为改革开放后比较文学研究的复兴奠定了基础，也体现了中国社会科学院学者的治学精神与学术史意义，这一点，当下学界或许并未有充分的认识。

（颜淑兰，中国社会科学院文学研究所助理研究员，日本早稻田大学博士）

王立新

# 三地三人的学术交谊
## ——韦政通、陈耀南、黄丽镛交往述略

自一八九八年六月九日，清政府被迫与英国签订《展拓香港界址专条》，此后九十九年，香港成为英国在中国的租借地。而由于本土政治的原因，台湾也于一九四九年之后，与大陆分隔两地。这种特殊的历史际遇，不仅造成了两岸三地特殊的分处与隔离，也为两岸三地提供了不同的机遇，诱发了各自不同方向的努力，同时也酝酿了两岸三地学者们特别的交流方式。本篇所要讲说的，就是在这种特殊的历史情形之下，台湾学者韦政通、香港学者陈耀南、上海学者黄丽镛三人之间特殊而又深挚的交往与情谊。

作为学术同行，他们为了文化与思想的研究等，相互支持与帮助的真实故事，一方面表明了那个特殊历史时期的特殊情状，同时也在一定范围和程度上表明了“文人相轻”的习惯性说法，并不具有普遍性的使用范围，三位学者之间的相助、相勉，所表现出的各自优异的品质，使人敬羡，令人心仪。笔者抑制不住要将这样一段曾经的故事如实地书写出来，主要就是迫于上面的心里感觉。

三位本来分处台北、香港和上海，是什么因缘确立了他们之间的联系？他们的实际交往又何以成为令人心向往之的人间情谊呢？

## 由研究魏源而结缘

韦政通（一九二七—二零一八），江苏镇江人，一九四九年二十二岁只身赴台，经历常人难以想象的艰苦努力，一九七零年代初期，已经成为台、港地区广受关注和欢迎的中国思想、文化学者。通过《中国文化概论》、《中国文化与现代生活》等著作，韦政通对中国文化的普及做出了实实在在的贡献。

早在二十世纪八十年代初期，当百万字的重头学术专著《中国思想史》的上、下卷撰成出版之后，韦政通就把下一步的工作目标集中在《中国近代思想史》的构想和写作中。韦政通感到，中国近代的思想史，可以通过“巨变的序幕”“巨变与传统”和“巨变与新潮”三个部分来表述。这里的“巨变”指的是大家公认的中国在近代的实际遭遇，也就是在西潮冲击下的“三千年未有之大变局”。在这场因为西方资本主义工业化的成功并向海外拓展市场，而使中国成为工业产品倾销对象的世界历史进程中，裹挟着坚船利炮的各国列强气势汹汹的蜂拥而来，将中国在不情愿的被逼迫状态下，强行推进到了世界历史的崭新又陌生的格局之中，中国人从此再也过不上自给自足、自以为是的生活，感觉自己已经处在了“三千年未有的大变局”之中。

韦政通这部书写中国近代思想史的鸿篇巨制，书名后来确定为《十九世纪中国思想史》，上、下卷合计近七十万字，分别于一九九一年九月和一九九二年九月在东大图书公司出版。按照预定的计划，这部著作分成了上、中、下三篇。上篇就是《巨变的序幕》，这部分的最后一章，也就是全书的第六章，写的是魏源。因为《魏源集》中一篇文字的所属问题，与香港大学中文系的陈耀南取得联系，并通过陈耀南与华东师范大学的黄丽镛通讯讨论。“陈、黄二氏皆魏源专家，陈氏著《魏源研究》，对这位十九世纪的思想大家，做了全面的探讨；黄氏早年即与吴泽合撰《魏源〈海国图志〉研究》长文，又成《魏源年谱》，并与杨慎之合编《魏源思想研究》”①。

陈耀南（一九四一—）广东新会人，黄丽镛（一九三九—）江苏常州人。两位教授很早就已开始关注并研究魏源，韦政通前文所说陈耀南的《魏源研究》，一九七九年三月在香港乾惕书屋出版，昭明出版社有限公司发行；而先生所说黄丽镛的《魏源年谱》，则于一九八五年一月在湖南人民出版社出版；《魏源思想研究》，一九八七年十一月湖南人民出版社出版。而韦政通所说“黄氏早年即与吴泽合撰《魏源〈海国图志〉研究》长文”，说的是黄丽镛与吴泽合作在一九六三年《历史研究》第四期上发表的研究魏源的长文。其时黄丽镛刚刚大学毕业任教两年，年仅二十四岁。

陈、黄两位教授不仅都是研究魏源的专家，而且因研究魏源而很早结缘，在与韦政通发生联系之前，就已经相交很深、很久了。

一九八零年冬天，黄丽镛在上海举办的“港澳中文图书展”会上，看到一本香港出版的《魏源研究》。当时黄丽镛正在搜集魏源的相关材料，但展会上的书只展不卖，而学校的图书馆又没有收藏，为了能够看到这部书并于作者获得联系，黄丽镛直接把信件写到了该书的出版社。当时陈耀南却在日本京都访问，回到香港后立即回复，继而又给黄丽镛写了一封长信，详细叙说了自己写作《魏源研究》的过程。一九八一年二月一日，黄丽镛收到了陈耀南的赠书：“丽镛先生方家哂正”。这句礼貌、客气的话语，其实说明了陈耀南对黄丽镛作为魏源研究的专家，已经早有所闻了。看来在相当一段历史的特定时期内，大陆学者虽然对港台学者的情况了无所知，台湾学者对大陆学者的情况也所知甚少，但是香港的学者对台

---

① 韦政通：《思想的探险》，台湾正中书局中华民国八十三年二月初版本，第四四—四五页。

湾和大陆学者的情况还是有相当了解的。

《魏源研究》，原本是陈耀南的博士毕业论文。黄丽镛认真阅读，感觉此书立意和整体写作都相当出色，钦佩的同时，也为书中一些错字而感到美中不足。一九八二年十一月月，陈耀南的《魏源研究》，在原出版发行公司再版，因为版式条件限制，很多错处，更动起来很难，而且要花费不少时间和精力。正在陈耀南感觉犯难之时，却意外接到了黄丽镛却将阅读时发现的错误，写信告知了陈耀南。陈耀南据此做了一份《勘误表》，附在了书后，而且又特意作了说明："拙著出版时，因时间仓促，自己一校再校，仍然不免向来的粗心大意，所以事后才发觉鲁鱼亥豕，错字极多，……年来神交通讯的华东师大黄丽镛先生，得悉准备再版，竟费神作校正，寄来差不多十页稿纸的勘误，……下面表中内容，十九是黄先生的恩赐。海天遥隔，谨在此敬表不知有无机会面达的谢意！"

不仅黄丽镛的认真细致、对学术和朋友负责的用心令人由衷敬佩，陈耀南的豁达、大度与严谨的学术风格也同样令人仰视其高。

一九八五年一月，黄丽镛的力作《魏源年谱》在湖南人民出版社出版。一九八七年十一月，黄氏又与杨慎之合编的《魏源思想研究》，陈耀南一九八四年发表在《求索》第五期上的《鸦片战争的深刻启示——魏源与中国的现代化》，是该书收录的唯一一篇海外学者的论文。一九八八年四月，陈耀南应香港大学校报约请，为这本选编的研究魏源的文集撰写了书评。在介绍这本文集的收录情况时，陈耀南说："本书包含论文廿二篇，大约是著录的八分之一，取材只限于中国内地期刊，台湾、香港、海外的，都只存其目，这样就稍减了选辑工作的麻烦，也稍减了本书的代表性。……本书印数惊人地少——只有 850 册。……在中国内地，出版不算热门的严肃学术著作的艰苦辛酸，可能并非我们身在外边的人能真正了解。"

陈耀南在书评中特意提到编者黄丽镛："黄丽镛是魏源专家，几年前出版的力作《魏源年谱》，极有分量，广受好评。"陈耀南还在书评中恳切地说：尽管"编者谦称：'见闻狭窄'、'简介浅陋'"，但在探讨中国近代学术，特别是研究魏源方面，"这本论文集，是值得细读的。"

也就是在此前后，正在撰写《中国十九世纪思想史》的韦政通，因为《魏源集》中一篇文字是否是魏源所作的问题，找到了陈耀南。陈耀南觉得黄丽镛似乎更有发言权，于是就把黄丽镛介绍给韦政通，同时也将韦政通介绍给黄丽镛，并且充当了他们互通信件的中间传递人，因为那时大陆和台湾还在严密的互相封锁之中，没有直接的联系通道。

有关以陈耀南作为中转与黄丽镛讨论问题和交换意见的情况，韦政通在《思想的探险》一书中有如下的说法："其实，我在尚未开放探亲之前，便因文献的真伪问题，经由香港大学的陈耀南，与上海华东师范大学的黄丽镛通信讨论。……我为了不能断定大陆中华书局出版的《魏源集》中的《公羊春秋论》上、下篇的真伪，写信向黄丽镛讨教"。

按照韦政通的回忆，黄丽镛通过陈耀南转达的信件中答复韦政通说："窃以为《公羊春秋论》，实是《春秋论》，非魏源所作，乃出于刘逢禄之手。"黄丽镛说中华书局版《魏源集》，错将刘逢禄的文字收入了《魏源集》中。黄丽镛做出上述判断的理由主要有三点：一是在中华书局版《魏源集》出版之前，可以见到的魏源文集，只有光绪四年（一八七八）淮南书局刊刻的《古微堂集》和宣统元年（一九零九）黄象离在《古微堂集》基础上增补重编的《魏默深集》，而这两个集子中都没有《公羊春秋论》；第二个理由，是刘逢禄著有《春秋论》上下篇，"不仅如先生所说，在徐世昌所编《清儒学案》的庄方耕学案中，将此文列于刘逢禄名下。更为重要的是，道光十年刊印的《刘礼部集》卷三，第十六至二十二页收有此文。《刘礼部集》乃魏源编定，……他当然不会把自己所写文字充作刘氏所作。”[①] 黄丽镛虽然认为这条证据已经足够，但接下去又举出了第三点力证，就是自己亲自对证过《魏源集》中《公羊春秋论》和《刘礼部集》中的《春秋论》，“两篇文字，虽有些不同（据校读有二十二处相异，长则二十五言，短则一字），但基本上是一样的，完全可以肯定，两篇文字虽异名而实一也。”黄丽镛在说明第三点时，还列表将刘逢禄的其他文字与《公羊春秋论》和《春秋论》两篇加以比照，如此才彻底断定《魏源集》中《公羊春秋论》是误收了刘逢禄的文字。黄丽镛另外还举出了两点旁证，来加以附加说明。[②]

究竟得花费多少时间、精力和心血，才能对研究对象及其相关材料熟悉到如此的程度？明白人自然会从这里看出。什么才是学术专家的严谨不苟，黄丽镛可算是范型之一了。人们往往只能看到花俏的舞文弄墨，很少能够看到学者因为笃实而闪烁出的真正光辉。韦政通看过之后，信服无疑，钦佩不已，所以才会放胆引用黄丽镛的《魏源年谱》。在《中国十九世纪思想史》这部书的《魏源》一章中，韦政通引用黄丽镛的说法，竟然达到十八次之多！

韦政通说：“他们的书，对我写魏源一章颇多助益。”[③] 笔者简单数了一下，韦政通在《中国十九世纪思想史》的《魏源》一章中，一共引用黄丽镛《魏源年谱》十八次，吴泽、黄丽镛《魏源

① 韦政通：《思想的探险》，台湾正中书局中华民国八十三年二月初版本，第四五、四六页。

② 韦政通：《思想的探险》，台湾正中书局中华民国八十三年二月初版本，第四六页。

③ 韦政通：《思想的探险》，台湾正中书局中华民国八十三年二月初版本，第四五页。

〈海国图志〉研究》一次，陈耀南《魏源研究》十次[①]。看来黄、陈两氏的著作，对韦政通撰写《魏源》一章的帮助确实不小。如果按照今天“被引用率”的评价指标来评选，黄丽镛和陈耀南都可以得大奖了。但黄氏与陈氏都是明白人，韦政通对他们著作的充分肯定和真心尊重，并没有使他们自以为傲，他们更加敬爱这位师辈的学术朋友，韦政通宽阔的视野、特殊的成就，尤其他对中国传统各个方面的精到分析、对现实社会的勇敢担待，甚至连同他坚韧不拔的求学与奋斗历程，以及为了探讨问题而“不耻下问”的诚恳为学态度，都受到了两位学者由衷的敬重和爱戴。

## 重归故里喜相逢

一九八八年五月，韦政通回到了阔别四十年的家乡。行前，韦政通通过陈耀南转寄给镇江一封家书，家人因此得以知晓他到达上海的具体时间。到达上海之后，韦政通先到华东师大校内留住一夜，黄丽镛得到消息，立即前来看望并与韦政通约好，从北京回上海后来华东师大讲学。之后便在家人的陪伴下，韦政通回到镇江老家，瞻拜父母坟墓、回视故家旧宅，与亲友欢聚数日后，应邀北上，赶赴中国文化书院接受导师礼聘，并发表演讲、参加座谈，之后又于八月底之前由北京再至上海。

回到上海之后，韦政通再度住进华东师大，在黄丽镛陪同下游历闸北，参观华东师大校园，在校内丽娃河的桥头上和当时的校门口标牌下都留下了珍贵的合影。在黄丽镛安排下，华东师范大学历史系与哲学系联合邀请，五月二十八日上午八点在办公楼小礼堂做了题为“儒家与现代中国”的学术讲演，同日下午两点，又在文科

---

① 参见韦政通《中国十九世纪思想史》上册，东大图书公司民国八十年九月初版本，第一九六到二五八页。

楼大楼十楼的哲学系会议室，就上午讲演的问题与华东师范大学的哲学系、历史系同行，进行了亲切友好的座谈交流。

一九八九年四月，因为复旦大学邀请讲学，韦政通第二次来到上海。为了急切地再与韦政通见面，黄丽镛竟然骑单车赶到了虹桥机场。这种让人感动的场景，当时也多半只能在恋人之间发生，今天更是无缘一见了。这并不仅仅是因为汽车已经成了人们出行的普遍工具，而是技术发达起来之后，人类用在感情上的心思，也跟着越来越淡了。

韦政通在复旦大学讲学期间，黄丽镛不时前往看望，还在韦政通驻地附近的政通路的路牌下，给韦政通拍下了一张让他自己感到异常得意的照片。这张得意的照片，后来被韦政通特别放在了自己那部自传体的学术著作《思想的探险》的封底上。

其实就在韦政通第二次到上海之前不久，陈耀南被邀请到复旦大学讲学，黄丽镛高兴地前往看望，两位研究魏源的大专家也在上海聚首了。黄丽镛热情地将陈耀南请到华东师范大学，在黄丽镛的安排下，华东师大以中文系为主的人文学科研究生们，获得了听讲并与这位才华横溢的陈耀南座谈的难得机缘，学到了很多知识，同时也开了一次眼界。黄丽镛还邀请陈耀南来家中做客，陪同陈耀南到南京路和上海外滩观光游览。离开上海时，黄丽镛亲自送到机场，两位因研究魏源结识的研究专家，亲切地在虹桥机场握别。

## 为香港青少年学习中国文化共尽心力

一九九一年，香港主管教育的“教署”召开“课程发展会议”，决定在高中学生的课程中，增加“中国语文及文化科”，邀集众多专家、教师共同推荐佳作，然后再度邀集众多专家、教师，共同讨论，并以民主投票的方式表决通过，选取了包括韦政通在内的六位现代学者论述中国文化的相关部分，合并为六章，将此六章内容当做教材的主要部分，供学生们学习、讨论。

香港教署“课程发展会议”之后，承担了“教本”出版任务的牛津大学出版社在香港的分社——“启思出版有限公司”，礼聘陈耀南承当“教本”的导读任务。陈耀南立即行动，将所能搜集到的有关中国文化方面的各种论述汇集一处，发现韦政通的《中国文化概论》不仅全面、系统，而且别具一格，特别是该书第一章《绪论》和第二章《中国文化的十大特征》，给了陈耀南极大的启发。陈耀南就参照并依据这两章，尤其是第二章，为将要面市的香港高中学生中国文化教本做了一篇近三万字的“引读”。怀着兴奋和感激的心情，陈耀南忍不住致信韦政通，说明香港要在高中生教材中增加语文课和中国文化内容的情况之后，陈耀南诚挚而恳切地对韦政通说：“晚受某出版公司错爱，乞为诸著作疏释，晚并另作引读一篇三万余字，就管见所及，介绍中国文化发展大概及特点，绠短汲深，然为此地青少年对中国文化认识计，惟有勉力从事，倘蒙指导，何幸如之！”①

一九九二年三月，由陈耀南担任“疏解”并作“引读”的《中国文化引论与篇章导读》在香港启思有限公司出版。三月二十八日，启思公司特意为陈耀南的这个教本和吴尚志（香港城市理工学院应用语言学系高级讲师）的《实用文写作》两书的出版，在铜锣湾怡东酒店召开了一次有相当规模的“高级补充程度中国语文及文化科教学研讨会”，六百多位感兴趣和有需要的教师参加了这次大会。陈耀南在会上就这本“中国文化科”的新教本做了说明性发言。陈耀南的讲题是“沙漠与绿洲——综论‘中国语文及文化科’之‘中国文化’教学”。

陈耀南在发言中指出：“香港这个华洋杂处的城市，中国边缘

① 陈耀南一九九一年八月二十三日致韦政通信。

的英国殖民地，近年腾飞为‘亚洲四小龙’的国际金融中心，有英国式的法制，也有英国式的狭隘虚怀；有美国式的效率，也有美国式的浮夸轻躁；有日本式的奋斗，也有日本式的苛细紧张；有中国式的敷衍含糊，也有中国式的宽大融合、中国式的伦理温暖。简单说，中西文化在香港长期交流，中西文化的长短异同，香港是一个极好的观察地点。所以我们可以说：香港绝不是什么‘文化沙漠’，而是一个独特的文化绿洲——只要继续有空气阳光、有雨露、有培养。”

陈耀南还在发言中赞扬了新一代“有责任、有执掌的”负责香港教育工作人士的不懈努力，才导致“中国语文与文化科”这一新生事物在香港诞生。在讲到“中国文化科的教学目标、原则与策略”时，陈耀南指出：“在香港这个独特的文化绿洲，对生长于中西文化交流背景、而又必然要面对国际世界的青少年，如果我们不利用天时地利，给他们以放眼世界、胸怀祖国的文化教育，那就未免于责有亏，于心有愧了。”陈耀南还颇富前瞻性地指出：“要社会真正安定繁荣，要国民生活品质改善、提升，必须要从‘文化教育’着手。”①

其时，距离香港回归还有五年多时间，陈耀南为香港青年早日了解中国语文和中国文化，做出了自己辛勤的努力。“万事开头难。‘中国文化’课程模式，在香港是前无古人的；这本书的设计编写，至今也未见有同类的教本可以参考，所以敬请大家不吝赐教。”

陈耀南客观、信实而又诚恳的态度，受到了与会教师的欢迎，也引发了他们进一步了解中国文化的兴趣和热情。

陈耀南还在这次讲话中，对教署最后通过投票选取的六大家的篇章，一一进行了切合香港学生实际的剖析和说明。

---

① 《启思教学通讯》一九九二年第六期第三版。

在谈到所选韦政通的《中国艺术》一章时，陈耀南指出："韦政通《中国文化概论·艺术》（节录），这篇认为中国文化最有不朽价值的是艺术；艺术生活化，美善合一，是中国文化的特征。""韦政通《中国文化概论》一书，包括比较全面，条理相当分明；若干章句，时有超卓的研究心得。可惜人不能样样俱精，书很难章章都好。选自这书的艺术一章，除了铺陈许多名词、资料之外，很多地方袭用黄君璧、高子铭、齐如山，以致西人桑戴克的理论，而似乎未加细考。（许多地方）讲法虽很有见地，不过也需要补充解释——特别是对《论语》也没看过多少则的香港中学生。至于中间直接抄录荀子记载孔子论水的一大段话，深奥艰涩，对他们来说，简直就是天书了。"①

陈耀南赞赏韦政通《中国文化概论》写得极其出色的同时，也指出了上述的一些缺憾，面对现场听讲并且准备以此作为教本准备开讲的中学教师，陈耀南提醒大家：要注意结合香港中学生的实际，讲授过程中，须对书中的很多话语进行进一步的深入解释，否则的话，香港的中学生是没有办法听懂的。

陈耀南随后将自己"疏释"并加"引论"的新教材和登载自己在教学会议上讲话的《启思教学通讯》一并寄呈韦政通，请求指正。

韦政通读过以后，不仅未因陈耀南对自己《中国文化概论》中艺术一章的一些批评而不满，反倒觉得陈耀南为香港青年学习中国文化所编的教材有独特的优长，感佩之余写了一篇《读香港新编中国文化概论》的评论文章，刊登在台湾七月十五日出刊的《远见》杂志上。在这篇文章中，韦政通简单列举了全书的大致内容，包括书中所留思考题等，之后指出："由以上的简介，不难看出编者陈

① 《启思教学通讯》一九九二年第六期第二版。

耀南先生对这本教材所费的心血，并不亚于写本专著。”而就全书所表现和提供的教育方法而言，“已包括启发、反诘、举隅、比较、思考，自学辅导等教学方法，该有的都有了。虽不敢说这本教材已接近完美，但就了解中国文化的课程而言，是具有开创性的。”韦政通进而想到台湾的情况，认为台湾的青年学生，也已对中国文化产生了“渐渐疏离的感觉”（虽然与大陆在文革时期强行斩绝青年与中国文化的情况有明显不同，但情况一样很严重），原因虽然可能各有不同而又多种多样，“但各级学校对国文这门课程的教学与取材，长久以来缺乏创意，应是一个重要原因。”韦政通进而指出：“在选读古典文献之外，另选若干现代人讨论中国文化的篇章，二者并重，互相参照，不仅可激发学生研讨中国文化的兴趣，也可以使他们知道，中国文化与我们的生活、理想皆密切相关。这是今后中国文化课应该努力的方向”。韦政通就此感到：“香港的做法值得我们借镜。”①

陈耀南看到了这篇文字之后，很快于香港《快报》上发表了《卓识与雅量》的文章，说是欣喜地见到了“半月前出版台湾著名《远见》杂志的文化专栏里韦教授的大作：《读香港新编中国文化》。”

陈耀南在文章的一开头就特意明确交待了韦政通的客观成就、实际地位，和在学界以及社会各界的影响力：“韦政通教授，著名中国思想史学者。早期问学于新儒家牟宗三教授，其后别辟蹊径，深造自得，著作等身，蜚声于学界。四分之一世纪前，韦氏著《中国文化概论》一书，条理分明，议论精卓。”陈耀南接着在文章中再次陈述自己对韦政通《中国文化概论》中有关《艺术》一章的看法。陈耀南认为这一章在韦政通《中国文化概论》整部书中，于论述方面正是需要进一步加强的一章，而“偏偏教署指定暑假后中

---

① 《远见》一九九二年第八期，第一四二页。

六、中七‘中国文化’六篇选文的之一，就是韦教授大著的这一章。”陈耀南在韦政通整部书正面启发和导引的基础上，却不得不对有关艺术这一章略表不满之意。

本来陈耀南对自己“批评”韦政通这一章的说法，心里是有所不安的，深恐因此惹恼了韦政通，妨碍他在这一方面对自己的进一步指导和帮助。可是，当他看到韦政通在《远见》上所发表的评论文章后，心中顿生欢喜，更加由衷的敬佩：“韦教授不特没有以陈某书中批评他的话为忤，反而称誉拙编教本涵盖面广，有开创性，增进知识，启发思考，可以作自学辅导。”陈耀南以“陈某庆幸自己的心血，有内行的知音者，并且由衷敬佩韦教授的雅量”① 一句，兴奋而愉悦地给这篇短文做了结语。

陈耀南和韦政通，对于中国文化的传播与传承，都不仅像陈耀南在教学研讨会上所说的“不亏于责，不愧于心”，而且对于香港青年了解和学习中国文化，都是有大功于后世的人。陈耀南为香港青年学生学习中国文化，做出了积极而卓有成效的努力，做出了越到将来越会被有识之士认识到的杰出贡献。而韦政通因为本人著述被选为教材内容，同时又被陈耀南借鉴，转而再为陈耀南的新教材张目、宣传，也为香港中学生学习中国文化做出了积极而有益的努力和积极有效的贡献。

## 不是结尾的结尾

风雨如晦，鸡鸣不已。

陈耀南积极为推动香港青少年学习中国文化，增进他们对自己祖国文化的认识和认同，本来满怀热诚地准备在香港回归后为中国文化的普及做出更多贡献，却在香港回归之前，因故辞掉香港大学

---

① 香港《快报》一九九二年八月十一日。

中文系的教授职位，移民澳大利亚，皈依耶稣。传布耶教的同时，却仍在悉尼创立“南洲国学社”，讲授经子、诗词、古文，组织汉语演讲、作文比赛和评审等。中国文化已经沁润到他的骨髓深处，无论走到哪里，这种人生的底色都不会黯淡下去，弘扬中国优秀历史文化传统的热望，已经成了他不招自来的使命。

此后韦政通虽然仍在频繁往返大陆、台湾之间，为普及和弘扬中国文化不辞辛劳，但因多半都直接前往邀请地，没有机会再去上海。而黄丽镛身体不好，虽然有一次可能去台湾的机会，却因种种意想不到的原因没能成行。除了一九八八、一九八九两年跟韦政通实际在上海短暂的相见、相处之外，黄丽镛没再获得与韦政通相见的机会。一九九九年九月二十一日，台湾发生了震惊一时的“九二一大地震”，伤损异常严重。听到消息后，黄丽镛赶紧写信给韦政通，问询先生与家人情况，祝福平安。就像韦政通和陈耀南关心他的健康一样，他跟陈耀南，同样对这位亦师亦友的独立思想者，内心充满了无限的敬重和真挚的关心。

二零一八年八月五日，韦政通辞别人间。三人在特殊历史场景下的特殊交往，也就永远地成为了历史的过去。

逝水东流，当黄丽镛一往情深地向笔者讲述他们之间曾经的交往时，我从这位系心中国文化的八十岁老教授的眼中，看到了隐含不住的晶莹透碧的泪光。那种对韦政通深深的留恋，仿佛是中国文化不息的源泉一样，正从他的心中汩汩地流淌出来……

（王立新，深圳大学人文学院教授）

［俄罗斯］弗·邦达连科　著　古　澄　译

# 寡言少语的人
## ——二〇一二年诺贝尔文学奖得主的肖像特征

俄国伟大诗人费奥多尔·丘特切夫曾写道：“不要说出来、要把自己的情感、自己的想往都隐藏起来……”俄国伟大文学的勤奋学生、中国作家管谟业在青年时代遵循了丘特切夫的这句教导，给自己取了个笔名：莫言，中文的意思是不要说话。在生活中他的确也是这样的人——寡言少语、从容不迫。我和他是在一次文学会议上相识的。会上并没有记者争先恐后地跑来对他采访。谈起俄国文学他也是慢条斯理地选择最适当的表达方法。他对俄国文学，无论是古典的、无论是当代的都很熟悉，他特别高兴有机会与俄罗斯当代著名作家拉斯普京相识，后者也是一位寡言少语的人。遗憾的是我没有给他们这两位非常相像的人拍张合影留念。莫言当时是中国作家协会副主席。一般来说他个人简历非常“规范”。一九五五年出生在中国山东省东北部的高密县，十二岁时辍学，开始在农田干活，后来到了工厂。一九七六年应征入伍，莫言在军队中开始学习文学。加入了中国共产党，至今仍为党员。如同在我们前苏联一样，作协书记们当中有人是公开的写作狂，例如邦达列夫。同样莫言在担任领导职务时也能抽出时间进行创作，写出了出色的小说。记得我和他开玩笑，说：《酒国》（《俄国白酒》）更适合于俄罗斯，而不是中国。不过很遗憾，在由《双耳罐》出版社出版的译著名称是《葡萄酒之国》，可我总觉得第一次在北京听到的《俄国白酒之国》可能更为准确，令人吃惊的是：莫言的作品被译成俄语甚少，只有少数汉语爱好者自愿翻译的几篇短篇小说，而其他大量作品都没有翻译成俄语出版。他创作出版了十一部长篇小说、大量短篇小说和随笔。《双耳罐》出版社仿佛预感到将会获奖似的，决定出版莫言的《酒国》和《丰乳肥臀》这两部作品，均由著名汉学家伊戈尔·叶戈罗夫译成俄语。《双耳罐》出版社已经第二次成功预测诺奖得主了，上一次是“猜中了”土耳其作家帕穆克，而这一次是莫言。莫言上述两部作品的部分翻译稿在互联网上我已经读过了。

请您集中精力克服一切困难努力让自己把《丰乳肥臀》读完，那时您会发现这部长篇小说与俄国20世纪中期的农村小说有很多相同之处。通过山东省的一个姓上官的铁匠家庭中的女人的命运展现中国农村的历史，女主人公是九个孩子的母亲，她用自己的乳汁喂养了自己的孩子，还喂养了别人家的孩子，甚至自己的孙子们。正如莫言所说：“在人世间没有什么比‘母亲’这一称谓更神圣的了，在人世间没有什么比母亲的感情更无私的了。在世界文学作品中所有歌颂母亲的情节都最令人感动、最能催人泪下。”

莫言以沉重的心情创作出表现中国官员们普遍流行的大吃大喝的小说《酒国》，它刊登在《莫斯科共青团员》报上，一下成为轰动事件，我们的读者感到震惊。很快作品的片段就被俄文版的《花花公子》转载，这部长篇小说中有激烈紧张引人入胜的情节、毫无掩饰的场景，甚至过分残酷的事例。翻译家叶戈罗夫写道：“事情发展到某省检察院收到一份举报信，这部书就是以这个情节作为开篇的。书中包括侦察，包括一个初学写作者与莫言的来往信件，还包括一些附加的短篇小说，也就是说，这部作品是由几个部分组成的三重文本，而作者逐渐地把读者引向现实与莫言和初学写作者互相往来信件并开始交织。用这种方法表现周围的一切是多么狂妄，多么丧失理智……”是否有很多事实在当今俄罗斯也存在呢？是否与亚历山大·普罗哈诺夫的《星球人》有相似之处呢！

莫言最近长篇小说《蛙》在二〇〇九年出版，是反映中国出生率问题的。作家认为：“最近三十年，我国居民无论在物质生活标准，无论在精神水平方面，中国都经历了巨大的进步。这种进步是极为明显的，不过，当然也有很多日常生活问题不能使我们满意，不言而喻，中国在发展，而发展也带来新的问题，例如：环境保护问题或者高度道德标准下降问题……”——他直截了当地对持不同政见作家说：“文学经常与政治有关，例如：在我们的生活中有很多尖锐问题，最好不要直接触动。在这种情况下，作家应该发挥想象力，创造非现实世界，或者相反，用怪诞的方法夸大局势——使一切都明显而突出，直截了当，与此同时一切都带有现实世界的痕迹。我相信，任何限制和检查制度对于文学来说都大有裨益。”

莫言的长篇小说有时候因为被检查而长期不能出版，就拿《酒国》来说吧，也是很长时间没有出版。不过莫言也像俄罗斯当代作家瓦西里·别洛夫和费奥多尔·阿勃拉莫夫一样具有足够的农民忍耐性……莫言已经获得很高的声望，他可以周游全世界，只要他愿意，早就能够留在任何一个地方了，可他没有这种愿望。

今天，他勇敢地与限制生育而斗争，最近长篇小说《蛙》的女主人公原型是莫言的姑姑，她是农村的接生婆，曾为莫言和上千个孩子接生，可后来按照领导人的指示开始给人们堕胎。姑姑只能在一些泥捏的娃娃中找到慰藉，她丈夫是位手工艺人，他捏了泥人，在他们身上看到因被人工流产而死去婴儿的灵魂。

二〇一二年十月十一日瑞典文学院授予莫言诺贝尔文学奖以后，我们的自由派评论家们急忙把这位诺贝尔新得主与卡夫卡、福克纳相媲美，或者最低限度把他与帕维奇相比，只是根本没有把他与俄罗斯作家相比较。是的，也只能如此——要知道，对于这些评论家来说，太阳只能从西方升起。然而与此同时，所有中国的主流作家：从莫言到苏童、从贾平凹到王安忆都写过他们对俄罗斯文学——古典的和当代的抱有崇敬和热爱之情，而我们的评论家们则极力把他们归入到西方后现代主义行列。

莫言本人与他的笔名完全相符合，他认为最好不要表示出过分的高兴，只发表了普通的声明。根据援引莫言的话报道：他当然高兴，但是他并不认为这个奖象征着什么，他说："感谢信任，我将继续工作，创作出新的作品。"这位五十七岁的诺奖得主是在山东省高密县自己家里从来自斯德哥尔摩的新闻中听到这一消息的，听了之后相当惊奇，他说："我能获奖，我感到吃惊，因为我觉得自己不是最当之无愧的。有很多优秀的作家，而我的写作水平并不够高超……"顺便说一下，莫言不止一次把诺贝尔文学奖得主，苏联作家米哈伊尔·肖洛霍夫称作是自己最喜爱的作家。从近年来诺奖得主的情况看这一次多少有点不够典型，没有授予抱有敌意的持不同政见作家，而是授予在中国受到尊重的著名作家——这是对伟大中国给与的尊重吗？或者是证明在对现实的审美感方面有了某种巨大而深刻的进展呢？

按照诺贝尔颁奖委员会的说法：莫言把"幻觉现实主义与民间传说，历史和社会现实结合在一起"。可是在我国著名作家阿斯塔菲耶夫《鱼王》或者阿·伊万诺夫的《永恒的召唤》中我们也发现有同样的特点。只不过，在俄罗斯当代作家中似乎任何人都无缘获此殊荣。看来，事情也不仅仅在于作家，而是在于整个国家。中国在最近的二十五年在经济和文化领域飞速发展。而俄罗斯则相反，失去一个阵地又一个阵地，如果这种局势不改变，我们就不能在境外获得任何尊重。然而，这才是灾难的一半。而最重要的——

我们可能失掉具有伟大历史和文化的俄罗斯本身。

译自俄罗斯《明日报》2012年第42期

（弗拉基米尔·格利格里耶维奇·邦达连科（1946—），俄罗斯著名文学评论家、记者）

［俄罗斯］谢·托罗普采夫　著　杨　庄　译

# 诺贝尔文学奖新得主
## ——莫言

**译者按**　中国作家莫言成了二〇一二年诺贝尔文学奖得主，因为他把“幻觉现实主义与民间传说、历史和当代社会结合起来。”莫言如今在中国确实是发行量最多、最受欢迎的作家之一。他的长篇小说被翻译成世界多种语言，其中包括俄语。

**关键词**　莫言　中国　文学　诺贝尔

莫言，是笔名，原名：管谟业。一九五五年二月十七日出生在山东省高密县一个农民家庭。在那个时代农民应该是一个好的社会成份，可他的家庭比较富裕，这给他后来的生活带来思想意识形态方面的麻烦：在“文化大革命”期间他不得不辍学，在农田干活，接受“再教育”很多年。然而一九七六年他有机会参加了中国人民解放军，甚至还当上了班长。一九八六年莫言毕业于解放军艺术学院，1991 年获北京师范大学文学艺术硕士学位。他是香港大学文学名誉博士（二〇〇五年）、青岛科技大学客座教授（2011 年 11 月起）。莫言早期作品《春夜雨霏霏》、《丑兵》等一九八一年在河北省文学杂志《莲池》上发表。

20 世纪 80 年代末他的长篇小说《红高粱家族》被当时年轻导演张艺谋拍成著名影片《红高粱》，影片获柏林电影节金熊奖，由此莫言的知名度大大提升。因为当时张艺谋在接受很多记者采访中都特别强调小说作为电影脚本文学基础的巨大作用，它促进了电影的成功，导演说："莫言创造了类似马尔克斯笔下的某种世界……这是对生命力的独特解释，是狂妄的生活立场，这是任何东西都无法阻挡的生活被涂上理想的色彩，这在中国人中间，甚至在当代中国人中间都极为罕见。"在二〇〇〇年的《亚洲周刊》上把莫言的这部长篇小说列入20世纪中文小说一百强。

莫言写了十一部长篇小说，其中最著名的有：《丰乳肥臀》、《檀香刑》、《四十一炮》、《生死疲劳》、《酒国》三卷本的随笔集《说吧！莫言》。中国文学理论家把莫言归入80年代末期广为流行的"寻根"流派，有时，人们称他是"中国的福克纳，""中国的马尔克斯"，"中国的卡夫卡"。

莫言最近一部长篇小说《蛙》二〇〇九年出版，描写的是在中国出生率下降问题，二〇一一年获茅盾文学奖。莫言是九部电影脚本的作者，其中包括《红高粱》（1987年）、《幸福时光》（2000年）、《暖》（2003年）这几部影片都是根据莫言作品拍摄的。

莫言作品被翻译成十余种语言，其中包括：英语、法语、德语、挪威语、瑞典语等。用俄语出版的有短篇小说《姑妈的宝刀》，至于长篇小说目前在俄罗斯只有一些片段出版。圣彼得堡的《双耳罐》出版社恰恰在授予作家诺奖时刻出版了长篇小说《酒国》，在这部小说中剖析了一个陷入生存窘境的人的心理，书中有很深层、很浓重的神话色彩。这部小说是关于"生活怎样影响文学，进而文学怎样影响生活，更进一步的是——文学怎样影响文学，有这些提法组成一个愚蠢的怪圈，这种荒诞的怪圈就像在目前的中国一样，在中国充斥着无主义的浪漫主义革命口号、民间口头创作中的魔法、妖术、对资本主义和文学力量的相信。从理论上看可以说《酒国》是一部讽刺性小说，但是这不完全像果戈理和佩列文的长篇小说那种意义上的讽刺，而是生活本身就是由许多荒诞事件构成的洪流，源源不断。”

一九九〇年初中国的书刊检查部门曾禁止出版该书，理由是小说中过于自然主义地描写了某省中的贪污腐化、饕餮酗酒泛滥成灾的场景。被禁止的还有其他作品。《酒国》一书的翻译家叶戈罗夫在接受采访时（2012 年 10 月 17 日）指出：“只有市场帮助莫言走出困境。他的作品长期不能出版还由于涉及‘八九风波’。也就是说，一切并非如此简单。而目前无论检查人员怎样看待他的作品、他的思想。但他们也不能不承认他的天才，他属于第一流作家的地位。”

莫言本人认为检查制度与其说是不可避免的灾难，倒不如说是对创作的推动力。在伦敦国际书展上接受英国《格兰塔》杂志编辑约翰 · 弗里曼采访时被问到：是否尽最大可能采用灵活巧妙的方法绕过检查制度，公开地运用魔幻现实主义并把它当作较为传统的写作手段，这是否使作家有可能表达自己最深刻的构思而又不致引起争议呢？——莫言对此回答说：“是的，是这样。文学中很多手段具有政治意义，例如：在我们的现实生活中有一些尖锐、微妙的问题最好不要涉及。在这样的临界点上作家可以任意发挥思想力，为的是使这些问题与现实世界分离，或者作家夸大问题，与我们的现实世界比较更加突出、明显，鲜活生动、真实可信。一般来说，我认为限制或者检查能够更好地推动文学创作。”

莫言创作获得中国和国际的最高奖励，其中包括《大家》杂志奖（1997 年）、“鼎钧双年文学奖”（2003 年）、茅盾文学奖（2011 年）等，二〇〇六年莫言以 345 万的稿费收入被列入到“中国最富作家前二十名”名单中。获美国诺伊施塔特文学奖（1998 年）。在法国获骑士荣誉勋章。

莫言绝不是中国当代最为流行的作家，在网络和报刊赞扬莫言的人当中大多数人都没有阅读过他的作品，他们认为莫言获奖当之无愧，这是中国文学发展的象征。中国大多数人在互联网上阅读所谓的网络文学。

在充分肯定莫言作品很多优点的情况下，不能不承认他作品中讲述的内容与当代读者相距甚远：关于农村生活、关于一九四九年前、后中国现代的历史，况且在这些内容上还掺进了幻觉、幻象之类的调味品，为民间口头创作中添加了这样的佐料，当然读者读起来很不容易。顺便说一下，恰恰是这一点，莫言作品吸引了导演张艺谋，张艺谋善于理解并抽出这条“魔幻的筋脉”，他曾为此做出了巨大的努力（现在张艺谋更多地是导演一些通俗易懂的电影，而莫言其他长篇小说也被其他导演改编成电影，不过只是再现了情节而没有挖掘到民族—心理的深度）。

莫言的著名长篇小说之一《生死疲劳》（2006 年）无论从读者接受的角度、无论从相应的电影语言处理都很难拍成影片。小说的情节是人民政权建立初期一个被处死地主的灵魂到了地狱，后来轮回再生，他回到了人间，起初变成了动物：驴、狗、猪、猴子，最后变成了人。通过上述不同动物在人间的感受揭示了中国农村新的历史，经历了大跃进、全民集体化和“文化大革命”等曲折、艰难的道路。

诺贝尔颁奖委员会，把莫言的文学世界与福克纳和马尔克斯比较时指出：莫言在自己的作品中把中国古典文学和民间口头创作传统作为遵循的目标。

颁奖委员会的评价（莫言把“幻觉现实主义与民间传说、历史和当代社会结合起来”）

引起谙知文学术语的人们的惊奇和不解，其中有人甚至把莫言称之为“幻觉现实主义之父”。

诺贝尔颁奖委员会在官方网站上建议读者特别应关注莫言的长篇小说《天堂蒜薹之歌》，书中写的是农民按照地方官员的指标种植蒜薹，结果非常畅销，农民们一下子就富裕了，这是一个真实的故事，小说创作于一九八八年，一度被禁止出版，二〇〇五年一经出版就被抢光了。

诺贝尔奖得主大江健三郎对莫言评价很高，他说：如果他有这个可能，他一定授予莫言诺奖。厄普代克对莫言也很称赞。

二〇一二年十二月八日在获奖感言中莫言说："我的作品——是中国文学，但是这也是世界文学的一部分。作品中反映了中国人民的生活，中国文化和风俗的特点。与此同时，我的小说从广义上讲——是描写人可以坦率地说：小说是站在人的视角表现人，因此，我认为我的小说不是地方性的，它没有种族和民族的局限。"值得指出的是莫言作品中有大量的方言，尤其是早期作品，甚至中国人读起来都特别困难，方言之多种多样乃至中国的语言学家们都开始辩论：这是不是一些独立的语言。对于外国的翻译家们来说方言该是何等困难啊！

中国官方当局这一次对诺贝尔颁奖委员会的决定表示欢迎。在报刊上莫言的同行们发表评论中指出：授予中国作家诺贝尔文学奖象征着国际社会开始承认中国文学。

主流报纸和互联网上指出：诺奖颁奖委员会和互联网上指出：诺奖颁奖委员会终于持客观态度评选出诺奖得主。而有一些评论家认为：这一奖项意味着世界不仅对中国文学的认可，而且也是对现今中国整体威力和意义的认可。

无论事情怎样，我们都将希望授予莫言诺贝尔文学奖将对非常担心出版中国文学作品"不挣钱"的俄罗斯出版社给与推动。《酒国》的译者叶戈罗夫对此解释说："……大多数俄罗斯人对待中国文学具有一种公式化的概念，那就是没有意思、陈词滥词、枯燥乏味，这是'文化大革命'时期给我们留下的印象，当时的确把文学和艺术当做政治宣传的工具，那些宣传品简直无法阅读。然而现在在中国改革开放已经三十年了，国家发生了根本性的变化，中国文学也变成了另外一种面貌。文学中体裁特别广泛，而重要的是出现了一些在世界文学中占据当之无愧的地位的文学作品……

译自俄罗斯《远东问题》杂志2013年第1期

（谢尔盖·阿尔卡季耶维奇·托罗普采夫（1940—），俄罗斯著名汉学家、翻译家）

袁 晞

# 六十年前的冲突和战争

二十世纪六十年代初，冷战的寒气已退，正在形成中的美苏和解局面被印度总理尼赫鲁用来证明世界大国终于接受了自己为世界和平所开的处方。在这样的全球格局下，中国和印度这两个世界上人口最多的国家却边界争端激化，直至爆发了战争。

《国际事务概览》一九六二年卷（D. C. 瓦特编著）说："研究战争对亚洲均势的影响，推测中国人的动机和考查外部世界的态度，都是饶有趣味的。"

早在一九五四年六月，周恩来总理参加日内瓦会议返北京途中在新德里停留三天，他在访问期间的答记者问提出，以中印西藏协定的指导原则为各国关系的准则——相互尊重领土完整、互不侵犯、互不干涉内政、平等互惠、和平共处。"这些无可指摘的意见和周先生本人似乎获得了巨大的成功，至少赢得了印度一部分舆论的支持。"西方报纸这样评论。

周恩来的话事出有因，尽管访问成功，有"印度人中国人是兄弟"的口号，但一些印度政客和媒体在两国边境问题是有所图谋的。

追溯中印边界的历史，东线的争议起于麦克马洪线，西线则是阿克赛钦地区。

麦克马洪线要从多年前说起，一九一三年秋至次年春夏的西姆拉会议上，英国公开采取的行动是要使中国同意把西藏划分为两个区域，即内藏和外藏。中国人不愿接受英国的提议，但也未能立即加以拒绝。国家的软弱使中国不得不到会议桌上来。会后，与会的英国代表团团长麦克马洪强加给西藏一条界线，其实质就是把一九一四年以前的英属印度的边界（一般称“外线”——本文注）向北推进了九十多公里，把边界从战略上暴露的山麓提升到喜马拉雅山山顶上。

白眉初著于一九三〇年的《西藏始末纪要》记述了此次会议：“二年十一月，在印度森姆拉，开中英藏三方会议（“二年”指民国二年，公元一九一三年；“森姆拉”即今译的西姆拉；“藏”指当时的西藏地方政府——本文注），“三年”二月，英忽创提划分内外藏之新议，四月二十七日，会议终结，中国委员陈贻范，擅签草约，五月一日，政府通电拒绝之，是为森姆拉会议之破裂，以后曾经四次交涉，皆无结果而罢……”

麦克马洪线从始至今就遭到中国拒绝，在实践上西藏地方政权也不曾理睬过。这一地区争议的面积达八万多平方公里。

西线的阿克赛钦地区是夹在喀喇昆仑山和昆仑山两大雄伟的山脉之间海拔五千米以上的荒凉高原，寸草不生，无人居住。历史上一直属于中国，一八九二年中国在喀喇昆仑山口树立了界石，宣告中国的疆界自此开始，统治印度的英国当局也没有反对。新中国成立后，新疆和西藏间唯一通道的新藏公路从这里通过。印度说这一地区约四万平方公里的土地属于印度。

曾任《泰晤士报》驻南亚记者的内维尔·马克斯韦尔在他的专著《印度对华战争》中写道：“或许因为中国从同俄国打交道的经验中懂得，边界条约是邻近的帝国手中用以宰割中国领土的利刃。总之，中国对英国谋求确定共同边界的多次尝试都设法回避了。”他还说：“在西北和东北段，由于没有可以充当缓冲的独立小国，英国当局就寻求同中国建立安定的边界。但当时它没有能够做到这一点，这就导致了二十世纪中叶的印度和中国之间的边境战争。”

马克斯韦尔分析说，大英帝国只关心战略利益而不关心领土，可以为全球战略任意制定或变更边界；而一旦殖民地独立，边界就成为祖国神圣领土，政客们如果改动边界，只会自招风险。独立后的印度总理尼赫鲁就是这样的政客。从一九五〇年开始，印度的政策一直是说北部边境不容谈判。最初主要是指麦克马洪线。北京对这个问题的方针是完全相反的，中国期望先讨论边界走向，然后再加以确认。

中华人民共和国成立后，中国和印度的国家关系也几经反复。新中国成立之初，中国和尼赫鲁执政的印度并不友好，即使两国在一九五〇年四月建交后，《人民日报》出现尼赫鲁的名字时，经常说他是美英的走狗、“美帝帮凶”。一九五〇年九月尼赫鲁在印度外交政策的演讲中说，联合国应有新中国的席位；年底印度又为朝鲜停火充当调停，虽然是表示中立，但对中国是善意的；此后又多次为和平解决朝鲜问题提出建议；中印关系趋向友好。一九五四年六月，周总理顺访印度，受到尼赫鲁和印度人民的友好接待。一九五四年十月尼赫鲁访华，到北京当天，毛泽东就会见了他，十月二十日《人民日报》头版头条是《印度总理尼赫鲁到北京》，二条是《毛主席接见尼赫鲁总理》，第一版上方还有会见时的大幅照片。北京各界举行了有两万人参加的盛会欢迎印度贵宾。二十三日毛泽东又会见他，并在中南海设宴招待他，第二天《人民日报》头版头条的大标题是《毛主席欢宴尼赫鲁总理》。

我母亲曾在机场欢迎群众的队伍里亲眼见到周恩来与尼赫鲁的独生女儿英迪拉·甘地用英语亲切交谈。上世纪五十年代北京接待外宾还没有程式化，经常是临时从机关里找一些穿着整齐男女干部到机场迎送，我母亲当时在铁道部工作，某天上班时被叫去欢迎印度贵宾，有机会近距离地看到了这一历史场面。

从周恩来访印到尼赫鲁访华，两国之间的友好关系进入非常友好的时期，以《人民日报》的报导为例，一九五五年有三百八十一篇文稿中有尼赫鲁的名字，一九五六年有三百九十一篇有他的名字。《人民日报》出现尼赫鲁名字最多的是一九六二年和一九六三年，有他名字的文稿分别是四百二十二篇和四百二十八篇，不过那时他已是反面角色了。

但即使是友好时期，两国对边界的看法还是大相径庭，双方都没有接受对方的观点。双方对边境的争议甚至从麦克马洪线扩大到中印边境全线。

周恩来多次明确说明中国的主张，他曾对印度友好人士说："你们保留你们所掌握的地方，你们也可取得存在争议而又未被双方占领的地方，而我们则保留我们所掌握的地方。"从一九五九年底起，世界和印度都看出，中国对两国边界的建议是：东段承认以麦克马洪的划线来换取印度在西段放弃对阿克赛钦的要求。而印度却要中国不仅接受麦克马洪线，而且还必须承认中国实际控制的阿克赛钦地区是印度的领土。

尼赫鲁说："我们的地图表明麦克马洪线是我们的边界，不管地图不地图，这就是我们的边界。这个事实没有变，我们坚持这条边界，我们决不让任何人越过这条边界。"

一九五九年西藏叛乱后，印度为叛乱分子提供庇护。印度政府对西藏叛乱的态度使中印关系恶化，结束了两国五十年代中期的蜜月期。《人民日报》一九五九年五月六日发表多达17000字的编辑部文章《西藏的革命和尼赫鲁的哲学》。这样的文章在《人民日报》并不多见，一般是评论极为重要的事情。

编辑部文章写了西藏的历史和现状后，重在批判尼赫鲁关于西藏的言行，但口吻还比较客气，文章有这样的话："尼赫鲁先生是我们尊敬的友好邻邦印度的总理，是世界上有威望的政治家之一。对于我们来说，尤其不能忘记的是，他是一位中国的友人，一位帝国主义的战争政策和侵略政策的反对者。而且，他对于社会进步，也曾经发表过不少开明的言论。”

文章说：“尼赫鲁总理说，印度对于西藏问题的反应实质上不是政治性的而是本能的，它主要是一种基于情感和人道原因的同情，也基于同西藏人民久远的宗教和文化联系所造成的亲密感情。我们了解，印度人民对于中国的西藏人民具有亲密感情；不但如此，印度人民对于整个中国人民也具有亲密感情。周恩来总理访问印度的时候，到处听到‘印度人中国人是兄弟’的热烈口号，此情此景，恍如昨日。对于西藏人民的感情，怎么能被用来作为一些政界人士损害对中国人民的感情和干涉中国内政的理由呢？这种逻辑具有一种显然的危险，因为，如果这样的逻辑是可以成立的话，那末，在西藏走上了民主的社会主义的繁荣强盛的道路之后，是不是也可以用久远的宗教和文化联系为理由，组织什么‘支援阿萨姆邦人民委员会’、什么‘北方邦事务委员会’，来干涉印度的阿萨姆邦或者北方邦的事务呢？西藏自治区政府以及整个中国政府，是否也可以把对于阿萨姆邦人民或者北方邦人民的深切同情宣布为一项基本政策，并且根据这种政策对那些邦的事务指手划脚呢？”

文章写道：“人们不难看出，印度政府虽然不打算占领西藏，或者使西藏正式独立，但是的确力图阻挠中国在自己的领土西藏行使完全的主权。”

文章强调：“我们同尼赫鲁先生可以有这样那样的意见分歧，但是在这一点上大概是没有分歧的，就是中国并没有干涉印度的内政。中国人民只是在印度方面发出了大量的污蔑性的言论之后才开始回击的。”

一九六〇年后印度政府制定和通过了所谓的“前进政策”，即印军不要进攻中国阵地，但将插入中国据点之间的空隙地带。其目标是，第一，堵住中国人进一步向前推进的可能路线；第二，使阿克赛钦有印度人在场。遵照“前进政策”，印度逐步占领了麦克马洪线南面全部有争议的地区，在外线和麦克马洪线之间的地区设立了“东北边境特区”。在东线，印军甚至越过麦克马洪线建立哨所；在西线，印军也在中国控制区内设置哨所。马克斯韦尔说：“随着前进政策的执行，总要碰到相撞点。但印度仍然深信在这场巨大的‘胆量比赛’中，最后扭身逃跑的将是中国。”“尼赫鲁相信在一场地方性的冲突中印度军队将打败中国。”并且拒绝中国提出的双方各自后撤二十公里的建议。

还要说的是，中印边界争端几乎从一开始就同中苏争吵交织在一起，两者互相影响，互相激化。马克斯韦尔在《印度对华战争》中写道：“事实上，苏联在一个共产党国家和一个非共产党国家之间的严重争端中保持明确的中立，就是在国际关系和意识形态上逃避兄弟般的团结的责任。”莫斯科的这种做法“实际上指责中国的立场”。苏联的明确中立态度却鼓励印度坚持自己对边境问题的立场。一九六〇年二月六日苏共中央在给中共中央的口头通知中说：“以为印度这样一个在军事和经济方面远比中国软弱的国家，真的会妄想对中国发动军事进攻，进行侵略，那是完全不严肃的。”

马克斯韦尔在书中分析中国的动机时说：“中印争端已成为中苏之间重大争执的一个因素。对印度进行了打击，就可以把中国所认为的尼赫鲁与美国共同反华的隐蔽联盟公开出来，从而揭露莫斯科支持印度在意识形态上所犯的错误。这样势必在印度国内削弱了尼赫鲁政府，从而也就支援了印度的被压迫阶级和革命力量。这两种结果，都证明了北京在反对莫斯科方面所持的立场是正确的。”中国认为，打击印度，会让美国主子心痛，也证明了苏联的背叛。“因此，对印度进行有效的军事打击，就能在两盘不同的棋局里将对方的军。”他还说：“使部队长期保持防御的态势，只有当印度在其所选择的时间和地点进行挑战时才做出反应，这在任何一个战略家看来都是毫无道理的，而且这样做也必然是背离毛泽东的军事学说的。”

中印军队冲突的时候正是古巴导弹危机最紧张的时候，赫鲁晓夫一边盯着加勒比海，一边想着喜马拉雅山，两头为难，焦头烂额。

后来的中苏论战时，《人民日报》发表编辑部文章《苏共领导联印反华的真相》，抨击苏联在中印冲突中的立场。文章从中印边界问题是一个重大原则问题，还是一个微不足道的问题？是谁坚决维持边界现状，是谁挑起边境武装冲突？社会主义国家对于资产阶级反动派的武装进攻，应该采取什么态度？是谁没有和平解决中印边界问题的诚意，是印度还是中国？这四个大问题批驳苏共领导。

除了苏联，还要想到另一个大国——美国。西方中国问题专家麦克法夸尔在他的专著《文化大革命的起源》中说，在一九六二年六月底美国告诉中国它不支持国民党进攻大陆，中国得以集中精力处理中印边界问题。他在书中引用当时中国驻波兰大使王炳南的回忆写道：“中国参加华沙会谈的大使王炳南奉周恩来之命中止假期返任以探明美国的立场，美国的立场被认为是国民党是否进攻的决定因素。一九六二年六月二十三日，应中国二十四小时之前的要求举行一次中美大使级谈判，在王的住所吃茶时，王炳南大使警告他的美国对话者约翰·摩尔斯·卡伯特（美国驻波兰大使——本文注）不要支持国民党的反攻。卡伯特向王炳南保证，华盛顿不支持台湾政权任何进攻大陆的企图，这个立场在几天以后由肯尼迪总统公开证实了，但同时又重申美国有保卫台湾的义务……”

《人民日报》六月三十日以《肯尼迪妄谈台湾海峡局势》为题刊登新华社消息报道了肯尼迪的言论，副标题强调“再次显露美帝国主义的阴险狡诈面目”。消息说，美国总统肯尼迪二十七日在记者招待会上就台湾海峡的局势发表了一项声明。消息写道：“肯尼迪在声明中重申美国霸占中国领土台湾并阻挠中国人民解放台湾的侵略政策不变。他又一次谈论所谓‘反对在台湾地区使用武力’，要中国人民同意放弃解放自己的领土台湾的权利。肯尼迪说，美国的‘基本立场始终是反对在这个地区使用武力。在几年前，艾森豪威尔总统曾经一再努力想使共产党中国同意共同放弃在台湾地区使用武力，我们仍然支持这种政策’。”“肯尼迪又说，‘我要重申，美国在这个地区（台湾海峡）的目的是和平的和防御性的。’”消息还说：“在肯尼迪发表声明以后，有记者追问他，美国对蒋介石匪帮企图窜犯大陆究竟抱什么态度。肯尼迪规避作正面回答。他只是说，‘我认为，（我的）声明表示了我今天想表示的看法……我今天也已经讲清楚，我们在这一地区的安排是防御性质的。’”

新华社虽然是以抨击敌人的口气写的消息，但其中透露的信息非常明显：美国只会帮着蒋介石守住台湾，而不想帮助台湾攻打大陆。六十年代初期中国大陆经济困难、中苏关系走向破裂、中印边界形势紧张，台湾当局反攻大陆的声浪因这些因素而甚嚣尘上。肯尼迪在这个时间、这种形势下发表声明的用意其实很明显，对台湾当局反攻大陆的态度也很明确——反对。这无疑给蒋介石拨了一瓢冷水，有美国的支持，国民党失去了大陆；没有美国的支持，反攻大陆决无可能。

这个时候，美国当局已经知道中国和苏联关系破裂，让中国与苏联彻底决裂并可能逐步转向美国才是美国政府的上策，当然不能因帮蒋介石反攻大陆使中国重新依靠苏联。这恐怕是肯尼迪的深谋远虑。

《人民日报》把这条消息放在第一版的右下角，不是版上最重要的位置，但懂新闻语言的人都知道，这是个读者视线最容易注意的地方，一九七一年基辛格第一次来中国，这个轰动世界的消息就被《人民日报》摆在这个位置。

印度前陆军参谋长 K. S. 蒂马雅一九六二年七月曾写道：“即

使作为一名士兵，我也不能想象印度主动与中国发生公开冲突。中国目前在人力、装备和飞机上的力量超过我们一百倍，而且还得到苏联的全力支持，我们在可预见的将来不可能有望与中国相抗衡。必须由政治家和外交人员来保证我们的安全。”但尼赫鲁等政客却把这个国家推向战争。

《国际事务概览》一九六二年卷说：“如果不是因为涉及问题的严重性，那末，展望两个世界上人口最多的国家正在一万五千英尺至二万一千英尺（4500米至6400米——本书注）的高度，‘大部分属于干燥、贫瘠、多沙、当风的荒原，只有靠融雪供给水源的小溪’的地区里准备打仗，简直可以看成是一场滑稽戏。”

虽然是高海拔的不毛之地，但牵涉到国家的威信和尊严。

两个亚洲大国越来越走向战争。一九六二年十月十四日《人民日报》在第一版发表社论《尼赫鲁先生，是悬崖勒马的时候了!》。社论一开始就说：“看来，印度军队在中印边界东段向中国领土的大举进犯迫在眉睫了。印度总理尼赫鲁十月十二日宣布，他已经下令印度军队‘把中国入侵者从东北边境特区的印度领土上清除掉’。”

社论写道：“尼赫鲁把印度军队已经侵占和将要侵占的一切地区都叫做印度领土的东北边境特区，不管这些地区是在一九一四年英国人用红笔一划的那条所谓麦克马洪线以北，还是以南。按照一九一四年西姆拉会议的非法的秘密换文，这条所谓麦克马洪线的西端起点是在东经91度39.7分、北纬27度44.6分处向东延伸的，也就是经过哈东山口、沙留山口向东延伸的。中国政府始终没有承认这条非法的麦克马洪线，但是，中国军队却从来没有越过这条线。中国军队现在守卫的地区，都在这条所谓麦克马洪线以北，亦即在哈东山口、沙留山口之线以北，而印度军队侵占的兼则马尼（沙则）、扯果布、扯冬、卡龙、章多地区也都在所谓麦克马洪线以北，亦即在哈东山口、沙留山口之线以北。因此，真正应该‘清除掉’的是印度的入侵军队，而绝不是守卫自己领土的中国军队。尼赫鲁不管这一切，只要印度军队侵犯到哪里，哪里就被宣布为‘印度领土’，就被划入印度的‘东北边境特区’，要把那里的中国军队清除掉！”

社论说：“看来，尼赫鲁先生下定决心，要向中国边防部队发动更大规模的攻势了。”

社论还写道：“难道中国人就是这样软弱可欺吗？应当向尼赫鲁先生大喝一声：有着反对外国侵略的光荣传统的英勇的中国军队，是永远没有任何人能够把他们从自己的国土上清除掉的……在这中印边境情势发展到最紧急的时刻，我们仍然希望能够再作一次呼吁：尼赫鲁先生，悬崖勒马吧，不要拿印度军队的生命作你的赌注了。”

尼赫鲁没有勒马。一九六二年十月十七、十八两日，入侵印军在东段和西段边境上，猛烈炮击中国边防部队，挑起了大规模的武装冲突。为反击印度的侵略，中国军队二十日在东西两线发动自卫反击，到二十八日，击溃了作战目标的各处印军。

第一阶段作战结束前一天的十月二十七日，《人民日报》又一次以“尼赫鲁的哲学”为论题发表编辑文章《从中印边界问题再论尼赫鲁的哲学》，这篇长文有两万多字。文章阐述了中国政府在中印边界问题上的立场。

文章一开始写道：几年以来，尼赫鲁一直顽固地拒绝中国政府关于通过谈判，和平解决中印边界问题的建议，并且调动军队，不断地侵犯中国领土。一九六二年十月十二日，尼赫鲁悍然不顾一切，公开下令给印度军队要“清除掉”驻守在中国边境的中国军队。接着，印度侵略军队就在中印边界东段和西段发动了大规模的武装进攻，造成了中印两国之间的空前严重的军事冲突。中国方面始终希望避免冲突。然而，尽管我们忍让又忍让，克制又克制，我们所最不希望看到的事情仍然发生了。中国从来没有占领、也没有侵犯印度任何土地；但是，侵占着中国大片土地的印度方面，却蓄意用武力改变边界状况，扩大侵略。人们从这一连串的事实中，从最近时期中印边界局势的发展中，只能得出这样的结论：这一次严重的武装冲突，完全是尼赫鲁政府的蓄意挑衅和侵略所造成的。

文章三个部分的结论分别是：

——尼赫鲁所以要在中印边界问题上长期不肯和解，不断制造紧张局势，是有着不可告人的目的。关于这一点，我们只能从尼赫鲁所代表的同帝国主义利益密切结合的印度大资产阶级大地主的阶级本性来理解它，从以尼赫鲁为代表的印度反动统治集团在内政方面和外交方面的需要来理解它，从印度国内方面和国际方面的广泛的背景来理解它。

——以尼赫鲁为首的印度统治集团挑起中印边界纠纷，向中国挑衅，直到发动对中国的大规模武装进攻，是在他们的整个对内政策和对外政策走向更加反动的情况下发生的。他们所以这样做，是因为他们坚持扩张主义的政策；是因为他们企图用损害中印友谊、煽动反动的民族主义情绪的办法，来转移印度人民的视线，加紧对人民的压榨，打击国内进步力量；是因为他们要用反华运动来讨好美帝国主义，以获取更多的美元。

——我们坚定地相信，中印之间不论存在着历史上遗留下来的任何复杂问题，只要根据和平共处五项原则进行友好协商，都是可以解决的。中印边界问题，同中缅、中尼的边界问题一样，也是可以经过和平谈判，求得友好解决的。

麦克法夸尔在谈到这篇文章时，引述里顿伯格和贝内特《幕后的人》一书的内容说："与当时中国宣传工作有关的官员都不能准确回忆起作者是谁。据负责翻译这篇文章的人说，该文有二十几稿，毛泽东、刘少奇和周恩来都修改过，毛是主要修改者。'初稿文风直率、无味、僵硬，后改为更圆滑、含蓄，同时也更伤人，更讽刺，技巧更成熟……最后的文本是一篇小小的训斥，比正面批评更使印度领导人生气。’”

印度调集部队，在考尔中将指挥下准备向中国军队反攻。中国政府声明，提出停战和谈判的三项建议。《人民日报》也发表社论《尼赫鲁先生，请再想一想！》阐述中国政府的立场，告诫印度政府和军方。社论最后说：“是接受中国政府的三项建议，停止冲突，坐下来谈判，谋求中印边界问题的和平解决呢？还是坚持打下去，拒绝和谈呢？中国方面早已伸出了和平之手，谈判之门始终敞开着。佛语说，苦海无边，回头是岸，尼赫鲁先生，其三思之。”

尼赫鲁并没有回头。十一月中旬，战斗又开始了，先是在东线的东端的瓦弄地区，中国军队打垮了印军，考尔发给新德里的电报说：“敌人的攻势十分凶猛，兵力十分强大……我国的武装部队将无力抵挡锐不可挡的中国优势兵力。”同时，东线的西端中国军队从小路包抄切断了色拉和邦迪拉两处印军，包围了三个旅，打得敌人溃不成军。在西线，中国部队席卷了中国主张的领土上全部印军阵地。

到十一月二十日清晨，东西两线参战的印度军队全部瓦解，在“东北边境特区”和西段中国所主张的领土内，已经不存在任何有组织的印度的军事力量了。从军事上说，中国取得了完全的胜利，印度遭受到彻底的失败。这一天美国驻德里的大使在日记中这样写道：“这一天在德里出现了极度的惊惶，这是我生平第一次看到公众士气的瓦解。”

军事行动的政治目标在于一劳永逸地证明，印度想占有中国领土，并以它的条件解决争端是徒劳的。起码要让印度在进行全面的边界谈判之前同意保持现状。

北京时间十一月二十一日零时，中国政府在声明中宣布：“从一九六二年十一月二十一日零时起，中国边防部队在中印边界全线停火。从一九六二年十二月一日起，中国边防部队将从一九五九年十一月七日存在于中印双方之间的实际控制线，后撤二十公里，并且仅仅在这条实际控制线的中国这一边若干地点设立检查站。”

《人民日报》发表社论《我们的期待》说：“我国政府在昨天的声明中宣布的这些决定，是我国政府为了迅速结束中印边境冲突、重开和平谈判、和平解决边界问题而主动采取的最真诚的努力。”

在论述中国军队主动后撤时，《泰晤士报》军事记者的评论说，中国的撤退决定，“是在进攻势头最猛的时候采取的……对这个明显改变计划的原因，如同他们开始进攻的动机一样，很难做出准确的估计。”

《国际事务概览》的作者写道：“不管中国的撤退计划的原由是什么，它使印度人陷入极端的混乱，并使他们感到非常不舒服。”马克斯韦尔形容说，这是在印度人的“伤口上擦盐一样”。

对双方的伤亡数字，《国际事务概览》写道：“虽然中国人没有提出伤亡名单，他们的损失是‘十分重大’的。尼赫鲁先生于12月12日宣布，自10月20日以来，印度军队6765人伤亡：（其中）197名被击毙，291名受伤，6277失踪。”马克斯韦尔引用印度国防部一九六五年公布的印军伤亡数字：死亡1383名、失踪1696名、被俘3968名。还说：“事后据印度情报判断，有300到400中国士兵阵亡”；“没有一个中国人员被印军俘虏”。百度百科中这场战争中国军队伤亡数字是：阵亡722名，负伤697名。

毛泽东说：中印边界自卫反击战是“一场军事政治仗，或叫政治军事仗。”马克斯韦尔说：“印度在世界事务中的作用由此一落千丈。”

（袁晞，人民日报社高级记者）

史 料

余广人

# 弦外遗音：关于《释〈比兴篇〉拟容取心说》的争论

## ——以王元化和敏泽两封未刊信为主疏考

一九八二年一月八日，周扬召集贺敬之、顾骧等人谈制定“文艺十条”的设想。谈到“要建立我们自己的马克思主义的文艺理论”时，他特别提到了对文艺理论研究有贡献的人。他说：

> 我很佩服侯敏泽，划了右派，还搞了两大本出来。虽然里面有简单化的东西，可究竟搞出两厚本。还有郭绍虞、王元化、王文生，还有人民文学出版社搞文艺理论的同志，都在整理阐发中国文论上作了努力。（周扬：《关于新“文艺十条”的谈话》，1982 年 1 月 8 日。作者自存文献。）

侯敏泽（常用名“敏泽”）和王元化，都在周扬的视线范围之内。

所谓敏泽的“两大本”，即敏泽在一九五七年被划为右派后依然坚持学术研究，写出两卷本《中国文学理论批评史》，由人民文学出版社一九八一年五月出版。这当是粉碎“四人帮”以后较早的文艺理论专著。

所提到的王元化，一九五五年被归为“胡风反革命集团”一

“分子”，经过审查后“戴罪”流放到上海作家协会文学研究所，一九六〇年开始潜心于《文心雕龙》研究，汇总成《〈文心雕龙〉创作论》专著，由上海古籍出版社一九七九年十月出版，是粉碎“四人帮”以后第一本具有开拓性的、方法论意义上的《文心雕龙》研究著作。

两人的研究都在古典文艺理论领域（王元化后来领域拓宽），都是所谓“转折年代”以来的领先者。

除此之外，富有戏剧性的是，王元化和敏泽在一九四六年就相识。一九四六年至一九四八年，王元化在国立北平铁道管理学院任教，课程中即有《文心雕龙》，敏泽是学生，受业于王元化，两人算是师生关系。但敏泽在后来的回忆或访谈中，似未提到与王的这段交集，更不要说师承关系了。此后，两人一南一北再无来往，直到一九七八年。

这一年，一九五五年波及全国的“胡风反革命集团”案尚未平反，作为其中一“分子”的王元化仍是“戴罪之身”。而敏泽则于这年四月调入中国社会科学院文学所《文学评论》编辑部，负责古代文艺理论这一块的编辑工作。

两人的交集点，是王元化《释〈比兴篇〉拟容取心说》在《文学评论》发表后的争论。由于两人所处境遇不同：一个通过一篇署名文章“亮相”以求脱“戴罪之身”遭到诘难而急于辩解；一个以“拖”字诀颟顸应付。“官司”直接打到这一领域的最高总管周扬那里，留下了生动展现这一过程的两封信。以这两封信为索引，以当年的历史大背景为经纬，这一过程又成为转折时期历史现场的一个剪影，具有了可供陈述的标本意义。

## 王元化和敏泽致周扬信

先把王元化和敏泽致周扬的两封未刊信逐录如下：

王元化致周扬信:

**周扬同志:**

最近听说你身体不太好。殊念,望诊重!

七月初由京返沪后,见到《文学评论》第三期发表了两篇商榷文章,最近我写了一篇答辩,现奉寄请您批评指正。如您认为可以发表,我希望予以披露。

《文学评论》第一期发表了拙作,不久即得北京一位同志来信,说编辑部有同志有意见,打算立即写文章争论。我曾给编辑部去信,希望听到我那篇文章发表后的反映,帮我提高,但未得回信。同时在上海一位研究我国古典文论的同志告诉我,《文学评论》编辑部去信向他组稿,主要是问他对我那篇文章有什么不同看法。这期间有些久无音讯的同志见我文章发表,写信给我请编辑部转交,这些信上都写明我的姓名,嘱交我收。其中有的信转来时已被拆封,编辑部来信说明,怕是读者对我文章提意见所以误拆了。这种种情况我一直未向您反映。现趁寄奉我的答辩文章的机会,告诉您,让您知道编辑部发表我那篇文章后的一些态度。请您原谅我拿这些琐事打扰您。

上次《上海文艺》几位同志去京,带回您的话,谢谢您对我的关心。我在上海的工作问题,现在分派在《上海文艺》(目前请假把手边的稿子弄好,未上班),由于五五年问题未解决,在安排使用上都很困难。比较接近一些的工作岗位(如古籍、研究等),由于出版局领导关系,不愿吸收我。我没有别的要求,只希望能有一个比较可安心搞点研究工作的条件和机会。但看样子,在上海是无法解决的。如果您说的北京文研所的“通讯”办法可以实现,那将是最理想的了。

听说您年内拟来沪一行,倘能实现,我希望有机会见到您。

敬礼

王元化手上

按：

一，信未具日期，但王元化致陈冰夷信曾两次提到寄周扬信稿事。第一，“一九七八年（？月）”信云：“我寄周扬同志的信稿是十月二十四挂号发出，直寄中国社会科学学院的（今天我已嘱邮局查询，一星期后可得回报）。”第二，同署“一九七八年（？月）”信云：“昨天又寄老姜一信，请他再问问周扬：我于十月二十四日寄去的信稿是否收到。”据此，信应写于“一九七八年十月二十四日”。

二，信中所言“《文学评论》第一期发表”的“拙作”，即《释〈比兴篇〉拟容取心说》（以下简称“《释》文”）；寄给周扬转《文学评论》（以下简称“文评”）的“答辩”，即《再释〈比兴篇〉拟容取心说》（以下简称“《再释》文”）；“文评”第三期发表的“两篇商榷文章”，即曾祖荫《对〈释〈比兴篇〉拟容取心说〉的商榷》（以下简称“《商榷》文”）和文铨《关于“比”、“兴”的一点浅见》（以下简称“《浅见》文”）。

三，信中言，“《释》文”发表不久，“即得北京一位同志来信，说编辑部有同志有意见，打算立即写文章争论”，有迹可循。第三期发表的两篇商榷文章中，其中署名“文铨”的“《浅见》文”，作者对古典文论非常熟悉，所引古人论述随手拈来，文笔老到，口气也大，显然在此领域浸淫多年，非初出茅庐者手笔。据此，我认为，“文铨”即王元化所言编辑部“有意见”的“同志”。虽然不能断定谁是作者，但说此文体现编辑部的组织和安排（以下简称“编辑部安排文”），应该符合实际。

“《文学评论》编辑部”致周扬信：

周扬同志：

转来王元化同志的《再释〈比兴篇〉拟容取心说》，我们已在本年第一期增刊发表，并已写信通知作者，请勿念。

王元化同志的“拟容取心说”去年在本刊发表以后，曾收到许多来稿，对王文提出不同的看法，为了展开争鸣，我们在我刊上选发了一部分。这些文章发表后，引起了王元化的误解，以为我们是对他个人有“成见”，文章是专门组织来的。事情完全不是这回事，我刊发的和他商榷的文章，没有一篇是我刊主动组织的，这一情况我们除写信给王元化向他说明外，特向你汇报如上。

王元化给你的信附上，请收。

致以

敬礼

文学评论编辑部（公章）

十、一

按：

一，信以“《文学评论》编辑部”具名，但系敏泽所写。第一，与“孔夫子旧书网”所拍“敏泽信札”比对，字迹相同；第二，敏泽专注于古典文艺理论的研究，在《文学评论》负责这一块的编辑工作。既然王元化信对着编辑部来的，他执笔写信，以编辑部的名义报告周扬顺理成章。

二，信末日期只具“十月一日”，未具年份，信中有“王元化同志的‘拟容取心说’去年在本刊发表以后”之语，即发在一九七八年第一期的“《释》文”，此信写于一九七九年十月一日。

三，顺带说一下敏泽一九七八年至一九七九年在“文评”的任职问题。前引《三门峡名人》关于敏泽的介绍，有“1979 年至 1990 年 5 月先后任《文学评论》编辑部副主任、副研究员、研究员等职”一语；也有文章说得比较含糊：“1978 年，在中国社会科学院文学研究所《文学评论》编辑部、文艺理论室从事科研、编辑工作，先后担任编辑部副主任、副研究员、研究员”。但是，在文学所建所五十年、六十年的纪念文集中，当事人回忆“文评”复刊的历史，鲜有提及敏泽，更不要说提及他“编辑部副主任”的职务；为纪念文学所六十年编辑的《文学研究所所志》中也没有记载。熟知“文评”复刊内情的陈骏涛先生、研究“文评”历史的王保生先生，他们的回答也是否定的。因此，敏泽是否在一九七九年前后就任“文评”编辑部副主任一职，得不到印证。

## 两封信疏考

王元化致周扬信所言在《文学评论》遭遇的“琐事”，有三件：第一，得知“文评”“编辑部有同志有意见，打算立即写文章争论”时，主动致函编辑部，但“未得回信”，也就是不理；第二，得知编辑部针对他的文章向上海学者组稿；第三，读者通过编辑部转交给他的信被拆封。

上述三事中第二事，敏泽致周扬信断然否定，各执一词；第三事，敏泽信中未予解释，属王一面之词，“羚羊挂角，无迹可寻”。那就说第一件事。

在正常学术氛围情况下（政治运动时期除外），一般说来，一家刊物发表作者文章后，如接到不同意见的争鸣文章，都当主动联系作者，有必要的话也请作者予以答复。但是，“文评”编辑部显然未做到这一点，即使王去信编辑部也“未得回信”，却在第三期上就刊登两篇针对作者的反驳文章。从这一点来说，王元化有点怨气实属正常。

值得注意的是敏泽信中第一句话:“转来王元化同志的《再释拟容取心说》,我们已在本年第一期增刊发表,并已写信通知作者,请勿念”。从后面的情况看,所言并非事实:

第一,信中所谓“增刊”,是指“《文学评论》编辑部”编辑的《文学评论丛刊》(以下简称“丛刊”)。查“丛刊”,没有所谓“本年(即一九七九年)第一期”的标号,“丛刊”也如正刊一样,期数标号是连续的。第一辑出版于一九七八年十月,一九七九年二月出刊第二辑,一九七九年七月出刊第三辑。王文在第三辑中才刊出。王寄给周扬信稿,至迟在一九七八年十一月二十五日就转到“文评”编辑部,也就是敏泽手上。敏泽一未安排在“文评”正刊刊发,二拖延了七八个月后才刊发在“丛刊”。说他有意轻慢王的稿子,当不过分。

第二,敏泽致周扬信是一九七九年十月一日,王的文章明明在“丛刊”第三辑发表,且已面世两三个月了,他却告诉周扬“已在本年第一期增刊发表”。说他此举有搪塞领导之嫌,当也不过分。

凡此种种,或许只有一种解释:不愿意发,但领导交办又不得不办。那就只得先念“拖”字诀,再念“搪”字诀了。

这个“拖”字和“搪”字,从王元化“《再释》文”的遭遇看得更清楚。

一九七八年七月前后,读到“文评”第三期“《商榷》文”和“《浅见》文”后,王元化即开始写答辩文章。十月二十四日将稿子并附信挂号寄给周扬后,一直未得音信。十一月中旬,他将“《再释》文”修改稿寄给老友陈冰夷,请他转给文研所许觉民。

十一月二十五日,从周扬处得到消息,稿子已转时任“文评”编辑部主任、主持工作的许觉民,他立即致信陈冰夷夫人(陈不在京),请她帮忙找出这份修订稿转给许。为保险起见,他又单写一封致许的信附上,请她在转交稿子时交给许。“此事是否可行?得信后请即复。”信末两句，对此稿能否被接纳的焦灼之情溢于言表。

十二月二日，在“《文学评论》至今没有来信通知”，“转许觉民同志信亦未见复”情况下，他又致信陈冰夷，希望老友“再助一臂之力”：“我希望得一确信，到底《文学评论》如何处理，不用即请他们退回。如拟发表，则请务必以修订稿发表。”

一九七九年一月十三日，王元化致陈冰夷信透露稿子已被“文评”接纳：“有便请问问许觉民，投《文学评论》那篇答辩何时可刊出？虽然已说定发表在今年第一期上，但迄未通知我。请你和他们再谈谈，是否有变化？”这大概是王通过陈从许觉民那里得到的答复。

王元化的担心果然成为现实。就在同一天，他接到“文评”编辑部“有变化”的信件。他致信陈冰夷说：“刚刚从机关发出一信，回家后即得《文学评论》编辑部来信，说我那篇答辩，因正刊稿挤，要耽误时间，所以发表在今年丛刊第一期上。我想既然如此，就发表在第一期丛刊算了，以免对方说我‘太疙瘩’。”又叮咛陈，转告许觉民，“务请编辑部以我交给兄的修订稿发排，而不要用那篇周扬转去的初稿，因为初稿中有错误。我怕编辑部疏忽，故只好麻烦兄‘盯’住此事”，“因据以往经验，编辑部是写了信去，向不回复的”。他又说：“如来得及并方便，我还是想看看校样，这样比较放心一些”。

文章被从正刊被移到丛刊发表这一“变化”，王元化当然只能无奈接受。他希望早日见刊的心情很迫切，生怕提出异议被“文评”编辑部认为“太疙瘩”而耽搁发表。

一月三十日，王元化接到“文评”编辑部寄回的校样，编辑部并告，只有两天的时间就得退厂。这就有点难为人了。试想，在那个年代通讯落后的情况下，怎么能赶得及？“文评”此举，既折腾了王元化，又为“《再释》文”延迟发表推卸责任——你校稿不能及时返回，我就可以有理由不上稿。但王依然认真对待，他利用当年最快捷的通讯方式退回校样：接到校样后一小时即看完，立即奔邮局，以航空挂号将改样退回编辑部，并给许觉民打电报告知。

二月四日，王元化接到陈冰夷的来信得知，二日上午陈见许时，许并未收到他的电报。他又听罗荪说“文评”编辑部搬家了，就“又担心起来”。他在当天致陈信说：“寄《文学评论》旧地址会不会收不到？会不会在时间上漫无限度地积压？……我想目前我国通讯联络办法，除电报外再也没有表示发电者的‘急迫心情’了。发报时，邮局告我当天下午可达，而今迟了两天尚未收到。《文学评论》旧地址收发处大概没急速转去，压下来了。因此在同时用航挂寄回的修订稿（发信时邮局告我次日即三十一日下午可达）也一定压下来了。”他只好又求助陈：“你得信后，请把此情况通知《文学评论》编辑部其他负责同志（因许已动身），麻烦他们向旧地址管收发的同志查查看。”

为稿子能够按时返回，王元化寄回时先跟邮局确认到达北京的时间，担心不能及时到，怕给耽误了；又电报告知许觉民，如果航挂一旦延迟到，希望许能等等稿子，以“表示发电者的‘急迫心情’”。如此煞费苦心，天真得让人心酸。

或许，在给陈冰夷回信时他也意识到什么，信中吐露了对“文评”的意见：“关于拙稿事，还要唠叨几句，请原谅我的琐碎，实在我和《文学评论》打交道以来，经验教训够多了，每次都不幸虑中”。

以上述过程而言，这次他不用“虑”就“中”了，“文评丛刊”第二辑并没有刊发他的稿子。

为这篇稿子兴师动众——陈冰夷、姜椿芳、周扬、许觉民——一场，被“文评”编辑部折腾来（从正刊移到丛刊）折腾去（两天退厂时间），王元化的心情可想而知。一九七九年六月二十二日，他在致陈冰夷信中，借着文学研究所编辑的《文学研究动态》“去头去尾”发表他在一次座谈会上的讲话一事，向老友一吐郁闷：

> 老实说，我对《文学评论》实在领教得够了，吃足了它的苦头。此间一位同志告诉我《文学评论》掌握古代文论的是……（即敏泽—引者）而编《动态》的也是他。此人过去是我的学生（胜利后在北平铁院），我一直把他当做熟人看待。但昆明会后，回到上海见到《文评丛刊》又发表几篇所谓的“商榷”文章，而把我的答辩压下来，这次又看到《动态》，才使我不得不怀疑。有人告诉我他在《文学评论》能量很大，我不懂他为什么要这样对我歧视。他在做学生时，我把我的一篇小说给他看，不料他竟用了别的署名，一字不改地拿到北京的一个文艺刊物上发表了，稿费也被他吞没。事前未告诉我，事后也未向我交代。为了息事宁人，我没说过一句话。只觉得此人心术手段不正。数十年过去了，他在反右时栽过筋斗，我想人是会变的，曾同情他的遭遇。因此在昆明时还与他通过信。如果《文学评论》与《动态》事件都是他搞的，我真不懂他何以非对我加以打击不可。

一般说来，编辑部轻慢和搪塞作者的稿子，基本上都是作者的观点与编者的观点有冲突；敏泽在第三期安排了两篇商榷的稿子（其中有一篇还是“编辑部安排文”）不通知他，就说明不同意他的观点嘛。对王元化来说，“不幸”中的幸运是，这篇稿子是周扬交办的，敏泽再压再拖也还是会发出来的——总得给周扬一个交代。

王元化用“我不懂”、“我真不懂”来描述遭遇敏泽对他打压的茫然。我想，王元化并非看不懂这一点，只是当时他的聚焦点都在尽快发表这篇答辩文章上，无暇其他而已。这件事尘埃落定之后，他已然明白，体现他《文心雕龙》研究方法的这篇“《释》文”，是对既往“以古证古”和“以今论古”研究方法上的挑战，招来商榷文章是必然的。关于这一点，且按下不表。

现在，我的关注点是，王元化并非初出茅庐的写作者，何以对“《再释》文”的发表如此重视？

## 王元化“亮相”与周扬

王元化将信稿转给周扬，因为“《释》文”的发表，周扬是推手。这是他的“亮相”文章。

“亮相”一词，本是戏曲领域内的一种表演动作。主要角色上场时、下场前，或者是一段动作舞蹈后的一个“定格”，以显示人物的精神状态。这个词，常常游离于舞台出现在我们的社会政治生活中，直到今天还在用。与此相关的还有一个词：“名单”，有异曲同工的效果。

从一九四九年到一九七〇年代末，中国政治社会生活是由一个关键词“运动”串成的影像。每一次运动中，都有一批知识分子失去发表文章的权利。当政治大气候稍好一些，或者冤案得以平反后，他们可以署名（本名）发表第一篇文章时，通常被称之为“亮相”：一个人只要署名文章见诸于报刊，就代表他没问题了。而对于在政治运动中跌下政坛领导人来说，只要报纸上出现名字，尤其是出席大会的名单，哪怕是在“还有”中，都意味着这个人“解放”了，可以安排工作了。当然，“亮相”一词在官员身上也常用。今天我们还能看到某某官员昨天还“亮相”今天被某部门就带走了之类的报道。

一九七六年十月到一九八〇年代初，中国历史进入通常称之为的“拨乱反正”时期，这也是中国历史上新旧交替的转折年代。恢复大批政坛领导人物的名誉，解放历次政治运动的知识分子，成为

“拨乱反正”的重要内容之一。所以，这一时期，“亮相”和“名单”这两个词格外流行。

在“拨乱反正”时期推动文艺界平反冤假错案的张光年，曾对我说：那时，文艺界积案如山，按程序解放文艺界人士比较难，也比较慢，我就从推动他们在报刊上“亮相”入手，我掌握着《人民文学》《诗刊》，也有点发言权，这两个刊物当年发挥了很大作用。

王元化的《释〈比兴篇〉拟容取心说》就是这样的一篇“亮相”文章！

一九九六年六月十八日，王元化致高增德信中说：“一九六零年（应为一九六二年——引者），我因周扬支持发表了两篇文章，一在《文艺报》（一九六一年【应为一九六二年——引者】，此文系据《文心雕龙》谈山水诗起源，未收入集中），一在《中华文史论丛》谈虚静说。一九五五年后仅正式发表过这两篇文章（用本名）……”。

信中特意强调“用本名”，说明这两篇也是那个时代王元化的“亮相”文章，周扬也是推手。

溯源王元化与周扬的关系，一九四九年前，他们没有交往；一九四九年后到一九七八年六月，他们有可能见面似乎并没有深层接触。但是，王元化却一直在周扬的视线之内。究其原因，多半是因为王深厚的文艺理论素养，以及夏衍对王的评价。一九五五年，由于受“胡风反革命集团案”牵连，王元化被隔离审查。周扬得知后，托人带话给他：只要承认是“胡风反革命集团”的一个“分子”，就可以作内部矛盾来处理。王拒绝了周扬的好意，拒不承认并为此遭受磨难。

一九六〇年，王元化下放到上海市作协文学研究所后，又拾起十几年前对《文心雕龙》研究，因为在他看来，这“总比把时间和精力消耗在去搞那些时髦的热点理论或创作要好多了”。他开始潜心撰写《文心雕龙柬释》，他致高增德信中提到的两篇文章，就是《柬释》中的系列研究成果。

一九六二年一月九日，在上海市出版局任职的丁景唐为《辞海》事在广州见周扬。谈话中，周扬特意要求上海市委领导关照王元化：第一，改善王的副食品供应；第二，可以公开发表文章。丁景唐向上海市委汇报后并负责落实。王元化将《文心雕龙柬释》之一篇《〈明诗篇〉山水诗兴起说柬释》直接寄给周扬，发表在《文艺报》（一九六二年第三期）。另一篇交给丁，因已有周扬指示在先，丁就转给上海古籍出版社社长李俊民，得以发表在《中华文史论丛》上。由此，王元化实现了“署名权”“零的突破”。这种“恢复法权意义上的‘署名权’”，也就是“亮相”，“向世人宣示，他还不至于是永远沉沦、不得翻身的贱人”。

“胡风反革命集团”案是钦定之案，周扬无力将王元化剥离出去，但在中央大气候相对宽松的一九六一年到一九六二年上半年，在力所能及的范围内，周扬对王元化生活上予以照顾，学术上为其发表文章、恢复正常的学术地位“亮相”——须知，在一九六一年王元化和父亲王维周共同翻译的《太平天国革命亲历记》还只能“单署王维周名”出版，王元化并没有“亮相”的权利。不过，到了一九六二年夏，中共八届十中全会重提“阶级斗争”后，中央大气候逐日紧张，周扬无暇自保，王元化“亮相”之后也只能复归于沉寂了。迁延至“文革”，就更不用说了。

但是，逆境中的王元化仍在砥砺前行，未曾中断对《文心雕龙》的研究。书稿被查抄但幸运地得以复还后，他继续修改，及至粉碎“四人帮”后，书稿也大致誊抄完毕，并定名为《文心雕龙创作论》。

据王元化“学术年表”，一九七八年，他“将《文心雕龙》手稿副本（抄本）寄给北京的姜椿芳，希望由他转给赵朴初，以请教有关佛学问题。姜椿芳把稿子送给周扬。周扬读后，将其中《释〈比兴篇〉“拟容取心”说》一章推荐给正准备复刊的《文学评论》杂志”。

这里的一九七八年，当有误。

一九七八年一月二十一日，王元化致姜椿芳信云：

> 得你信的前两天，文化局来通知我《文学评论》要发表我的文章，嘱我即打长途电话去。次日一早即与北京通话，他们通知我将发表释《比兴篇》那一组，拟刊载于第一期复刊号上。我告他们，笔名用我本名。次日我又发一航空信提出发表时的一些技术性问题。

据此推算，王元化接到《文学评论》用稿通知当在一月十八日。设若王元化是一九七八年一月初将稿子送姜椿芳，仅仅十几天时间，诸事繁多的周扬就将一部书稿看完并选出释《比兴篇》那一组送交“文评”，基本不可能；更不用说还要给“文评”留出看稿的时间了。我推测，王元化大致应该在一九七七年十一月或十二月将书稿寄给姜椿芳的。

在这个“拨乱反正”的时期，周扬再一次助推王元化“亮相”，与其说是从学术上考量倒不如说从政治上考量来得实在。王元化当然也意识到周扬此举对他目前在政治上恢复名誉的意义。为此，他特意告《文学评论》编辑部：“笔名用我本名”——如一九六二年一样，既然周扬认可“亮相”，他当然要真名示人了。他在接到样刊后给姜椿芳信云：

> 此文发表，对解决问题促进极大。你们为我作了大量工作，尤其是你在百忙中为我多方设法和奔走使我既感且愧。今

后我只有以此作为自己的鞭策，方不负所望。

所谓“解决问题”云云，自然是指解决自己的政治身份、推动冤案平反。

《文心雕龙创作论》出版后，王元化将此书送周扬，并附信云：

这部书完全是在您的帮助和支持下，才得以完成并出版的。我渴望您向我直率地指出在内容、方法、方向和写作上还存在哪些问题，这对我今后的研究工作将会具有指导意义。

周扬两次助推王元化“亮相”，对于王《文心雕龙》研究的支持有始有终。故信中这番表述不是一般的客套话，应为由衷之言。

“亮相”文章如此重要，不料却横生波折，“文评”第三期竟发表“两篇商榷文章”，而且“戴帽穿靴”“上纲上线”到“在阐释比兴时没有遵照毛泽东援用朱子的阐释是错误的”的高度。本以为“亮相”有助于政治问题的解决，岂不知却招来新的帽子！

王元化焉能不急？

## “《释》文”为何“孤鸣咤绣衣”？

现在，可以回到前边“按下不表”的话题：王元化的研究方法与既往“以古证古”和“以今论古”有何不同？换句话说，“《释》文”为何会招来数篇商榷文章？

说到这一话题，我首先想到学术大家郭沫若的《中国古代社会研究》。一九二九年，郭沫若完成这本书时在自序中写道：

本书的性质可以说就是恩格斯的《家庭、私有制和国家的起源》的续篇。研究的方法便是以他为向导，而于他所知道了的美洲的印第安人、欧洲的古代希腊、罗马之外，提供出来了他未曾提及一字的中国的古代。

这本书被称为以马克思主义观点研究中国古史的先声，奠定了郭氏在中国古史研究领域的地位，成为此后很多年中国古史研究的里程碑。

无独有偶，王元化的《文心雕龙》研究则是从马克思那里获得的“极大启发”。他说：

我最初想到把古与今结合起来，是萌生于马克思在《政治经济学批判导言》中所说的：“人体解剖对猴体解剖是一把钥匙。低等动物身上表露的高等动物的征兆，反而只有在高等动物本身已被认识之后才能理解。因此，资产阶级经济为古代经济提供了钥匙。”这几句话给我以极大启发。由此引申开来，就势必会引起这样的推想：对于萌芽形态尚未成熟的文学现象，只有用后来已经成熟的发达形态的文学现象才能加以说明。……这样，我们就需要把古与今和中与外结合起来，进行比较对照，分辨异同，以便找寻出在文学发展上带有规律性的东西。最近，我在新出版的拙著《文学沉思录》中，曾把这种方法称作“综合研究法”（参见该书五十五页至六十一页）。我要再说一遍，我考虑到这种方法主要是受到上引《政治经济学批判导言》中马克思说的那段话的启示。①

王元化所说的“综合研究法”是“三个结合”，即“古今结

① 王元化：《〈文心雕龙〉创作论第二版跋》，《文心雕龙讲疏》，上海三联书店2012年版，第351—352页。

合，中外结合，文史哲结合”。在具体阐述刘勰的理论观点时，他所坚持的是“根底无易其固，而裁断必出于已”的原则。王元化数次提到这一原则并予以阐发。他说：“这句话很重要。今天我们以马克思主义观点剖析佛学，一方面应切忌简单化的一笔抹煞，单是斥责它的迷信虚妄蠹国殃民，从而把历史上出现的这一有着深远影响的学说或思潮，看成一无所是全盘错误的陈迹。另一方面也应切忌简单化的生吞活剥，没有切实理会其来历，便望文生解，逞臆妄说，只是在行文中徒有其表地点缀着一些新名词、新术语，而对于探究佛书的真面目却毫无裨益。”说的是佛学研究的问题，但他也融会在《文心雕龙》研究以及中国古典文艺理论研究中。

“三个结合”和一个原则，使《文心雕龙创作论》“这部著作将刘勰的文学观点与西方类似的文学理论进行了有意识的比较和比照”，“以现代西方文学理论体系来观照、诠释《文心雕龙》，以‘创作论’为契机，成功地将《文心雕龙》这部中国古代文论巨著与现代文艺理论连接了起来。这不仅在‘龙学’上是一大突破，拓宽了研究《文心雕龙》的视野，也从方法论上给比较诗学以新的启示”。

正如郭沫若的《中国古代社会研究》引起争论一样，王元化的《文心雕龙创作论》因“在当时中国文艺界与潮流异途”，也同样引起了争论。争论的发端，即首先见刊的“《释》文”。

在一九七八年前后，“当时中国文艺界与潮流”研究的“同途”是什么？基本上还是拘泥于“以古证古”的范畴。单说《文心雕龙》研究界，著名龙学研究专家牟世金当年曾有总结。他说：“过去研究《文心雕龙》的人，则往往是用古人的观点来说明古人，一部《文心雕龙》在他们的笔下，就不外论文体和修辞二事，……像刘勰所论想象构思的问题，内容和形式的问题等，均未只字提及。”这实际上就是“以古证古”的方法。

“异途”于“以古证古”的常规研究，王元化对《文心雕龙》的研究，研究方式上就单开一路：有“释义”，有“附释”。“释义”侧重于《文心雕龙》原文考疏，“附释”则以西方文论或现代文艺理论烛照，方法论意义凸显。即以“《释》文”看，“释义”后有三个“附释”，其中“刘勰的譬如说与歌德的意蕴说”和“关于‘由抽象上升到具体’的一点说明”两文，即是如此。

那时节，政治大势半昧半明，“同途”者众，“异途”者少，“异途”近乎于“异端”。王元化“在这一方面着了先鞭”（季羡林语），成了“出头鸟”，“子规声里雨如烟”（宋人翁卷《乡村四月》），必然会有“孤鸣咤绣衣”（唐人李白《初出金门寻王侍御不遇咏壁上鹦鹉》）的遭遇。更何况，主持“文评”的还是浸淫“以古证古”领域多年的敏泽，出现如王元化致周扬信中所言的“文评”编辑部的表现，实属正常。这也是“文评”对他的“《再释》文”一拖再拖、一压再压的原因之一。

既然有“原因之一”，也就有之二。之二是什么？

王元化在《文心雕龙创作论二版跋》说：“我以为，拘泥于以古证古的办法，往往不免陷入以禅说禅的困境，而永远不能用今天科学文艺理论之光去清理并照亮古代文论中的暧昧朦胧的形式和内容。持这种主张的人有一种根深蒂固的偏见，以为只有以古证古才不会产生比附之弊，殊不知，以古证古同样会出现比附。”他又说：“目前有大量以今论古的文章，我除了读到报刊发表的这类论文外，也收到一些嘱我提意见的论文。确实其中有很多比附的毛病。这一事实是不容掩饰的，我认为，无论出于什么原因，比附总是要反对的。”

王元化这里说了两种“比附”，一种以古证古的比附，一种以今论古的比附，他认为，无论哪一种比附，“总要反对的”。

何谓比附？就是忽略事物之间的根本差异，只看到他们表面的相似之处，以此强相比较。古语所云“比附内典，外书‘格义’”是也。

以古证古，比附是常见的现象。以今论古的比附是什么？王元化未作解释。但联系到他的“《释》文”和“《再释》文”发表时的年代背景，就很容易作出解释。

一九七八年至一九七九年，“文革”虽已宣告结束，但彻底否定还是两年以后的事。人们的记忆并未开始剥落，对那个以今论古的比附达到极致的年代记忆犹新。那时，比附的载体就是“影射史学”，文史哲领域都在其中。领袖作诗两首批评郭沫若尊孔骂秦始皇，先被比附为“评法批儒”，再比附就“批林批孔”了；领袖关于《水浒传》的谈话，“评《水浒》、批宋江”运动兴起，一大批人就被比附为“投降派”了。这种比附有个基本的套路：“寻章摘句”论点（领袖或伟人的只言片语）——以今论古“生搬硬套”论证——“戴帽穿靴”结论。吾辈年过半百者，对此多“心有戚戚焉，然心戚戚矣”（《孟子·梁惠王上》）！

历史是有惯性的，紧急刹车可以，但惯性的历史延伸依然存在。上述比附的基本套路也附着在历史的延伸线上。

“拨乱反正”，“乱”有多种，比附的基本套路所带来的上纲上线、穿凿附会的大批判文风，在文学艺术界也是需要“正”的内容之一。应当说，知识分子大都受过这种文风的袭扰，摒弃它是共识，但在新旧交替的转折年代，身处其中的人，所处纬度不同，看问题的维度也不同。蹑屩趋新者、抱守残缺者以及半新半旧者，缤纷呈现。文风可以摒弃，但改变习惯的思维“套路”则难以一蹴而就，以至于那时节的文坛煞是热闹：前有陈荒煤与文化部关于电影《阿诗玛》解禁不解禁的争论，中有姚雪垠对臧克家《忆向阳》诗作的批判，后有丁玲对沈从文的斥责。诸如此类，不一而足，且争论的出发点大多基于对当时政治态势走向的不同认识。

在这个大背景下看，王元化的“《再释》文”被从“正刊”移到“丛刊”且一拖再压，而针对“《释》文”的“《商榷》文”和“《浅见》文”等批评文章一发再发，也就不奇怪了。这大抵也可归于文坛“诸如此类”争论的“类”中了。

以今论古比附，要有可以比附的对象。在王元化“《释》文”被安排发表前后，整个文艺界正为一件最为轰动的大事聚焦：《毛主席给陈毅同志谈诗的一封信》的发表。这件大事绷紧了当年文艺界所有人的神经，也给“《商榷》文”和“《浅见》文”对“《释》文”的批驳，提供了以今论古比附的对象。

《毛主席给陈毅同志谈诗的一封信》发表于《诗刊》一九七八年第一期。这封信本来是毛泽东一九六五年七月二十一日写给陈毅的，由于“政治来头”很高——“英明领袖华主席批示发表”的，就成为“整个文艺战线和我国文化生活中的一件大事”，并被认为是“总结了我国历代诗歌创作的丰富经验，阐明了诗歌创作以及各种文艺样式的艺术规律，指明了新诗的发展方向和道路，对我国社会主义文艺事业的发展，具有极其深远和重大的意义”。

于是乎，《诗刊》出刊之前（一九七八年一月一日出刊），造势既已开始。一九七七年十二月二十四日，“在京的诗歌界、文艺界的同志六十多人，怀着十分喜悦和振奋的心情，冒着雨雪来到《诗刊》社，济济一堂，学习、座谈了毛主席给陈毅同志谈诗的一封信”。十二月三十一日，《人民日报》第一版先于《诗刊》发表这封信，第二版发表“座谈会纪要”，第四版配发了林默涵、臧克家、孟伟哉等人的学习体会，声势浩大。

毛泽东这封信谈诗的信有这样几句：“又诗要用形象思维，不能如散文那样直说，所以比、兴两法是不能不用的”。“宋人多数不懂诗是要用形象思维的，一反唐人规律，所以味同嚼腊”。“要作今诗，则要用形象思维方法，反映阶级斗争与生产斗争，古典绝不能要”。

这几句话，孟伟哉认为是“在马克思主义发展史上，第一次十分明确地作出了写诗要用形象思维的科学论断”，而且“毛主席的这一论断，当然不仅适用于诗，而且适用于各种文艺形式，是文艺创作的普遍规律。形象思维这一概念，经毛主席予以确定和阐发，无疑将成为马克思主义认识论中的一个经典命题”。在出席《诗刊》座谈会者眼中：“否定形象思维，实质上就是否定文艺工作者深入斗争生活的必要性”。

复刊后的“文评”第1期出版较晚（二月二十五日出刊），时势如此，也得紧跟。这一期“文评”政治意味非常浓厚。头条是“毛主席给陈毅同志谈诗的一封信”和“英明领袖华主席给《人民文学》的光辉题词”。王朝闻的《艺术创作有特殊规律》，蔡仪的《批判反形象思维论》，唐弢的《谈诗美》，都是配合学习毛泽东谈诗那封信的。何其芳遗作《回忆周恩来同志》，以及冯牧、柯灵、洁泯、秦牧、赵寻、水夫、京南、谢华等批判“文艺黑线专政”论文，都属于政治类文章。只有余冠英、王水照的《唐诗发展的几个问题》，王元化的《释〈比兴篇〉“拟容取心说”》，“是学界久违的研究文章”。

王元化的“《释》文”发表前，接到“文评”用稿通知在一九七八年一月十八日，此时，“学习《毛主席给陈毅同志谈诗的一封信》”热潮正方兴未艾。王元化仿佛视而不见，他除了致信编辑部将笔名换成本名“亮相”、提出发表时的一些技术性问题外，他并未想到“跟风”去以今论古比附，也给自己的文章戴上个“学习毛主席谈诗信”的“帽子”。在那个新旧交替的时节——这是一直需要强调的，王元化做到这一点殊为不易。

反观“《商榷》文”和“《浅见》文”，两位作者批评的是王元化的观点，比附的“论点”则来自于毛泽东谈诗的这封信。王元化所言“以今论古比附”，在此可以得到印证。

## 商榷与答辩

针对“《释》文”的“《商榷》文”和“《浅见》文”，前一篇指名道姓；后一篇只在需要时才提到作者。应该说，两文的作者，对于我上文提到的摒弃大批判文风是有共识的，商榷的论述也是从学理出发，文章有其学术性。但王元化所指出的以古证古和以今论古的两种“比附”杂陈其间，加之“历史延伸”所带来的流风余韵，“戴帽穿靴”仍不可避免。

“《商榷》文”首先对“《释》文”关于“比”、“兴”的解释提出异议：

> 王元化同志把比兴和塑造艺术形象联系起来解释是很正确的，但是，他把比说成是描写“个别的、具体的东西”，只要“知觉”就行了，而兴是摄取“现实意义”，才是“理性认识”，这不仅把“比、兴两法”割裂开来、对立起来了，而且实际上就是把典型化的个别化和概括化割裂开来、对立起来了。典型化过程中的个别化和概括化是在文艺创作从感性到理性认识过程中交织进行的，把个别化简单地理解为感性认识阶段，把概括化简单地归入理性认识阶段，认为作家在创作过程中实现个别化可以不要理性认识，概括化时可以排斥感性材料，这不仅不符合文艺创作规律，用这个办法来套用“比、兴两法”也是不恰当的。

这一断语的直接“论点”，就是毛泽东给陈毅谈诗那封信。作者写道：

> 毛主席在给陈毅同志谈诗的信中指出:“比、兴两法是不能不用的”。这就深刻地揭示了形象思维的重要特点。如果说比只是一种“知觉”,仅仅停留在感性阶段;兴又只“取义”,排斥感性材料,那这“两法”和形象思维的特点还有什么联系呢?王元化同志也许是把“比兴”作为一个“词”来解释“一种艺术性的特征”,这可以研究。但毛主席把比兴作为形象思维的特点时说的是“比、兴两法”,这是值得我们深刻领会的。如果我没有理解错的话,那么,毛主席不仅没有把比兴当作是一回事来看待,刘勰也没有把比兴当作是一回事来看待。事实上,比也好,兴也好,它们作为形象思维的特点,都标志着作家在运用比兴反映社会生活时,思维运动始终伴随着具体的感性材料。比或兴,脱离了具体感性材料,都无法进行。如果比只取具体材料,兴只取“现实意义”,那么,无论那一“法”,都和形象思维联系不起来,即都不能说是形象思维的特点了。

文章最后断言:“我们在研究古代文艺理论家对比兴的解释时,不能简单地把前人的解释和我们今天运用马克思列宁主义对艺术形象或形象思维的解释等同起来。”也就是说,即使你对前人的解释再有根有据,再言之成理,也须服从于马克思列宁主义——也就是毛泽东——对艺术形象或形象思维的解释。

文铨的“《浅见》文”开篇写道:

> 《诗刊》一九七八年一月号发表了伟大领袖和导师毛主席给陈毅同志谈诗的一封信。在这封信中,毛主席教导说:“又诗要用形象思维,不能如散文那样直说,所以比、兴两法是不能不用的。赋也可以用,如杜甫之《北征》,可谓‘敷陈其事

而直言之也'，然其中亦有比、兴。”毛主席在这里既提到了“形象思维”，又提到了“赋”、“比”、“兴”的手法。那么这两者是什么关系呢？

上来“立论”就很明确。此后，“论证”过程中也数次提到“毛主席的这篇光辉著作”，王元化的“《释》文”也数次被拉出来作为批评的靶子。文章最后说：

对于古代的文学批评著作中的术语，我们应该仔细研究，并运用现代的语言来说明它们的含义。这样才能更好地了解这些著作，批判地继承其中有益的东西。但是，在进行这项工作时，必须严格地按照这些术语本来的涵义来加以发挥、阐述。如果简单地把它们和现代文艺理论中一些略为相似甚至仅仅有某些联系的概念等同起来，那就很不妥当。这样很可能歪曲了古人的论点，或者把它们改变为今天的观点。这样做都是违反历史主义原则的。

“我们应该”如何，“必须严格”如何，指导意义可谓“高屋建瓴”；“很不妥当”云云，“违反历史主义原则”云云，结论武断可谓“大义凛然”。如不答辩，王元化“戴罪之身”外岂不是又要加“反对毛主席形上思维”、“违反历史主义原则”两顶帽子？言及至此，读者诸君当应明白王元化“功名万里外，心事一杯中”（唐·高适《送李侍御赴安西》）的胸臆，为何“急急如律令”为这篇稿子兴师动众了。

王元化作答文章“《再释》文”耗时三个月左右，十月二十四日寄给周扬后仍在修改。虽是作答，但文章并未指名道姓。对于“《商榷》文”，他用“那篇商榷文章”代指，对于“《浅见》文”

他用“那篇评论文章”代指。他当然看出了“《浅见》文”“高屋建瓴”和“大义凛然”的用意，所以“《再释》文”先“《浅见》文”后“《商榷》文”，逐一答辩。

既然无论是“《商榷》文”还是“《浅见》文”均以毛泽东的“比、兴两法”及“形象思维”为“论点”，他作答的落脚点是：“关键问题也还是对于刘勰的比兴概念究竟应该怎样理解”——直截了当地对着“以古证古”“以今论古”论述。他用了近一半的篇幅来钩沉比兴这一概念历史源流及历代演进。对于两文“戴帽穿鞋”的指责，他当然也反驳，但多是从学理出发带出观点。

针对“商榷文章”所持“毛主席不仅没有把比兴当做一回事来看待，刘勰也没有把比兴当做一回事”的观点，他说：“诚然，毛主席说的是‘比、兴两法’，但这并不是在阐释刘勰的观点。问题在于刘勰除了分论比、兴外，是不是也把比、兴连缀成词，作为一个整体概念？如果回答是肯定的，根据又在哪里？”他认为：“刘勰赋予比兴的这种意蕴，用马克思列宁主义的现有观念去比附自然不行，用我们以为妥切的比兴概念去强解也解不通，我以为只有实事求是地探讨刘勰的原旨，尽可能把它本来的面目揭示出来。如果说刘勰认为比、兴在取义取象上完全一样，只是一种同义反复，那么，怎样去解释我作为根据的上述说法呢？”

针对两篇文章都引用朱熹关于赋、比、兴的解释来衡量他“释义的尺度”，他说：“如果因为毛主席援引朱说，就把朱熹的三经三纬说句句奉为圭臬，以为一字不可更易，那也不是科学的态度。”又说：“朱熹的赋、比、兴，简要明快，在前人诸说中通俗易晓，可为一家之言（这是就作诗的表现方法而论，并不指它对六诗六义原旨的考辨。）但这也并不等于说他的三经三纬说完美无缺，就不再容有讨论的余地。相反，我们应该在前人的基础上，使这个问题的研究更向前发展才对。”

王元化答辩的“《再释》文”，因“文评”编辑部（或者说敏泽）一拖再拖，一压再压，到刊出时已经是一九七九年七月了。

此时，“沉舟侧畔千帆过，病树前头万木春”（唐·刘禹锡《酬乐天扬州初逢席上见赠》），新旧交替仍是大势，但除旧布新更是潮流，尽管“戴帽穿靴”的文风也未绝迹，但已渐行渐远了。“《商榷》文”和“《浅见》文”也成隔年皇历了，作者可以敝帚自珍，但“古调虽自爱，今人多不弹”（唐·刘长卿《听弹琴》），在此后王元化参与推动的《文心雕龙》研究热潮中，鲜见有研究者引述，甚至遭严肃学者诟病。而“《释》文”和“《再释》文”，一直是一版再版的《文心雕龙创作论》修订本的重要章节。

## 从不释怀到释怀

收到“文评丛刊”第三辑时，王元化正在校对《文心雕龙创作论》样稿。近一年来“《再释》文”的遭遇让他心气难平，在“校后记”最后，他写下了这样一段话：

> 从我开始写作本书的那天起，我就以马克思《资本论》第一版《序言》的最后一段话作为鞭策自己的良箴，现在我还要把它援引在下面：
>
> 任何的科学批评的意见我都是欢迎的。而对于我从来就不让步的所谓舆论的偏见，我仍然遵守伟大的佛罗伦萨诗人的格言：
>
> 走你的路，让人去说话！

一九八三年六月六日，王元化为这本书第二版作“跋”时，尽管学界已逐渐认识到他在《文心雕龙》研究方法上的开拓性意义，他也感到欣慰，但“《再释》文”发表的波折仍然难以释怀。他写道：

回顾四年多前，本书的一章先以单篇论文在杂志上发表时，虽然得到一些至今使我感念不已的默默支持，但也遭到不少苛刻的挑剔吹求。某些责难因其无理地上纲上线、戴帽穿靴而难以令人心折，可是由于没有击中要害，却并不使我怎么懊丧。……但是，对于那种舆论偏见，或者如黑格尔所指摘的那种愈是空疏，愈是理智上衰竭无能，就愈显出一种压倒千古大哲的虚骄之气的评论，我觉得，我当以那些坚贞的理论工作者为楷模，无论是现在或将来，绝不对之妥协让步。但我也不准备纠缠在无助于推动理论前进、只是为了逞强好胜的无谓争论之中。

二〇〇七年中秋节，已入耄耋之年的王元化，又一次对《文心雕龙创作论》予以修订（一九九二年修订版更名为《文心雕龙讲疏》），并更名为《读文心雕龙》。他在“小引”中写道：

我不想妄自菲薄，我曾以多年的心血写成的这本著作，并没有随时间的流逝而消亡。无论在材料上、方法上、观点上，我在当时是用尽力气去做的，我的劳力并未白费，它们对今后的读者有可能还有些参考价值。但我也感到有不足的方面，我没有将我近十多年来所形成的对中国文论的新看法表述在本书中。

至此，当年的种种不释怀，也“随时间的流逝而消亡”了。

有道是：“书比人长寿”。二〇〇八年五月九日，王元化魂归道山，但他在《文心雕龙》研究领域乃至中国文艺理论研究领域至今地位不可撼动。《文心雕龙创作论》的修订版《文心雕龙讲疏》、《读文心雕龙》依然一版再版；他去世已经十多年了，这本书依然是学界怀念他的重要理由之一。

唐人崔涂有诗曰："自是不归归便得，五湖烟景有谁争"（《春夕》）。对当年的遭遇，王元化生前释怀也罢，不释怀也罢，也只是为"有谁争（锋）"的《文心雕龙创作论》增添了一段可循的历史陈迹而已。我把它钩沉、梳理出来，关注点不在王元化与敏泽的个人恩怨，只为新旧交替的转折年代学术和政治氛围除旧布新之际留下一个可供解剖的标本；且为《文心雕龙》研究的学术史提供参照。

（本文写作过程中，得到了王保生、陈骏涛、胡晓明、戚良德等先生的提携，谨此致谢；但本文的学术观点，文责自负。）

（余广人，北京大学中华人民共和国史研究中心研究员）

**古远清**

# 古继堂年谱

中国社会科学院研究员古继堂是大陆改革开放后最早研究台湾文学的一位资深学者。他的《台湾小说发展史》《台湾新诗发展史》带有开创性，在两岸产生了广泛影响。他的成长历程，反映了大陆第一代台湾文学研究者所走过的艰难曲折的道路，以及所收获的鲜花和荆棘。本年谱打破传统写法，披露一些鲜为人知的文坛史料，使其成为有故事的（广义的）文学史之一种。

1934 年 6 月，生于河南修武县小古庄，只读了四年小学，全靠自学成才。

1951 年 5 月，时任湖北孝感县县长的邻居古博带古继堂离开豫北农村，在湖北孝感当了三年税务局稽征员。

1953 年，司法改革后调到孝感人民法院，担任法官审判员、公检法联合办公室负责人，总计七年，还被评为湖北省先进司法干部。

1956 年，开始发表作品。同年加入中国共产党。

1959 年 8 月，考上五年制的武汉大学中文系。由于年龄偏大又结过婚还有小孩，故考大学时减去两岁，成了一九三六年生。

1963 年 7 月，和原配夫人离婚后，与武汉大学经济系三年级学生胡时珍在孝感结婚。育有古欣、古彦两个女儿。

1964 年 8 月，作为五九级六四七一班“调干生”毕业于武汉大学中文系。同时毕业的有五九级六四七三班的古远清。古继堂在校期间任班长，写过不少诗歌，均未发表。

1964年8月至1985年1月，分配到“中央调查部”（现为“国家安全部”）台湾研究所（八处），开始从事台湾文化研究，后任周恩来总理外事办公室机要秘书。

1966年，成了中直机关群众组织“联络站”四个负责人之一。

1967年2月4日，被主管“调查部”的康生点名为“坏头头”。后进入“学习班”，该学习班随山东五七干校从滕县搬到济宁，再从济宁搬到北京吴家花园。三个地方相加，共被关押两年多，期间曾逃跑回孝感。

1975年12月，康生去世。五年后，康生被定位为“反党野心家、阴谋家”，古继堂的“罪名”由此减轻，专案组“罚”他整理安全部门订购的大量台湾书刊，包括文艺资料。由此，他成为大陆第一个接触和研究台湾文学的人。这时，他收集他们的作品，逐渐为台湾的每一个文艺社团、刊物、文人建立档案，一个作家装成一个档案袋，共有几百个档案袋之多。“在不能发表和出版研究成果，甚至有人沾上‘台湾’二字受到追查的情况下，我就在秘密地撰写台湾文学评论，积累了大量的半成品。待海禁一除，我的作品便开始问世。”（古继堂：《开在汗珠上的诗花》）。

1979年12月，在《星星》诗刊发表《天安门》组诗六首。

1980年，恢复工作之后，一门心思写书。陈若曦、曹又方等从美国回来，跑去访问。

1980年3月，在《星星》诗刊发表《锚》等三首短诗，后被四川出版的一本理论刊物批判为有“精神污染”的作品。

1980年4月，人民文学出版社出版“巴继”编《台湾诗选》。“巴”是古继堂工作单位第八处，“继”是他名字中的一个字。

80年代初，在某刊发表《台湾风情》组诗十二首，获新诗创作佳作奖。

1981年4月，在《电影作品》第2期发表《介绍台湾影片〈源〉〈香火〉和〈原乡人〉》。

1981年5月，《台湾爱国怀乡诗选》由时事出版社出版，署名巴楚。

1981年6月，《望君早归—台湾短篇小说选》由时事出版社出版，署名斯钦。

1981年12月，在《星星》发表《台湾诗刊简介》。

1982年2月，在《新文学史料》第1期发表《台湾文艺联盟——三十年代台湾作家的大本营》。

1983年1月6日，在《文学报》发表《台湾诗人吴晟传（上）》。

1983年2月3日，在《文学报》发表《台湾诗人吴晟传（下）》。

1983年3月，《台湾童话选》由山东人民出版社出版，署名海虹。

1983年6月，《台湾中短篇小说选》由人民文学出版社出版，署名“人民文学出版社编辑部”。

1983年，在《中国百科年鉴》发表《台湾近年来的文学概况》。

1983年，《原乡人——锺理和中短篇小说选》由人民文学出版社出版，未署名。

1984年3月，《台湾民间故事选》由四川人民出版社出版，署名巴楚。

1985年2月，在中国社会科学院文学研究所何火任鼎力相助下，调该所工作。朱寨对古说，“文学所”就是国家队，跟省籍队伍不一样。

1985年4月，在《电影作品》第2期发表《评台湾电影剧本〈台北街头女郎多〉》。

1985年6月6日，在《诗歌报》发表《台湾儿童诗巡礼》。

1985年7月23日，在《文学报》发表《千里海峡隔不断，万里情牵织彩虹——〈台湾短篇小说选·月是故乡明〉评介》。

1985 年 10 月，在《台港与海外文摘》第 10 期发表《台湾极短篇小说简介》。

1985 年 10 月，在《中国年鉴·1984》和武治纯合作发表《民族的心声，历史的脉搏——〈1984 中国小说年鉴〉（台港小说卷）序》。

1985 年 10 月，和武治纯合作编选《1984 中国小说年鉴·台港小说卷》，由中国新闻出版社出版。

1985 年 11 月，在《语文月刊》第 11 期发表《梧桐树下的迷思——谈台湾女诗人朵思的创作》。

1985 年 12 月 7 日，在《文艺报》发表《八十年代台湾青年作家群》。

1985 年 12 月，在《中国文艺年鉴·1983》发表《台湾近年来的文学概述》。

1985 年，在《中国百科年鉴》发表《（1984 年）台湾文学概观》。

1985 年，在《黄河诗报》发表《敞开心灵的世界——谈台湾女诗人的创作》。

1985 年，在《文朋诗友》第 3 期发表《1984 年台湾新诗创作漫评》。

1985 年，和武治纯合作编选《中国小说年鉴·新闻小说卷》，由中国新闻出版社出版。

1985 年，在《文化广场》第 1 期发表《思乡曲——台湾乡愁诗一瞥》。

1986 年 1 月，在《新观察》第 1 期发表《介绍台湾极短篇小说（一）》。

1986 年 2 月 27 日，在《文学报》发表《泥土放出花千簇——谈台湾乡土诗人吴晟》。

1986 年 2 月，在《语文月刊》第 2 期发表《评台湾女诗人冯青的诗》。

1986 年 8 月，在《语文月刊》第 7、8 期发表《关于〈乡愁〉一诗的通信》。

1986 年 8 月，在内刊《文学研究参考》第 8 期发表《1985 年台湾文学研究概述》。

1986 年 9 月，在《语文月刊》第 9 期发表《高考落榜以后——评台湾长篇小说〈女强人〉》。

1986 年 10 月 17 日，在《文学报》发表《她们的心灵是美的喷泉——读台湾女诗人的诗》。

1986 年 10 月，在《华人世界》第 5 期发表《大众的诗人大众的诗——评台湾诗人许达然的诗》。

1986 年 12 月 4 日，在《文学报》发表《台湾报导文学的崛起》。

1986 年 12 月，在《中国文学研究年鉴·1985》发表《台湾文学概观》。

1986 年 12 月，在《中学语文教学》发表《阅读和思考——评琼瑶、三毛热》。

1986 年，在《电视电影文学》第 3 期发表《评〈一棵红豆〉——兼驳爱情小说“性基础论”》。

1986 年 12 月，《台湾极短篇小说选》由海峡文艺出版社出版。

1987 年 1 月，在内刊《当代文学研究资料与信息》发表《台湾报导文学的崛起》。

1987 年 2 月，《台湾女诗人三十家》由湖南文艺出版社出版。

1987 年 2 月，在《文学世界》第 1 期发表《论台湾诗人痖弦的人物诗》。

1987 年 2 月，在《大众小说》发表《台湾通俗文学漫谈》。

1987 年 3 月 26 日，在《文学报》发表《铸一家诗风——谈台湾诗人非马的诗》。

1987年3月。在《文学知识》第3期发表《崛起·西化·回归——台湾新诗发展的历程（上）》。

1987年4月4日，在《文艺报》发表《女作家异军突起——1986年台湾文坛一瞥》。

1987年4月，在《文学知识》第4期发表《崛起·西化·回归——台湾新诗发展的历程（下）》。

1987年4月，在《语文月刊》第4期发表《袁琼琼和她的〈沧桑〉》。

1987年5月，在《文学研究参考》发表《1986年台湾文学研究综述》。

1987年5月，在《作品与争鸣》第5期发表《情感与现实——也论琼瑶的创作特色》。

1987年6月，《柔美的爱情：台湾女诗人十四家》由春风文艺出版社出版。

1987年6月，在《语文月刊》第5期发表《奉献·牺牲·宽容——评琼瑶作品中的母亲形象》。

1987年6月17日，在《中报》发表《平地喷泉——谈非马的诗》。

1987年6月，《平地喷泉——谈非马的诗》同时在台湾《笠》诗刊总第139期发表。

1987年6月，在《中外文学》第6期发表《论台湾女作家李昂的创作——兼评文学作品中的性描写》。

1987年6月，《台港与海外华文文学评论和研究》第2期制作古继堂专辑，除《学人档案：古继堂》外，另有杨月的古继堂专访《台湾文学研究的重镇》。

1987年8月，出席在芝加哥举行的“台湾文学研究国际研讨会”。

1987年10月，在《语文月刊》第10期发表《冷冷的美感，新颖的诗体——谈台湾女诗人林冷的诗》。

1987 年 10 月，在《文艺理论与批评》第 5 期发表《从追随西方现代派到民族传统的回归——台湾文学经验的思考》。

1987 年 12 月 5 日，在《文艺报》发表《和台湾著名老诗人桓夫谈诗》。

1987 年 12 月，在《台港文学选刊》第 5、6 期发表《文学的对话》。

1988 年 2 月，在《中国文学研究年鉴·1986》发表《1985 年台湾文学研究概述》。

1988 年 3 月，在《语文月刊》第 3 期发表《执着的追求，勇敢的实践——倡导“明朗、健康、中国诗歌路线”的文晓村》。

1988 年 3 月，为《台湾社会百态》作序。

1988 年 4 月，在《文学世界》第 2 期发表《透明的红萝卜——论台湾诗人李魁贤的诗》。此文同时在台湾《文学界》总第 25 期发表。

1988 年 5 月 5 日，在《文学报》发表《台湾的都市诗》。

1988 年 6 月，在《文学世界》第 3 期发表《一颗闪耀和神秘的星——论台湾诗人郑愁予的诗》。

1988 年 6 月，在《海外文摘》发表《在北京访琼瑶》。

1988 年 6 月，在《台湾研究》第 2 期发表《台湾文学中的民族意识》。

1988 年 6 月，在《电视电影文学》第 6 期发表《台湾社会转型期的爱情探险——论女作家曹又方的创作》。

1988 年 6 月 16 日，在《文学报》发表《一本书〈柔美的爱情——台湾女诗人十四家〉架起了心灵的桥梁》。

1988 年 7 月 11 日，陪同台湾诗人罗门、林燿德拜访冯至。

1988 年 8 月 11 日，在《文学报》发表《广告文学》。

1988 年 9 月 8 日，在《文学报》发表《台湾的录影诗和视觉诗》。

1988 年 11 月 3 日，在《文学报》发表《反其意而出其新——读台湾诗人李魁贤的诗》。

1988 年，加入中国作家协会。

1989 年春天，陪同台湾作家杨平访问钱锺书。

1989 年，在深圳会见旅美台湾诗人非马。

1989 年 2 月，在《葡萄园》诗刊总第 104 期发表《赏析朱沉冬的〈回音〉》，同时发表诗作《长城》，后收进大陆小学六年级课本。

1989 年 3 月，中国社科院文学所成立“台港暨海外华文文学研究室”，杨匡汉担任主任，古继堂为副主任。台港文研室成员另有王淑秧、陈素琰、王保生、安兴本、赵园。

1989 年 3 月，《台湾的电影与明星》（编著）由四川文艺出版社出版。

1989 年 5 月，在《鸭绿江》第 5 期发表《放荡女人的歌者——品茶论秦松》。

1989 年 5 月，《台湾新诗发展史》由人民文学出版社出版。

1989 年 5 月，《贞节牌坊——台湾社会、伦理小说精粹》由春风文艺出版社出版。

1989 年 6 月，在《文艺报》发表《大陆对台湾文学研究的新格局》。

1989 年 6 月初，因错误参加运动受到组织批评并作检讨。旅美评论家张诵圣闻之后对古继堂这种“政治激进，文学守成”的矛盾组合大惑不解。

1989 年 6 月，北大要解聘从台大来的《这样的“诗人”余光中》作者陈鼓应。陈心情不好到古家，告知要回台湾了，希望古继堂赶写一篇文章，批评大陆有些编辑、记者把余光中捧上天的现象。

1989年7月9日，在台北《自立早报》发表《从挑剔到競睹风采》。

1989年7月，《台湾新诗发展史》由台北文史哲出版社出版繁体字本，并将被简体字本删改之处作了恢复。

1989年7月，《台湾小说发展史》由台北文史哲出版社出版。台湾资深评论家叶石涛后来在美国《世界日报》发表评论，表示“脱帽致敬古继堂先生超人的毅力”，还说他是中国共产党阵营中突然杀出来的“一匹狼”，并指出该书“离‘精致’还有一段距离”。此书和《台湾新诗发展史》一度被台湾辅仁大学、高雄师范大学、静宜大学当作教材使用。

1989年8月19日，会见前来参加北京书展的台湾文史哲出版社负责人彭正雄及其女儿彭雅玲。

1989年8月25日，在《文艺报》发表《台湾文学和诗中的“偶数现象”》。

1989年8月，在《大众电影》第8期发表《“琼瑶王国”的没落——关于琼瑶作品答本刊记者问》。

1989年8月，陪同台湾诗人文晓村拜访《诗刊》。

1989年8月29、30日，文晓村在高雄《台湾新闻报》发表《找寻台湾新诗的座标——评古继堂〈台湾新诗发展史〉》。

1989年8月，开始着手写《台湾散文发展史》（后因身体原因未能完成）。

1989年9月16日，台湾评论家李瑞腾在台北《联合报》发表《古继堂的〈台湾新诗发展史〉》。

1989年9月23日，公仲在《文艺报》发表《宏观的架构，微观的剖析——评〈台湾新诗发展史〉》。

1989年9月25、26日，台湾诗人李魁贤在台北《首都早报》

发表《台湾新诗的现实主义传统——评古继堂著〈台湾新诗发展史〉》。

1989年10月，《静听那心底的旋律——台湾文学论》由国际文化出版公司出版。

1989年10月，以“朴移”的笔名参与徐乃翔主编的《台湾新文学辞典》，由四川人民出版社出版。

1989年11月，《台湾小说发展史》由春风文艺出版社、辽宁教育出版社出版简体字本。

1989年11月，在《中国文学研究年鉴·1987》发表《台湾文学研究综述》。

1989年，在台湾《民众日报》召开的座谈会上，吕兴昌批评古继堂“一看到台湾诗人作品中的‘祖国’二字，便高兴得要跳起来。”

1989年，美国华文诗人岳阳（非马）在美国《华侨日报》发表《喜见〈台湾新诗发展史〉》。

1990年2月，在《语文月刊》第2期发表《台湾文学中的女性意识（上）》。

1990年3月，在《语文月刊》第3期发表《台湾文学中的女性意识（下）》。

1990年3月，《台湾爱情文学论》由海峡文艺出版社出版。

1990年5月，在《花城》第3期发表《文学的旋流——台湾文艺思潮析辨》。

1990年8月，在《语文月刊》第8期发表《坚稳的信念，灵动的诗情——评绿蒂的〈风与城〉》。

1990年9月，论文《从女性意识的觉醒到女性英雄主义的建立——论台湾文学中的女性意识》收入《台湾香港暨海外华文文学论文选（四）》。

1990年10月，在《台港与海外华文文学评论和研究》第1期发表《台湾文学研究十年》。

1990年10月，在《诗刊》第10期发表《一条沁润心灵的小溪——评台湾女诗人涂静怡的短诗》。

1990年10月，在《文学评论》第5期发表《略论台湾文学研究中的十个问题》。

1990年12月6日，在《文学报》发表文章《催生、成形、诞生——关于〈台湾新诗发展史〉〈台湾小说发展史〉的再思考》。

1991年1月12日，在《文艺报》发表《谈“多妻主义”诗人余光中——与苏丁先生商榷》。此文系《文艺报》主编郑伯农约古继堂写“正确评价余光中”的重要稿件，发表后获两岸不少读者好评。据说，一位老诗人买了十多份报纸对此文进行宣传。

1991年2月9日，台湾评论家陈谦在《台湾时报》发表《一厢情愿的大中国情怀——读古继堂的〈台湾新诗发展史〉》。

1991年3月，王淑秧在《台港文学选刊》第3期发表《深化对台湾文学的研究——从古继堂的〈台湾小说发展史〉说起》。

1991年春，向唐弢请教近二个小时。

1991年6月，《评说三毛》由知识出版社出版。写作此书时，古累得胃痛，每天靠吃药坚持。

1991年7月，出席在广东中山市举行的“第五届台港澳暨海外华文文学国际研讨会”，任“台湾组”组长，后与主办单位闹得不欢而散。

1991年8月，在台中《海鸥》诗刊第1期发表《睡醒的雨：谈台湾诗人李春生的诗（上）》。

1991年8月25—28日，策划、主办艾青国际研讨会。古本是大会秘书长，后中国作协委派了新的秘书长。会议结束时，因财务问题和艾青家属发生矛盾。

1991 年 9 月，在《台港与海外华文文学评论和研究》第 2 期发表《克服浮躁情绪，深入台港文学研究》。

1991 年，台湾暨海外华文文学研究会在北京人民大会堂成立。艾青为会长，古继堂为常务副会长兼秘书长。副会长另有武汉大学副校长李进才、暨南大学副校长饶芃子、著名作家刘绍棠等。后来重新向民政部申报登记时，因无法得到会长艾青的签字，研究会自动解散。

1991 年 7 月，《台湾女诗人五十家》由湖南文艺出版社出版。

1991 年 7 月，古继堂和黎湘萍等人合著的《台湾地区文学透视》，由陕西人民教育出版社出版。

1992 年 1 月，王淑秧《海峡两岸小说论评》出版，古继堂作序。

1992 年 2 月，在台中《海鸥》诗刊第 2 期发表《睡醒的雨：谈台湾诗人李春生的诗（下）》。

1992 年 3 月，古远清在《诗刊》发表《新颖的史识与独到的史笔——评古继堂〈台湾新诗发展史〉》。

1992 年 6 月，台湾评论家孟樊在台北《中国论坛》第 32 卷第 9 期发表《书写台湾诗史的问题》。

1992 年 7 月，在《文学自由谈》第 4 期发表《小议台湾小说理论批评的演变》。

1992 年 9 月 28 日，陪同台湾诗人詹澈拜访冰心。

1992 年 9 月，在《台湾研究》第 3 期发表《日据末期台湾文学思潮与文学斗争》。

1992 年 10 月，在《写作》第 10 期发表《开拓新的题材，寻求新的表现角度：谈台湾青年女诗人的诗》。

1992 年 11 月，在《华东师范大学学报》第 6 期发表《萌生、发展、演变——论台湾的现代派文学和后现代派文学》。

90 年代初，应邀为北京大学、中央民族学院的研究生开设

《台湾文学》课程。在光明日报社、中国作协、人民日报社、新华社联合举办的“全国记者训练班”讲授《台湾文学》。有关新闻出版单位和作家协会在杭州西湖举办“全国出版、记者、大学教师台湾文学讲习班”，为他们讲了一个多月的台湾文学。后应邀给天津新闻、出版单位和大学讲授台湾文学。

1992 年 12 月，台湾诗评家游唤在《台湾诗学季刊》创刊号发表《有问题的〈台湾新诗发展史〉》。

1992 年，在《华夏》第 5 期发表《台湾八十年代理论批评综述》。

1992 年 12 月 20 日，古远清在《中国教育报》发表《纵横流变史，珍珠一线穿——评古继堂〈台湾小说发展史〉》。

1993 年 5 月，在《文艺理论与批评》第 3 期发表《台湾文学中坚持进步的民族主义文学理论的两大柱石——论尉天骢与颜元叔》。

1993 年 5 月，在《四海——港台海外华文文学》第 5 期发表《运用西方文学批评型的台湾小说女性理论批评家》。

1993 年 6 月 3—5 日，出席《文学自由谈》承办的“旅美作家简宛作品研讨会”。

1993 年，《台湾新文学理论批评史》由春风文艺出版社出版。

1993 年，为“90 年代海外华文散文名家书系”策划的《梦想一顶红罗帐》（赵淑敏著）由北京师范大学出版社出版。

1993 年，获国家级有突出贡献的知识分子称号。

1994 年 2 月，在《百科知识》第 2 期发表《情与爱交织的温馨世界——台湾女性文学漫谈》。

1994 年 3 月，在《四海——港台海外华文文学》总第 26 期发表《一部宏大的论著——谈〈台湾文学史〉》。

1994 年 1 月 16 日，旅美台湾诗人纪弦把古继堂列入他的“知音”名单中。

1994 年 4 月，《自然和灵魂的坚强卫士——论罗门、蓉子的诗》

收入台北文史哲社出版的《罗门、蓉子文学世界学术研讨会论文集》。

1994 年 5 月 5 日，在《太原日报》发表《侠骨柔情——赵淑敏》。

1994 年 5 月，主编的《台港澳暨海外华文新诗大辞典》由沈阳出版社出版。

1994 年 5 月，在《写作》第 5 期发表《从乡愁到回归：谈台湾诗歌题材的演变》。

1994 年 6 月，王烨在《中国图书评论》第 6 期发表《第三个首创——评古继堂〈台湾新文学理论批评史〉》。

1994 年 6 月，在《海峡》发表《比较不为高下，鉴衡只为吸取——评赵朕〈台湾与大陆小说比较论〉》。

1994 年 7 月，评为中国社科院文学所研究员。

1994 年 8 月，在《百科知识》第 8 期发表《台湾青年诗人群落素描》。

1994 年 8 月，在《中国文化研究》秋季号发表《旅美散文家简宛的创作》。

1994 年 8 月，退休。

1994 年 9 月，在《台港与海外华文文学评论和研究》第 2 期发表《台湾“青年诗人”的界定及研究》。

1994 年 9 月，汪景寿和杨正犁在《文艺理论与批评》第 5 期发表《台湾文学研究的重要一翼——评古继堂〈台湾新文学理论批评史〉》。

1994 年 10 月 18—21 日，出席在武汉华中师范大学举办的“赵淑敏作品研讨会”。

1994 年 11 月 3 日，欧阳鸣在《太原日报》发表《评古继堂〈台湾新文学理论批评史〉》。

1994 年，《台湾青年诗人论》由武汉出版社出版。

1994年，在《民族文学研究》第2期发表《发自台湾社会底层的呐喊——评高山族青年盲诗人莫那能的诗》。

1995年5月，在《福建论坛》第3期发表《雄辩理智，细察深究——评林承璜〈台湾香港文学评论集〉》。

1995年5月，在台北《葡萄园》诗刊总第126期发表《视诗为生命的诗人：论吴明兴》。

1995年，《古继堂诗集》由团结出版社出版。其诗作曾入选《中国新诗年编·1983》。

《中国新诗年编·1984》，短诗《长城》入选大陆小学六年级课本。另由香港银河出版社出版中英对照《古继堂短诗选》。

1995年6月18日，应文史哲出版社邀请访问台湾，因签证手续繁琐，访台前在香港滞留一周。到台后参加第九届“梁实秋文学奖”颁奖典礼，结识台湾诗人痖弦等人。台湾“中国诗歌艺术学会”授予其“文学特殊贡献奖”，“中华民国新诗学会”授予其“文学交流奖”。

1995年6月20日，出席在台北举行的海峡两岸诗学研讨会，与会的有台湾小说家墨人、诗人绿蒂和刘菲，陪同的有大陆诗人雁翼。会后访问胡秋原。与李敖也通过几次电话，本来想写《李敖传》，但李敖没有时间接受采访。

1995年，出席在郑州举行的“台湾作家赵淑敏国际研讨会”，被聘为郑州大学客座教授。同期还担任同济大学、华侨大学兼职教授。

1995年12月7日，在《太原日报》发表《李春生与林玲：一对永不分手的诗人伉俪》。

1996年3月，在《四海——港台海外华文文学》总38期发表《一个正气凛然的中国人：访台湾作家陈映真》。

1996年3月，台湾诗评家萧萧在《台湾诗学季刊》总第14期发表《大陆学者拼贴的“新诗理论批评图”》，批评“二古”，即古继堂《台湾新文学理论批评史》和古远清《台湾当代文学理论批评史》。

1996年3月，台湾诗评家孟樊在《台湾诗学季刊》第14期发表《主流诗学的盲点》，把“南北双古（古远清、古继堂）”当作大陆研究台湾诗歌的主流代表加以批评。

1996年3月，台湾诗人张默在《台湾诗学季刊》总第14期发表《偏颇、错置、不实——古继堂著〈台湾新诗发展史〉初探笔记》。

1996年3月1日，在台北《文讯》总第125期发表《蚌壳与珍珠——评向明组诗〈随身的纠缠〉》。

1996年4月，《台湾青年诗人论》由台北秀威科技公司再版。

1996年5月，在《葡萄园》诗刊总第125期发表《诗人歌手台客》。

1996年6月初，参加由天津社科院和宁河县政府联合举办的“罗兰作品研讨会”。

1996年7月，在台北《秋水》诗刊总第90期发表《深沉的思索，细致的刻镂——评台湾诗人绿蒂近作》。

1996年8月，在《葡萄园》诗刊总第131期发表《王在军作品简介》。

1996年9月，在《四海——台港澳海外华文文学》总第41期发表《胡秋原与李敖打官司》。

1996年10月，在《青海湖》第10期发表《明朗、健康、写实的中国精神——评台湾诗人文晓村的诗》。

1996年11月，在《新文学史料》第4期发表《胡秋原与中国现当代文学——台北访问胡秋原》。

1996年11月，在台北《幼狮文艺》发表《小古庄——我生命的胎盘》。

1996年冬至1997年初，从多伦多飞往台湾，在宝岛讲学、访友、旅游一个月。

1997年1月，《台湾新诗发展史》增订本由台北文史哲出版社出版。

1997年1月26日，在《光明日报》发表《快乐的受苦人——记台湾残疾女作家杏林子》。

1997年3月，在《台港与海外华文文学》发表《雨过天自绿，风过海自平——关于〈台湾新诗发展中史〉的回应》。此文另在《台湾诗学季刊》总第9期发表。

1997年4月，在台湾《幼狮文艺》发表散文《时过境迁》。

1997年5月15日，在《葡萄园》诗刊总第134期发表《盛放于寂寥中的牡丹——为晶晶诗集〈曾经拥有〉序》，并同时发表《在台湾岛上》新诗三首。

1997年8月，在《葡萄园》诗刊总第135期发表《高山、飞瀑、悠溪——评王禄松的诗》。

1997年9月，在《台湾诗学季刊》总第9期发表《回答萧萧兼谈〈新诗三百首〉》。

1997年9月，参与张炯等主编的《中华文学通史》（台湾文学部分），由华艺出版社出版。

1997年，随中国作家协会代表团访问台湾，金坚范为团长，古继堂为秘书长。

1998年2月，中国作家协会成立“台港澳暨海外华文文学联络委员会”，担任委员。

1998年2月，在《民族文学研究》第1期发表《凝神纳百态，挥笔洒纵横——论林佩芬的〈天问〉》。

1998年3月12日，在高雄《台湾新闻报》发表《新婚恋关系的悲剧况味——萧飒〈深巷斜阳〉的美丽与凄婉》。

1998年5月，祝勇主编、古继堂任总顾问的《台湾经典散文珍藏版》（全5册，包括阳关以西无雨、与爱情错身、一条名叫时光的河、寂寞的人坐着看花、荒村的灯光），由中国书籍出版社出版。

1998年6月，在《台湾研究》发表《民族魂主宰的一次新诗革命——台湾新诗论争20年回眸》。

1998年8月，和吕进、古远清一起出任台北《葡萄园》诗刊编委（至2003年3月止）。

1998年9月中旬，陪同艾青及台湾诗人洛夫等多位两岸三地诗人在北京全聚德餐叙。

1998年9月19日，在台北《中央日报》发表《激情来自温情——论应平书散文的特色》。

1998年10月15—24日，应台湾《幼狮文艺》等单位邀请，随中国作家代表团出席“文学山水邀约”活动。此系第四次去台湾。访问团成员有《文艺报》前主编郑伯农、《人民文学》主编程树榛、《十月》主编王占军、《收获》副主编萧元敏、《萌芽》副主编桂未明、《上海文学》负责人张重光、《花城》主编肖建国。因要陪黄春明、陈映真、尉天骢、李瑞腾、吕正惠等人到北京参加“黄春明作品研讨会”及办理其他事务，行程延至10月28日。

1998年前后，白先勇到北京，李慎之副院长在民族饭店宴请他，请古氏作陪。

1998年10月29—31日，在北京参加“黄春明作品研讨会”。

1998年12月27日，在《台湾日报》发表《西瓜寮与诗——评詹澈〈西瓜寮诗辑〉》。

1998年，组诗《台湾风情》获上海《少年文艺》佳作奖。

1999年1月，在《名作欣赏》第1期发表《台湾后现代诗欣赏：读陈黎的〈岛屿边缘〉》。

1999 年 2 月，在《世界华文文学》总第 62 期发表《永不灭光芒的艺术形象——评白先勇小说〈永远的尹雪艳〉》。

1999 年 2 月，在《理论与创作》第 1 期发表《新婚恋关系下的新悲剧——评萧飒的短篇小说》。

1999 年 4 月 23 日，在台湾《中央日报》发表《遯斋的主人，文坛的骄傲——悼苏雪林》。

1999 年 4 月，《柏杨传》由作家出版社出版。

1999 年 5 月，主编的《望断烟村四五家——台湾名家散文选读》由吉林摄影出版社出版。

1999 年 5 月 10 日，史进文在《光明日报》发表《一部开创性的著作——评古继堂的〈台湾小说发展史〉》。

1999 年 7 月 22 日，杨月在《世界信息报》发表《一部人生的警示录——古继堂的〈柏杨传〉》。

1999 年 8 月，台湾政治大学教授陈芳明在台北《联合文学》8 月号发表《台湾新文学史的建构与分期》，点名批评古继堂等大陆学者撰写的文学史属"北京霸权"立论，是"一种变相的新殖民"。

1999 年 8 月 24 日，臧克家致函古继堂："现在研究台湾文艺的，以你最为公允、水平高，古远清与你并称'二古'。"

1999 年 8 月 20—24 日，出席在安徽黄山召开的"海峡两岸苏雪林教授学术研讨会"。

1999 年 8 月，在《诗刊》第 8 期发表《象征穿越题材——兼论台湾诗人新作〈西瓜寮诗辑〉》。

2000 年 1 月，在台北《幼狮文艺》发表《老虎的故事》。

2000 年 3 月，在《世界华文论坛》总 74 期发表《冲破黑夜的隆隆货车声——介评陈映真的〈夜行货车〉》。

2000 年 5 月 11 日，在《光明日报》发表《女兵作家谢冰莹》。

2000 年 6 月 5 日，古远清赴台北访问途经香港，《香港文学》总编辑陶然问“古继堂是否为‘安全部’特工人员?”古远清答：“他是被安全部‘赶’出来的。”次日，接机的台北文史哲出版社负责人又问同样的问题，古远清答：“古继堂是背着‘安全部’自发研究台湾文学的。”

2000 年 7 月，在《文艺理论与批评》第 4 期发表《施善继和詹澈的诗创作》。

2000 年 8 月 22 日，在《文艺报》发表《诗人的失误：评余光中诗〈达赖喇嘛〉》。在大陆一片赞扬声中，古继堂是第一位站出来批评余光中所写的“政治不正确”诗作的学者。

2000 年 9 月 16、17 日，在台湾“中央大学”等单位主办的“两岸文学发展研讨会”上，台湾作家焦桐发表《大陆的台湾现代诗评论——以思乡母题为例》，批评古继堂的《台湾新诗发展史》是“心战喊话、传单那一套”。

2000 年 9 月 23 日，在《太原日报》发表《女作家（林佩芬）和狗》。

2000 年 10 月，《丰沛、闲适、淡雅——评苏雪林的散文》，收入台湾成功大学出版的《海峡两岸苏雪林教授学术研讨会论文集(上)》。

2000 年 10 月，出席在“中国现代文学馆”举行的“林海音作品两岸学术研讨会”。

2000 年 11 月，在《新文学史料》第 4 期发表《中国第一位女兵作家——谢冰莹》。

2001 年 3 月，在《洛阳师范学院学报》第 1 期发表《林海音的“两岸情结”》。

2001 年 5 月，随晓雪等中国作协代表团访问台湾。

2001 年 5 月，在台北《葡萄园》诗刊总 150 期发表《评金筑的三首诗》。

2001 年 12 月，在《洛阳师范学院学报》第 4 期发表《深刻的总结，坚稳的奠基——1947 年台湾“新写实主义”论争》。

2002 年 1 月，在《名作欣赏》第 1 期发表《析评郑愁予三首爱情诗》。

2002 年 1 月，以“斯钦”笔名参与吕正惠等主编的《台湾新文学思潮史纲》第三章，该书由昆仑出版社出版。

2002 年 4 月，在《名作欣赏》第 2 期发表《刚柔铸健骨，豪秀出真奇——评赏简媜散文》。

2002 年 5 月 28 日，“中国世界华文文学学会”在暨南大学成立。会长饶芃子在学会成立前曾邀请古继堂出任副会长，他婉拒，从此不再出席在南方成立的“学会”。

2002 年 5 月，在《新文学史料》第 2 期发表《林海音——台湾女性文学开山人》。

2002 年 9 月，获中国社科院老年基金项目资助，由九州出版社出版《台湾文学的母体依恋》，被台湾评论家杨宗翰批评为“统战作品”，作者系“拥抱马列主义残骸的学者”。

2002 年，《简明台湾文学史》（四人合作，任主编）由时事出版社出版。此书有一大段系“复制”自刘登翰等主编的《台湾文学史》。

2003 年 3 月 3 日，在《人民日报》海外版发表《我的老乡尹雪曼》。

2003 年，举家移民加拿大。单是台湾“海外版”藏书就有两千余册，还有不少作者馈赠的签名本。部分捐献给中国现代文学馆。

2004 年 1 月，在台中《明道文艺》发表《一次迟到的会见——访英若诚》。

2004 年 8 月，在《名作欣赏》第 8 期发表《解析林冷》。

2004 年底，回北京过春节时，找到北京的龚鹏程、张炯和武汉的古远清等人，策划编辑出版“台湾文学大系”，未果。

2005 年 11 月，和妻子胡时珍一起回国，看望原武大校友会会长、漫画家方成。

2006 年 2 月 16 日，在《中国社会科学报》发表散文《愈远愈密愈近愈疏》。

2006 年 8 月 24 日，在《中国社会科学报》发表散文《住在深山有远亲——访白求恩故居》。

2006 年 9 月，在《名作欣赏》发表《画龙点睛，水到渠成——台湾短诗鉴赏》。

2008 年 2 月，在加拿大《地产周刊》发表散文《做梦都想有间房》。

2008 年 6 月，《古继堂散文选》由作家出版社出版。

2008 年，《台湾新文学理论批评史》由台湾秀威科技公司出版。此书十六年前拟由台湾某出版社出版，在校对完制版前夕，社方提出要消除书中反“台独”内容，遭作者拒绝。

2009 年 11 月 26 日，台湾作家江明树发表《读“二古”著作，有点心惊》，批评古继堂的《台湾新文学理论批评史》“不赞同台湾文学主体性、独立性的保守意识形态昭然若揭”。

2010 年 11 月 15 日，在多伦多为台湾女诗人傅诗予诗集《与你散步落花林中》作序。

2011 年 1 月，《台湾文学与中华传统文化》由九州出版社出版。

2011 年 10 月 29 日，在加拿大《加中时报》发表散文《好山好水好快活》。

2011 年 11 月 12 日，在加拿大《加中时报》发表散文《小汤匙漫游记》。

2011 年 12 月 31 日，在加拿大《加中时报》发表散文《人小志气大——记一场别开生面的生日派对》。

2012年元月9日，在加拿大出版的《世界日报》发表儿歌《小狗儿》。

2012年2月10日，在《世界日报》发表散文《滑雪惊魂记》。

2012年2月22日，在《世界日报》发表散文《皇帝的失误》。

2012年2月24日，在《世界日报》发表《沟通》。

2012年2月29日，在《世界日报》发表《京城的世外桃源》。

2012年3月16日，在《世界日报》发表散文《混血儿家的生日派对》。

2012年3月30日，在加拿大《加中时报》发表散文《家庭的乐章》。

2012年4月18日，在《世界日报》发表散文《安德鲁救伙伴》。

2012年4月27日，在《世界日报》发表散文《臭豆腐》。

2012年5月4日，在《加中时报》发表散文《邻家的猫》。

2012年6月23日，在《世界日报》发表散文《西方世界的流浪人士》。

2012年8月，《台湾短诗鉴赏》入选北京大学出版社出版的《〈名作欣赏〉精华读本》。

2012年11月12日，在《世界日报》发表散文《刘教授过安检》。

2012年11月13日，在《世界日报》发表散文《一枚金戒指的故事》。

2013年2月，在加拿大写作《短诗的创作体会》。

2013年5月，回北京访友。

2013年7月，为纪念和胡时珍结婚50周年，《古继堂论著集》由台北文史哲出版社出版。但书中主要收入诗作、散文和别人的评论文章，11篇评论均为短文。

2013年7月26日，从加拿大返国，到武汉大学与老同学古远清等人叙旧。

2013 年 11 月 15 日，在台北《葡萄园》诗刊总第 200 期发表《开在汗珠上的诗花》。

2014 年 2 月，古远清在《台湾研究》第 1 期发表《新世纪两岸对台湾文学诠释权的“争夺”》，内有反击台湾某些学者批评古继堂的内容。

2014 年 3 月 21 日，在《加中时报》发表散文《患病更觉家温馨》。

2014 年 3 月 28 日，在《加中时报》发表散文《拿来主义让你错过了什么?》。

2014 年 10 月 24 日，在《加中时报》发表散文《关火》。

2014 年 11 月 21 日，在《世界日报》发表散文《我的小孙儿写论文》。

2014 年 11 月 28 日，在《加中时报》发表散文《列席文山市议员听证会》。

2015 年 2 月 1 日，在《加中时报》发表散文《童趣》。

2015 年 2 月 27 日，为涂静怡在台湾出版的《〈秋水〉四十年》作序。

2015 年 3 月 11 日，在《世界日报》发表散文《小小监管员》。

2015 年 10 月，由吴思敬主编的《二十世纪中国新诗理论史》由人民文学出版社出版，内有古远清写的古继堂专节。

2015 年 12 月，由曹惠民等著的《台湾文学研究 35 年》由江苏大学出版社出版，内有古继堂专节。

2018 年春，从加拿大返京，拄着拐棍与武大老同学聚会。因前些时脑溢血，双目视力极差，早已无法看书写作。

2019 年 3 月，《世界华文文学论坛》第 1 期发表古远清《台湾文坛对大陆“双古”的批判述评》。

2020年6月1日，台北《祖国》总第59期发表台湾学者王碧的《“余光中现象”与〈敲打乐〉的解读（一）》，引用了古继堂对余光中的评价。

（古远清，陕西师范大学人文社会科学高等研究院研究员）

王永波

# 俗神信仰中的隐秘世界
## ——评刘勤《神圣与世俗之间——中国厕神信仰源流考》

二〇二一年八月，刘勤《神圣与世俗之间——中国厕神信仰源流考》，四十万字，由生活·读书·新知三联书店出版。这是作者沉潜中国古代神话研究十余年，继《性别文化视域下的神话叙事研究之一：女神论》（中国社会科学出版社，2013）、八卷本《中华远古神话衍说：三皇五帝》（生活·读书·新知三联书店，2020）后的又一部力作。

美国宗教学家米尔恰·伊利亚德在《神圣的存在——比较宗教的范型》中指出，“神圣”作为宗教的本质，往往通过“显圣物”而到场，因而“显圣物”既是“神圣”的，又是“世俗”的。刘勤在此书中重申、阐释了此观点：“但凡是人类眼、耳、鼻、舌、身、意所能觉察到的事物，都可成为显圣物。人、动物、植物、天体、建筑物、符号……无不囊括在内，哪怕是一个石头、一截树根或者一个手势，甚至宇宙本身，在祭祀仪轨和神话叙述中，都会成为显圣物。那些作为显圣物的事物本身并无高低贵贱之分，有区别的是它们所代表的神圣。显圣物，具有世俗和神圣二重性。”

在浩瀚的中国神灵信仰体系中，厕神就最能代表这种二重性。她出没厕圈，其“显圣物”常为扫帚、簸箕、笊篱等；她处于神灵序列的末端，但神力却无所不在；她没有祭祀仪轨、神体，但却让人敬畏非常……正是因为如此，作者即从“神圣与世俗”启笔，系统地探究了中国厕神的形态、缘起、定格、演变、流布与遗存等问题，重新架构了中国厕神信仰发展的漫长历史轨迹。

通览全书，余以为刘勤《神圣与世俗之间——中国厕神信仰源流考》有三大特色，粲然可观。

其一，锐意创新，视野宏通。作者敢于突破世人成见，将历代文人、学者所不齿或不屑的“厕神”“厕神信仰”“厕所民俗”等纳入研究对象，探究其底层逻辑——中国“以农为本”的经济生产方式，和以蚕桑、耕作、畜牧为主的经济增殖方式，小题目大文章。诚如作者在《后记》中所言，“‘厕所革命’已落实五六年，但有关厕所文化和信仰方面的研究似乎一直都是学术界的‘禁忌’话题。大抵因传统厕所污秽、厕神不登大雅之堂，故难为学术研究所接纳。百年来成果寥寥。保守性、重复性研究也较多，甚至对于一些基本问题，尚多遗漏。”这不得不说是个研究的空缺。

故刘勤基于已有研究的遗留问题，在撰写过程中，“对厕神、俗化、异化、厕神形态、神格演变、通名、具名、显名、隐名、有神无话、有话无神、母亲神、女儿神、显圣物、净头传统、大传统、小传统、祭祀仪轨等概念或基本命题进行了进一步思考或重新界定；对粪、弃、雪隐、东司、子姑、紫姑、七姑、如愿、猪神、乌刍沙摩明王、怒一底大等概念或厕神进行了较为细致的考论”，锐意创新，颇有可观。

华南师范大学文学院闵定庆评价说：“（该书）撩开了一个隐秘而又迷人的‘新世界’，同时也昭示了一种新的研究范式和可能空间。”我理解即是随着社会的发展，学者的研究不能仅仅局限于精英文化，不能仅仅局限于传世经典，而是应关注到融入考古图物、民间口传、民俗遗存等的更“底层”、更“基础”的大众文化。四川师范大学文学院李诚说："民间信仰乃任何民族文化中之核心元素。"正是基于这种认识，以上海交通大学叶舒宪、华东师范大学田兆元、中国社会科学院文学研究所谭佳为首的一批神话学者，近年来提出"神话中国"的旗号，力图走出传统经典文献，重新阐释神话乃至中国文化。当然，这绝非容易之事。

就刘勤在本书所研究的厕神信仰来看，她首先面临的就是传统文献资料的匮乏、礼乐文明的排斥、现代化导致的断裂，因此她必须运用跨学科和多重证据进行"重构"。综观本文所使用的资料，既有传统经、史、子、集，也有考古和田野调查；既涉及神话学、宗教学、历史学、文献学、文学、语言学等，也涉及农学、医学、建筑学、社会学、人类学等；且将中国厕神信仰研究置于东亚文化视域中，纵横比较，视野宏通。"熔钧六经，必金声而玉振。"我们且不去苛求这种"重构"是否丝丝入扣——实际上当然无法实现，至少这种"重构"给我们提供了更多可能的思考空间，以便让我们的视野打破历史和意识形态的僵局，更加有可能贴近事实本身。

其二，考、论结合，论证充分。该书的结构也是很有特点的。对于该书的结构，作者在《后记》部分有说明和反思。诚如其言：因该书涉及的资料门类太广，要穷尽所有资料几乎不可能。同时，既要实现比较系统地探究厕神缘起、定格、演变、流布与遗存等问题，又要不至于显得太泛太浅太杂。怎么办呢？作者用了两个方法解决此问题。一是，将"考"和"论"结合。"考"和"论"的分布和方式不拘一格。其中，"考"主要集中在第二章、第四章第二节、第五章第一节和第二节、第七章第二节等处，运用要素分析法、文献法等对一些比较关键的事物的本义、原型、时间顺序、语源、版本等进行了考辨。二是，采用由点及面的"问题式"结构来构架全书——用"问题"将散乱的资料聚合。章和节基本都是这种结构，而不是传统四平八稳的构架方式。表面上看起来有所跳跃，但细读全文，内容上有诸多关联、暗合。

综观全书，“考”和“论”相得益彰。相较而言，“考”处又更见功夫。如作者从《诗经·大雅·生民》文本入手，考察“粪”“弃”之本义关联，再加分析周弃的“豢土”之功，综合起来钩沉出《生民》文本实际上源自以远古大母神崇拜为基点的“血祭沃土”仪式，不过，此时“文明”已替代“野蛮”，“仪式”已替代实质性杀戮；又如作者从苏轼的六篇紫姑书写入手，考辨其写作时间、背景，分析其背后所体现的矛盾观念之所以然，耳目一新，以点染面，让我们窥见文人书写中的厕神信仰之“衍化”（已变为衍生态神话），层层递进，论证绵密，堪称的论；再如作者从佛教寺庙中的厕所之名“雪隐”“东司”入手，深入分析其语源，以及语源的养成、与之相关的入厕禁忌、厕神信仰，层层深入，抽丝剥茧。诸如此类，不胜枚举。

其三，学养深厚，关怀世情。《神圣与世俗之间——中国厕神信仰源流考》全书七章：第一章《中国厕神研究百年回眸》、第二章《大母神、粪肥与厕神缘起》、第三章《建筑、空间与厕神定格》、第四章《性别、异化与厕神式微》、第五章《雪隐、东司与佛教厕神》、第六章《俗化、流布与厕神渗透》、第七章《口传、遗留与活态厕神》，大体而言，均是每章解决一个具体问题，言之有物，锐意出新。即便是像第一章综述，也不落俗套，深入讨论了迄今为止厕神紫姑研究中存在的诸多问题，以及厕神的形态问题，这些问题就全书观之，的确都是一些前提性问题。每章所涉及的学科门类、理论方法亦不尽相同，如第二章运用到神话学、文献学的理论和方法，第四章运用到女性主义理论和方法，第五章运用到语源学的理论和方法，第七章则多是民俗学方面的理论和方法，非学养深厚不能达成。

要做好一件事，除了学养本身，还需要情怀。诚然，在处于社会转型期的今天，“热点”往往代表着某一阶段、某一地区的指导性研究方向，但是这也会导致一部分科研工作者受到经济效益的诱惑，不肯坐冷板凳，赶时髦，只追求快餐式“假、大、空”学术成果。习总书记曾致广大科研工作者：要不忘初心，砥砺前行。要以明德为旨归，“要有信仰、有情怀、有担当。树立高远的理想追求和深沉的家国情怀，努力做对国家、对民族、对人民有贡献的艺术家和学问家。”要植根中国大地，观照中国现实，立足中国特色社会主义伟大实践的价值坚守，提出自主性、独创性的理论观点。要有“板凳要坐十年冷，文章不写一句空”的执着坚守，又要立志做大学问、做真学问，在锤炼学术素养中磨砺学术精品。

《神圣与世俗之间——中国厕神信仰源流考》一书的研究突破禁区，立足于中国数千载的厕神信仰史、厕所民俗史和文化史，探寻其所以然，揭示其“底牌”——中国“以农为本”的经济生产方式，和以蚕桑、耕作、畜牧为主的经济增殖方式。刘勤把“学问”与“现实”相结合，把“理论”和“实际”相结合，把“象牙塔”和“人民群众”相结合，把“小传统”和“大传统”相结合，指出在当前社会经济发展和信仰多元化的形势下，做好以“厕神信仰研究”为代表的“俗文化研究”对稳定社会基层，传承中华民族优秀文化和构建当下和谐社会均具有重要意义，展现出新时代哲学社会科学工作者应有的担当、作为和形象。

（王永波，四川省社会科学院文学研究所研究员）

**祝晓风**

# 编后记

《人文》第六卷编就，共二十六篇文章。全卷总体上涵盖人文学科各领域，古今兼顾，中西兼顾，史料与理论并重。有几个重点或曰亮点，一是关注重大理论问题，如第一组探讨中华文明史，关于“低碳”的笔谈等。二是关注网络文学和现实文艺。三是学科史方面。四是在史料方面，本卷有较重要的中外史料披露。

第一组文章分别从学术史与文明史角度探讨中国上古文明。谭佳《夏之虚实：以艾兰和陈梦家的夏商神话研究为考察中心》，研究陈梦家与艾兰的夏商神话观异同，不仅指向学术层面的辨析，而且他们的研究与神话观、史学观本身，成为我们反省现代以降，中外学界有关早期中国研究的宝贵视角。谭文更从理论高度，指出了陈梦家在构建中华文明统绪上的思想贡献，此观点尤值得学界重视。梅建军《从冶金史看中国文明的演进》，从金属制作和使用的角度，对东西方文明做了一番比较，意在说明：东西方文明从很早的时候起，在观念、技术、方法、风格和语言等很多方面，其实就已经形成了自己的传统；而这样的传统在后来的漫长历史进程中，不断得到传承、改造、创新，一直延续到现在。此文对我们加深对中华文明的认识，很有帮助。

网络文学研究是近年来文学研究领域一个重要的方面，本卷特组织两篇文章。由肖惊鸿、陈定家等学者撰写的《二〇二〇年度中国网络文学发展报告》是一篇较全面的综述，也是二〇二〇年度中国网络文学研究的一份重要文献，读者可以藉此对上一年度的网络文学有个把握。郑熙青博士的《中国当代独有的网络文学》探讨了中国网络文学的发展有其特殊历史和文化背景，指出中国网络文学在外国和外语中极难找到有效的对应，近年来的网络文学研究实际上存在着中文和英文的大众语境和学术语境对话的双重错位。研究者需要透过这种范畴对应和视角的偏差，辨认出其中值得思考的问题，以期更好地为“讲好中国故事”提供借鉴。此文虽然篇幅不长，但切中肯綮，理论性很强，对当前的网络文学研究有较强的针对性和指导意义。

关注现实，关注当代文学，始终是本刊的一处重点。豫剧是当代影响最大的地方戏曲之一，其文化转向，不仅关系到文艺，也关系到现下的文化建设，人文建设。穆海亮《新世纪豫剧现代戏创作的文化转向》是国家社科基金重大项目，对此一问题做了深入探讨，值得学界和有关部门重视。孙海佩《〈艾青诗选·自序〉中的“文痞”考录及相关问题》是用文献学的方法做当代文学研究，实实在在解决了一个学术问题。

叶嘉莹先生的专栏“迦陵学舍”，本期谈“唐诗与汉魏诗的美感差异”，也是诗学中一个很有意思的话题。

本期“对话”是戴益斌和杰夫·玛珀斯的《从真与意义到三角测量：整体论视域下的戴维森》。杰夫·玛珀斯是海德格尔、伽达默尔和戴维森研究专家，斯坦福哲学百科全书词条戴维森和伽达默尔的作者。对话所谈为纯哲学问题，但娓娓道来，明白晓畅。

短长篇三篇。陈漱渝先生《我为什么讲鲁迅?》是就他的新书《鲁迅十五讲》而谈，涉及他一生主要的学术经历，他的鲁迅研究，对当代学术史和鲁迅研究史都很有用。陈子善先生是现代文学文献学学者，经手经眼史料无数，《巴金四题》是他多年功夫和学问的点滴，虽是点滴，但对中国现当代文学研究也会有所助益。宋战利

《欧阳询〈张翰帖〉背后的故事》是文史随笔，从古帖入手，研究张翰的生平际遇，与欧阳询的关系等，以小见大，颇见功力，读来让人饶有兴味。

“低碳”是时代主题，也是人文精神在新时代的一个突出体现。“建筑与材料中的新人文视角”一组笔谈，聚集以建筑废料为原料，制造再生石为新建筑材料这一重要创新。金惠敏《让质料说话》引申出几个很有意思的话题，认为“认识的动力是物质性的”，“美学的研究对象应该扩大到一切能够引起感性愉悦的活动”，这些命题，都是可以展开单独做一篇大文章的。刘方喜《材料与人工的再生：物的解放与人的解放》的关键词是“解放”，人如何达到马克思所说的“解放”，而他从张宝贵石艺作品中为马克思主义文艺美学找到了活生生的实例和注脚。张宝贵则主要从自己的艺术实践从发，颇有真见（《低碳建筑的人文之思》），刘武则强调“回归”，即向自然回归，向人本回归（《低碳时代的“回归”》）。

接下来一组是关于中国传统文化的文章。张朝阳《两湖地区秦汉简牍考释札记三则》，讨论湖北荆州胡家草场西汉墓 M12 出土简牍、湖南长沙五一广场东汉简牍、湖北云梦龙岗秦简的三则资料。王瑞蕾《北魏宗室安定王元燮石刻题记研究》也是考证文章，但与古代丝绸之路有关。两篇文章都史料扎实，有作者自己的研究心得，都非泛泛之作。

学科史是本卷新增栏目。中国社科院文学所比较文学室，在新时期比较文学学科建设中，有独特而重要的贡献。董炳月《新时期文学研究所中日思想文化研究概述》和颜淑兰《比较文学研究沉潜期（一九四九—一九七八）的贡献》，分别从两个角度，讲了比较文学的发展，前者以文学所比较室为中心，后者则关注“学潜期”的学术活动和学者，如戈宝权者。我们希望，学科史作为学术史的一种，能有更多的像董、颜二位这样的好文章。

平常谈学术，我们聊"成果"聊"学问"多，其实，学人，才是中心，因为有人，才有所谓"学术成果"，诸多成果的延续，就是"学术史"。本卷"学林"专栏所发王立新《韦政通、陈耀南、黄丽镛交往述略》，涉及两岸三地，可以让人感受到中华文化一脉相通，三地学人虽不同代，但实为一家，感受到学者们对中华文化的感情，学者之间的真情义。

中国文学走向世界，很重要的一项基础工作，就是要了解世界文学界对中国文学的看法。本卷选登两篇俄国文学界和媒体对包括莫言在内的诺贝尔文学奖得主的评论，即弗·邦达连科《寡言少语的人——二〇一二年诺贝尔文学奖得主的肖像特征》和谢·托罗普采夫《诺贝尔文学奖新得主——莫言》。俄文原文虽是发表于二〇一二年，但一直未有中译，这两篇中译可以为中国学界和文学界提供一个参考。

袁晞是人民日报高级记者，也是一位历史学者。他的这篇《六十年前的冲突和战争》依据《人民日报》等权威资料，全面梳理了上世纪六十年代中印冲突，有力地证明了我国捍卫中国领土主权斗争的正义性。

"史料"栏目两篇。余广人的文章《弦外遗音》，是以作者掌握的王元化和敏泽两封未刊信为中心，考察关于《释〈比兴篇〉拟容取心说》的争论，这是一起当代学术史公案。文章不仅披露了第一手材料，而且由此深入，探讨了当代学术思想史的变化，较有价值。古继堂是大陆改革开放后最早研究台湾文学的一位学者。他的《台湾小说发展史》《台湾新诗发展史》带有开创性，在两岸产生了广泛影响。他的成长历程，反映了大陆第一代台湾文学研究者所走过的艰难曲折的道路。古远清《古继堂年谱》打破传统写法，披露一些鲜为人知的文坛史料。

本卷书评所评之书是刘勤《神圣与世俗之间—— 中国厕神信

仰源流考》，此书研究涉及中国民间信仰、文化习俗及神祇文化等，由生活·读书·新知三联书店最新出版，是这方面的最新成果，值得一评。书评人为王永波。

编书编刊，虽然耗费大量时间，但好文章可以先睹为快，也算是做这份儿工作的一个补偿。从群篇中捡出妙文，在丛林中遇见秀松，将众师友汇于一堂，则是更大的乐趣。

二〇二一年，小雪，于春满堂

# 《人文》“思想史”专栏诚约稿件

《人文》学术集刊由河南大学高等人文研究院编辑，中国社会科学出版社出版。《人文》集刊以“立足中原，放眼世界；把脉文化，观览全局；钻研学术，关注现实”为宗旨，注重理论创新与学科交叉，以探讨重大理论与现实命题为基础，推介知识领域的深度思考，展示中国人文学界的原生思想、原创理论与原创观点，为学界同仁提供优秀创新成果的发表平台，共同助力中国学术发展。

为展现思想史研究的前沿问题与原创成果，我刊特开设“思想史”专栏，内容包括：思想史学科建设、中国思想史、西方思想史、中西思想互鉴等。我们希望您的文章，具有鲜明的问题意识、重大的理论意义，不仅能体现该学科的学术水平，而且能反映该学科的研究重点；希望您的文章资料详实、论述饱满、阐释明晰、证成新见，发人之所未发。文章为页下注，短栏目文章为文中注。正文中数字为汉字，一般以 5000 字至 12000 字为宜。

投稿邮箱：renwenxuekan@ 163. com

优稿优酬。文章一经采用，即付稿酬。

我们希望通过学界朋友和我们的共同努力，使《人文》具有较高的学术思想和文化传承价值。感谢您的关注与支持！

河南大学高等人文研究院《人文》编辑部

# 《人文》学术集刊约稿启事

《人文》学术集刊由河南大学高等人文研究院主办，《人文》编辑部编辑，中国社会科学出版社出版。《人文》坚持正确舆论导向和办刊宗旨，坚持社会效益第一，注重内容建设和办刊品质。《人文》以人文关怀为中心，突出学术原创性与新知传播，注重实证研究，鼓励综合创新，力图融通各学科，探讨各种学术思想和历史文化问题，推介不同知识领域的深度思考，展示中国思想学术界新成果。《人文》学刊力争为学术界提供一个优质学术成果发表平台，与学界朋友共同为新时代中国学术的发展尽力。

人文关怀，学术品质；突出新见，文思兼美。这是我们的追求。一本严肃的、高品位的学术文化辑刊，是我们的目标。

我们希望您的文章，具有鲜明的问题意识，重大的理论意义，能体现该学科学术水平，反映该学科研究前沿和研究热点；希望您的文章材料结实，论述饱满，阐释明晰，证成新见，发人之所未发。

在主体文章之外，《人文》另设“对话”“学林”“札记”“书札”“史料”“书评”等栏目，以求多形式、多层面地反映学者们的研究成果。《人文》文章以学术文章（论文）为主，也欢迎思想学术随笔及其他形式的学术文章。内容凡涉人文、思想、学术、文化等，有新意，文笔晓畅清新，写作认真的文章，编辑部都将认真阅读，及时反馈，择优刊用，优稿优酬。

请阁下不要一稿多投。大作自发至本邮箱 50 天后，未接到编辑部通知的，作者可自行处理。

接稿邮箱：renwenxuekan@163.com

## 稿件体例规范及审稿说明

1. 来稿请作者文责自负，来稿应为尚未正式出版的文本（包括未在重要网络公开发表）。

2. 凡被本学刊选用的文章，《人文》有权用于与《人文》其他相关学术传播，包括网络传播，即包括中国知网在内的机构以数字化方式复制、汇编、发行、传播本刊文章。本刊所付稿酬已包含著作权使用费。所有署名作者向本刊提交文章发表之行为，即视为同意上述声明，凡有不同意者请特别声明；如不注明，将视为同意。若因违反知网与本刊的版权协议而导致法律纠纷，其法律责任由个人自行承担。

3. 不以任何名义向作者收取费用，凡要求作者缴纳诸如审稿费、版面费的，均系假冒我刊的诈骗行为。

4. 来稿请用电子版。稿件文件名，请用“作者名+文章标题+日期”组合，如“文开喜：钱钟书的语言艺术，20190308”。

5. 本编辑部有权对稿件修改和删改。如不同意请明示。

6. 来稿请以中文写作。来稿中外国人名、地名，请一律以中文译名形式出现。因本学刊将与国际相关学术期刊互登目录，来稿请给出中英文标题、中英文摘要、中英文关键词。获得国家社科基金等资助的文章，可依次注明基金项目来源、名称、项目编号等基本要素。

7. 文章字数：一般文章以5000字至12000字为宜；短栏目（“札记”“书札”“书评”等）最短不限。

8. 正文中年代、数字请用汉字，如“一九一九年”，“三十本书”等。

9. 注释为页下脚注，注解数码为①②格式。短栏目文章为文中注。征引他人著作，请注明出处，包括：作者/编者/译者、出版年份、书名/论文题目、出版地、出版者，如是对原文直接引用则应注明页码。

10. 来稿应遵循学术规范，引文注释应清楚准确。专业术语及特殊术语应给出明确界定，或注明出处，如属翻译术语请用圆括号附原文。

11. 各类表、图等，请分别均用阿拉伯数字连续编号，后加冒号并注明图、表名称；图编号及名称置于图下端，表编号及名称置于表上端。图片需注明出处，如“数据来源：2003 年统计年鉴、2008 年统计年报”。使用他人图片需提供授权。

12. 《人文》按学界惯例，会将阁下文章提交相关专业专家，匿名外审。

13. 请附作者简介及相关信息。作者简介包括：姓名、单位、职务职称、电子邮箱地址，手机。作者信息包括：身份证号，银行户名，银行卡号，开户行（具体到支行）；通信地址、邮编。我们会及时给阁下奉寄稿费与样书。

赐稿《人文》的文章，即视为阁下同意上述约定。

感谢您的垂注与赐稿！

《人文》编辑部